अलकनन्दा सुत

अलकनन्दा सुत

अर्चना पैन्यूली

वाणी प्रकाशन

प्रकाशन के उत्कृष्टतम 62 वर्ष

पेपरबैक प्रथम संस्करण : 2025

vaniprakashan.com

वाणी प्रकाशन

4695, 21-ए, दरियागंज, नयी दिल्ली-110 002

फ़ोन : + 91 11 23273167, 23275710

शाखाएँ

अशोक राजपथ, पटना-800 004, बिहार

कॉफ़ी हाउस कैम्पस, महात्मा गांधी मार्ग, प्रयागराज-211 001, उत्तर प्रदेश

महात्मा गांधी अन्तरराष्ट्रीय हिन्दी विश्वविद्यालय, वर्धा-442 001, महाराष्ट्र

sales@vaniprakashan.in

vaniprakashan@gmail.com

Alaknanda Sut
by Archana Painuly

ISBN : 978-93-6944-332-1

Novel

मूल्य : ₹ 495

आर. टेक ऑफ़सेट, दिल्ली-110 093 में मुद्रित

वाणी प्रकाशन का लोगो मक़बूल फ़िदा हुसैन की कूची से

ALAKNANDA

मेरे प्रिय भाइयों,
चक्रधर देवली, गजाधर देवली एवं बंशीधर देवली को
जिनका प्यार और स्नेह मेरी मुख्य प्रेरणा रही

आभार

अलकनन्दा सुत की परिकल्पना से लेकर इसके लेखन तक मुझे अपने मित्रों, शुभचिंतकों और परिवार का सायास-अनायास सहयोग प्राप्त हुआ है। कभी-कभी किसी की कही बात नई सृजनात्मक ऊर्जा उत्पन कर देती है। मैं साहित्य-प्रेमी श्री गोविन्द प्रसाद बहुगुणा जी का विशेष आभार व्यक्त करती हूँ, जिन्होंने मुझे प्रेरित किया कि मैं अपनी आंचलिक पृष्ठभूमि, अपनी गढ़वाली विरासत और वहाँ के लोगों के जीवन पर कुछ लिखूँ।

सुधा थपलियाल और अलका पन्त इस पाण्डुलिपि की प्रथम पाठकों में रही हैं। उनकी प्रतिक्रियाएँ और सुझाव इस उपन्यास की रचना प्रक्रिया में सहायक रहे। डॉ. विजया सती भी इस यात्रा की साक्षी रही हैं। उनकी महत्त्वपूर्ण टिप्पणियाँ मेरे लेखन में सहायक रहीं।

इस उपन्यास के संपादन हेतु मैं लेखिका एवं भाषाविद् आदरणीया सरोजिनी नौटियाल जी के प्रति अपना हार्दिक आभार व्यक्त करती हूँ। श्री अनिल कृष्णन को धन्यवाद, जिन्होंने उपन्यास हेतु अलकनन्दा और उसकी सहायक नदियों का मानचित्र तैयार किया।

माननीय डॉ. रमेश पोखरियाल 'निशंक' जी ने उपन्यास की भूमिका लिख कर मेरा उत्साहवर्धन किया। इस भूमिका के माध्यम से उन्होंने न केवल उपन्यास का परिचय दिया, अपितु इसके महत्त्व को भी बढ़ाया है। इसके लिए मैं उनका हृदय से आभार व्यक्त करती हूँ।

अपने पति डॉ. ज्योति प्रसाद पैन्यूली का विशेष धन्यवाद, जिनके यथेष्ट पारिवारिक सहयोग और तकनीकी मदद से ही अलकनन्दा सुत का प्रवाह सम्भव हुआ। इसी क्रम में अपनी बेटियों गरिमा और प्रिया का उल्लेख करना चाहूँगी। उपन्यास के घटनाक्रमों में उनकी सतत जिज्ञासा ने मुझे प्रेरित किया। जब उन्होंने यह कहा–इस उपन्यास के जरिये हमें ज्ञात हुआ कि हमारे नाना जी और दादा जी

ने कितनी ऊँची छलाँग लगाई। उन्हीं की बदौलत हम आज इस मुकाम पर हैं–मुझे अपार हर्ष की अनुभूति हुई। निःसंदेह अलकनन्दा ने उन्हें भी भिगोया।

अन्त में, वाणी प्रकाशन की संपादकीय टीम का हृदय से आभार, जिन्होंने इस उपन्यास को पाठकों तक पहुँचाया।

–अर्चना पैन्यूली

अपनी बात

'अलकनन्दा सुत' मेरे तीन उपन्यासों–वेयर डू आई बिलांग, पॉल की तीर्थयात्रा और कैराली मसाज पार्लर–से पहले छप जाना चाहिए था। 2003 में इसके 60 पृष्ठ लिखे जा चुके थे। लेकिन इसी बीच जीवन-क्रम में जो तेजी आयी, उससे स्थान–परिवेश ही नहीं बदला, सोच-दृष्टि में भी ख़ासा बदलाव आया। मैं भारत से डेनमार्क आ गयी थी। बहुत कुछ नया-अप्रत्याशित था। भावनाओं में उद्वेलन था और विचारों में खलबली। भारत स्थित प्रकाशन संस्थान मुझसे अपेक्षा रखने लगे थे कि मैं प्रवासी भारतीयों और स्कैंडिनेवियाई समाज पर लिखूँ।

डेनमार्क यूरोप का एक छोटा-सा देश है। वैश्विक घटनाक्रमों में भी अपनी ऐसी कोई उपस्थिति दर्ज नहीं कराता कि वह चर्चा का विषय बने। और तो और, जब इंडियन डायस्पोरा की बात होती है तो डेनमार्क नक्शे में नहीं होता। शायद यही कारण है कि डेनमार्क और डेनमार्क में बसे भारतीयों के विषय में हिन्दी में कुछ भी नहीं लिखा गया था। 'वेयर डू आई बिलांग' के ज़रिये मैंने समाज और संस्कृति के व्यापक फलक में डेनमार्क में रह रहे भारतीयों के संघर्षों, चुनौतियों, सफलताओं और उपलब्धियों के चित्र प्रस्तुत किये। उपन्यास बड़ा था, प्रमाणिकता के लिए अध्ययन-अवलोकन की दरकार भी थी। 'अलकनन्दा सुत' जो मेरे प्रथम उपन्यास 'परिवर्तन' की तरह मेरे मूल प्रदेश 'उत्तराखण्ड' की पृष्ठभूमि पर था, फिलहाल मेरे प्रकृतिस्थ होने की प्रतीक्षा करता रहा।

'वेयर डू आई बिलांग' के प्रकाशन के बाद मैंने फिर से इस उपन्यास पर काम शुरू किया और 2012 तक इसे पूरा भी कर दिया। लेकिन इसको अन्तिम रूप दे पाती इससे पहले मैंने 'पॉल की तीर्थयांत्रा' पर काम शुरू कर दिया, फिर 'कैराली मसाज पार्लर', फिर, डेनिश उपन्यास का हिन्दी अनुवाद 'आज की बात करें'। इस दौरान तीन कहानी संग्रह भी प्रकाशित हुए। 'अलकनन्दा सुत' एक बार फिर यूँ ही पड़ा रह गया।

दस वर्षों के उपरान्त, वर्ष 2022 में मैंने इस उपन्यास की पाण्डुलिपि फिर खोली और इस बार इसे अन्तिम रूप दे दिया। मेरा मानना है कि कुछ बातें स्थान

और काल के परिवर्तन से अप्रभावित रहती हैं। स्मृति पटल में वे ज्यों की त्यों संरक्षित रहती हैं–अपनी समस्त व्याप्ति के साथ।

इस उपन्यास को गढ़ने में मुझे अपने पारिवारिक सदस्यों का भरपूर सहयोग मिला। मेरे पिता श्री महीधर देवली तो एक प्रकार से इस संरचना के सूत्रधार हैं। बचपन में उनसे सुने चमोली गढ़वाल के पहाड़ी जीवन के क़िस्से-कहानियों ने मुझे जीवन को जानने-समझने की एक वैचारिक दृष्टि दी जो उपन्यास के ताने-बाने का आधार बनी। विवाहोपरान्त पूज्य सासू माँ देवेश्वरी पैन्यूली से टिहरी गढ़वाल के पहाड़ी जीवन की दुरूहता सुनते हुए जिस प्रकरण ने मुझे सर्वाधिक रोमांचित किया, वह था, मेरे ससुर जी, श्री जयकृष्ण पैन्यूली का बचपन में भिलंगना नदी तैर कर स्कूल जाना। संग में कुछ और विद्यार्थी भी। नदी के इस पार घर, दूसरी पार स्कूल, दूर-दूर तक कोई पुल नहीं। पढ़ना है, स्कूल जाना है तो नदी पार करो।

उन दिनों चमोली गढ़वाल में ब्रिटिश राज्य था, मगर टिहरी गढ़वाल में राजा-रजवाड़ों का शासन था। टिहरी नरेश पढ़े-लिखे युवकों को अपने दरबार में नौकरी के लिए बुला लेते थे। युवक राजा की चाकरी करने के बजाय लोकतान्त्रिक वातावरण में काम करना अधिक पसन्द करते थे। मेरे ससुर जी ने जब दसवीं कक्षा उत्तीर्ण की तो राजा का हुक्म आ गया कि उनके दरबार में हाज़िर हो। वे राजशाही की चपेट में नहीं आना चाहते थे। रातोंरात अपने गाँव से भाग गये। शहर जाकर दूध बेचा, फ़ार्मेसी की दूकान में नौकरी की, ड्राइविंग सीख कर बस भी चलाई। तमाम संघर्षों को झेलते हुए अपना मार्ग बनाया।

मेरे परिवार के अन्य सदस्य, विशेषकर मेरी दो भाभियाँ विमला देवली और शान्ति देवली, जो आज भी आंचलिक जीवन से गहराई से जुड़ी हुई हैं, वहाँ की जानकारी के अमूल्य स्रोत बनी।

यहाँ मैं अपनी बाल सखी संगीता नौटियाल गैरोला का भी उल्लेख करना चाहूँगी। संगीता के पिता और मेरे पिता स्कूल के दिनों के मित्र थे। संयोग से अगली पीढ़ी में हम–संगीता और मैं–सहपाठी और घनिष्ठ मित्र बन गये। अपने पिताओं के बचपन, स्कूली जीवन और गढ़वाल के ग्रामीण क़िस्से मैंने संगीता से भी सुने। आज पुरानी पीढ़ी के वे सभी जन इस दुनिया में नहीं हैं। मेरा यह उपन्यास उनके प्रति एक विनम्र श्रद्धांजलि है।

उपन्यास को लिखने के लिए शोध-अध्ययन-भेंटवार्ताओं का भी सहारा लिया। कल्पना और काल्पनिक पात्रों का समावेश भी किया। इसीलिए जीवन-अनुभवों पर आधारित होते हुए भी 'अलकनन्दा सुत' किसी का हुबहू जीवन वृत्तान्त नहीं है। अपने क़रीबी लोगों के जीवन से बस प्रेरणा ली है इस उपन्यास को गढ़ने में। लिखते

हुए एक थीम भी मस्तिष्क में रही। मेरे पाठक अक्सर कहते हैं कि मैं मुख्यत: स्त्रियों पर ही लिखती हूँ। मैं कुछ ऐसा भी लिखूँ जिसके केन्द्र में पुरुष हो; पुरुषों और लड़कों के भी संघर्ष उजागर करूँ, पुरुष की नज़र में समाज और परिवार में उनकी हद-चौहद्दी दिखाऊँ। सो, मैंने इस उपन्यास के केन्द्र में एक पुरुष को रखा। उसके अनुभव से ही समाज के व्यवहार, संस्कृति की वंचनाएँ और रिश्तों के समीकरणों की विवेचना की है। उपन्यास का नायक शिवानन्द का जीवन-चरित्र अपने समय के पहाड़ के उन तमाम युवकों के जीवन-संघर्ष को चरितार्थ करता है, जो गहन-गम्भीर-समावेशी अलकनन्दा नदी की तरह दुर्गम पहाड़ी मार्गों के बीच चट्टानों से टकराते हुए अपना मार्ग बनाते रहे और निरन्तर आगे बढ़ते रहे।

शिवानन्द के जीवन-वृत्तान्त से इस सत्य से भी साक्षात्कार हो जाता है कि तमाम दुश्वारियों से लोहा लेते हए हम भौतिक रूप से कुछ अर्जन तो कर सकते हैं, लेकिन सुख के स्थायित्व पर दावा नहीं ठोक सकते। जीवन विचार अन्तत: गीता के 'कर्मण्येवाधिकारस्ते मा फलेषु कदाचन' में आश्रय ले लेता है। कह सकते हैं कि गीता-दर्शन ही 'अलकनन्दा सुत' का बीज-विचार है।

मध्य हिमालय के ये पहाड़ जहाँ प्रकृति, संस्कृति और अध्यात्म से भरपूर हैं, वहीं प्राकृतिक आपदाओं, कठिनाइयों और पलायन की मार भी झेलते हैं। 2013 में घटित केदारनाथ आपदा राष्ट्रीय और अन्तरराष्ट्रीय स्तर पर एक बड़ी प्राकृतिक त्रासदी मानी जाती है। पर्यावरण विशेषज्ञों और आपदा प्रबंधन संस्थानों ने इसे एक महत्त्वपूर्ण जलवायु परिवर्तन सम्बन्धी चेतावनी के रूप में अध्ययन किया है। जोशीमठ में हो रहे भूस्खलन गहरी चिन्ता का विषय बन चुका है। पहाड़ी ग्रामों से नगरों की ओर सतत पलायन की वजह से कितने ही आलीशान मकान खण्डहर में तब्दील हो गये हैं, गाँव उजाड़ हो गये हैं। बहरहाल नियति के ऊबड़-खाबड़ में आकार लेती 'अलकनन्दा सुत' को अन्ततोगत्वा प्रिय पाठकों को सौंपते हुए मुझे परम संतोष की अनुभूति हो रही है।

–अर्चना पैन्यूली
22 अक्टूबर 2023

भूमिका

प्रत्येक युग में एक समर्थ साहित्यकार का यह दायित्व होता है कि अपने समय, समाज और संस्कृति के साथ-साथ समकालीन परिस्थितियों की अच्छाइयों और बुराइयों से पाठकों को अवगत कराये। अर्चना पैन्यूली के उपन्यास 'अलकनन्दा सुत' की पाण्डुलिपि मेरे सामने है। पवित्र पावन नदी अलकनन्दा की कल-कल करती संगीतमय, शीतलधारा की तरह उपन्यास से गुज़रना भी उतना ही सुखकर, आनन्ददायक और शान्ति प्रदायक लगता है।

देवभूमि उत्तराखण्ड की पृष्ठभूमि पर रचा कथाकार अर्चना पैन्यूली का यह उपन्यास 'अलकनन्दा सुत' उत्तराखण्ड के जनजीवन, रीति-रिवाज, समस्याओं और परिस्थितियों को मार्मिक दंग से पाठकों के सामने रखने का एक सद्प्रयास है।

पहाड़ का जनजीवन पहाड़ की तरह कठिन होता है। रोज़गार, शिक्षा, स्वास्थ्य, जैसे तमाम मूलभूत आवश्यकताओं का अभाव पहाड़ के जनजीवन को और अधिक कष्टकर बनाता है। बावजूद इस सबके पहाड़ के लोग पहाड़ की तरह ही अडिग, कर्मठ, संघर्षशील और निष्ठावान होते हैं। अपने देश और अपनी जन्मभूमि उत्तराखण्ड से सैकड़ों किलोमीटर दूर रहते हुए भी उपन्यासकार अर्चना पैन्यूली ने इस उपन्यास में उत्तराखण्ड के इन तमाम पहलुओं को कथानायक शिवानन्द के माध्यम से मार्मिक दंग सें उभारा है।

कोई भी रचना हृदय मंथन से ही निःसृत होती है। उसके मूल में कहीं न कहीं मन के अन्दर छिपी हुई स्मृतियों का अथवा किसी अज्ञात पीड़ा का अहसास होता है। वस्तुतः अर्चना पैन्यूली के इस उपन्यास के मूल में संस्मरण और स्मृतियाँ ही हैं।

अपनी बात में अर्चना पैन्यूली लिखती हैं–"इस उपन्यास को गढ़ने में मुझे अपने पारिवारिक सदस्यों का भरपूर सहयोग मिला। मेरे पिता महीधर देवली तो एक प्रकार से इस सरंचना के सूत्रधार हैं। बचपन से उनसे सुने चमोली गढ़वाल के पहाड़ी जीवन के क़िस्से-कहानियों ने मुझे जीवन को जानने-समझने की वैचारिक दृष्टि दी,

जो उपन्यास के ताने-बाने का आधार बनी।" पहाड़ को निकट से देखने-समझने, अपने पूर्वजों से जानने और अपने अनुभवों का लाभ लेते हुए उन्होंने उत्तराखण्ड के समाज, संस्कृति, रीति-रिवाजों को कथानक के रूप में पिरोते हुए पहाड़ के दुःख, दर्द, ग़रीबी, लाचारी, कठिनाइयों, संघर्षों, विषमताओं तथा विडम्बनाओं को मनोवैज्ञानिक दंग से पाठकों के समक्ष रखा है। दूसरी तरफ़ उन्होंने बेरोज़गारी, पलायन, भ्रष्टाचार, मानवीय कुंठा और सामाजिक कुरीतियों पर भी गहरा प्रहार किया है।

भाषा और शैली के व्याकरण के फेर में न उलझते हुए उन्होंने सरल, सटीक और आम बोलचाल की भाषा का प्रयोग करते हुए अपने पात्रों को जीवन्त अभिव्यक्ति दी है। गम्भीर और भावयुक्त छोटे-छोटे संवादों के माध्यम से उन्होंने पाठकों के मन-मस्तिष्क को झंझोरने और उन्हें स्मृतियों में ले जाने का प्रयास भी किया है। उपन्यास पढ़कर कई बार ऐसा लगता है मानो इसके सभी पात्र हमारे इर्द-गिर्द ही घूम रहे हैं।

एक संवेदनशील कथाकार के दायित्व को निभाते हुए उन्होंने न केवल उत्तराखण्ड अपितु भारतीय समाज की सभ्यता, संस्कृति और परम्परा के तमाम पहलुओं को दक्षता के साथ साथ पाठकों तक पहुँचाने का कार्य किया है।

मुझे उम्मीद है कि इस उपन्यास का साहित्य जगत में अवश्य स्वागत होगा। पाठकों को उत्तराखण्ड हिमालय के सम्बन्ध में ऐतिहासिक, भौगोलिक, सामाजिक, साँस्कृतिक, धार्मिक अनेक जानकारी मिलेगी। लेखिका अर्चना पैन्यूली को इसके लिए मेरी हार्दिक शुभकामनाएँ और बधाई।

डॉ रमेश पोखरियाल 'निशंक'
सांसद, हरिद्वार (लोकसभा)
पूर्व शिक्षा मंत्री, भारत सरकार
पूर्व मुख्यमंत्री, उत्तराखण्ड

37/1 विजय कॉलोनी
रवीन्द्र टैगोर मार्ग, देहरादून, उत्तराखण्ड, हिमालय
ईमेल : drrameshpokhriyal@gmail.com

प्रस्तावना

अपने पचासवें जन्मदिन पर मेरे पिताश्री को मेरी माँ की तरफ़ से जो तोहफा मिला, शायद उसकी उन्होंने कामना नहीं की थी।

"लड़की हुई है," दाई ने ख़बर दी।

पिताजी का मुँह लटक गया। बहुत देर तक कुछ न बोल पाये।

आज का दिन हमारे परिवार के लिए कुछ अनोखा रहा। पिताजी का जन्मदिन तो है ही, दो और महत्त्वपूर्ण घटनाएँ घटीं–मेरी एक बहन पैदा हुई और मेरी सबसे बड़ी बहन माँ बनी।

हम सभी भाई-बहन घर में पैदा हुए, तो यह बहन भी दाई की देखरेख में घर पर ही जन्मी। मगर माँ को प्रसव में कठिनाई हुई, जिससे एक स्त्री रोग विशेषज्ञ को बुलाना पड़ा। दूसरी ओर, मेरी सबसे बड़ी बहन ने वाराणसी के प्रसिद्ध कबीरचौरा अस्पताल में अपने बेटे को जन्म दिया–हृष्ट-पुष्ट नवजात, वज़न साढ़े तीन किलो। उसका निकनेम भी रख दिया गया–'बंटी'। मैं उसे देख भी आया हूँ, बालूशाही मिठाई भी खा चुका हूँ। वहाँ हर तरफ़ ख़ुशी ही ख़ुशी है।

इधर हमारे घर में बहन के जन्म की कोई ख़ुशी नहीं, बस एक अजीब-सी मनहूसियत छाई है। बंटी के मुकाबले वह बेहद दुबली, मात्र एक किलो की पैदा हुई है–समय से पहले जन्म, संक्रमण, श्वासावरोध और प्रसव की जटिलताओं ने उसकी हालत नाजुक बना दी है। लेडी डॉक्टर ने हमें यही बताया।

वह गहरी नींद में है, बस साँसों का हल्का स्पंदन ही उसके जीवित होने का प्रमाण है। बेचारी! पता नहीं बचेगी भी या नहीं। हम सभी भाई-बहन ईश्वर से प्रार्थना कर रहे हैं कि जब वह इस जगत में आ ही गयी है, तो कुछ जीवन जी ले। मगर एक और प्रार्थना भी है–कि यही हमारी सबसे छोटी बहन हो। अब और भाई-बहन नहीं चाहिए। लेकिन पिता जी के मन की थाह कौन ले सकता है? घर में बहुत कुछ उनके अनुसार चलता है, और शिशु जन्म भी अपवाद नहीं।

हम उस पल का इन्तज़ार कर रहे हैं जब भाग्य अपना निर्णय सुनाएगा–क्या मौत मेरी बहन को अपने आगोश में खींचेगी या ज़िन्दगी उसे अपना दामन देगी। अगर वह बच जाती है, तो हम आठ भाई-बहन होंगे, और अगर नहीं, तो वही सात।

पिताश्री बहन के पास बैठे हैं, चेहरे पर अथाह गम्भीरता छाई हुई है। उनकी मुख-मुद्रा ऐसी है कि उनके जीवन के स्वर्ण जयंती वर्ष पर उन्हें बधाई देने की हिम्मत किसी में नहीं हो रही। हमें उस कमरे से उन्होंने दफा कर दिया, जहाँ वह जन्मी और शायद अन्तिम साँसें भर रही है। माँ को भी उन्होंने दूसरे कमरे में आराम करने भेज दिया–प्रसव से वह कमजोर और थकी हुई हैं।

गौरी, मुझसे तीन साल बड़ी बहन रसोई में खाना बनाने चली गयी और मुझे मदद के लिए बुला रही है। छोटी बहनें मिहिका और दिव्या चुपचाप अपनी गुड़ियों के साथ खेल रही हैं। मैं इस ऑफ़िसनुमा कमरे में आकर टाइपराइटर पर कुछ लिखने बैठ गया हूँ। जब भी मैं नर्वस या विचलित होता हूँ, लिखने बैठ जाता हूँ। आज कुछ लम्बा लिखने का मन है–शायद पिताजी के बारे में।

मेरे पिताजी ने अपने पचास साल के जीवन के बारे में हमें काफ़ी कुछ बताया–अपने बचपन, किशोरावस्था, पढ़ाई, नौकरी, पदोन्नतियाँ, और माँ से शादी का किस्सा।

यह पहले ही साफ़ कर दूँ–मेरे पिता न तो फ्रीडम फाइटर हैं, न लीडर, न अभिनेता, न गेंगस्टर। वे एक साधारण व्यक्ति हैं, और मैं पितृभक्त पुत्र श्रवण कुमार भी नहीं हूँ। फिर भी, मैं उनके जीवन की कहानी बताना चाहता हूँ, क्योंकि उनकी ज़िन्दगी साधारण से कुछ अलग है।

उनके शब्दों में : 'बात यह नहीं है कि मैं ग्रेजुएट हूँ, बात यह है कि मैं अपने गाँव का पहला दसवीं पास, और पहला बी.ए. पास हूँ। बात यह नहीं है कि देहरादून में मेरी कोठी है, बात यह है कि मैं अपनी जात-बिरादरी का पहला व्यक्ति हूँ जो पहाड़ों से बाहर निकलकर शहरी इलाके में बसने आया और यहाँ कोठी बनायी।'

वैसे, मैं अपने पिता का नाम यूँ ही नहीं लेता। मेरे स्कूल के रजिस्टर में मेरे नाम के आगे पिता के नाम के कॉलम में दर्ज है–शिवानन्द गैरोला। जब मैं उनके जीवनवृत्तान्त को लिखूँगा, तो उन्हें 'शिवानन्द' ही सम्बोधित करूँगा। एक लेखक के लिए उसके पात्र केवल पात्र होते हैं, और वह उन्हें उनके प्रथम नामों से ही सम्बोधित करने में सहजता महसूस करता है।

तो मैं शिवानन्द की जीवनकथा कहाँ से शुरू करूँ? इतने सारे विवरण हैं... इन सबको कालक्रमानुसार कैसे प्रस्तुत करूँ? जीवन गर्भ से मरण तक एक निरन्तर प्रक्रिया है। ख़ैर मैं प्रारम्भिक बिन्दु पर नहीं जाऊँगा। वहाँ से शुरू करूँगा जब शिवानन्द उस बार अपने गाँव जा रहा था...। उत्तुंग पर्वतों पर बसा, प्रकृति-देवी की गोद मे लेटा हुआ उसका छोटा सा गाँव, सेवल...सन् 1940 में भला कैसा था...।

एक

बस से कूद कर शिवानन्द पहाड़ों के समानान्तर कंकरीट की सड़क पर कुछ फलांग चला, फिर चट्टान से लगी एक संकरी पगडंडी में घुस गया जो आड़ी-तिरछी होती हुई उसके गाँव जा पहुँचती थी। लखनऊ से गौचर तक की यात्रा उसने दो माध्यमों -ट्रेन और बस द्वारा तय कर ली थी। अब यह छह मील की खड़ी चढ़ाई उसे पैदल पार करनी थी। गाँव कोई वाहन नहीं जाता था।

शिवानन्द के मन में अजीब से संवेग थे...। वह मुस्कुरा रहा था। आज शिवानन्द को पहाड़ नये लग रहे थे। झरने एवं गधेरे अधिक सजीव। बसन्त का महीना होने से वनस्पति अपनी पूरी बहार में थी और एक विशिष्ट ताजी गन्ध वातावरण में फैल रही थी। शिवानन्द बार-बार गहरी साँस लेकर उस महक को अपने नथुनों में भरता। शिवानन्द इन पहाड़ों से दृढ़ता ग्रहण करता, चीड़-देवदार के वृक्षों के झुरमुट से वह धैर्य बटोरता और बहते झरनों-गधेरों से मन में निर्मलता हासिल करता।

आज शिवानन्द शहर में रहता है, लेकिन मूल रूप से वह एक पहाड़ी भुला है। मध्य हिमालय के गढ़वाल क्षेत्र का एक सच्चा पहाड़ी! नीचे मैदान के लोग पहाड़ियों की खिल्ली उड़ाते हैं–पहाड़ी भाई किसके? दाल-भात खाया, खिसके। ख़ैर मुझे अभी वह बात कहनी है कि उस दिन, यानी आठ मार्च 1940 को शिवानन्द किसलिए अपने गाँव आ रहा था। दरअसल वह अपनी शादी के लिये गाँव आ रहा था। ही-ही...।

पाँच महीने पहले उसके बड़े भाई ने एक पत्र भेज कर उसे चौंका दिया कि उसकी शादी तय हो गयी है–आठ मार्च। वह समय से गाँव पहुँच जाये। बस इतनी जानकारी के अलावा कोई अन्य जानकारी नहीं थी पत्र में। लड़की किस गाँव की है? किस परिवार की है? वह देखने में कैसी है? उसका नाम क्या है? कद कितना है? उम्र क्या है? कुछ पढ़ी-लिखी भी है? उसे कुछ मालूम नहीं। ख़ैर पाँच रोज बाद उसे सब कुछ पता चल जाएगा, उसने अपने मन को दिलासा दी। वह उसकी पत्नी बन जाएगी- अर्धांगिनी। जितना वह उसे जानेगा, जितने क़रीब से वह उसे देखेगा, और कोई नहीं। अहा !

मन में ख़ूबसूरत विचारों को लेकर शिवानन्द मस्ती में छलाँगें मारता हुआ एक चढ़ाई के बाद दूसरी चढ़ाई चढ़ रहा था, घास, कंकड़ों और पत्थरों को अपने क़दमों तले रौंदते हुए। आज यह चढ़ाई उसे हंफा नहीं रही थी।

काश उसकी ब्वै (माँ) ज़िन्दा होती! इस व्यथित विचार ने उसकी ख़ुशी को पल भर के लिये क्षीण किया, किन्तु उसने तुरन्त स्वयं को सँभाल लिया। पिता तो इतने पहले गुज़र गये थे कि उनका स्मरण भी नहीं किया जा सकता। उनका अस्तित्व उसके लिये बस इतना है कि कभी कोई नन्दराम नाम का एक जीव इस धरती पर विचरा, अट्ठाइस साल तक जिया और जिसके एक शुक्राणु ने उसे जन्म दिया। सो बड़ा भाई विश्वानन्द ही उसकी ज़िन्दगी की पतवार संभालने वाला था। वह उसका भाई था, मित्र था, अभिभावक–सब कुछ था। परस्पर उनका मिलना साल–दो साल में ही हो पाता था, किन्तु चिट्ठियाँ वह दोनों एक-दूसरे को पूरी निष्ठा से लिखते थे, उतनी भाषाओं में जितने में उनका अधिकार था। अपनी आंचलिक गढ़वाली बोली के अलावा हिन्दी व अंग्रेज़ी में उनके पत्र चलते थे। कुछ पत्रों का आदान–प्रदान संस्कृत तथा उर्दू में भी होता।

पहाड़ के अपेक्षाकृत ऊँचे भाग पर उनका गाँव बसा था–सेवल, हिमालय की गोद में। छह मील की खड़ी चढ़ाई तय करके जब शिवानन्द अपने गाँव की परिसीमा पर पहुँचा तो लगा कि वह आज दुनिया के शिखर पर खड़ा है, उसके क़दमों तले जमाना। विश्वानन्द उसे लेने ढलान पर आया हुआ था। एक चपटे पठाल पर बैठा उसका इन्तज़ार कर रहा था। उसे देखते ही उसके चेहरे पर मुस्कान बिछ गयी। शिवानन्द जब उसके क़रीब पहुँचा तो उसने उसे गले लगा लिया। फिर उसका भार कम करने के लिये उसके हाथों से वह बैग ले लिया जिसमें वह रेशमी साड़ी थी, जो उसने लखनऊ से ख़रीदी थी। उसे किसी ने नहीं कहा था ख़रीदने के लिये, मगर उसने स्वयं ही खरीद ली थी अपनी अपनी होने वाली पत्नी के लिये।

दोनों भाई अपने गाँव की यह अन्तिम चढ़ाई चढ़ अपने घर की तरफ़ आने लगे। थोड़ी देर में उन्हें अपने घर की देहरी दिखने लगी जहाँ देवानन्द उसके स्वागत के लिए खड़ा था। शिवानन्द को देखकर उसके चेहरे पर भी मुस्कुराहट छा गयी। वह झट से नीचे उतरा, शिवानन्द के पैर छूते-छूते उसके हाथों से दूसरा झोला ले लिया। यह था शिवानन्द का पूरा संसार। अगल–बगल चल रहे उसके दो भाई, एक बड़ा और एक छोटा।

घर के चौक पर जैसे ही पहुँचे तो जिस घटना का स्मरण शिवानन्द जितना कम करना चाहता था उतनी प्रचंडता से वह उसके सम्मुख ताजा हो गयी। तीन साल

पहले जब वह अकस्मात गाँव लौटा था तो माँ ज़िन्दगी के अन्तिम पल गिन रही थी। माँ बीमार है, मरणासन्न अवस्था में है ऐसी कोई ख़बर उसे नहीं थी। ख़बर होती भी कैसे? कौन उसे ख़बर देता और कहाँ? उसका अता-पता ही किसी को मालूम नहीं था। वह माँ से लड़ कर घर से भागा था, बगैर किसी को बताये। फिर वह शहर से गाँव भागा था। शहर उनके लिये ठीक है जिनका वहाँ कुछ ठौर-ठिकाना हो। शहर के ख़ौफ़नाक जीवन से घबरा कर एक दिन भावावेश में वह अपने गाँव पहुँच गया।

घर में विश्वानन्द की उपस्थिति ने उसे प्रफुल्ल करने के अतिरिक्त अचंभित भी किया। विश्वानन्द गाँव कैसे पहुँच गया? क्या इसका गाँव आने का कार्यक्रम था या माँ ने इसे बुलाया? ख़ैर विश्वानन्द ने ख़ुद ही अपने गाँव आने का कारण बताया: "डॉक्टर साहब ने श्रीनगर में एक शिविर लगाया है। उनसे इजाजत लेकर दो दिन के लिये यहाँ आया तो देखा माँ बीमार है। आज दोपहर में ही पहुँचा हूँ।"

देवानन्द उदास स्वर में बोला, "शिवा भाई, माँ की तबियत उस दिन से ख़राब चल रही है जिस दिन से आप माँ से लड़कर चले गये थे। माँ ने खाना छोड़ दिया था। यही अफसोस करती रही कि आप कहाँ भाग कर चले गये। दो दिन से माँ की हालत और ख़राब हो गयी। आप दोनों का रास्ता ताक रही थी। कहती थी, मरने से पहले अगर विश्वा और शिवा को एक बार देख लूँ।"

शिवानन्द ने चौंक कर अपने दोनों भाइयों को देखा। विश्वानन्द दबी आवाज़ में बोला, "जो कुछ दवाई मेरे पास थी मैंने माँ को पिला दी है। मगर मुझे नहीं लगता कि माँ बचेगी।" शिवानन्द का दिल ज्वार उठते समुद्र में हिचकोले खाती नौका की तरह डोल गया। वह जानता था कि विश्वानन्द एक प्रमाणिक डॉक्टर तो नहीं है लेकिन उसे डॉक्टरी का पर्याप्त ज्ञान और अनुभव है।

"ऐसा अशुभ मत बोलो भाई" वह चीख़ा और भाग कर घर के अन्दर, माँ के पास आ गया। माँ रसोई से लगी कोठरी में सूखे पुवाल पर निश्चेष्ट लेटी थी। साँस भारी-भारी और उसमें रुग्णता की गर्मी। सत्यभामा माँ के मस्तक पर ठण्डे पानी की पट्टियाँ रख रही थी। माँ के बगल में हौले से बैठ, शिवानन्द ने माँ का हाथ थाम लिया। हाथ ज्वर से तप रहा था।

"माँ, मैं शिवा...वापस आ गया हूँ। माँ, मैं तुम्हारे पास आ गया हूँ," वह माँ का हाथ हिलाते हुये रोते हुये बोला।

माँ ख़ामोश। खुली आँखें कहीं शून्यता में टिकी हुईं। थोड़ी देर में विश्वानन्द और देवानन्द भी कोठरी में आ गये। तीनों बेटे माँ के आसपास बैठ माँ के कुम्हलाये चेहरे को ताकने लगे। अजीब सी ख़ामोशी। अजीब सी दुर्गन्ध। अजीब सी बेचैनी।

देवानन्द भी माँ की देह में ठण्डे पानी की पट्टियाँ रखने में सत्यभामा की मदद करने लगा।

"डॉक्टर साहब श्रीनगर से यहाँ माँ को देखने आ सकते हैं?" शिवानन्द ने विश्वानन्द से पूछा।

"यहाँ इतनी दूर...इस ऊँचे पहाड़ पर!"

शिवानन्द का मन हुआ कि वह भगवान हनुमान की तरह उड़ कर डॉक्टर साहब को श्रीनगर से अपने कन्धों पर बैठा कर पर्वत शृंखलाओं को पार करके अपने गाँव ले आये।

"डॉक्टर साहब के पास कोई संजीवनी तो है नहीं। चलो फिर भी कोशिश करते हैं, डॉक्टर साहब को यहाँ बुलाने की," कुछ सोचते हुए विश्वानन्द बोला। दोनों भाई सिदोली गाँव के लिये निकल गये, जहाँ पोस्टऑफ़िस था।

उनके घर में डॉक्टर साहब का नाम हमेशा बहुत आदर से लिया जाता था। वे उनके लिये एक मसीहा थे। विश्वानन्द ने जब मिडिल स्कूल पास किया तो माँ की बेबसी मातृत्व प्रेम की निस्सीमता को लाँघ गयी। उन्होंने बेटों से साफ़-साफ़ कह दिया, "तुम तीनों को पालना मेरे बस से बाहर हो रहा है। तुम लोग बड़े हो रहे हो, तुम्हारा कद बढ़ रहा है, ख़ुराक बढ़ रही है। तन ढकने के लिये भी अब तुम्हें बड़े वस्त्रों की ज़रूरत पड़ती है। विश्वा, तू सबसे बड़ा है। इस गाँव में मुसीबतों के अलावा कुछ नहीं रखा। शहर का रास्ता नापो और कोई नौकरी-धंधा पकड़ो।"

सोलह वर्षीय विश्वानन्द के लिये शहर तब मात्र गौचर ही होता था जहाँ एक बस-अड्डा, बाज़ार के नाम पर दो-चार दुकानें तथा कुछ सरकारी कार्यालय थे। एक झोले में अपने कुछ कपड़े रख वह गौचर आ गया। वहाँ अपने एक परिचित, भगवती प्रसाद तिवाड़ी की दुकान में गया और उनको गाँव छोड़ने का अपना मकसद बताया। भगवती प्रसाद बोले कि आजकल गौचर में दूर शहर से आये एक बहुत बड़े डॉक्टर ने चिकित्सा शिविर लगाया है। उन्हें शिविर में काम करने के लिये लड़कों की ज़रूरत पड़ रही है। वह वहाँ जाकर अपना भाग्य अजमाये। विश्वानन्द तुरन्त उस शिविर में पहुँच गया। इधर-उधर दृष्टि घुमाते हुये शिविर के कार्यवाहक से मिला। डॉक्टर साहब के बारे में पूछा। कार्यवाहक ने बताया कि डॉक्टर साहब कोई बंगाली बाबू है और इलाहाबाद में उनका अपना एक अस्पताल है।

"मुझे यहाँ कोई नौकरी मिल सकती है?"

"उन्हीं से पूछ लो," कार्यवाहक बोला।

वह विश्वानन्द को उनके पास ले गया।

डॉक्टर साहब मरीज़ों से निपट कर सुस्ता रहे थे। उन्होंने प्रश्नात्मक निगाहों से विश्वानन्द को देखा।

विश्वानन्द ने सोचा था कि डॉक्टर कोई प्रौढ़ या बुजुर्ग व्यक्ति होंगे, मगर अपने सामने एक युवा डॉक्टर को देख वह आश्चर्यचकित रह गया। विश्वा उनके पैरों पर झुककर गिड़गिड़ा कर उनसे नौकरी माँगने लगा तो वे उसे दुत्कारने लगे–"चल भग।"

विश्वानन्द को लगा कि उनसे गिड़गिड़ा कर नौकरी नहीं माँगी जा सकती। उसे दूसरे हथकंडे अपनाने पड़ेगें। स्वर की गिड़गिड़ा हटा, सीना तान कर वह धड़ल्ले से उनसे अंग्रेज़ी में बोला, "वाय आर यू गेटिंग एंग्री? इफ यू केन नॉट ऑफ़र मी ए जॉब, एटलिस्ट यू केन टॉक टू मी प्रोपेर्ली। यू आर ए डॉक्टर! यू टेक केयर ऑफ़ सिक प्युपिल।"

डॉक्टर भौचक्के से उसे देखने लगे। उन्हें लगा कि यह लड़का कोई ऐरा-गैरा नहीं, अंग्रेज़ी बोल रहा है। अपना हाथ बढ़ाते हुये बोले, "आई एम सॉरी यंग मैन। मुझे तुम्हें पहचानने में भूल हुई। नाईस टू मीट यू। आई एम डॉक्टर गौतम घोष।"

"आई एम विश्वानन्द गैरोला," विश्वा उनसे हाथ मिलाते हुए बोला।

"तुम्हें काम चाहिये?"

"बेशक।"

"कितने दर्जे पढ़े हो?"

"आठवीं तक। और पढ़ना चाहता था मगर...।"

"मगर पैसे नहीं है," डॉक्टर घोष ने उसका वाक्य पूरा किया।

विश्वा ने सहमति में गर्दन हिलाई।

"घर में कौन-कौन हैं?"

"माँ और दो छोटे भाई।"

"पिताजी?"

"चल बसे, बहुत साल हो गये।"

"यह शिविर तो एक हफ्ते में उठ जायेगा।"

"एक हफ्ते का ही काम दे दीजिये।"

एक हफ्ते तक विश्वा ने जी लगा कर शिविर में काम किया। मरीज़ों की सेवा से लेकर डॉक्टर साहब को चाय-पानी तथा खाना परसना। उसने अलकनन्दा नदी में उनके कपड़े तक धोये। डॉक्टर उससे इतने खुश हुये कि शिविर उठने के एक

रोज पहले विश्वा से बोले, "मेरे साथ इलाहाबाद चलोगे? मेरा घर और अस्पताल सब वहीं हैं।"

"जहाँ कहीं भी आपका घर और अस्पताल हो, मुझे ले चलो। इन पहाड़ों से बहुत दूर..." विश्वा हाथ जोड़ते हुए अधीरता से बोला।

एक हफ्ते बाद विश्वा डॉक्टर गौतम घोष के साथ गौचर से सीधे इलाहाबाद चला गया। जाने से पहले माँ एवं भाइयों से मिलने अपने गाँव तक नहीं गया। उसने भगवती प्रसाद से गुज़ारिश की कि वह उसके घर ख़बर पहुँचा दे कि वह डॉक्टर साहब के साथ उनके शहर इलाहाबाद जा रहा है।

कहते हैं कि वहाँ डॉक्टर घोष ने उसे कम्पाउडरी का कोर्स करवाया या फिर कोई चालू डेंटल कोर्स। विश्वा ने इसका खुलासा कभी नहीं किया कि डॉक्टर साहब के साथ काम करते हुये उसका ओहदा क्या है। वह कम्पाउंडर है, वार्ड ब्वॉय है या महज उनका सेवक? लेकिन इतना ज़रूर था कि डॉक्टर साहब के साथ काम करते हुये उसे रोग तथा औषधियों का इतना अनुभव हो गया था कि बाद में आरएमपी रजिस्ट्रेड मेडिकल प्रेक्टिशनर बन गया था। जब भी गाँव आता अपने संग अपना डॉक्टरी का बड़ा सा काला बैग लाता, जिसमें इजेंक्शन, स्थेतिस्कोप, ब्लड प्रेशर नापने का यन्त्र, एंटीबायोटिक्स, गोलियाँ और टॉनिक भरे होते। ग्रामवासी उसे एक डॉक्टर समझते। कई लोग उसे पुकारते-डॉक्टर विश्वानन्द गैरोला।

पॉस्ट ऑफ़िस में पोस्टमास्टर की काफ़ी कोशिशों के बाद बड़ी मुश्किल से डॉक्टर साहब के साथ टुकड़ों में वायरलेस द्वारा बात हो पायी। सारी बात सुनने के बाद डॉक्टर साहब बोले कि माँ को लेकर गौचर पहुँचो और वे बस से वहाँ पहुँचते हैं।

तीनों भाई और ब्रह्मानन्द चाचाजी गाँव से बीमार माँ को काठ के एक डोले में लेटा, रस्सी से बाँध गौचर लाने लगे। जैसे ही तीनों भाइयों ने माँ को उठा कर डोले में लेटाया माँ क्षीण स्वर में बोली, "कहाँ ले जा रहे हो...मुझे...?"

"माँ तुम्हें गौचर ले जा रहे हैं डॉक्टर साहब के पास," विश्वानन्द बोला।

माँ अपनी साँसों पर जोर लगाते हुये अस्फुटित शब्दों में बोली, "मुझे कहीं नहीं जाना। यहीं मरने दो अपने घर...। अब और...नहीं जीना...मुझे। तुम तीनों को जवान...होते देख लिया। विश्वा की पत्नी...को देख लिया। बस... प्रभु, इससे... ज़्यादा उम्मीद नहीं की थी मैंने...।"

इतना कहने पर माँ की रही-सही ऊर्जा भी समाप्त हो गयी। वह एकदम ख़ामोश हो गयी। पूरे रास्ते माँ ख़ामोश रही। तीनों भाई और ब्रह्मानन्द चाचाजी माँ को उठाये धीरे-धीरे ढलान उतरते गये। माँ की खुली आँखें पहाड़ों की अनन्तता में कहीं टिक

गयीं। शिवा रह-रह कर माँ पर दृष्टि डालता। उनकी भावशून्य, खुली आँखें उसे भयभीत कर देती।

"माँ थोड़ा सो जाओ। आँखें बन्द कर लो। आराम दो अपनी आँखों को," वह कहता गया। मगर माँ ने आँखें बन्द नहीं की।

देवानन्द बोला, "शिवा भाई, माँ की आँखें तब से खुली है जबसे आप गाँव से भागे। माँ आपका रास्ता ताक़ती रहती थी। रात में सोती भी नहीं थी। आँखे उनकी इन्तज़ार में खुली रहती थी। आपने आने में देरी कर दी...।" छोटे भाई के मुख से निकले ये शब्द शिवा के हृदय में धँस-से गये।

डॉक्टर साहब अपने वादे अनुसार उनके पहुँचने से पहले ही गौचर पहुँच चुके थे। उन्होंने माँ को देखा, दवाई दी, इंजेक्शन लगाये मगर माँ सिर्फ़ दो दिन ज़िन्दा रही।

"सॉरी!" डॉक्टर साहब के मुख से यही निकला तीनों भाइयों के लिए।

माँ लाश बन गयी थी। शिवा ने माँ का मृत चेहरा देखा। डूबते सूर्य की किरणें माँ के कुम्हलाये मुख पर पड़ रही थी। चेहरे पर शान्ति। मगर आँखें खुली की खुली, और पुतलियाँ स्थिर। मरने के बाद भी माँ की आँखे बन्द नहीं हुई। शिवा ने अपनी उंगलियों से माँ की आँखे बन्द करने की कोशिश की - कई बार। मगर वे अकड़ चुकी थी। माँ की उन खुली आँखों की स्मृति शिवानन्द के साथ हमेशा रही।

इतनी दूर चढ़ाई में माँ का मुर्दा लेकर अपने गाँव क्या आते। वहीं गौचर में अलकनन्दा के किनारे तीनों भाइयों ने माँ का दाह संस्कार कर लिया। किसी पहाड़ी पर घुघती की उदास टेर गूंज रही थी–मानो माँ के जाने का शोक स्वयं प्रकृति मना रही हो। माँ की अस्थियाँ जब नदी में बहाई गयीं, तो जलधारा में विभिन्न आकृतियाँ बनाते हुए उनके अवशेष बहने लगे। शिवानन्द को माँ के साथ बिताए दिन याद आ गये।

मैं अलकनन्दा गाती इठलाती
तटों को अपने तोड़
मुक्त आज बह निकली।
बीता-अनबीता जो भी
पीछे सब छोड़ चली
नहीं कुछ भी गाँठ मेरे
देखो मुट्ठी है मेरी खुली

माँ की मौत ने शिवानन्द को वेदना के सागर में डुबो दिया। उसने ख़ुद को इतना असहाय कभी महसूस नहीं किया। जीवन की परिस्थितियाँ माँ के लिये कभी अच्छी नहीं रहीं। बाईस वर्ष की अवस्था में जब तीसरा पुत्र गर्भ में ही था तो हैजे से पति की अकस्मात मृत्यु। सास–ससुर सात-आठ वर्ष और ज़िन्दा रहे थे मगर माँ की उनसे कभी नहीं बनी। सारी जवानी तीन लड़कों को पालने व बड़ा करने के घोर संघर्षो में ही बीत गयी। और लड़के जब बड़े हुये, कमा कर उन्हें कुछ देने लायक बने तो माँ मर गयी। क्या उम्र थी माँ की–पैंतालीस साल। माँ के जीवन के सभी घटनाक्रम इतने शीघ्र घटे–चौदह वर्ष की आयु में शादी, अट्ठारह वर्ष में माता बनना, बाईस में विधवा हो जाना, छत्तीस में सास का दर्जा प्राप्त करना और पैंतालीस में दुनिया को अलविदा कह देना। माँ क्या अपने लड़कों को वयस्क बनाने तक ही अपने साँसों का स्पन्दन रोके हुये थी? जहाँ उनकी नज़रों ने देखा कि उनके लड़के बड़े हो गये, सयाने हो गये, वहीं उनकी साँसे थम गयी। सभी कुछ शिवानन्द को बहुत खोखला लग रहा था, एक भ्रम। स्वयं का अस्तित्व बेजार। एकदम अकेलापन। सिर्फ़ अगल–बगल सुबक रहे भाइयों का क्रन्दन ही उसे कुछ हौसला दे रहा था।

"ओ शिवा आ गया तू अपने ब्याह के लिये?" गाँव की सबसे बुजुर्ग महिला, ब्रह्मानन्द चाचाजी की माँ, जो उनके चौक पर खड़ी थी, जिन्होंने चिल्ला कर शिवानन्द को उसकी मृत माँ की यादों से बाहर निकाला। "दादी प्रणाम।" कहते हुये शिवानन्द ने सेवा लगाई कि वह तड़ातड़ उसकी ठुड्डी, मुँह और हाथों को चूमने लगी। "शिवा, तू बहुत भाग्यशाली है ! इतने बड़े घर में रिश्ता तय हुआ है! लड़की गजब की सुन्दर है।"

"आपने देखी लड़की, दादी?"

"नहीं, सुना है कि वह बहुत सुन्दर है। परी है।"

"परी!"

उनके घर के छज्जे पर खड़ी एक लम्बी एवं हृष्टपुष्ट लड़की ने शिवानन्द का ध्यान आकृष्ट किया। वह तो उसे पहचानता ही नहीं अगर वह लड़की उस पर एक परिचित मुस्कान नहीं डालती।

"अरे भाभी! तुम कितनी बड़ी हो गयी हो!" वह आश्चर्य से सत्यभामा को देखता ही रह गया। देह ने पूरी लम्बाई पकड़ ली थी, अंगों का सम्पूर्ण विकास हो गया था। चेहरे पर यौवन की कांति छा गयी थी। वह सत्यभामा की उमर का अन्दाज़ा लगाने लगा–जब सत्यभामा की विश्वा से शादी हुई थी तो वह नौ साल की थी। विश्वा बीस का और वह ख़ुद सोलह का था तब। अब वह पच्चीस का हो

गया है तो सत्यभामा अट्ठारह की हो गयी होगी। दो साल पहले तक वह बिल्कुल बच्ची लगती थी। वह सत्यभामा के क़रीब आया। सत्यभामा की उमर चाहे कितनी ही कम रही हो वह हमेशा एक आदर के साथ उससे पेश आता था। हाथ जोड़ कर उसने सत्यभामा को अभिवादन किया, "भाभी नमस्ते।" सत्यभामा ने बुज़ुर्गों की तरह उसे आशीर्वाद दिया, "सदा खुश रहो।"

"आप बहुत लम्बी हो गयी हो और बिल्कुल बदल गयी हो।" वह अपने आश्चर्य से उबर नहीं पा रहा था। सत्यभामा के साथ अपनी लम्बाई नापने लगा। उसे लगा कि सत्यभामा उससे लम्बी हो गयी है। ख़ैर विश्वा भी लम्बा है।

"आप भी तो जब साल–दो साल में शहर से आते हो तो कितना बदले हुये लगते हो! पहले लड़के से लगते थे अब आदमियों की तरह नज़र आने लगे हो," सत्यभामा उससे बोली और उसके हाथों से तीसरा बैग ले लिया। शिवानन्द के हाथ एकदम खाली हो गये। इत्मीनान की एक लम्बी साँस भरते हुये वह नीचे दन पर बैठ गया। सत्यभामा के कहे कथन पर मनन करने लगा–ओह अब मैं आदमी लगने लगा हूँ। शादी भी होने जा रही है। शादीशुदा मर्द–ए मेरिड मैन।

"क्या खाओगे?" सत्यभामा ने उससे पूछा।

"कुछ भी खिला दो भाभी।"

सत्यभामा चौके से काली उड़द के तिल लगे पकोड़े ले आई, साथ में एक गिलास भर कर चाय।

वह एक-एक पकोड़ा उठा कर खाने लगा, साथ में चाय के घूँट। सोचने लगा, उसने शहर में उड़द के दाल के कई तरह के बड़े खाए हैं मगर जो गढ़वाली बड़ों की बात है, वह और बड़ो में नहीं।

"धन्यवाद, भाभी! लाजवाब है पकोड़े," उसने सत्यभामा का आभार प्रकट किया।

"शिवा आ गया...शिवा आ गया..." शोर मचाते हुये जल्दी ही वहाँ ब्रह्मानन्द चाचाजी का पूरा परिवार जुट गया। ब्रह्मानन्द चाचाजी के पिता और शिवानन्द के दादाजी चचेरे भाई थे। माँ के मरने के बाद अब यह चाचाजी ही शिवानन्द के घर के बुजुर्ग थे। आने वाले पाँच दिन कैसे बीतेगें, इसके विषय में चर्चा होने लगी। शिवानन्द भी हाथ–मुँह धोकर उनके बीच बैठ गया। उसे अच्छा लग रहा था कि सारी बात उसकी शादी को लेकर की जा रही थी।

सत्यभामा ने सभी को चाय परसी। फिर नीचे चौके में वह खाना बनाने में लग गयी। बातचीत के दौरान शिवानन्द का ध्यान रह–रह कर उधर भी जा रहा था। ब्रह्मानन्द चाचाजी का परिवार अगर यहाँ से नहीं खिसका तो इसका मतलब

वे सभी खाना यहीं खायेंगे। उनके परिवार के पाँच लोग और वे ख़ुद चार सदस्य मिलाकर नौ लोग खाने वाले और सत्यभामा अकेले खाना पकाने वाली। फिर विनोद और प्रमोद, चाचाजी के दोनों लड़कों की ख़ुराक बहुत अच्छी थी। देवानन्द से यह उम्मीद करना बेकार था कि वह चौके में जाकर सत्यभामा की कोई मदद करेगा–इस भरी जवानी में पता नहीं कैसा आलस्य उसे घेरे रहता है। अपने में ही सिमटा-डूबा रहता है। और विश्वा अपनी पत्नी से जितना दूर रह सके उतना दूर रहने का प्रयत्न करता है।

सफर की थकान उतारे बगैर ही शिवानन्द उठा और चौके में जाकर सत्यभामा की मदद करने लगा। उसने उसे सब्जी काटकर, मसाला पीस कर और आटा गूंध कर दे दिया। सत्यभामा के सुन्दर विकसित होते स्वरूप को निहारते हुये वह सोचने लगा कि विश्वा का अपनी जवान होती पत्नी को देख कर मन मचलता नहीं है क्या?

"भाभी जी, मैंने शहर में फिल्म देखी। आप बिल्कुल देविका रानी की तरह लगती हो।"

"किसकी तरह?"

"देविका रानी की तरह, फ़िल्मों में काम करती है। अभिनेत्री है वह।"

सत्यभामा के चेहरे पर कोई भाव नहीं उभरे। उसके लिये फ़िल्में, देविका रानी जैसी बातें कोई अर्थ ही नहीं रखती थीं। फ़िल्म इंडिस्ट्री, अभिनेता, अभिनेत्रियाँ उसके संसार से बहुत दूर थे। उनके बीच टूटी ख़ामोशी फिर छा गयी।

"भाभी जी, वह कितने की है?" शिवानन्द ने पूछा तो ख़ामोशी फिर टूटी।

"कौन?"

"आपकी होने वाली देवरानी।"

सत्यभामा के चेहरे पर अर्थपूर्ण मुस्कान खिल गयी। शर्माते हुये बोली, "मुझसे दो साल छोटी है।"

मन ही मन वह ख़ुश हो गया। लड़की सोलह की है। उसे डर था कि कहीं उसकी शादी भी किसी नौ-दस साल की बच्ची से न हो रही हो, जैसे विश्वा की हुई थी। वह अभी तक भी अपनी पत्नी को नौ–दस की ही मान कर चल रहा है।

"उसका नाम क्या है?"

"बहुत दिलचस्पी ले रहे हो। एक तुम्हारे भाई हैं..." सत्यभामा आँखें फैलाते हुए बोली।

"चंदनी..." सत्यभामा बोली तो शिवानन्द के दिल में झन्न से एक झंकार हुई। नाम भी अच्छा है, वह मन ही मन बोला। चंदनी!

शिवानन्द की मदद से सत्यभामा ने सभी को समय से भोजन खिला दिया। भोजन के साथ शिवानन्द द्वारा शहर से लाया गया आम का आचार और बेसन–बादाम के लडडू भी परसे गये। ब्रह्मानन्द चाचाजी की माँ और पत्नी ने शिवानन्द को प्यार से दुलारा। उनके लड़कों ने शिवानन्द को कतृज्ञता से निहारा।

विवाह का उन्माद भरा वार्तालाप भोजन सम्पन्न होने के बाद भी जारी रहा। रसोई का कपाट बन्द कर सत्यभामा भी उनके बीच आकर बैठ गयी। ब्रह्मानन्द चाचाजी की माँ भी इस उमंग भरे उत्साहित वातावरण का आनन्द उठा रही थी। कामना कर रही थी कि ये सुखद क्षण इसी तरह चलते रहें। मगर उनकी बूढ़ी, थकी आँखें बोझिल हुई जा रही थीं और थोड़ी ही देर में वह वहीं गठरी बन कर सो गयी। सत्यभामा ने उनके ऊपर रजाई डाल दी।

विवाह कार्यक्रम की रूपरेखा ब्रह्मानन्द चाचाजी ने तय की हुई थी कि अगले रोज साहपट्टा (सहपत्र) की रस्म अदा की जायेगी। उनका बड़ा लड़का विनोद साहपट्टा लेकर भाट गाँव जायेगा, लड़की वालों को वरपक्ष के कार्यक्रम से अवगत कराने के लिये। एक दिन वहाँ रह कर वह वापस लौटेगा। फिर एक दिन बाद हल्दी हाथ की रस्म सम्पन्न होगी, फिर मंगलस्नान, फिर दो दिन रूक कर बारात भाट गाँव को प्रस्थान करेगी। मंगलस्नान वाले दिन, बारात प्रस्थान वाले दिन, और जिस दिन बारात वधू को लेकर सेवल गाँव वापस लौटेगी, गाँववालों को प्रीतिभोज दिया जायेगा। विश्वानन्द ने एकदम से प्रतिवाद किया कि गाँव वालों को तीन दफा भोज खिलाने का क्या तात्पर्य है।

"आख़िर लड़के की शादी हो रही है। गाँव वालों को यह तीनों दिन भोज खिलाना ही पड़ेगा। सभी लोग खिलाते हैं।"

ब्रह्मानन्द चाचाजी की पत्नी, उनके बेटों और सत्यभामा ने भी हाँ में हाँ मिलाई। विश्वानन्द की चली नहीं। शिवानन्द तो बस मंत्रमुग्ध सब कुछ सुन रहा था। उसका बीच में कुछ बोलना शिष्टाचार के ख़िलाफ़ था। चंदनी नाम उसके कानों में लगातार गूँज रहा था।

चंदनी–उसकी भावी पत्नी...। शिवानन्द हैरत में कि जिस औरत को उसने अभी देखा तक नहीं, उसके प्रति मन में ये कैसे भाव फूट रहे हैं। क्यों कर वह उसके प्रति मन में प्रेम का एक अटूट बंधन महसूस करने लगा है। रात दस बजे चाचाजी का परिवार विदा हो गया। तीनों भाई और सत्यभामा अपने-अपने बिस्तरों पर सोने के लिये चले गये। सोने से पहले शिवानन्द ने फिर अपनी भावी पत्नी का नाम बुदबुदाया, "चंदनी... चंदनी।" मन में चंदनी की मीठी कल्पनायें लेकर वह सो गया।

दो

अगले रोज तड़के सुबह विनोद हल्दी से रंगा साहपट्टा लेकर भाट गाँव को निकल गया। उसके वापस लौटने में दो दिन का समय था। शिवानन्द जब भी गाँव आता उसके दिन व्यस्तता भरे होते, फिर इस बार तो उसकी शादी थी। अपने घर का उसने निरीक्षण किया। घर की पूरी परिधि देखी, छत पर चढ़कर देखा कि उनका मकान बिना मरम्मत के अभी कितने दिन और टिका रह सकता है। यह मकान उनके दादाजी का बनाया हुआ था और जबसे निर्मित हुआ था तबसे कोई ठोस मरम्मत नहीं हुई थी। ढहने वाली अवस्था में पहुँच गया था, जबरदस्त मरम्मत माँग रहा था। मगर रुपये...। लाचारी से शिवानन्द रुपयों के विषय में सोचने लगा कि कैसे उनका इन्तजाम किया जाये। कोई भी स्रोत नज़र नहीं आ रहा था। दो सालों से जो छोटी सी नौकरी वह कर रहा था, जो मामूली सी तन्ख्वाह उसे मिल रही थी, अपने को तंगहाली में रख कर जो कुछ वह बचा रहा था, उनसे पढ़ाई के दौरान लोगों से लिये कर्ज़े चुका रहा था।

मकान के निरीक्षण के बाद उसने खेतों पर जाकर फसल को देखा, गोशाला में बँधे डंगरों को देखा–बस एक गाय व बछिया बँधी थी। भाट गाँव बारात ले जाने का इन्तजाम करना था, फिर चाचाजी ने कहा था कि गाँव वालों को शादी के उपलक्ष्य में तीन समय का भोजन तो खिलाना ही पड़ेगा। उसका भी इन्तजाम करना था। ख़ैर यह सब विश्वा की ज़िम्मेदारी थी। इस मामले में उसने अपना योगदान, जो तीन सौ रुपये अपने साथ लाया था, सब विश्वा के हवाले कर दिये थे।

इतनी सारी चिन्तायें एवं परेशानियाँ...। फिलहाल इन सभी से अपने को मुक्त कर वह मंत्रमुग्ध हो गाँव की परिक्रमा करने लगा। लोग उससे विशेष भाव से मिल रहे थे। उसे बधाई दे रहे थे। घर के पीछे की पगडंडी में अचानक मल्खू दादाजी दिख गये। उनको देखते ही उन तीनों भाइयों का ख़ून खोल जाता था। मल्खू दादाजी भी उनकी उपस्थिति में असहज हो जाते थे। मल्खू दादाजी उनके अपने दादाजी के सौतेले भाई थे। देखा जाये तो वे ब्रह्मानन्द चाचाजी से अधिक क़रीब थे। मगर रिश्ते

में कई दरारें पड़ जाने की वजह से उनसे रिश्ते लगभग ख़त्म हो चुके थे। और वे उनके लिये गाँव के सबसे अपरिचित व्यक्ति बन गये थे ।

"कहाँ है मेरी दादी के गहने?" उन्हें देखकर यह प्रश्न शिवानन्द के जेहन में तबसे चीत्कार मचाता था जबसे उसकी दादी की मौत हुई थी। तब वह नौ साल का था।

अपने दादा-दादी और माँ की मौत का उसे अच्छे से ध्यान था। पिताजी की मौत की सिर्फ़ चर्चा भर ही सुनी थी कि वे गाँव से दूर धनपुर गौचर डांडा खाल पट्टी, रानीगढ़ में पटवारी के चपरासी थे। वह गाँव अचानक हैज़े महामारी की चपेट में आ गया। जब तक उन्हें कुछ समझ में आता और वे वहाँ से भागते कि संक्रमण ने उन्हें जकड़ लिया। रात भर गम्भीर, तीव्र, पानी जैसे दस्त उन्हें होते रहें और सुबह भी न हो पायी कि मृत्यु का ग्रास बन गये। उस गाँव से जब पिता की मौत की ख़बर आयी तो शिवानन्द के दादाजी अकेले ही अपने बेटे का अन्तिम संस्कार करने वहाँ गये। हैजे से संक्रमित उस गाँव में जाने की हिम्मत और कोई नहीं कर सका।

उस वीरान पड़े गाँव में मौत मंडरा रही थी। दादाजी ने अपने को वाइब्रियो कॉलेरी जीवाणु से किसी तरह बचा कर रखा। उस गाँव में कोई अन्न-जल ग्रहण नहीं किया। अपने एकमात्र बेटे को फूँक कर जब दादाजी धनपुर के श्मशान से वापस सेवल पहुँचे तो अपने बेटे के पुत्रों को उन्होंने गले लगा लिया। विश्वानन्द तब छह साल का, शिवानन्द ढाई का और देवानन्द दो घण्टे पहले ही जन्मा था। वैसे उसे दो महीने बाद पैदा होना था। लेकिन पिता की अकस्मात् मौत से माँ को जो सदमा पहुँचा उससे उनके शरीर में तीव्र प्रतिक्रिया हुई, और वह प्रसव वेदना में चली गयी। लेकिन देवानन्द समय से पहले जन्म लेने के बावजूद लगभग पूरी तरह विकसित था, सिवाय उसके फेफड़ों के। पैदा होने व गर्भनाल काटने के बाद साँस उसके गले में कुछ क्षणों के लिये फंसी रही और तब से आज तक जब-तब उसकी साँस गले में फंस जाती है।

काफ़ी देर तक दादाजी ने अपने दिवंगत बेटे के बेटों को अपने से चिपका कर रखा। जो कुछ सुख-साधन उनके पास थे, उसी से उन्हें पाला-पोसा। अपनी बहू के नाम पेंशन लगवाने की भी भरसक कोशिश की, लेकिन उस समय की चार-पाँच रुपये की पेंशन भी बहू तक नहीं पहुँच पायी। इस कारण वह पूरी तरह से दादाजी पर ही आश्रित रही। जब वह आठ साल का था, दादाजी का साथ छूट गया। दादी एक साल और जीवित रहीं। खेद की बात यह थी कि दादी और माँ के बीच कभी भी सही सम्बन्ध नहीं बन पाए। दादा की मौत और दादी की असाध्य पक्षाघात

बीमारी के बावजूद, कोई भी संवेदनशील बात माँ को दादी के क़रीब नहीं ला पाई। मनमुटाव इतना गहरा था कि दादी का अन्तिम वर्ष, जो उन्होंने बिस्तर पर पड़े-पड़े बिताया, में उनकी सेवा-टहल मल्खू दादाजी ने की थी। दादी ने जब आँखें मूँदीं, तो वह अपने सौतेले देवर मल्खू के प्रति कृतज्ञता से भरी थीं। वह ही उनके सबसे भरोसेमन्द इन्सान थे। मरने से पहले दादी ने अपने गहनों की पोटली और घर के अन्य जेवरात मल्खू के हवाले कर दिए, अपनी सांकेतिक भाषा में उन्हें समझाते हुए कि यह उनके पोतों के लिए हैं। मल्खू ने पोटली लेते वक़्त अपनी भाभी को पूरा आश्वासन दिया कि वह उनके पोतों की देखभाल करेगा, लेकिन वह गहने पोतों को कभी नहीं लौटाए गये।

माँ ने कई बार मल्खू दादाजी से अपने घर के गहने माँगे। तीनों भाइयों ने भी कई बार मल्खू दादाज़ी से कहा कि वे उन्हें वह पोटली दे दें जो मरने से पहले उनकी दादी उन्हें सौंप गयी। मगर मल्खू दादाजी साफ़ मुकर गये। बोलते कि उनकी दादी ने उन्हें ऐसी कोई पोटली नहीं पकड़ाई। कभी कहते कि वह तो उनकी भाभी ने उन्हें उपहारस्वरूप दिया। उन्होंने उनकी इतनी सेवा जो की। शिवानन्द को माँ की प्रिय कहावत याद आ जाती। वह हारे स्वर में कहा करती थी–दुनिया को क्या कोसे जब अपनों ने ही ठगा है।

"बधाई हो, शिवा। सुना कि तेरी शादी है," मल्खू दादाजी बोले तो शिवा उन्हें नज़रअन्दाज नहीं कर सका। आगे बढ़ कर उसने उन्हें सेवा लगाई।

"किस गाँव की है लड़की?"

"भाट गाँव के भट्ट लोग हैं वे," शिवा शर्माते हुये बोला।

"ख़ूब, बहुत ख़ूब। और तेरी नौकरी कैसी चल रही है? क्या करता है तू?"

"हाँ, सब अच्छा है, दादाजी। पहले साहब लोगों को पानी पिलाता था। अब कुछ महीनों से फ़ाइल इधर से उधर पहुँचाने के काम पर लग गया हूँ। साहब लोगों में कभी-कभी गोरे अंग्रेज़ भी होते हैं।"

"बहुत अच्छा, बहुत अच्छा।" मल्खू दादाजी जैसे लोगों के लिये गाँव छोड़कर शहर में रहना, सरकारी दफ्तर में काम करना और साहब लोगों के क़रीब होना ही बहुत बड़ी बात थी, चाहे पानी ही पिलाने का काम करना पड़े।

और दादी जी वग़ैरह कैसे हैं?"

"दादी तेरी ठीक नहीं है," वे मायूसी से बोले। एक क्षण उपरान्त थोड़े शर्माते हुये से बोले, "एक और बेटी पैदा हुई है। बस बच्ची के जन्म के बाद उसकी हालत बहुत बिगड़ गयी थी जो अभी तक सुधरी नहीं। चार महीने हो गये।"

शिवानन्द जब–जब गाँव आता, यह ख़बर उसे ज़रूर मिलती कि मल्खू

दादाजी के घर फिर एक बच्चा जन्मा है। हालाँकि मल्खू दादाजी इतने बूढ़े नहीं थे कि उन्हें दादाजी कहा जाये मगर इस उम्र में उनके बच्चे पैदा हो, इतने जवान भी नहीं रह गये थे।

"चल, मिल ले अपनी दादी से," मल्खू दादाजी अपने घर की दिशा की तरफ़ संकेत करते हुये बोले। शिवानन्द के मन में इतना हर्ष समाया हुआ था कि अपनों-परायों के प्रति समाई सारी कटुता फिलहाल मिट चुकी थी। वह उन्हें मना नहीं कर सका और उनके साथ चलते हुये उनके घर की देहरी पर आ गया।

मल्खू दादाजी के बच्चों की पलटन ने उसे घेर लिया। कुछ गोदी में चढ़ गये तो कुछ पैरों पर रेंगने लगे। शिवानन्द ने गिना तो वे नम्बर में सात थे और सबसे बड़ा मुश्किल से बारह–चौदह का लग रहा था। "आपका आठवाँ बच्चा हुआ है न?" शिवानन्द ने मल्खू दादाजी से पूछा।

"हुआ तो ग्यारहवाँ है। मगर तीन बीच में मर गये।"

शिवानन्द उनके बच्चों से उनके नाम पूछने लगा, उनसे बतियाने लगा। झुण्ड में कोई बच्चा उसे चाचा पुकार रहा था तो कोई भैया तो कोई केवल शिवा। उम्र उनकी कुछ भी रही हो, रिश्ते में वे सभी उसके चाचा या बुआ थे। थोड़ी देर में मल्खू दादा जी शिवानन्द को घर के अन्दर उस अँधेरी कोठरी में ले गये जहाँ उनकी पत्नी निर्जीव सी लेटी थी। कोठरी में एक अजीब सी गन्ध समाई थी। "देखो, शिवा आया है," वे पत्नी से बोले तो उसके बेजान शरीर में हरकत हुई।

शिवानन्द अँधेरे में उनके पाँव का अन्दाज़ा करके प्रणाम करने के लिये झुका तो उन्होंने उठकर उसका सिर पकड़ लिया और सहलाने लगी। शिवानन्द को मजबूरन उनके गंदे बिस्तर पर बैठना पड़ा।

एक क्षण बाद वह मुँह सिकोड़ते हुये बोला, "दादाजी यहाँ बड़ी महक है, जरा खिड़की और दरवाज़ा खोलिये। बीमार व्यक्ति के कमरे में वैसे भी ताजी हवा का आगमन होना चाहिये।"

मल्खू दादाजी ने बन्द खिड़की और दरवाज़ा पूरा खोला तो उनकी पत्नी की आकृति शिवानन्द को दिखने लगी। आँखों के नीचे गहरा स्याहपन, चेहरा पूरा झाँइयों से भरा हुआ। चमड़ी इतनी पतली हो गयी थी कि हडिडयों से बुरी तरह चिपक गयी थी। मगर शिवानन्द की आँखें उनके रूप की बदरूपता से परे उनके गले पर चिपके उस गुलबन्द, और कानों के उन कुंडलों पर तनी थीं, जो वह जानता था कि ये सब उसकी दादी के थे।

"क्या है तेरी होने वाली बहू का नाम?" उन्होंने उत्सुकता से पूछा तो शिवानन्द

का ध्यान एकदम से उन आभूषणों से हट कर अपनी भावी पत्नी की तरफ़ चला गया।

"चंदनी," वह हौले से बोला। उसका नाम लेते हुये उसका दिल कुहुक गया। अगले पल मल्खू दादा जी से मुखातिब हो कर बोला, "दादी का इलाज नहीं करवा रहे किसी से?"

मल्खू दादाजी झिझकते हुये बोले, "अगर विश्वा यहाँ आ जाता, कुछ टॉनिक वग़ैरह अपनी दादी को दे जाता तो...।"

शिवानन्द का चेहरा गम्भीर हो गया। "दादाजी, मैं तो फिर भी आपके घर आ जाता हूँ। मगर आप जानते हैं कि विश्वा आपके घर कभी नहीं आएगा।"

"तुम लोगों को अभी तक ग़लतफहमी है कि तुम्हारी दादी के गहने मेरे पास है," मल्खू दादा जिस बात को पिछले सोलह वर्षों में हज़ारों पर दोहरा चुके थे, आज फिर दोहरा दी, थोड़े उत्तेजित स्वर में।

"तो फिर किसके पास है?" शिवानन्द ने तल्खी से पूछा।

मल्खू दादा कन्धे उचकाते हुये बोले, "मुझे क्या मालूम।"

उनकी पत्नी के गले व कानों में सजे सुनहले गहनों को घूरते हुये शिवानन्द ने प्रश्न किया, "आपके पास पत्नी के इलाज के लिये पैसा नहीं है। उसे पहनाने के लिये ये क़ीमती गहने कहाँ से आये?"

"ये इसके बाप के दिये हुये है शादी के वक़्त।"

पत्नी के हाथ एकदम से अपने गहनों पर चले गये जैसे शिवानन्द उन्हें झपट न ले।

जितना भी दाएँ-बाएँ कर लो मल्खू दादाजी से भेंट होने पर यह बहस छिड़ ही जाती थी। उनसे हर मुलाकात की परिणति एक कभी न ख़त्म होने वाली तकरार में होती थी। उनके साथ जो कटुता थी वह न चाहते हुए भी हर अगली मुलाकात के बाद और गहरा जाती।

शिवानन्द ग़ुस्से से दनदनाता उनके घर से बाहर निकल आया। पीछे से मल्खू दादाजी बड़बड़ाने लगे, "देखो, कैसे अहसान फरामोस हैं ये लड़के! इनकी दादी जब मर रही थी तो मैंने उसकी इतनी सेवा की। सारी शरम-हया छोड़ कर बिस्तर पर बुढ़िया का गू–मूत साफ़ किया। इनकी माँ से तो बुढ़िया को एक गिलास पानी का भी आसरा नहीं था। और ये लड़के जवान होकर मुझे धमकाते हैं। अरे शुक्र मनाओ मेरा जो मैंने तुम्हारी दादी की मरते वक़्त देखभाल की, नहीं तो बुढ़िया वह नरक भोगती कि उसकी आने वाली कई पीढ़ियां उसके अभिशाप से बच नहीं पातीं...।"

उनकी बड़बड़ाहट को पूरी तरह उपेक्षित कर शिवानन्द सीधे अपने घर लौट

आया। मूड उसका ख़राब हो चुका था।

चौक में सत्यभामा धान कूट रही थी। देवानन्द हमेशा की तरह सुस्त सा छज्जे पर बैठा था, अपनी ही दुनिया में खोया हुआ। विश्वानन्द कुछ काग़ज़–पत्रों की जाँच-पड़ताल कर रहा था। घर में इतनी शान्ति थी कि लग ही नहीं रहा था कि तीन दिन बाद उसकी शादी है। केवल सत्यभामा जो ओखली चला रही थी, उसी का स्पन्दन था। वह अपने भाइयों के पास छज्जे पर चुपचाप बैठ गया। थोड़ी देर में विश्वा से बोला, "मैं मल्खू दादा के घर गया था। उनकी पत्नी बहुत बीमार है। मल्खू दादा कह रहे थे कि अगर आप दादी को कोई टॉनिक वग़ैरह...।"

"उस नीच का मेरे सामने नाम मत ले," विश्वानन्द बोला, और काग़ज़ों पर फिर नज़र टिका दी। शिवानन्द थोड़ी देर यूँ ही अन्यमनस्क से बैठे रहने के उपरान्त सीढ़िया उतर कर ओखली के पास चला गया और सत्यभामा की धान कूटने में मदद करने लगा।

विश्वानन्द योग्यता से आधा–अधूरा ही सही, मगर अहसास से पूरा डॉक्टर था। अपने पेशे के ख़िलाफ़ वह बगावत नहीं कर सकता था। बीमार को देखना उसका फर्ज़ था। हालाँकि उसने शिवानन्द को कुछ नहीं बताया मगर वह चुपचाप मल्खू दादाजी के घर उनकी पत्नी को देखने गया। शिवानन्द को तब पता चला जब मल्खू दादाजी शाम को शिवानन्द को फिर मिल गये, गधेरे के पास। उसे देखते ही उनके चेहरे पर प्रसन्नता के भाव आ गये। सुबह जो उनके साथ बहस हुई थी, यह मुस्कुराहट उनसे अपेक्षित नहीं थी।

"विश्वा आया था अपनी दादी को देखने," वे चहकते हुये बोले। "अपने साथ अपना डॉक्टरी बैग लेकर। अपनी दादी का उसने ख़ून का दबाव देखा। आले से गला, छाती, पेट देखा। उसने तुरन्त उसकी जांघ पर एक इंजेक्शन लगाया। गोलियाँ दी, टॉनिक की शीशियाँ भी दी। और कहा कि दादी को पौष्टिक आहार दो।"

शिवानन्द भी ख़ुश हो गया। "दादी ठीक हो जाएगी," उसने भी उन्हें अपनी तरफ़ से आश्वासन दिया।

मल्खू दादाजी फफक पड़े। अपनत्व से उसका हाथ पकड़ते हुये भावुक स्वर में बोले, "उसे ठीक हो जाना चाहिये, शिवा। नहीं तो इतने सारे बच्चे कौन सँभालेगा?"

"दादी ठीक हो जाएगी, दादाजी। आप फिक्र मत करिये," उसने दिलासा दी। अगर मल्खू दादाजी से वे अपनी दादी के गहनों की कोई बात न करे तो उनसे उनकी कोई कटुता नहीं थी।

तीन

दोपहर से ही विनोद का इन्तज़ार होने लगा। लड़की वालों को वरपक्ष का कार्यक्रम सौंप कर उसे वधूपक्ष का कार्यक्रम लेकर आना था। शाम के चार बजे तक ब्रह्मानन्द चाचाजी भी उनके घर पहुँच गये। विनोद की प्रतीक्षा के साथ-साथ आगे की रूपरेखा तय की जाने लगी। अगले दिन से विवाह की अन्य रस्में शुरू होनी थीं। विश्वानन्द ने बताया कि उसने गौचर में आलू-गोभी और आटा-चावल के कट्टों के साथ गुड़ की भेलियों का भी ऑर्डर कर दिया है। गाँव के जो चार सरौला (उच्च ब्राह्मण) परिवार हैं, उन्होंने भोजन पकाने का जिम्मा ले लिया है। सभी ग्रामवासियों को तीन दिन के प्रीतिभोज का निमन्त्रण दे दिया गया है। शिवानन्द बड़े चाव से सब कुछ सुन रहा था। उसके मन में उत्सुकता थी–विनोद चंदनी से अवश्य मिला होगा। वह उससे पूछेगा कि उसे चंदनी कैसी लगी, देखने में कैसी है?

बातचीत के दौरान रह–रह कर हर किसी की नज़र पहाड़ के नीचे सरकती पगडंडी पर चली जाती। मगर उस पर विनोद चलता नज़र नहीं आ रहा था। "इसे तो अब तक आ जाना चाहिये था," ब्रह्मानन्द चाचाजी अपनी शंका व्यक्त करते जा रहे थे।

जब छज्जे पर बैठे-बैठे वार्तालाप करते हुए सभी को दो घण्टे हो गये, तो पगडंडी पर विनोद को आते हुए देखा। सभी के चेहरों पर प्रसन्नता छा गयी। शिवा की तो बाँछें खिल गयीं। उसने मंत्रमुग्ध होकर चारों ओर निहारा। यह बसन्त का प्यारा दिन था। घर के जंगले (झरोखे) से विस्तृत परिदृश्य स्पष्ट दृष्टिगोचर होता था–स्लेटी पहाड़, ढलानों पर हरे-भरे चीड़ के झुरमुट, सर्पाकार पगडण्डियाँ, क्षितिज में स्वच्छन्द मंडराते बादलों के झुण्ड, और दूर घाटी में बहती उदात्त पहाड़ी नदी। सायंकाल की ठण्डक में यह दृश्य बेहद सुव्यवस्थित और समन्वयपूर्ण लग रहा था, मानो प्रकृति ने इसे बड़े ही प्रेम से सँवारा हो।

नीचे पगडंडी पर विनोद घर की तरफ़ बढ़ता चला आ रहा था। उसके हाथों में कोई कंडी, कोई टोकरी नहीं। मुख मुद्रा गम्भीर। जब वह निकट पहुँचा तो सभी

ने उसे देखा। उसका चेहरा पढ़ा-थका व निराश चेहरा। दोनों हाथ खाली। लड़की वालों ने शगुन की कोई मिठाई नहीं भेजी ! कोई कलेवा नहीं दिया। चौक पार करके, सीढ़ियाँ चढ़ कर वह उन सभी के बीच थका-सा बरामदे में बैठ गया।

उसके हावभाव देख कर सभी शंका से भर गये। "लड़की वालों ने शादी के लिये मना कर दिया," वह उदास स्वर में बोला। सभी बुरी तरह चौंक गये।

"क्यों?" ब्रह्मानन्द चाचाजी ने प्रश्न दागा।

"वे कहते हैं कि लड़का बहुत ग़रीब घर का है," कह कर विनोद शिवानन्द की तरफ़ लाचारी से देखने लगा। शिवानन्द के साथ–साथ विश्वानन्द और देवानन्द भी हतप्रभ। "वे कहते हैं कि लड़के वालों के पास न ज़्यादा खेत हैं, न ज़्यादा मवेशी है, न ही बड़ा घर है। ऐसे दरिद्र घर में उनको अपनी लड़की नहीं देनी।"

"यह सब उन्हें पहले नज़र नहीं आया," विश्वानन्द ग़ुस्से से बोला। "छह महीने पहले बात पक्की हो गयी थी। शादी से दो दिन पहले उन्हें यह सब कमियाँ नज़र आ रही हैं?"

"मैंने उन्हें बहुत समझाया," विनोद बोला। "उनसे कहा कि लड़का अपनी शादी के लिये शहर से गाँव पहुँच चुका है। उसका बड़ा भाई भी इलाहाबाद, इत्ती दूर से आ गया है। सारा गाँव इस शादी की इन्तज़ारी कर रहा है। ऐसे ऐन मौके पर मना करके बहुत बदनामी हो जायेगी। मगर उन्होंने मेरी एक न सुनी। कहते गये कि लड़का दरिद्रनारायण है। अनाथ भी है। न उसकी माँ है, न पिता। बचपन में गाँव वालों के पुराने कपड़े पहन कर वह बड़ा हुआ। गाँव वालों की जूठन खाकर उसने पेट भरा। लोगों से क़र्ज़ा लेकर वह पढ़ा। गले तक क़र्ज़े में डूबा है...। उन्हें पहले यह सब नहीं मालूम था। अब उन्हें हमारे ही किसी गाँव वाले से यह सब पता चला है...।"

"किसने? मल्खू...?" ब्रह्मानन्द चाचाजी बोले। सभी का शक एकदम से मल्खू दादा जी की तरफ़ गया।

"जिसने भी बताया...वे कहते हैं कि जानबूझ कर उन्हें अपनी लड़की कुएँ में नहीं धकेलनी।"

जैसे–जैसे विनोद उनकी ज़िन्दगी की दारूण कथा बोलता जा रहा था, तीनों भाई एक–दूसरे को भौचक्के से ताक़ते जा रहे थे। उनकी ग़रीबी का इतना मज़ाक़ अभी तक किसी नहीं बनाया था। उन्होंने शिवानन्द की शैक्षिक योग्यताओं का भी कोई मोल नहीं रखा। वह अपने गाँव का पहला हाईस्कूल है; पहली बार में ही सेकिण्ड डिवीजन से पास हुआ है। शिवानन्द को वह दिन याद आने लगा जब वह

हाईस्कूल का परीक्षा परिणाम निकला था। सभी ग्रामवासियों ने उसे घेर कर एक जुलूस निकाला था। आख़िर उनके घोर, उपेक्षित गाँव का एक नवयुवक हाईस्कूल पास हो गया है। शिवानन्द को गेंदे, बुरांश के फूलों की मालाओं से लाद दिया था। गाँव के युवकों ने उसे अपने कन्धों पर बैठा कर पूरे गाँव का चक्कर लगाया था। तब माँ ज़िन्दा थी...। शिवानन्द को निहारते हुए गर्वित हो रही थी। रह–रह कर उसकी आँखों से ख़ुशी के आँसू छलके जा रहे थे।

विनोद कुछ पल ख़ामोश होकर फिर चालू हो गया, “उन्होंने कहा लड़के का बड़ा भाई पता नहीं किस छोटी जाति के बंगाली परिवार के साथ रहता है। वहाँ उनके साथ मांस-मच्छी खाता है, सिगरेट और दारू पीता है। उन्हें पथभ्रष्टों के घर अपनी लड़की नहीं देनी।”

विश्वानन्द और शिवानन्द ने एक-दूसरे को देखा। विनोद को ख़ामोश करते हुये विश्वानन्द दहाड़ा, “बहुत हो गया, विनोद। अब ख़ामोश। हमें आगे कुछ नहीं सुनना। उनकी लड़की उन्हीं को मुबारक!”

विनोद सकपका कर चुप हो गया। विश्वानन्द शिवानन्द की ओर उन्मुख होकर बोला, “चल शिवा, यहाँ से चल। यहाँ हम तेरी शादी के लिए आये थे। जब शादी रद्द हो गयी तो यहाँ टिके रहने से क्या फायदा? चल...।”

शिवानन्द हामी भरते हुये उठने लगा कि ब्रह्मानन्द चाचाजी हौले से बोले, “अभी मत जाओ। शाम बहुत हो गयी है। कल सुबह चले जाना।”

होने वाली शादी की वजह से घर में जो उन्मुक्तता छायी थी, उसे नीरसता में बदलने में समय नहीं लगा। सभी के मन में गहरी उदासी छा गयी। किसी के पास कहने को कुछ नही। हर कोई गुमसुम। ब्रह्मानन्द चाचाजी भी ख़ामोश बैठ गये। पड़ोसी जयदत्त राड़ा बाहर–भीतर कर रहा था। उन सभी को गमगीन बैठे देख अचरज कर रहा था कि दो दिन बाद घर में शादी है तो यह कैसी उदासी। वह चुप नहीं रह सका, पूछ ही लिया, “क्या हो गया? आप सब ऐसे दुखी भाव से क्यों बैठे हो? सब ख़ैरियत तो है?”

किसी ने उसके प्रश्न का कोई जवाब नहीं दिया। मल्खू दादाजी के बाद गाँव में अगर कोई उनके दिलों में काँटा चुभाता था तो वह यही पड़ोसी जयदत्त राड़ा था, जिससे घर के रास्ते को लेकर कभी न सुलझने वाली पुश्तैनी लड़ाई चल रही थी। उनके दादा–दादी उसके पिता से लड़ते हुये मर चुके थे। माँ उससे लड़ते हुये मर गयी थी। अब लड़ाई विश्वानन्द, शिवानन्द, देवानन्द और जयदत्त के लड़कों के बीच हस्तान्तरित हो गयी थी।

"परसों शिवा की शादी है न?" वह फिर बोला। उसे टालना आसान नहीं था। सो ब्रह्मानन्द चाचाजी ने इंकार में सिर हिला दिया।

"क्यों क्या हुआ?" वह कौतुक भाव से बोला।

"शादी टूट गयी है," ब्रह्मानन्द चाचाजी दुखी स्वर में बोले।

"हैं! शादी टूट गयी!" वह आश्चर्य से बोला, मगर अपने दिल की ख़ुशी को चेहरे पर आने से रोक न पाया। जल्दी से वह अपने घर के अन्दर भागा और थोड़ी ही देर में उसके साथ उसका पूरा कुनबा-पत्नी, पुत्र, पुत्रवधुवें चेहरे पर खोखली सहानुभूति ओढ़े उनके चौक पर आ गये।

"ओह...कैसे टूट गयी शादी? बड़े दुख की बात है...।"

वह सभी मल्खू दादा जी पर शक कर रहे थे। मगर अब उन्हें लग रहा था कि वह व्यक्ति जिसने लड़की वालों को भड़काया, वह सम्भवतः जयदत्त है। "जयदत्त क्या तू ही है वह नीच आदमी..." अचानक ब्रह्मानन्द चाचाजी दहाड़े, दनादन सीढ़ियां उतर कर चौक पर उससे उलझ गये। "तूने ही लड़की वालों को भड़का कर शिवानन्द की सगाई तुड़वाई है।"

"हमने किसी से कुछ नहीं कहा," जयदत्त गुर्राया। "हमें क्या ज़रूरत पड़ी है?"

उसका लम्बा–तगड़ा लड़का अपने पिता का बचाव करते हुये बोला, "शिवा चाहे किसी हूर की परी से शादी करे या किसी लूली–लगड़ी से, हमें उसकी शादी से जरा भी मतलब नहीं। हम किसी लड़की के बाप को भड़का कर अपना समय नहीं नष्ट करने वाले। हमारे पास ज़्यादा बेहतर काम हैं करने के लिए।"

विश्वानन्द ने शिवानन्द को संकेत किया कि चल यहाँ से। इशारा ऐसा था जैसे कह रहा हो कि अगर वे गाँव में बैठे रहे तो जयदत्त क्या उन्हें पूरे गाँव वालों का सामना करना पड़ेगा। कोई उपहास उड़ाएगा तो कोई कोरी सहानुभूति दिखाएगा। दिल उनका हर हाल में छलनी होगा।

दोनों भाई अन्दर कमरे में आये। फटाफट कपड़े बदल कर अपने–अपने बैग पैक करने लगे। शिवानन्द के बैग में अभी भी वह रेशमी साड़ी पड़ी थी जो वह अपनी भावी पत्नी के लिए लेकर आया था। साड़ी को एक पल उसने वितृष्णा से देखा फिर अपने बैग से निकाल कर बाहर पटक दी।

विश्वानन्द और देवानन्द दोनों ने साड़ी को निहारा लेकिन किसी ने कुछ नहीं कहा।

कन्धों पर अपने बैग तान कर दोनों घर से बाहर निकलने लगे तो देवानन्द ने टोका, "अरे भाभी से तो मिल कर जाओ। वह चाचाजी के चौक पर दाल पीस रही है।"

अगले रोज शिवानन्द की होने वाली हल्दी हाथ की रस्म के लिए सत्यभामा ब्रह्मानन्द चाचाजी के चौक पर गाँव की कुछ अन्य औरतों के साथ मिलकर उड़द की दाल पीस रही थी। शिवानन्द रुकने को होने लगा कि विश्वानन्द बोला, "चल चल...। जल्दी से फूट यहाँ से।"

देवानन्द सत्यभामा को सूचित करने के लिए ब्रह्मानन्द चाचाजी के घर की तरफ़ दौड़ पड़ा। शिवानन्द और विश्वानन्द चौक पर जयदत्त से उलझे हुए ब्रह्मानन्द चाचाजी को प्रणाम किया। "अच्छा चाचाजी, किसी से लड़ने की ज़रूरत नहीं है। हम यहाँ से जा रहे हैं," विश्वानन्द बोला।

ब्रह्मानन्द चाचाजी ने गमगीन आँखों से शिवानन्द को निहारा, दुखी भाव से बोले, "उन कम्बख्त लड़की वालों की वजह से तेरी शादी साल भर के लिए और टल गयी। इतना समय तो लग ही जाएगा किसी दूसरी लड़की को ढूँढने में...।"

दोनों भाइयों ने घर से पहाड़ी की पहली ढलान उतरी कि पीछे से उनके कानों में स्वर गूँजा, "अरे रुको। कहाँ जा रहे हो?"

दोनों चलते हुये रुक गये। पीछे मुड़कर देखा–सत्यभामा खड़ी थी। भागते हुये ढलान उतर कर वह उनके क़रीब पहुँची। उसके हाथ दाल से सने हुये थे। "इस तरीक़े से चुपचाप कायरों की तरह भाग कर क्यों जा रहे हो?" उसने रुआँसे स्वर में पूछा। उसकी बड़ी-बड़ी आँखों में आँसू झिलमिला रहे थे। ये आँसू शिवानन्द की शादी टूट जाने की वजह से उमड़े थे या पति के उससे बिना मिले ही वहाँ से चले जाने की वजह से, कुछ स्पष्ट नहीं था।

"हम बाद में आयेंगे। अपना ख्याल रखना," विश्वानन्द सत्यभामा से ऐसे बोला जैसे उसे टालना चाहता हो। "चल शिवा," उसने शिवानन्द का कन्धा पकड़ कर उसे चलने का संकेत किया। शिवानन्द अपने भाई से पूछना चाहता था कि वह अपनी पत्नी के साथ ऐसे उदासीन भाव से क्यों रहता है। "भाई, भाभी जवान हो गयी है," वह उससे एक अर्थपूर्ण तरीक़े से बोला।

विश्वानन्द ने एक उड़ती नज़र सत्यभामा पर डाली। बिना कोई उत्सुकता दिखाये उससे बोला, "चल, चल यहाँ से।"

उसकी इस बेरुखी से सत्यभामा के चेहरे पर और लाचारी के भाव आ गये। शिवानन्द ने सत्यभामा पर सहानुभूति की एक भरपूर नज़र डाली। फिर हाथ लहराते हुये विश्वानन्द के साथ ढलान उतरने लगा। कुछ दूर चलकर जब उसने पीछे मुड़कर देखा तो सत्यभामा अपनी जगह पर खड़ी रो रही थी।

रास्ते भर दोनों भाइयों के बीच किसी शब्द का आदान–प्रदान नहीं हुआ। दोनों

नि:शब्द पहाड़ों की नीरवता को चीरते हुये ढलान उतरते जा रहे थे। सिर्फ़ घास, मिट्टी, गारे व पत्थरों को रौंदते उनके जूतों की ही आवाज़ गूँज रही थी। अँधेरा घिर आया था और विश्वानन्द ने टार्च जला ली थी। शिवानन्द के कानों में रह–रह कर लड़की वालों के शब्द...लड़का बहुत ग़रीब घर का है। गाँव वालों के उतरे कपड़े पहन कर उसका बचपन बीता, लोगों की जूठन खाकर वह बड़ा हुआ...उसके दिल में दंश मार रहे थे। शब्द कड़वे ज़रूर थे मगर मिथ्या नहीं थे। जो कुछ भी उन्होंने कहा, सच था।

चन्द्रमा की रोशनी में उनकी आकृतियाँ पगडंडी से लगे हुये खेतों में जो लम्बी-लम्बी परछाइयाँ बना रही थीं, उनमें शिवानन्द को अपनी बीती ज़िन्दगी के पच्चीस वर्ष नज़र आने लगे...।

दादा–दादी से माँ के सम्बन्ध चाहे जैसे भी रहे हो, उनके जीते जी माँ को अपने तीन पुत्रों के पेट भरने की चिन्ता नहीं करनी पड़ी थी। मगर दादा-दादी की मौत के बाद इस समस्या ने माँ के सम्मुख विकराल रूप धारण कर लिया। विश्वा पढ़ रहा था, और देवा भी। शिवानन्द ने दस वर्षो तक स्कूल का माहौल नहीं देखा था। सिर्फ़ दूर खेतों में गाय-बैल चराते वक़्त वह वहाँ से स्कूल को ताका करता। यह माँ का फ़ैसला था कि बीच का लड़का स्कूल नहीं जायेगा। बाद में शास्त्री की पढ़ाई करेगा। पुश्तैनी पेशे में लिप्त होगा। घर-बाहर के कामों में उनकी मदद करेगा। जजमानों के घर पूजा-पाठ करेगा। उसे घर व खेत के काम से कोई परहेज नहीं था। लेकिन माँ जो हर तीज-त्योहार पर उसकी कमर पर धोती लपेट और सिर पर पण्डितों वाली सफ़ेद टोपी पहना, दो थैलों के साथ उसे जजमानों के घर वसूली के लिए भेजती थी वह उसे बेहद अपमानजनक लगता था। पड़ोसी गाँवों में उनके चार-पांच जजमान रहते थे। जैसे ही वह थैले लेकर उनके द्वार पर पहुँचता, हिकारत के भाव उनके चेहरों पर आ जाते। "आ गया फिर ब्राह्मण का छोकरा !" वे तल्खी से बोलते।

शिवानन्द थैले थामे ख़ामोश उनके चौक पर बैठ जाता और तब तक नहीं हिलता जब तक वे उसके थैलों में अनाज नहीं डाल देते। कई घरों में उसने पति–पत्नी के बीच उसके थैलों में अनाज डालने की बात में बहस होते हुये सुनी। वह भली–भाँति समझता था कि यह उनकी कोई श्रद्धा नहीं बल्कि एक मजबूरी है कि वे सदियों से चली आ रही पुरखों की इस परम्परा को निभाये-अपने कुल के ब्राह्मण को तीज-त्योहारों पर अपने घर के अनाज से एक हिस्सा बतौर सिद्धा (दान-दक्षिणा) दें।

जजमानों के घर से लौटने के बाद वह हर बार माँ से कहा करता, "माँ, मुझे उनके घर भीख माँगने मत भेजा करो। वे इस भाव से आटा–चावल मेरे थैले में फेंकते है कि जैसे बहुत अहसान कर रहे हो। शर्म आती मुझे।"

"चाहे जिस भाव से फेंकते हैं मगर फेंकते तो हैं," माँ निर्लिप्त भाव से बोली। "और, शिवा, इतना अंहकार लेकर जीने की ज़रूरत नही। हमारी यह औकात नहीं कि इतने गुरूर से जिये। हमारी माली हालत बहुत ख़राब है।"

उनकी ज़िन्दगी की स्थितियाँ निःसन्देह ऐसी नहीं थी कि वे सीना तानकर जी सकें। कइयों के अहसान तले वे तीनों भाई दबे हुये थे। गाँव वाले उन्हें अपने घर का बासी खाना देते थे पेट भरने के लिए, अपने पुराने कपड़े देते थे तन ढकने के लिए। पड़ोसी गाँव के जजमान उन्हें हर तीज-त्योहार पर कुछ दान–दक्षिणा दे देते थे...।

अगली एकादशी पर जब वह जजमानों से दान–दक्षिणा बटोरने गया तो माँ साथ होली। "उनसे सिद्धा हमें भीख समझ कर नहीं, शिवा, अपना अधिकार समझ कर लेना है", माँ रास्ते में बोली। हरेक जजमान से माँ ने तर्क किया: "आप इससे सहमत हैं कि हम आपके ब्राह्मण और आप हमारे जजमान हैं?"

उन्होंने सहमति में गर्दन हिलाई।

"जजमानों का अपने ब्राह्मणों को दान देने का दस्तूर है।

"हाँ। हम आपके कद्रदान हैं।"

"ये नियम मैंने तो नहीं बनाये?"

"नहीं।"

"फिर आप लोग क्यों मेरे लड़के को भीख समझ कर सिद्धा देते हो?" माँ गरजी। "अगली बार से मेरा लड़का आपके दरवाज़े पर नहीं आप हमारे दरवाज़े पर हमें सिद्धा देने आओगे। अगर आपमें हिम्मत है तो तोड़ दीजिये ये सामाजिक नियम, जो हज़ारों सालों से चल रहे हैं। हम भी आपकी ऋद्धि-सिद्धि के लिए कामना करना छोड़ देगें। अपने घर की पूजा–पाठ आप गाँव के डोमों से करवा लेना।"

सभी जजमान माँ के तर्कों के आगे सिटपिटा कर खड़े हो गये, डर भी गये। अगली पूर्णमासी पर वे सचमुच उनके घर ख़ुद ही सिद्धा पहुँचा गये। अपनी माँ की इस धाक से शिवानन्द बड़ा प्रभावित हुआ। लेकिन यह सिर्फ़ दो–तीन त्योहारों तक ही चला। धीरे-धीरे जजमानों ने आना छोड़ दिया।

जब फिर से एकादशी आई और जजमान सिद्धा देने नहीं पहुँचे तो माँ दूर पहाड़ी की ढलान पर पगडंडी को देख कर सिहरते हुए बोलती, "ये जजमान अभी तक क्यों नहीं आये, शिवा? ऐसा कर तू ही उनके दरवाज़े जा," माँ थके स्वर में

सुझाती।" फिर दो थैले उसके सामने डाल देती।

शिवानन्द अपना सारा आत्मगौरव त्याग कर थैले उठा जजमानों के घर की तरफ़ निकल जाता। वह भी जानता था कि जजमानों की दान-दक्षिणा के बगैर उनका काम नहीं चलेगा...।

अपने ख्यालों में शिवानन्द को पता ही नहीं चला कि कब वे लम्बी दूरी तय करके गौचर पहुँच गये। विश्वानन्द की कलाई में हमेशा घड़ी बँधी रहती थी, बंगाली बाबू ने उसे दे रखी थी। घड़ी में समये देखते हुए बोला, "बारह बज गये हैं। रहने का क्या करें?" वह ख़ामोश रहा।

"चल कहीं कमरा देखते हैं," विश्वा ने ही सुझाया।

वह बिना किसी प्रतिक्रिया के, ख़ामोश चलते हुये विश्वा के साथ एक धर्मशाला में पहुँच गया। कमरा खोल कर दोनों थके–माँदे वहाँ लगी खाट पर बैठ गये।

"खाने का क्या करे?" विश्वा ने पूछा तो वह चुप ही रहा।

"भूख लगी है?" विश्वा ने पूछा तो उसने सहमति में गर्दन हिला दी।"

कई घण्टों से कुछ नहीं खाया था, फिर कई कोसों की लम्बी दूरी ने पेट पूरा खाली कर दिया था।

विश्वा ने धर्मशाला वाले से रात में अपने बुझे चूल्हे को फिर से क्रियान्वित करने को कहा। दाल, सब्जी और रोटियाँ बनाने का हुक्म दिया। अपने पर्स से करारे नोट निकाल कर, उनको निहारते हुये बोला, "डॉक्टर साहब से तेरी शादी के लिए ये रुपये माँग कर लाया था...।" नोटों में से उसने ठीक तीन सौ रुपये निकाल शिवानन्द को पकड़ा दिये जो उसने अपनी तरफ़ से उसे शादी के लिए दिये थे।

जब तक धर्मशाला वाले ने खाना पकाया, डेढ़ घण्टा और निकल गया। दोनों भाई ऊँघने लगे थे। मगर धर्मशाला वाले के जगाने पर वे उठ गये और रात्रि दो बजे दोनों भाइयों ने भरपेट भोजन किया। फिर चुपचाप खाट पर पसर गये। "चंदनी..." नाम उसके मस्तिष्क में सहज ही कुलबुलाया। मगर एक मीठा आभास देने के बजाए उसे जुगुप्सा से भर गया।

चार

दूसरे दिन सात बजे तक दोनों भाई अपनी आँखें बन्द किये खाट पर लेटे रहे। बगल के कमरे से सुबह पाँच बजे से हो–हल्ला आना शुरू हो गया था। कभी बच्चों की चिल्लमपों तो कभी औरत के चिल्लाने की तीखी आवाज़ तो कभी किसी मर्द के डपटने की आवाज़ उनके कमरे में छाई नीरवता को तहस-नहस कर रही थी। उनकी नींद उचट गयी। "लगता है बगल में बड़ा शोरगुल वाला परिवार है," विश्वानन्द बोला। दोनों भाई कुछ देर खाट पर लेटे छत को ताक़ते रहे, फिर उठ खड़े हुए।

दरवाज़ा खोला तो उस परिवार के नौ से चौदह साल के तीन लड़के उनके कमरे के ठीक बाहर खड़े उपद्रव मचा रहे थे। विश्वानन्द और शिवानन्द ने उन्हें गुस्से से देखा। "बच्चों, यहाँ कमरों में लोग अभी सो रहे हैं। यहाँ खड़े होकर हल्ला मत मचाओ," विश्वानन्द उनसे बोला। बच्चे सहमते हुये अपने कमरे में जाने लगे। विश्वानन्द और शिवानन्द ने उनके कमरे की तरफ़ देखा, जिसका दरवाज़ा आधा खुला था और अन्दर बैठी औरत उन्हें ताक रही थी। उन्हें सहसा अपनी आँखों पर विश्वास नहीं हुआ। वह उनकी पुफू थी और जिन लड़कों को वे डांट रहे थे वे पुफू के लड़के थे।

"पुफू आप!" शिवानन्द बोला।

वह आश्चर्य से खड़ी हो गयी। अपने भतीजों पर नज़र डालते हुये बोली, "शिवा, विश्वा...।"

"अरे शिवा और विश्वा...तुमसे यहीं मुलाक़ात हो गयी," पुफू के पति, जिन्हें उनके यहाँ यानी पहाड़ में मामाजी कह कर सम्बोधित किया जाता है, ने भी अपनी हैरानी व्यक्त की।

पुफू के तीनों लड़के भी कौतुक भाव से शिवा और विश्वा को निहारने लगे थे।

"आप यहाँ? हमारे बगल वाले कमरे में!" शिवानन्द बोला। उन्हें आश्चर्य हो रहा था कि रात भर वे दोनों भाई पुफू के बगल वाले कमरे में थे।

"हम तो शिवा तेरी शादी के लिए आये हैं," पुफू चहकते हुए बोली।

"आज हमने चढ़ाई चढ़नी है सेवल के लिए," पुफू के पति बोले। "तुम दोनों यहाँ शादी की खरीददारी के लिए आये होंगे?"

दोनों के चेहरों पर घोर निराशा के ऐसे बादल उमड़ आए कि ठेस लगते ही बरस जाएँ। "नहीं," विश्वा ने इंकार में सिर हिलाया। "शिवा की शादी टूट गयी है। हम वापस शहर जा रहे हैं।"

"क्या?" सब अचकचा कर बोले।

पुफू से एकात्म हो शिवानन्द बोला, "पुफू, उन्होंने कहा कि मैं बहुत ग़रीब हूँ, अनाथ हूँ। न मेरी माँ है, न पिताजी। न हमारे पास बहुत खेत है, न ही मवेशियों के झुण्ड। न हमारे पास बड़ा मकान है। मुझ नालायक को उन्होंने अपनी लड़की नहीं देनी।"

पुफू स्तंभित हो गयी। जैसे-जैसे वस्तुस्थिति का बोध होने लगा, पुफू का अन्तस्तल भीजने लगा। चेहरे पर संवेदना के भाव उमड़ने लगे। आँखों में अश्रुजल झिलमिलाने लगा। अपने भतीजों को गहरी सहानुभूति से पुचकारने लगी। एकाएक पुफू ने शिवानन्द को अपनी बाँहों में भर कर भींच लिया। "ओह, नहीं, शिवा... तू अनाथ नहीं है। तुम्हारी पुफू अभी ज़िन्दा है।" शिवानन्द का मन हो रहा था कि वह पुफू की गोदी में सिर रख कर फूट-फूट कर रो ले।

एकाएक पुफू की पीड़ा आक्रोश में बदल गयी। आँसू पोंछ कर लड़की वालों को गाली देने लगी, "नाश हो उन भाट के भट्टों का। उनकी लड़की जन्म भर कुँवारी रहे। उसकी कभी अपनी कोई औलाद न हो। कभी वह चैन से न जिये। और उसके पतीत माँ-बाप पर कीड़े पड़े। भगवान उन दुष्टों को इत्ता कष्ट दे, इत्ता कष्ट दे कि वे किसी की ग़रीबी का मज़ाक़ बनाना भूल जाएँ...।" जितनी गालियाँ पुफू के शब्दकोश में थीं वह लड़की और उसके परिवार के लिए बकती रही।

"रहने दो पुफू," कह कर शिवा ने पुफू के वेग को थामने की चेष्टा की।

मगर मामाजी दूसरा ही अफसोस प्रकट कर रहे थे। "अरे मेरठ छावनी से हमारा इतना दूर आना बेकार हो गया, साला। अब जब वहाँ शादी नहीं है तो हम इतनी दूर सेवल गाँव चढ़ाई चढ़ कर क्या करेंगे! इतने रुपये ख़र्च हुए टिकट पर यहाँ तक आने में। मैंने बहुत मना किया तुम्हारी पुफू को कि इतनी दूर शादी में मत जाओ। हमें बहुत महँगा पड़ेगा। मगर मानी ही नहीं। शादी हो जाती तो कोई बात नहीं, रुपयों का सदुपयोग हो जाता। मगर अब तो इतनी दूर आना बिल्कुल व्यर्थ हो गया। डूब गये हमारे रुपये...।"

"मैने इतनी दूर शादी में आने की जिद इसलिए की कि सोचा मेरे भतीजे अकेले

हैं। उनके माँ–पिताजी नहीं है," कहते हुये पुफू के थमे आँसू फिर उमड़ आये। शिवा को अपनी बाँहों में फिर भर लिया। "मैंने सोचा कि अपने भतीजे की शादी में मैं ख़ूब नाचूँगी, माँगल गाऊँगी। मेरा भी अपने मायके में उनके अलावा कौन है। भतीजे हैं तो मेरा मायका है। मगर नाश हो भाट के उन भट्टों का...।" पुफू की थमी गालियाँ फिर शुरू हो गयी।

मामाजी अनमने भाव से खड़े रहे। उनके लड़कों के भी चेहरे लटक गये। बहुत उत्सुकता से वे सभी शादी के लिए आए थे। बहरहाल विश्वानन्द और शिवानन्द समझते थे कि पुफू के पति जो आर्मी महकमे में एक छोटे से पद पर हैं, पाँच सदस्यों के परिवार के साथ इतनी दूर विवाह के लिए आना उनके लिए सहज नहीं रहा होगा। फिर वह शादी भी टूट गयी। उनका अफसोस ग़लत नही है। उनकी क्षति की जो कुछ भरपाई वे कर सकते थे, उन्होंने की। विश्वानन्द ने अपनी जेब से नोट निकाले, पुफू के पति की तरफ़ बढ़ाते हुये बोला, "मामाजी, हमें बहुत अफसोस है कि आपका इतना दूर आना व्यर्थ रहा। ये आप हमारी तरफ़ से आने–जाने का किराया रख लीजिए।"

"अरे नहीं," कहते हुये उन्होंने पहले थोड़ा ना-नुकर किया, फिर थोड़े मान-मनौवल के बाद पकड़ लिये। "आप सब तैयार होइए," शिवानन्द बोला। "हम हलवाई की दुकान पर चाय-पानी के लिए चलते हैं।"

हलवाई की दुकान का नाम सुन कर पुफू के लड़कों के मुँह में पानी आ गया। उनके चेहरे में छाई निराशा तुरन्त उत्सुकता में बदल गयी।

आध-पौन घण्टे मे सभी तैयार होकर हलवाई की दुकान पर पहुँच गये। वहाँ उन्होंने पुफू, मामा जी व बच्चों से कहा कि उनका जो कुछ खाने का मन हो, ऑर्डर करें और खाए। छोले, पकौड़ियाँ, लड्डू, जलेबी, चाय आदि का ऑर्डर किया गया। पूफू के लड़के खाने पर टूट पड़े। मामाजी का मूड भी ठीक हो गया था। विश्वानन्द से शादी टूट जाने की वजह पूछने लगे थे। बीच-बीच में लड़की वालों को गालियाँ भी बक रहे थे। मगर यह मलाल उनके मन से पूरी तरह गया नही कि उनका इतने ऊँचे पहाड़ों को पार करके आना निरर्थक हो गया।

"अगर बद्रीनाथ के कपाट खुले होते तो वहीं की यात्रा कर लेते। मगर अभी वे भी बन्द हैं। अब तो सीधे वापस मेरठ छावनी की यात्रा करनी पड़ेगी," वे निराशा के भाव से बोले।

"नहीं," पुफू ने एकदम से प्रतिवाद किया। "यहाँ से भाट गाँव कितना दूर हैं?"

पुफू ने पूछा तो सभी चौंक गये।

विश्वानन्द अनुमान लगाते हुये बोला, "यहाँ से ढाई मील, अलकनन्दा के किनारे बसा है।"

"पर तुमने भाट गाँव का रास्ता जानकर क्या करना?" मामाजी ने अपनी पत्नी से हैरत से पूछा।

"पहले तुम मुझे सीधे भाट गाँव ले चलो। वहाँ भट्टों के आँगन पर खड़े होकर जब तक मैंने उन्हें गाली नहीं बकी मुझे चैन नहीं आएगा।"

"अरे, नहीं पुफू," विश्वानन्द बोला।

"जो कुछ होता है, अच्छे ले लिए होता है। कोई और भी अच्छी लड़की शिवा के भाग्य में हो..." मामाजी भतीजों की तरफ़ अपनी आँख दबाते हुये बोले।

"नहीं, मुझे यहाँ से सीधे पहले भाट गाँव जाना है," पुफू अड़ सी गयी।

पुफू के पति विश्वानन्द और शिवानन्द की तरफ़ उन्मुख होकर बोले, "तुम्हारी पुफू को वहाँ लेकर जाना ही पड़ेगा। जब तक इसने उन लोगों को गाली नहीं बकी मानेगी नहीं ...। मेरा जीना हराम कर देगी।"

शिवानन्द की हालाँकि ऐसी कोई चाहत नहीं थी कि लड़की वालों को गाली सुनाई जाए। मगर उसे उस पल पुफू का यह भाव दिल को छू गया। उसे लगा कि इस संसार में कोई उसका अपना है जो उनके दुःख में दुखी होता है, जो उसके अपमान में स्वयं भी अपमानित महसूस करता है।

गौचर बस अड्डे पर पुफू का परिवार भाट गाँव को रवाना हुआ और शिवानन्द ने अपने भाई के साथ हरिद्वार की मोटर पकड़ी। मोटर जैसे–जैसे पहाड़ों पर उतर रही थी, शिवानन्द अपनी ज़िन्दगी के विषय में सोचता जा रहा था। पुफू की मुलाकात ने उसे जबरन उन दो वर्षो का बेबस समय याद करवा दिया था जो उसने लैंसडौन में पुफू के घर में काटा था। उसके अभी तक के अतीत का सारा भाग इतना दुखद हैं कि किसी भी दिन का स्मरण बिना उफ किये नहीं किया जा सकता। छोटी सी अवस्था में ही दुख, कष्ट और अपमान-कितना कुछ सह लिया था उसने! पुफू के घर में गुज़ारा समय भी इसका अपवाद नहीं है। लेकिन वह फिर भी पुफू का अहसानमन्द है। अगर पुफू उसे अपने संग पढ़ाने के लिए नहीं ले जाती तो वह शायद इतना कभी नहीं पढ़ पाता।

अपने जन्म से दस सालों तक शिवानन्द ने स्कूल नहीं देखा था। वह बचपन में ही किसान बन गया था, चरवाहा बन गया था, जजमानों से वसूली लेने वाला पुरोहित बन गया था। उस दिन जंगल में गाय–बैल चराते वक़्त हमेशा की तरह वह

गाँव की परिसीमा पर बने स्कूल को ललक भरी नज़रों से देख रहा था। उस दिन उसका दसवाँ जन्मदिन था। वह सोचने लगा कि वह दस साल का हो गया है और अभी तक उसने स्कूल नहीं देखा। कैसा होता है स्कूल? घर में विश्वा उसे थोड़ा बहुत लिखना-पढ़ना सिखा रहा था। होमस्कूलिंग हो रही थी। विश्वा ने उसे हिन्दी एवं अंग्रेज़ी की वर्णमालाएँ, गिनती, पहाड़े, अपना नाम, और छोटे-छोटे वाक्य लिखना सिखा दिया था। लिखना–पढ़ना शिवानन्द को बहुत अच्छा लगता था।

बिना शिक्षा के व्यक्ति जंगल के पशु समान होता है, एक बार उसके दादाजी ने उसे बोला था। यह वाक्य उसे स्कूल को देखते हुए हमेशा याद आ जाता था। उसने सहसा गाय–बैल छोड़े और सीधे स्कूल में घुस गया। वहाँ मास्टरों से कहने लगा कि उसे भी स्कूल में भर्ती होना है। उसे पढ़ना है।

"स्कूल में भर्ती होना है तो अपनी माँ से कहे कि यहाँ आकर वह तेरा दाखिला करवाए," कैड़ियाल मास्टर बोले।

घर आकर शिवानन्द ने जिद पकड़ ली कि उसे स्कूल जाना है और पढ़ना है। माँ ने भी अपना फ़ैसला सुनाया कि वह स्कूल जाने की बात भूल जाये। तीनों लड़कों को स्कूल भेजना उसकी सामर्थ्य से बाहर है। एक लड़का उन्हें घर में अपनी मदद के लिए चाहिए। काफ़ी देर की बहस-जिरह के बाद देवानन्द सहसा बोला, "शिवा भाई, अगर आप पढ़ना चाहते हो तो आप पढ़ लीजिये। मुझे पढ़ने में कोई दिलचस्पी नहीं। यह लीजिए मेरा बस्ता," कहते हुये उसने अपना बस्ता शिवानन्द के हवाले कर दिया।

"नहीं, देवा, मुझे तेरी पढ़ाई नहीं छीननी," शिवानन्द बस्ता वापस उसकी तरफ़ सरकाते हुये बोला।

"नहीं, शिवा भाई, अगर आपको पढ़ने का शौक़ है तो आप पढ़ लीजिए। मैं माँ के साथ घर में रह लूँगा।"

"ए देवा, तू तो निरा मन्द दिमाग़ का हैं," माँ अपने सबसे छोटे बेटे के प्रति अपना अफसोस प्रकट करते हुए बोली। "तू इस दुनिया में क्या ही खा पायेगा!"

गाँव के शुभचिन्तकों तथा स्कूल के मास्टरों ने माँ को समझाया कि उसका जो बेटा पढ़ने में इच्छुक है वह उसे ही पढ़ाए। देवानन्द का वास्तव में पढ़ने में मन नहीं। कक्षा में खोया–खोया सा बैठा रहता है। बच्चों के साथ खेलता भी नहीं। फिर जब दमे का उस पर आक्रमण होता है तो वह उन दिनों स्कूल भी नहीं जा पाता।

देवानन्द ने अपनी पढ़ाई छोड़ी तो शिवानन्द उसका बस्ता लेकर स्कूल जाने

लगा। कितना लगाव हो गया था उसे उस बस्ते से! बार-बार अपनी किताबें, कॉपियाँ और कलम बस्ते में सहेजता, प्यार से बस्ते में सँजोता। रात में बस्ता अपने सिरहाने रख कर सोता। जब वह बस्ता लेकर स्कूल जाता तो लोग उसका उपहास बनाते कि यह बस्ता उसकी पीठ में बहुत छोटा लगता है। कक्षा में अपनी उमर से तीन-चार साल छोटे बच्चों के बीच में बैठा वह बड़ी कदकाठी का अलग ही नज़र आता। सहपाठी व अभिभावक हँसते। वह किसी के हास-परिहास की परवाह नहीं करता। वह स्कूल जा रहा है उसके लिए यही काफ़ी था।

चौथी कक्षा तक वह गाँव के स्कूल में पढ़ा। विश्वानन्द को मीडिल स्कूल की पढाई के लिए कर्णप्रयाग जाना पड़ा था। माँ ने उसे तो घर से बाहर पढ़ने भेज दिया किन्तु वह शिवानन्द के पीछे पड़ गयी कि वह अब अपना स्कूल छोड़ दे। बहुत हो गया स्कूल जाना। माँ का आग्रह उनके बीच एक बहस में बदल जाता। संयोग से उन दिनों पुफू गाँव आई हुई थी। वह माँ-बेटे की आपसी बहस व तकरार देख रही थी। शिवानन्द पर तरस खाकर बोली, "भाभी, जब इसे पढ़ने का इतना शौक है तो मैं इसे अपने संग पढ़ने के लिए ले जाती हूँ। आपका इसे खिलाने-पिलाने और पढ़ाने-लिखाने की चिन्ता से भी मुक्ति।"

सेवल से गौचर तक के छह मील का मार्ग तय करते वक़्त ही शिवानन्द को अनुमान हो गया कि पुफू के घर उसकी ज़िन्दगी कैसे बीतेगी। उसकी अवस्था चौदह वर्ष थी और पुफू के दो भारी झोले व बच्चा-सब वह ढो रहा था। फिर भी वह ख़ुश था। पहली बार वह अपने पहाड़ उतर रहा था। समतल धरती कैसे होती है, यह देखने की उसकी चाहत थी।

लैंसडौन आने के दूसरे दिन ही मामाजी ने अपने वादे के मुताबिक वहाँ के सरकारी स्कूल में उसका दाखिला करवा दिया। वह पुफू के घर का ऐसा नौकर था जो स्कूल भी जाता था। सुबह स्कूल जाने से पहले वह पानी भर कर और खाना पका कर जाता। दोपहर स्कूल से आने के बाद बर्तन–चौका किया करता। सुबह स्कूल वह जो खाकर जाता, रात के खाने तक बस उसी पर उसका पूरा दिन गुज़रता। शाम को एक प्याली चाय भी नसीब नहीं होती, फल की तो कोई बात ही नहीं। नमकीन–बिस्कुट जैसे पदार्थ उस वतावरण में कल्पना से बाहर थे। शाम को अक्सर मामाजी आर्मी किचन से भोजन ले आते थे। आर्मी मेस में रसोइया होने का वे इतना फायदा उठा लेते थे। लेकिन जिस दिन किसी वजह से वे मेस से भोजन नहीं चुरा पाते थे, शिवानन्द की ज़िम्मेदारी होती थी भोंजन पकाने की। भोजन के बाद बर्तनों का ढेर साफ़ करना, चौका लगाना उसी के हिस्से रहता। रात वह रसाई

के फर्श पर सो कर काटता। गाँव में मिट्टी के फर्श पर सोते वक़्त ठण्ड नहीं लगती थी। किन्तु लैंसडौन में फर्श सीमेंट का था। वह चुभता भी था और उसमे ठण्ड भी लगती थी। मगर जाड़ों में मामाजी ने अपना आर्मी का एक लम्बा कोट उसे दे दिया था जो उसके लिए रजाई का काम करता था।

पुफू के साथ उसे केवल शारीरिक कष्ट ही नहीं भोगना पड़ा, बल्कि मानसिक यंत्रणा से भी गुज़रना पड़ा। जब तक वह पुफू से दूर था तो सोचता था कि पुफू उनकी सबसे बड़ी हितैषी है, जिनके मन में उनके प्रति सिर्फ़ प्यार व करुणा है। मगर जब वह उनके साथ रहने लगा तो उसे महसूस हुआ कि पुफू के मन में उन सभी के प्रति काफ़ी आक्रोश भी है। अपने एकमात्र भाई की अकाल मृत्यु का कारण वह भतीजों की बदनसीबी को अधिक और उस महामारी को कम मानती थी जिसकी चपेट में पूरा गाँव उजड़ गया था। फिर उनकी माँ का पुफू के माता–पिता से न बनना भी पुफू के मन में उन सबके प्रति कटुता का एक जबरदस्त भाव उत्पन्न करता था।

उससे कोई काम ग़लत हो जाता, या पूफू का लड़का उसके हाथों से फिसल जाता तो पुफू की लातें उस पर शुरू हो जातीं, गालियों की बरसात के साथ। "रांड माँ की नीच औलाद...! उस कुलछणी औरत की परछाई पड़ी हैं इन सभी में। उस औरत ने मेरे माँ–पिताजी पर इतना जुल्म किया। मरते हुये मेरी माँ को पानी का एक गिलास नहीं दिया...।" शिवा बगैर किसी विरोध के पुफू की लातें खाता, गालियाँ सुनता।

उसके लैंसडौन आने के दस महीने बाद ही पुफू का दूसरा लड़का पैदा हुआ। उसे वह रात याद आती है...वह बेसुध सोया हुआ। उसका एकमात्र मनोरंजन पुफू के घर में रात नौ बजे बिस्तर पर जाकर निश्चेष्ट लेट जाना। दिन भर के परिश्रम से थके अपने शरीर को गरम बिस्तर पर ढीला छोड़ देना। नींद के आगोश में डूब जाना, एक अगली सुबह की तैयारी के लिए। मगर उस रात को मामाज़ी ने अचानक उसे झिंझोड़ दिया, "शिवा, उठ। तेरी पुफू को दर्द शुरू हो गया है। जा, दाई को बुला कर ला।"

वह आँख मलते हुये उठा किन्तु नींद के झोंको में वह इधर–उधर झटके खा रहा था। मामाजी ने लौटा भर ठण्डा पानी उसके ऊपर उड़ेल दिया। ठण्ड से वह बिलबिला पड़ा। "जा जल्दी से दाई बुला कर ला," मामाजी ने अपने शब्द दोहराए।

वह अपने गीले कपड़े बदलने लगा तो मामाजी ने उसे झटक दिया। "शिवा,

यह सब छोड़। तेरी पुफू की हालत बहुत ख़राब है। तू जल्दी से भाग।"

"मामाजी, इन गीले कपड़ों में वैसे ही ठण्ड लग रही है, फिर बाहर बहुत ठण्ड है," वह ठिठुरते हुए बोला।

"अरे चल, साले," कहते हुये मामाजी ने उसे दरवाज़े के बाहर धकेल दिया। पीछे से उसके ऊपर अपना मिलिटरी का वह लम्बा कोट फेंक दिया जिसे लेकर शिवानन्द सोता था। दाई का घर डेढ़ मील की दूरी पर था। रास्ते में मरघट से गुज़र कर जाना पड़ता था। वह नवम्बर महीने की ठण्डी, सरसराती हवा में फुरफुरे कपड़े, वह भी मामाजी के लोटे से उड़ेले पानी से भीगे हुए, पहन कर भाग रहा था। बस कोट ही उसे ठण्ड से थोड़ा बहुत बचा रहा था। गीली, ठण्डी ज़मीन पर पड़ते नंगे पाँव जम से रहे थे, जैसे ख़ून का प्रवाह उनमें रुक रहा हो। मरघट से गुज़रते हुये पहली बार उसे वहाँ के सन्नाटे से डर नहीं लगा, क्योंकि ठण्ड अधिक भयावह थी।

जब वह दाई के घर पहुँचा तो ठण्ड से बेतहाशा किटकिटा रहा था। जगह जगह उसके बदन पर ठण्ड के काटने के लाल चकत्ते पड़ गये थे। दाई उसे देख कर आश्चर्य से भर गयी–"एक बच्चे को उन्होंने रात दो बजे इतनी दूर भेज दिया!" दाई से उसे पता चला कि उस समय रात के दो बज रहे थे। उसके ठण्डे बदन को छूते हुये दाई बोली, "तूने इस कोट के अन्दर कोई गरम कपड़ा नहीं पहना है? अरे तू तो गीला है और नंगे पैर भी... हे राम!" अपनी लड़की को दूध गर्म करने के निर्देश देते हुए दाई ने तुरन्त उसे अपने लड़के के कपड़े पहनने को दिये। स्वेटर इतना बड़ा था कि उसके बदन में लटक रहा था और जूते भी थोड़े ढीले से थे। किन्तु गीले ठण्डे तन में वे सूखे व गरम कपड़े, और जूते-मोजे बेहद सुखद लगे।

जब गर्म दूध का गिलास उसके सामने पेश हुआ तो वह बुदबुदाया, "पुफू को बच्चा!"

"कुछ नहीं होता कुछ मिनटों से। तू तो पहले ठीक हो जा। ठण्ड से नीला पड़ गया है," उसके हाथ-पैर मलते हुए दाई ने मीठी झिड़की दी। वह कई प्रकार की उष्माओं–वस्त्रों की, दूध की और अपनेपन की-से संपूरित हो गया।

जब वह दाई के साथ घर आया तो मामाजी दरवाज़े पर चम्मच में सुलगते हुये कोयले लिए खड़े मंत्र बुदबुदा रहे थे। "मैं इन सुलगते क़ोयलों के साथ खड़ा हूँ। तुझे मरघट पर कोई भूत–पिचाश न लगे।"

उसकी तरफ़ से दाई बोली, "भूत–पिचाशों से बचाने की कोई ज़रूरत नहीं थी। मरे हुये इन्सान कभी किसी को कोई नुकसान नहीं पहुँचाते। आप इस बेचारे

को सूखे, गरम कपड़े पहनने देते। जूते पहनने देते। उसे पाले भरी तीखी ठण्ड से बचने देते।"

मामाजी दाई को कोई जवाब न दे सके, खिसिया कर रह गये। उस रात एक अनजान दाई द्वारा दिखाई वह मानवता शिवानन्द को जीवन भर याद रही। उस गर्म दूध का अहसास उसके हलक में जब-तब महसूस होता रहा।

बहरहाल बच्चे के जन्म के बाद मामाजी जजकी की सेवा में लग गये और उस पर भार पड़ा घर के सारे कामों का और पुफू के ढाई साल के लड़के की देखभाल का। कुछ दिन वह स्कूल भी नहीं जा पाया। दूसरे साल जब बुआ का तीसरा बेटा हुआ तो उसे फिर उस प्रक्रिया से गुज़रना पड़ा।

मगर इन सबके बावजूद वह पुफू का अहसानमन्द है। लैंसडौन में रहकर पाँचवी–छठी पास करके उसे ज़िन्दगी का काफ़ी अनुभव हुआ। मुसीबतों को झेलना सीखा। एक मनुष्य का दूसरे मनुष्य पर नियन्त्रण का उसे आभास हुआ। उसे पता चला कि मनुष्य की सहनशीलता की सीमा कितनी अनन्त है। पुफू और मामाजी को सहवास करते देख उसे पति–पत्नी के दैहिक रिश्तों के विषय में पता चला। मामाजी को पुफू से छिप कर मीट खाते व दारू पीते देख उसे लगा कि चाहे कोई किसी का कितना ही अपना बन जाये सभी की अपनी एक निजी ज़िन्दगी होती है। अपने शरीर के चारों ओर सभी का अपना एक घेरा होता है। जीवन-दर्शन के सूत्र का अर्थ उसने वहीं से समझना सीखा था। इस असुरक्षित जग में जीने के लिए हथियार उसने वहीं से पकड़ने शुरू किये थे। इन सबने उसके मन में एक हौसला पैदा किया। हौसले ने जीने की हिम्मत दी।

दो साल उपरान्त मामा जी का तबादला जब लैंसडौन से बरेली छावनी हुआ तो वह उनके साथ बरेली नहीं गया। न ही अपने गाँव सेवल लौटा। वह लैंसडौन से कर्णप्रयाग आ गया, सातवीं करने के लिए। हाँ, पुफू के परिवार से बिछुड़ते हुए जब पुफू उससे लिपट कर बिलख–बिलख कर रोयी तो उनके आँसुओं के सैलाब ने उसके मन का सारा वैमनस्य धो दिया। वह पुफू की लातें, घूँसे, गालियाँ, सारा तिरस्कार, कटुता भूल गया। बस इतना उसे याद रहा कि पुफू उनकी सबसे निकटम रिश्तेदार है, जो सच्चे अर्थों में उनकी शुभचिंतक है।

तब तक विश्वानन्द को बंगाली डॉक्टर मिल गये थे। वह उनके साथ इलाहाबाद चला गया था। माँ विश्वानन्द के ख़र्चे से पूरी तरह मुक्त हो चुकी थी। जो कुछ रुपये डॉक्टर साहब विश्वानन्द को पकड़ाते, वह सभी माँ को भेज देता। उसने शिवानन्द को आश्वासन दिया कि वह बेखटके पढ़े। बंगाली बाबू से और माँगा करेगा। उनकी

कृपा से वह उसे भी ख़र्चा भेजा करेगा।

कर्णप्रयाग स्कूल में जब उसने सातवीं कक्षा में प्रवेश लिया तो उसी दरमियान विश्वानन्द की सत्यभामा से शादी पक्की हुई। वह भाई की शादी में गाँव आया। उसके मन में ख़ुशी थी कि ज़िन्दगी में कोई तो बदलाव आ रहा है। सत्यभामा– कोई लड़की उनके घर आ रही है, जिसके क़दमों का स्पन्दन उनके घर की नीरसता में एक रस घोलेगा। वह तीनों भाई मानसिक तौर पर अपनी उमर से अधिक परिपक्व थे। विश्वानन्द शारीरिक रूप से भी अच्छी डील–डौल वाला था। डॉक्टर साहब के यहाँ उसे अच्छा आहार मिलता था। विवाह मण्डप में जब विश्वानन्द ने नौ वर्षीया सत्यभामा को देखा तो उसका चेहरा स्याह हो गया। जो पवित्र वस्त्र उसकी कमर को सत्यभामा की कमर से बाँधे हुए था, वह उसे खोलने लगा। शिवा उसके क़रीब आकर पूछने लगा, "आप यह क्या कर रहे हैं, भाईसाहब?"

"मेरा मन कर रहा है शिवा, मैं इस मण्डप से भाग जाऊँ। मुझे नहीं करनी एक बच्ची से शादी।"

शिवानन्द ने भी सत्यभामा को निहारा–वह गोरे रंग और तीखे नैन-नक़्श वाली एक सुन्दर-अबोध बालिका थी। परिवार के नाम पर उसका एक छोटा भाई व लाचार विधवा माँ। "ऐसा करके आप उस लड़की का और भी बुरा करेंगे," वह विश्वानन्द से बोला।

विश्वानन्द की तरह सत्यभामा के घर की परिस्थिति भी अच्छी नहीं थी। दो साल पहले उनके पिता के हाथों पर सफ़ेद निशान उभरे तो लोगों ने सोचा कि उन्हें कोढ़ हो गया। तुरन्त उन्हें गाँव से निष्कासित कर दिया गया। वे गाँव से दूर एक निर्जन स्थान पर ऊँची पहाड़ी के सहारे एक कुटिया बना कर रहने लगे। लेकिन उनसे गाँव वालों का अत्याचार व एकाकी जीवन अधिक दिनों तक सहन नहीं हुआ। पिछले साल उन्होंने उसी पहाड़ी से कूद कर आत्महत्या कर ली।

"भाई, यह लड़की हमेशा बच्ची थोड़ी ही रहेगी," वह विश्वानन्द से बोला और उसका हाथ जकड़ लिया। उसने विश्वानन्द को मण्डप से भागने नहीं दिया। सत्यभामा उनके घर में बालिका वधू बन कर आ गयी।

माँ की पहले अपने सास–ससुर से नहीं बनी, अब बहू से नहीं बन रही थी। सत्यभामा तो एक बच्ची थी, जीवन उसने अभी इतना नहीं जिया था कि इस कठोर स्वभाव की अभ्यस्त हो जाती। शिवानन्द को माँ का व्यवहार सत्यभामा के प्रति बड़ा निर्दयी लगता। उसे लगता कि माँ के संघर्षों ने उनसे उनकी सारी सरसता व मीठापन छीन लिया है। वह चाहते हुये भी किसी से अच्छा व्यवहार नहीं कर सकती,

एक बालिका से भी नहीं। विश्वानन्द ने कभी अपनी पत्नी का बचाव नहीं किया। शिवानन्द ही सत्यभामा के बचाव में माँ के सम्मुख अपनी जुबान खोलता, जिसके लिए उसे माँ से जबरदस्त प्रताड़ना मिलती। अति कटु वचन सुनने को मिलते। कभी-कभी माँ ऐसे निर्लज शब्द उसे सुनाती कि वह अपने कान ढक लेता। उसे लगता कि वह किसी औरत, किसी दूसरे की पत्नी का पक्ष बस एक सीमा तक ही ले सकता है।

इन सबसे बचने के लिए वह कर्णप्रयाग से घर कम ही आया करता। अगर वह घर आता तो सत्यभामा के प्रति माँ का रवैया उससे सहन नहीं होता, प्रतिवाद करता तो माँ से तकरार हो जाती। सत्यभामा की एक आदत थी...बार–बार अपनी सास से पूछा करती, "जी,अब मैं क्या करूँ?" जैसा सास हुक्म देती वह बिल्कुल वैसा करती। सास कभी-कभी मज़ाक़ में कह देती, "जा खारु खे ले! जा, बल्द खे।"

उस रात भोजन आदि से निवृत्त होकर उसने सास के सामने अपना प्रश्न दोहराया, "जी, अब मैं क्या करूँ?"

और दिन माँ कहती थी, "अब से जा (अब सो जा)।" लेकिन उस दिन उन्हें न जाने क्यों ग़ुस्सा आ गया। शायद मूड किसी बात पर पहले से ही बिगड़ा हुआ था। "क्या करना तूने इस रात को? जा, जंगल से घास काट कर ला।"

सास का यह तेवर देख सत्यभामा काँप गयी और तुरन्त वहाँ से भाग गयी। जब बहुत देर तक वह घर में किसी को नज़र नहीं आयी तो माँ ने ही शिवानन्द से कहा कि कहीं वह वास्तव में जंगल घास काटने तो नहीं चली गयी।

देवानन्द बोला, "हाँ, यहाँ कंडी और दराँती भी नज़र नहीं आ रही।"

शिवानन्द सत्यभामा की खोज में घर से निकल गया। ढलान उतर कर वह नीचे अपने खेतों के पास आया। चारों तरफ़ रात्रि की स्तब्धता वातावरण में व्याप्त थी। दूर एक खेत में सत्यभामा पीठ पर कंडी बाँधे घास काट रही है। दस साल की सत्यभामा चन्द्रमा के क्षीण प्रकाश में इतनी मासूम लग रही थी कि शिवानन्द काफ़ी देर तक ख़ामोश उसे करुणा के भाव से निहारता रहा। फिर उसने पुकारा, "ओय बौजी!"

सत्यभामा ने चौंक कर उसे देखा। "तुम इस रात को खेत में क्या कर रही हो?"

"जी ने कहा कि घास काट कर लाऊँ।"

"ये बौजी, तुम क्या किसी का कटाक्ष और ग़ुस्सा भी नहीं समझती? माँ इस रात तुम्हें घास काटने को कहेगी?"

जब वह सत्यभामा को लेकर घर लौटा, तो माँ ने उसे देखते ही तेज आवाज़

में पूछा, "तेरी नथ कहाँ है?"

उसने गौर किया कि सत्यभामा, जो हमेशा अपनी नथ पहने रहती थी, इस वक़्त उसकी नाक खाली थी।

"नथ नाक में दर्द कर रही थी। मैंने उतार कर झंगोरी के पेड़ पर रख दी," सत्यभामा ने डरते-डरते जवाब दिया।

माँ ने ग़ुस्से में लठ उठा लिया। वह सत्यभामा को मारने ही वाली थी कि शिवानन्द ने फुर्ती से माँ के हाथ से लठ छीन लिया।

"अरे नौनी! सोने की नथ पेड़ पर रख आयी? जा, जल्दी जाकर लेकर आ!" माँ ने ग़ुस्से में कहा।

सत्यभामा तुरन्त उलटे पैर भागी, पीछे-पीछे शिवानन्द। भाग्यवश नथ पेड़ के पास ही मिल गयी, लेकिन सत्यभामा बुरी तरह हांफ रही थी–ठण्ड और डर से। उसे सत्यभामा पर बेहद तरस आया। वह उसे माँ के क्रूर व्यवहार से बचाना चाहता था, लेकिन विवश था। सत्यभामा उसके बड़े भाई पत्नी थी, और बड़ा भाई अपनी पत्नी की तरफ़ से निर्लिप्त था।

बहरहाल सभी भ्रम-दुविधाओं और असहजता-अशान्ति से परे शिवानन्द का अपना एक लक्ष्य था–शिक्षा हासिल करना। विश्वानन्द की मदद तथा अपने आत्मविश्वास के बल पर उसने कर्णप्रयाग से सातवीं एवं आठवीं पास की। तदुपरांत वह श्रीनगर गढ़वाल नवीं–दसवीं पढ़ने आ गया। विश्वा तीस रुपये प्रतिमाह जो उसे भेज रहा था वह उसे अपने ख़र्चे के लिए अपर्याप्त पड़ने लगे थे। लेकिन उसने संघर्षों से निपटना सीख लिया था। पड़ोस के सिदोली गाँव के तीन-चार लोग पढ़-लिखकर शहरों में अच्छे पदों पर कार्यरत थे। उनमें से विद्यादत्त सिदोला, श्रीनगर में हाईडल डिपार्टमेंट में ओवरसियर के पद पर कार्यरत थे।

शिवानन्द ने उनसे विनती की कि वे दो सालों तक उसे दस रुपये प्रति माह की मदद करें। उसने यह वादा भी किया कि नौकरी मिलने के बाद वह उनकी हर पाई सूद समेत चुका देगा। विद्यादत्त सिदोला उसकी लगन और संकल्प से प्रभावित हुए और उसे दस रुपये प्रति माह देने के लिए तैयार हो गये।

अपनी लगन, दूसरों की कृपादृष्टि और बड़े भाई विश्वानन्द की आर्थिक मदद के बल पर उसने दसवीं की परीक्षा उत्तीर्ण कर ली। कठिनाई और संघर्ष के वे दिन वह बड़ी तेजी से पार कर गया।

जिस पहाड़ी गाँव में नौकरी का कोई अवसर नहीं, वहाँ वह पढ़–लिख कर क्या करता। वह श्रीनगर से सीधे विश्वानन्द के पास इलाहाबाद चला आया। वहाँ

विश्वानन्द के साथ वह भी बंगाली डॉक्टर के सुन्दर बंगले का लुत्फ उठाने लगा। बंगाली बाबू की उनके कामों में मदद करने लगा। मगर जैसे-जैसे दिन वहाँ अधिक होने लगे, उसका मन स्वयं को धिक्कारने लगा। उसे विश्वानन्द का भी बंगाली बाबू के घर रहना बिल्कुल नहीं सुहाता था। दोनों भाई अपना जीवन डॉक्टर साहब को समर्पित कर दे, यह उसे गवारा नहीं हुआ। वह गाँव वापस आ गया। घर में एक जवान लड़का, वह भी पढ़ा-लिखा निठल्ला बैठा हुआ...माँ को उसकी उपस्थिति जबरदस्त खलने लगी। उसे ख़ूब खरी-खोटी सुनाती। एक दिन माँ से लड़ाई करके वह शहर भाग गया। शहर से घबरा कर वह फिर वापस गाँव लौट आया। इसी बीच माँ का निधन हो गया, इस हादसे ने उसे जीवन में सबसे अधिक विचलित किया।

माँ के निधन पर सिदोली गाँव से मल्केश्वर प्रसाद नौटियाल आए थे। वे लखनऊ के एक्साइस डिपार्टमेन्ट में उन दिनों सुपरवाइजर थे। उन्होंने आश्वासन दिया कि वह उनके पास लखनऊ आए, वे उसकी नौकरी लगाने में मदद करेंगे। शिवानन्द माँ की तेरहवीं के बाद सीधे उनके पास लखनऊ चला गया। उनके ऑफ़िस में उस समय एक ही पद खाली था, साहब लोगों को चाय-पानी पिलाने का। शिवानन्द को एक साफ़-सुथरे माहौल में नौकरी चाहिए थी, चाहे जैसी भी हो। सो उसने पकड़ ली। पाँच महीने बाद उसका प्रमोशन हुआ। वह साहब लोगों को चाय-पानी पिलाने के बजाए एक मेज से दूसरी मेज पर फ़ाइल व अन्य दस्तावेज़ पहुँचाने के काम पर लग गया। ज़िन्दगी थोड़ा ढर्रे पर आ रही थी कि विश्वानन्द के पत्र ने उसे चौंका दिया था कि उसकी शादी पक्की हो गयी। 'चंदनी...' नाम उसके कानों में सहसा गूँजा। मन कड़वाहट से भर गया।

जब तक बस हरिद्वार पहुँची, उसका सारा इतिहास उसके सम्मुख दौड़ गया था। उसने एक लम्बी साँस भरी और रेलवे स्टेशन की तरफ़ बढ़ गया ट्रेन पकड़ने के लिए।

पाँच

रह-रह कर शिवानन्द परिस्थितियों में आये इस अचानक बदलाव-गाँव अपनी शादी के लिए जाने से लेकर, वापस लौटने के बारे में सोच कर विस्मित हुआ जा रहा था। क्षण भर में बात क्या की क्या...। वह कितनी तैयारी करके अपनी शादी में गया था। नये कपड़े बनवाये थे। ऑफ़िस से छुट्टी ली थी। अपने वेतन से कुछ रुपये एडवांस भी लिए थे। अब ऑफ़िस के लोग उससे उसकी शादी और पत्नी के बारे में पूछेंगे तो वह क्या जवाब देगा। एक पल के लिए उसने सोचा कि वह ऑफ़िस कुछ दिन जाएगा ही नहीं। वह छुट्टियों पर वैसे ही है। मगर दूसरे ही पल उसके मन से आवाज़ उठी - नहीं! उसे विपरीत परिस्थितियों का सामना करना आना चाहिए।

दूसरे दिन ही अपनी खाकी वर्दी पहन कर, साइकिल, जो उसने सेकिण्ड–हेण्ड ख़रीदी थी, पर सवार हो वह नौ बजे ऑफ़िस पहुँच गया। उसे अपने निधार्रित समय से जल्दी आया देख सभी चौंके।

"अरे शिवानन्द! तुम तो पन्द्रह दिन बाद आने वाले थे!"

"छुट्टियों की ज़रूरत नहीं पड़ी। शादी टूट गयी," कहते हुये उसने सभी से नज़रें चुराते हुए चुपचाप अलमारी खोल कर अपनी पुस्तकें निकाली और पढ़ने लगा। सिर्फ़ मल्केश्वर प्रसाद नौटियाल को उसने बताया कि उसकी शादी क्यों टूटी।

"भूल जाओ उस भट्ट परिवार को और चंदनी नामक उस लड़की को। बस अपनी पढ़ाई पर ध्यान दो। अपने लक्ष्य पर डटे रहो," मल्केश्वर प्रसाद बोले।

यह शिवानन्द की ज़िन्दगी का एक ऐसा दौर था कि वह नौकरी भी कर रहा था और पढ़ भी रहा था। एक्साइज विभाग के उस ऑफ़िस में एक मेज से दूसरी मेज पर फ़ाइल पहुँचाने का काम उसका पूरा समय नहीं लेता था। सो उसने इलाहाबाद बोर्ड से बारहवीं के लिए प्राइवेट फॉम भरा हुआ था। ऑफ़िस में खाली समय में हिन्दी, अंग्रेज़ी, भूगोल, इतिहास तथा अर्थशास्त्र विषयों का अध्ययन किया करता। दो महीने बाद परीक्षा शुरू होनी थी। परीक्षा की तैयारी करना ही उस मन:स्थिति में उसके लिए एकमात्र दिलासा थी। ज़िन्दगी में सफलता हासिल करना ही उसे इस

दुनिया से बदला लेना जैसा लग रहा था। उसने अपने को आने वाली परीक्षाओं की तैयारी में डुबो दिया...।

परीक्षा अपने समय से निपट गयीं और महीने भर बाद परिणाम भी आ गया। सेकिण्ड डिविजन से शिवानन्द पास हुआ था। उत्साह से वह फिर भर गया। अपनी इस उपलब्धि को उसने ऑफ़िस के लोगों के साथ बाँटा। उसने बूँदी के ताजे लड्डू खरीदे, ऑफ़िस में सभी को खिलाया। क्लर्क से लेकर बड़े अधिकारी तक सभी ने उसे दिल खोल कर बधाई दी। वह फूला नहीं समाया। मल्केश्वर प्रसाद नौटियाल तो एक सुखद आश्चर्य से भर गये थे। उसकी पीठ ठोकते हुये बोले, "शिवानन्द, अब तो तू इन्टरमीडिएट हो गया है। चपड़ासी जैसे काम करने के स्तर से तू बहुत ऊपर उठ गया है। स्टेट एक्साइज इंस्पेक्टर्स की पोस्ट निकली है। एप्लाय कर।

"एक्साइज इंस्पेक्टर!"

मल्केश्वर प्रसाद ने अपनी मेज से उठाकर रोज़गार समाचार शिवानन्द को पकड़ा दिया।

हर्षमिश्रित आश्चर्य से शिवानन्द ने अख़बार खोला और राज्य एक्साइज इंस्पेक्टर पोस्ट का विज्ञापन पढ़ने लगा। चयन के दो चरण थे। पहले चरण में लिखित परीक्षा जिसमे चार पेपर्स–सामान्य अध्ययन एवं जागरूकता, अंग्रेज़ी, गणित, संचार कौशल और लेखन-थे। तदुपरान्त व्यक्तित्व परीक्षण। प्रवेश परीक्षा में बैठने के लिए योग्यता-किसी मान्यता प्राप्त बोर्ड से इण्टरमीडिएट उत्तीर्ण। आयु 18 से 27 वर्ष के बीच। वह दोनों ज़रूरतें पूरी करता था।

"मैं यह अख़बार रख सकता हूँ?" उसने मल्केश्वर प्रसाद से पूछा।

उन्होंने सहमति में गर्दन हिलाई।

रोज़गार समाचार उसने संभाल कर रख दिया।

उसका अपने दोनों भाइयों के साथ पोस्टकार्ड पत्राचार जोरों पर रहता था। दोनों भाइयों ने उसे बारहवीं पास करने के उपलक्ष्य में जमकर बधाई दी। ज़िन्दगी में और सफलताएँ हासिल करने के लिए शुभकामनाएँ दी। उसकी उपलब्धियों में अपनी ख़ुशी का इजहार किया कि वह उनके लिए एक गौरव है। वह अपने जीवन में अपने दोनों भाइयों के त्याग एवं योगदान को कदापि नकार नहीं सकता। देवानन्द ने उसे अपना बस्ता पकड़ा दिया था। अपना नाम स्कूल के रजिस्ट्रर से कटवा कर उसका नाम दर्ज करवा दिया था। विश्वानन्द अपनी पढ़ाई स्थगित करके उसकी पढ़ाई के लिए ख़र्चा जुटाने के लिए सोलह वर्ष की अवस्था में अनजान राहों के

लिए घर से निकल गया था। सातवीं से दसवीं तक की पढ़ाई उसने उसी के भेजे ख़र्चे पर पूरी की थी।

उसकी ज़िन्दगी में ऐसे कई लोग थे जिन्होंने प्रत्यक्ष, अप्रत्यक्ष उसकी मदद की, निस्वार्थ। मल्केशवर प्रसाद नौटियाल के मार्गदर्शन से उसने रोज़गार कार्यालय से एक्साइस इंस्पेक्टर पद हेतु एप्लीकेशन फ़ॉर्म ख़रीदा, फॉर्म भर कर, परीक्षा शुल्क के साथ क्षेत्रीय केन्द्र को भेज दिया। लिखित परीक्षा दो महीने बाद थी। पैसों की परवाह किये बगैर उसने सामान्य ज्ञान, गणित, अंग्रेज़ी की कुछ पुस्तकों के अलावा एक्साइज इंस्पेक्टर प्रतियोगिता के गत तीन वर्ष के प्रवेश परीक्षा के पेपर्स खरीद लिए और कम्पीटीशन की तैयारी में जुट गया।

गाँव से आए हुए उसे डेढ़ साल हो गया था। इस बीच विश्वानन्द के एक पत्र ने उसे फिर चौंका दिया। सिर्फ़ एक संक्षिप्त वाक्य: "शिवा, बाईस जून तुम्हारी शादी तय हो गयी है। बीस जून तक हर हाल में गाँव पहुँच जाना।"

उन्नीस जून को उसकी एक्साइज इंस्पेक्टर की अन्तिम लिखित परीक्षा थी, यानि परीक्षा के तुरन्त बाद उसे गाँव भागना होगा–शादी के लिए।

पत्र को घुमाते हुये वह सोचने लगा, उससे सिर्फ़ साढ़े तीन साल बड़ा भाई कैसे उसकी ज़िन्दगी का खवैया बना हुआ है। वह जब चाहे, जहाँ चाहे, जिस लड़की से चाहे उसकी शादी की बात पक्की कर दे। उसकी इस सन्दर्भ में उससे कुछ पूछने, कुछ सवाल करने की हिम्मत नहीं।

बहरहाल विश्वानन्द के पत्र ने उसे डॉक्टर साहब की हवेली की याद दिला दी। विश्वानन्द का स्तर वहाँ चाहे जो कुछ भी हो, ज़िन्दगी उसकी वहाँ बड़े ठाट से गुज़रती है। सहसा उसका मन इलाहाबाद जाकर डॉक्टर साहब के आलीशान बंगले में कुछ दिन ठाटबाट से रहने के लिए ललकने लगा। नौकरी और पढ़ाई के साथ–साथ खाना पकाते, कपड़े धोते, कमरा साफ़ करते हुये वह थक गया था। उसने बड़ी मेहनत की थी। अब उसे थोड़ा आराम व तफरी चाहिए। अप्रैल की शुरुआत में रमज़ान, ईस्टर और फसह की वजह से चार दिन की छुट्टियाँ पड़ी। दो दिन की उसने और ली और हावड़ा ट्रेन पकड़ कर इलाहाबाद पहुँच गया। डॉक्टर साहब का प्रभाव स्टेशन से ही नज़र आने लगता था। एक बग्गी उसे लेने के लिए स्टेशन पर खड़ी थी। कोचवान ने उसे नमस्ते करते हुये उसका बैग उसके हाथों से ले लिया।

घर के द्वार पर दरबान ने उसे सैल्यूट मारा। सब जानते थे कि वह विश्वानन्द का भाई है। "पण्डित जी डॉक्टर साहब के साथ एक इमरजैन्सी केस के लिए

बाहर गये हुए हैं," दरबार ने उसे गेट पर सूचित किया। विश्वानन्द को वहाँ सब पण्डित जी पुकारते थे। वह डॉक्टर साहब के व्यावसायिक पेशे में सहायक तो था ही, उनके धार्मिक और आध्यात्मिक जीवन में भी अपनी अहम भूमिका अदा करता था। बद्रीनाथ धाम के ब्राह्मण के रूप में भी वह डॉक्टर साहब के घर के परिसर में माना जाता था।

डॉक्टर साहब को वह हवेलीनुमा घर अपने बैरिस्टर पिता से विरासत में मिला था। बंगाल से इलाहाबाद आकर वे हाईकोर्ट में प्रैक्टिस करने लगे थे, जोकि ख़ूब चली। अकूत धन-संपदा अर्जित की और शहर के नामी वकीलों में उनका नाम शुमार हो गया। गौतम घोष उनकी एकमात्र सन्तान थी, सो पिता का कमाया हुआ सब उन्हें ही मिला। सौन्दर्य एवं शान्ति का अद्भुत समन्वय पूरा भवन उच्च अलंकृत दीवारों से घिरा था। ऊँची कलात्मक दीवारों से आवेष्टित वह आवास एक अलग लोक की अनुभूति कराता था। जिस हैसियत में वे थे, उनके लिए उस भद्रलोक में नफासत थी तो तनहाई भी थी, शिष्टाचार था तो अजनबीपन भी था। शिवा अक्सर सोचा करता-मैं तो भाईसाहब की वजह से इस हवेली में कुछ दिन रह लेता हूँ। भाईसाहब यहाँ कैसा महसूस करते होंगे। उनके लिए कितना अकेलापन है यहाँ। एकाएक विश्वा के प्रति उसके हृदय में करुणा का वेग उमड़ आया। वह बड़े भाई के प्रति और विनीत हो गया।

डॉक्टर साहब का अस्पताल, निवास, सर्वेन्ट क्वाटर्स सब एक ही परिधि के भीतर बने थे। हवेली में एक बड़ा सा दालान था, जिसके केन्द्र में, मन को आह्लादित करता, एक फव्वारा भी था। बहुत सारे लोग वहाँ निवास करते थे। कोचवान, दरबान, रसोइया, अन्य सेवक...। शिवानन्द से पूछा गया कि उसका बैग कहाँ ले जाया जाये, अतिथि कक्ष में या फिर उसके भाई के कक्ष में। "मेरे भाई के कमरे में," वह बोला।

ऊपर की मंज़िल पर एक खुले व बड़े कक्ष में उसका बैग पहुँच गया। पीछे-पीछे वह। बड़े से पलंग पर साफ़-सुथरा बिस्तर, एक तरफ़ मेज और दो कुर्सिया लगी हुईं। दीवार से लगी लकड़ी की बड़ी सी अलमारी। नीचे दन। बिस्तर पर लेट कर वह यूँ ही छत को ताकने लगा कि कुछ ही देर में चाय पहुँच गयी, बिस्कुट व मटरी के साथ।

"आप भोजन में क्या खाएँगें?" उससे पूछा गया।

"कुछ भी जो विशुद्ध शाकाहारी हो," वह बोला।

"कौन सी तरकारियाँ आप खाना पसन्द करेगें?"

उसने कुछ विशेष तरकारियों के नाम गिना दिये, जो उसे महँगी लगती थी, और जिन्हें वे ख़रीदने से बचता था।

इतना ऐश्वर्य होने के बावजूद उसका अन्तकरण उसे वहाँ रहने से उसे धिक्कारता था। विश्वानन्द का वहाँ रहना उसे कभी भी सम्मानजनक नहीं लगा। उसने उससे कई दफा कहा था कि वह डॉक्टर साहब की जो कुछ नौकरी-चाकरी करता है उसका वेतन ले और अलग स्वतन्त्र रूप से रहे।

ख़ैर, कभी–कभार वहाँ के ठाट लेने में उसे परहेज नहीं था। उनकी ज़िन्दगी की विकट परिस्थितियों में डॉक्टर साहब का स्मरण उनके लिए हमेशा एक राहत का काम करता था। कभी–कभी डॉक्टर साहब उन्हें अपने मसीहा लगते थे।

नहा–धोकर वह नीचे भोजन कक्ष में आया तो मार्या से सामना हुआ। वह डॉक्टर साहब की सबसे छोटी बच्ची को खाना खिला रही थी। "हैलो, हाव आर यू?" मार्या ने उसे देखते ही पूछा।

मार्या उससे हमेशा अंग्रेज़ी में बात करती थी। "मैं ठीक हूँ। और आप कैसी हैं?" उसने पूछा।

"सब अच्छा चल रहा है," मार्या बोली।

डॉक्टर साहब की बच्ची, सिबंती, उसे देखते हुये बोली, "मैं आपको जानती हूँ। आप यहाँ पहले भी आए हैं।"

तीन साल की बच्ची की तेज याददाश्त ने शिवानन्द को प्रभावित किया। मार्या की गोदी से बच्ची को लेते हुये बोला, "अरे भई, तुम्हें इतना याद है। हाँ भई, मैं यहाँ पिछले साल भी आया था।"

"डॉक्टर साहब की तीनों लड़कियों का दिमाग़ बहुत तेज है," मार्या प्रशंसा करते हुये बोली।

सिबंती शिवानन्द की गोदी से वापस मार्या की गोदी में नहीं गयी। शिवानन्द उसे अपने हाथों से खाना खिलाने लगा, बीच–बीच में मार्या से भी बातचीत करता जा रहा था।

"बहुत अफसोस हुआ हमें यह जानकर कि आपकी शादी टूट गयी। आप ग्रूम नहीं बन पाये।" मार्या सहसा बोली तो बच्ची को खाना खिलाते हुये उसके हाथों में चम्मच हिल गयी।

"क्यों? क्या हुआ? क्यों उन्होंने ऐन मौके पर शादी तोड़ी?" मार्या ने कौतूहल से पूछा।

"मेरे भाई ने आपको सब कुछ बताया होगा!"

"अरे, पण्डित जी कहाँ कुछ बताते हैं? उन्होंने बस इतना कहा कि वहाँ संयोग नहीं था।"

"मार्या जी, छोड़िये इस चर्चा को। न मैं उस लड़की को याद करना चाहता हूँ और न ही उस परिवार को। वह मेरे लिए एक ऐसा इतिहास है जिसे मैं पलटना नहीं चाहता।"

"पण्डित जी बता रहे थे कि आपकी फिर कहीं शादी पक्की हो गयी है?" मार्या ने कहा तो शिवानन्द के चेहरे पर मुस्कान खिल गयी।

"मुझे भी आपके पण्डित जी ने कुछ ऐसा ही बताया है," शिवानन्द मज़ाक़ के पुट से बोला। "जितना आप उस लड़की के बारे में जानती हैं उतना ही मैं। पर आशा है इस बार दूल्हा अवश्य बनूँगा।"

मार्या की आँखें विस्मय से बड़ी हो गयीं। ठहर कर बोली। "आप शादी करने से पहले लड़की के बारे में पूरा जानिए। जब हम एक-दूसरे के बारे में कुछ नहीं जानते तभी तो शादियाँ बिगड़ती हैं।"

"मार्या जी, मेरा परिवेश आपके परिवेश से बहुत भिन्न है।"

चन्द क्षणों में ही शिवानन्द के लिए भी भोजन की थाली लग गयी। व्यंजनों की संख्या देख कर उसकी आँखें फैल गयीं।

भोजन जब वह कर ही रहा था कि डॉक्टर साहब की दो बड़ी लड़कियाँ माधवी व पल्लवी, जो क्रमशः सात और पाँच वर्ष की थी, स्कूल से लौट आईं। शिवानन्द को देख कर वे थोड़ी उत्सुकता से भर गयी। "आप विश्वा काका के भाई शिवा काका हैं," माधवी बोली। बच्चे शिवानन्द से बहुत जल्दी हिल–मिल जाते थे। तीनों लड़कियाँ शाम तक शिवानन्द के इर्द–गिर्द बनी रही। उनकी वजह से उनकी गवर्नेस मार्या भी उसी के क़रीब रही।

शाम ढले डॉक्टर साहब और विश्वानन्द बंगले में लौटे। विश्वानन्द को डॉक्टर साहब जैसी ही पोशाक–सफ़ेद कुर्ता व बंगाली ढंग से कमर पर बँधी धोती में देख कर कुछ पलों के लिए उसे लगा कि विश्वानन्द एक गढ़वाली नही, एक बंगाली है।

उसे देख कर विश्वानन्द के चेहरे पर ख़ुशी के भाव आ गये। डॉक्टर साहब के गम्भीर चेहरे पर भी प्रसन्नता की लकीरें खिंची। मगर उनकी आँखों की उदासी का स्थायी भाव वैसा ही बना रहा। डॉक्टर साहब की इन उदास आँखों को देख कर शिवानन्द सोचा करता कि चाहे किसी का जीवन कितना ही सुखमय हो, अपने जीवन में कोई कितनी ही सफलता हासिल कर ले, अपने हिस्से के दुख सभी को भोगने पड़ते हैं। डॉक्टर साहब के इर्द–गिर्द लोगों का एक इतना बड़ा जनसमूह

मंडराता रहता है। नौकर-चाकर, मरीज...मगर वे निपट अकेले हैं। उनकी पत्नी अब इस दुनिया में नहीं है। तीसरी बच्ची के जन्म के समय प्रसव सम्बन्धी इन्फेक्शन (प्रसूति सेप्सिस) से वह मर गयी। इतने लोगों को जीवन दान देने वाले डॉक्टर साहब अपनी पत्नी को नहीं बचा पाए। बच्चियों के देखभाल के लिए उन्होंने गोवा की एक ईसाई महिला मार्या को नियुक्त किया हुआ था।

"तुम्हें बधाई हो, शिवा, तुमने इन्टरमीडिएट पास कर लिया है," डॉक्टर साहब बोले।

"धन्यवाद," वह ख़ुश होते हुये बोला।

"तुम बी.ए. भी क्यों नहीं कर लेते?" डॉक्टर साहब ने सुझाया।

"बी.ए." वह असमंजसता में बुदबुदाया तो विश्वानन्द तपाक से बोला, "हाँ हाँ यह बी.ए. कर लेगा। डॉक्टर साहब, शिवा हमारे गाँव का पहला हाईस्कूल है, और अब पहला इन्टरमीडिएट पास भी हो गया...। इसे देख कर अब गाँव के कितने ही लड़के हाईस्कूल करने लगे हैं। यह रोल मॉडल है हमारे गाँव के लड़कों के लिए।"

डॉक्टर साहब ने प्रशंसा के भाव से सिर हिलाया। शिवानन्द विश्वानन्द के गर्वित चेहरे को देख कर सोचने लगा कि कैसे उसका भाई उसकी उपलब्धि में अपनी उपलब्धि समझ रहा है। डॉक्टर साहब के सामने उसे कितना फख्र हो रहा है अपने भाई पर।

शाम के भोजन पर डॉक्टर साहब और विश्वानन्द भी उसके साथ मेज पर बैठे। शिवानन्द की थाली में सब शाकाहारी व्यंजन। विश्वानन्द की थाली में डॉक्टर साहब की थाली की तरह मछली के टुकड़े भी थे। उसे मच्छी-भात खाते देख शिवानन्द के कानों में भाट गाँव के लड़की वालों के शब्द गूँजने लगे–'लड़के का बड़ा भाई किसी छोटी जाति के बंगाली परिवार के साथ रहता है। वहाँ मच्छी-भात खाता है। दारू और सिगरेट पीता है। ऐसे पथभ्रष्टों के घर उन्हें अपनी लड़की नहीं ब्याहनी...।'

भोजन के उपरान्त वह विश्वानन्द के साथ उसके कक्ष में आ गया। तीनों लड़कियाँ भी उनके पीछे हो ली। शिवानन्द को आभास हुआ कि लड़कियों की गवर्नेस मार्या ज़रूर है मगर वे विश्वानन्द से अधिक जुड़ी हुई हैं। फिर आज शिवानन्द उनके लिए एक विशेष आकर्षण था। बहरहाल कक्ष में आकर बच्चियों से खेलते-खेलते, उनके साथ बचकानी हरकतें करते हुये उसकी अपने भाई से भी खुल कर बात हुई। उसने उससे वह प्रश्न भी किया जो वह यहाँ आने

पर हमेशा उससे किया करता था, "आप यहाँ क्यों रहते हो? आपका इनसे क्या रिश्ता है?"

विश्वानन्द सदैव की तरह सोच में पड़ गया। थोड़ी देर की चुप्पी के बाद बोला, "शिवा, कुछ रिश्ते ऐसे होते हैं कि समझाये नहीं जा सकते हैं। मुझे यहाँ रहते हुये बारह साल हो गये हैं। आज डॉक्टर साहब को मेरी सबसे ज़्यादा ज़रूरत है। आज उनका मेरे अलावा कौन है? जब उनकी पत्नी मर रही थी मैंने उन्हें भी वचन दिया था कि मैं उनकी बच्चियों की देखभाल करूँगा।"

सबसे बड़ी लड़की माधवी दोनों भाइयों की बातों को बड़े ध्यान से सुन रही थी। उसने उसकी गोदी में अपना सिर रख लिया। विश्वानन्द उसे सहलाने लगा। शिवानन्द दीवार पर लगी डॉक्टर साहब की दिवगंत पत्नी की तस्वीर को निहारने लगा। यहाँ हरेक कक्ष की दीवार पर उनकी पत्नी की तस्वीर टंगी थी। एक सुन्दर व जवान महिला, असमय ही इस दुनिया से चल बसी। सहसा विश्वानन्द कुछ याद करते हुये बोला, "मुझे पंचांग देखना है। डॉक्टर साहब की पत्नी की पुण्यतिथि आ रही है।"

माधवी विश्वानन्द की गोदी में सिर रखे सो गयी थी। विश्वानन्द ने होले से उसको बिस्तर पर रख दिया। तत्पश्चात उठ कर अलमारी से भगवे वस्त्र में लिपटे पंचांग को निकाल कर पढ़ने लगा।

पल्लवी और सिबन्ती अभी भी जगी थीं। शिवानन्द के साथ खेलते हुये हो-हल्ला मचाये हुई थीं। मार्या उन्हें उनके कक्ष में लिवाने के लिए आयी। मार्या को देख कर पल्लवी शिवानन्द से और सिबंती विश्वानन्द से लिपट गयी। मार्या की आँखों में नींद की खुमारी थी। वह विश्वानन्द से बोली, "पण्डित जी, मैं अब सोने जा रही हूँ। आप बच्चियों को उनके कमरे में रख देना।"

विश्वानन्द ने सहमति में गर्दन हिलाई और मार्या कमरे से बाहर हो गयी। विश्वानन्द फिर से पंचांग पढ़ने लगा। शिवानन्द की पारखी आँखें मार्या का पीछा कर रही थी, जो अपने कक्ष के बजाये डॉक्टर साहब के कक्ष की तरफ़ बढ़ रही थी। 'मार्या बच्चियों की देखभाल के अलावा डॉक्टर साहब की अन्य आवश्यकताओं की भी पूर्ति करती है,' मन ही मन वह बुदबुदाया ।

दूसरे दिन सुबह चाय-नाश्ते के बाद वह विश्वानन्द के साथ बंगले से निकला, और पेड़ों के झुरमुट को पार कर अस्पताल आ गया। डॉक्टर साहब के बैरिस्टर पिता जागीरदार हुआ करते थे। उन्होंने अपने बेटे के लिए इस छोटे से अस्पताल का निर्माण किया था। डॉक्टर साहब के कुछ अन्य व्यापार भी शहर में चलते थे।

अस्पताल में मरीज़ों का जमघट लग चुका था। डॉक्टर साहब के आने से पहले विश्वानन्द ओपीडी रूम को ठीक–ठाक करके मरीज़ों की केस-हिस्ट्री ले लिया करता था। अपने भाई से वह बोला, "शिवा, यहाँ डॉक्टर साहब की दराज में मैं पिछले दो सालों से दो हज़ार रुपये देख रहा हूँ।"

"दो हज़ार रुपये!" शिवानन्द चौंका और विस्फारित नज़रों से दराज में रखी दो हज़ार की गड्डी देखने लगा। अभी तक उसने इतने सारे रुपये एक साथ नहीं देखे थे।

"हाँ, डॉक्टर साहब को शायद कुछ पता ही नहीं इनके बारे में। पिछले दो सालों से ये ज्यों के त्यों पड़े हैं।"

"आप डॉक्टर साहब से जिक्र करिए इन रुपयों का," शिवानन्द ने सुझाया।

विश्वानन्द रजिस्ट्रर उठा कर बरामदे में बैठे मरीज़ों के नाम दर्ज करने लगा, उनकी केस-हिस्ट्री लेने लगा। थोड़ी देर में डॉक्टर साहब अपनी धोती का छोर घुमाते हुये आए तो वातावरण की हवा में फ़र्क़ लगने लगा। एक गम्भीर सन्नाटा छा गया। सभी मरीज़ आदर के भाव से खड़े हो गये। विश्वानन्द और शिवानन्द भी स्थिर हो गये। शिवानन्द ने अपने बड़े भाई को इशारा किया कि वह उनसे उनकी दराज में पड़े उन दो हज़ार रुपयों का जिक्र करे।

विश्वानन्द उनके पीछे कमरे में घुसा, शिवानन्द के साथ। "कितने मरीज़ हैं?" डॉक्टर साहब ने पूछा।

"अभी तीस नाम दर्ज हुए हैं। डॉक्टर साहब आपसे एक बात कहनी है। आपकी दराज में पिछले दो साल से दो हज़ार रुपये देख रहा हूँ।

"अच्छा। कहाँ?"

"आपकी उस दराज में।"

डॉक्टर साहब ने तुरन्त दराज खोली। एक फ़ाइल के अन्दर सौ-सौ के बीस नोट पड़े थे। कुछ देर के लिए उन्होंने कुछ सोचा, और सारे नोट विश्वानन्द के हवाले कर दिए। "तुम रख लो इन्हें। अपने भाई के साथ मौज़-मस्ती करो। "

"नहीं, डॉक्टर साहब," विश्वानन्द बोला तो शिवानन्द ने पीछे से उसकी च्यूँटी काटी।

डॉक्टर साहब ने भी आग्रह पर बल दिया तो विश्वानन्द ने सहर्ष रुपये स्वीकार कर लिए। ख़ुशी से दोनों भाई बाहर बरामदे में भागे। उन्हें लगा कि उनके हाथ खजाना लग गया। भगवान् ने छप्पर फाड़ कर दे दिया। ख़ुशी से ओत–प्रोत होते हुये विश्वानन्द बोला, "गाँव में मकान जर्जर हो गया, कभी भी गिर सकता है। ये

रुपये देवा को भेज देंगे। कह देंगे इनसे तेरी शादी तक मकान की मरम्मत और पुताई सब करवा दे।"

शिवानन्द भी नोटों को छूकर देखने लगा। मन आह्लाद से भर गया।

डॉक्टर साहब के आने से मरीज़ों को देखने का काम शुरू हो गया। विश्वानन्द नाम ले-ले कर मरीज़ों को पुकारने लगा। डॉक्टर साहब के परचे अनुसार उन्हें दवाइयाँ वितरित करने लगा। जिस किसी को इंजेक्शन लगाना हो या मरहम-पट्टी करवानी हो, वह भी वह कर रहा था। उसको व्यस्त देख शिवानन्द वहाँ से चला गया।

शिवानन्द को डॉक्टर साहब के यहाँ विश्वानन्द का कार्य तो दिख रहा है। लेकिन, उसकी हैसियत एवं वेतन कभी उसकी समझ में नहीं आया। ज़्यादा से ज़्यादा यही कह सकते हैं वह घोष परिवार का एक सदस्य बनकर उनके साथ रहता है। जो डॉक्टर साहब खिलाते हैं, वह खा लेता है। जो वे पहनाते है, वह पहन लेता है। उसके निजी ख़र्चों की पूर्ति वहाँ सहज ही हो जाती है। बाकी उसके परिवार को जैसे व जितनी ज़रूरत पड़ती है वह डॉक्टर साहब से माँग लिया करता था। हालाँकि विश्वानन्द की माँग कभी नाजायज़ नहीं होती। वह कभी उनसे ज़्यादा रुपये नहीं माँगा करता। लेकिन वह माँगता ही क्यों है? उनसे अधिकारपूर्वक अपना वेतन क्यों नहीं लिया करता? इन प्रश्नों की दुविधा शिवानन्द को हमेशा घेरे रहती।

इतना ज़रूर था कि पूर्वी उत्तर प्रदेश की उस तीर्थ नगरी के सामाजिक मनोविज्ञान में बद्रीनाथ धाम के उस विप्र के लिए आदर-सम्मान की कमी न थी। सम्बोधन भी पण्डित जी मिला हुआ था। निश्चित ही इसमें उसके धीर-गम्भीर स्वभाव और कर्मनिष्ठा का योगदान भी है। हॉस्पिटल उसके भाई को एक बहुत बड़े परिवार में होने का अहसास कराता था। काम इतना अधिक रहता था कि और बातों के लिए समय ही नहीं मिल पाता था। मरीज़ों की सेवा में उसे बहुत ख़ुशी मिलती थी। शायद इसलिए उसे अपने परिवार का ख्याल भी नहीं आता।

दिन भर शिवानन्द ने बग्गी में शहर घूमा। गंगा किनारे भी गया। यह अहसास उसे गर्व से भरता था कि इस पवित्र गंगा का उद्‌गम उसके गढ़वाल के उच्च पहाड़ों में जमी हिम शिलाओं से होता है और गढ़वाल की पहाड़ियों से बह कर इलाहाबाद तक आती है। डॉक्टर साहब के घर के अनुचरों को वह नदियों के संगम के बारे में जानकारी देता : "हमारे गढ़वाल में पंच प्रयाग हैं। विष्णुप्रयाग में धौली नदी

अलकनन्दा से मिलती है, नन्दप्रयाग में नन्दाकिनी अलकनन्दा में समाहित होती है, कर्णप्रयाग में पिण्डर अलकनन्दा से टकराती है, रुद्रप्रयाग में अलकनन्दा की भेंट मन्दाकिनी से होती है, देवप्रयाग में अलकनन्दा का संगम भागीरथी से होता है और वह गंगा कहलाने लगती है। और...आपके प्रयागराज में पवित्र गंगा का मिलन यमुना से होता है।"

"वाह!"

डॉक्टर साहब के सेवक हर्षमिश्रित आश्चर्य से शिवानन्द को सुनते। वे भी बघारते : "हमारा इलाहाबाद पाँच प्रयागों का राजा है।"

शाम को विश्वानन्द के साथ मिलकर उसने डॉक्टर साहब की तीनों लड़कियों को तैयार किया। उनके लिए पानी व नाश्ता साथ में रखा, और सभी सिनेमा हॉल फ़िल्म 'नर्तकी' देखने चले गये। सिनेमा हॉल में उन्हें बस यह कहने की ज़रूरत पड़ी कि वे डॉक्टर घोष के घर से आए हैं। बालकनी की सीटें उन्हें मुफ्त में बैठने को मिल गयीं, चाय भी सामने आ गयी। पाँच दिन शिवानन्द ने वहाँ बढ़िया खाना खाकर, बग्गी में शहर घूमकर, और रोज शाम एक फ़िल्म देख कर काटे।

छठे दिन डॉक्टर साहब की पत्नी की पुण्यतिथि थी। हवन–धर्मकांड में पुजारी की भूमिका निभाने वाला विश्वानन्द ही था। उसे बड़े मनोयोग से पण्डितों वाली धोती अपनी कमर में लगाते हुये देख शिवानन्द ने हैरत से पूछा, "आप डॉक्टर साहब के घर क्या–क्या काम करते हो?"

जवाब में विश्वानन्द जोर से हँस पड़ा। उसके गम्भीर व सौम्य चेहरे पर हँसी बहुत कम खिला करती थी। एक अनचीन्हे विषाद से आवृत्त उसके मुख पर यदा-कदा जब मुस्कान खिलती तो ऐसा लगता घनघोर काली घटा में बिजली कौंध गयी हो।

उसे यूँ उन्मुक्त अट्टाहस करते देख शिवानन्द को अच्छा लगा। "सबसे पहले तो शिवा हम लोग पुड़खी (छोटे-छोटे पैकेट) झारने वाले पुरोहित हैं," विश्वानन्द हँसी दबाते हुये बोला। "बचपन में माँ हमें कैसे जजमानों के घर सिद्धा इकट्ठा करने के लिए भेजती थी! हम फॉर्च्यून टेलर भी थे-हम बदनसीब, जिन्हें ख़ुद का कुछ पता नहीं, लोगों को उनकी हथेली देख कर उनका भाग्य बताते थे। "

"छिः, मैं वे दिन याद नहीं करना चाहता," शिवानन्द हिकारत से बोला।

"कुछ भी हो हम बद्रीनाथ पर्वतों के ब्राह्मण हैं, रे! यहाँ बहुत इज़्जत होती है बद्रीनाथ के ब्राह्मणों की। तू भी अपने कपड़े बदल ले और कुछ देर के लिए एक

पण्डित बन जा," विश्वानन्द पलंग पर पड़ी एक नई धोती की तरफ़ इशारा करते हुये बोला।

शिवानन्द ने उस धोती की तरफ़ बेरुखी से देखा। विश्वानन्द के कमरे से निकलने के बाद वह काफ़ी देर तक पलंग पर यूँ ही बैठा रहा। फिर उसने भी धोती पहनकर एक पण्डित का रूप धारण कर लिया। सीढ़ी उतर कर नीचे प्रागंण में आ गया, जहाँ टैन्ट लगा था और विश्वानन्द एक बड़े से हवन कुंड में हवन की तैयारी कर रहा था। वह चुपचाप अपने भाई की बगल में बैठ गया। माधवी, पल्लवी व सिबंती, तीनों लड़कियाँ गोटे वाले घाघरे पहने हुई थी। मार्या भी आज अपनी स्कर्ट के बजाये साड़ी में थी। घर में एक विशेष आयोजन लग रहा था। काफ़ी अतिथि भोजन पर आमन्त्रित थे। सभी विश्वानन्द एवं शिवानन्द को हर्षमिश्रित विस्मय से देख रहे थे। सचमुच अपने रंग-रूप से वे वातावरण को विशिष्ट बना रहे थे। सुदर्शन तो वे थे ही। कुछों ने टिप्पणियाँ भी की कि उन्हें ये दो जवान पुरोहित बड़े भा रहे हैं।

कुछ देर में डॉक्टर साहब चेहरे पर अपना चिर-परिचित सौम्य भाव लिए अपनी झक सफ़ेद धोती का छोर लहराते हुए आये। उनके आने से माहौल बदल गया। महिमा के साथ करुण रस आवेशित हो गया। मरीज़ों का रोग हरने वाला मसीहा! अकेला हो गया। कई दफे एक अकेली स्त्री भी इतनी निस्सहाय नहीं लगती जितना इस मौके पर डॉक्टर साहब लग रहे थे। लोग जैसे क्षतिपूर्ति के लिए उनकी प्रशंसा के पुल बाँधने लगे-बहुत होशियार हैं डॉक्टर साहब। उनके हाथ से मरीज़ बहुत जल्दी अच्छे हो जाते हैं।

शिवानन्द मन्द-मन्द मुस्कुराते हुये ख़ामोश सुन रहा था। कल रात शिवानन्द ने डॉक्टर साहब को शराब में धुत्त पड़े देखा था। विश्वानन्द लापरवाही से बोला था, "सभी पीते हैं। डॉक्टर साहब कभी-कभी थोड़ा ज़्यादा पी लेते हैं। उनके पास प्रचुर मात्रा में पैसा है।"

पवित्र मंत्रोच्चारण से हवन आरम्भ हुआ। यज्ञविधि सम्पन्न हुई। तत्पश्चात भोज प्रारम्भ हुआ। डॉक्टर साहब ने अपने हाथों से ग़रीबों में दान-दक्षिणा का वितरण किया। लोग उनके प्रभावशाली स्वरूप को निहार रहे थे। इस भरी जवानी में वे विधुर बन गये थे। कुछ हितैषियों ने दबी जुबान में सुझाया कि अब तो वसुन्धरा को गुज़रे तीन साल हो गये, दूसरा विवाह कर लें।

अपनी बेटियों को अपने से चिपकाते हुये डॉक्टर साहब बोले, "ख़बरदार जो ऐसा सुझाव दिया। मुझे अपनी बच्चियों के लिए सौतेली माँ बिल्कुल नहीं लानी।" फिर उनकी नज़र फिसल कर पहले विश्वानन्द पर टिकी, फिर मार्या की तरफ़ चली

गयी जो मन्द-मन्द मुस्कुरा रही थी। डॉक्टर साहब का गम्भीर चेहरा मुस्कान में नहीं खिंचा। शिवानन्द डॉक्टर साहब व मार्या के चेहरों के इन भावों को ताक़ते जा रहा था। वह मन ही मन सोचने लगा, डॉक्टर साहब को दूसरी पत्नी की आवश्यकता नहीं है। विश्वानन्द और मार्या जैसे लोग उनके ईदगिर्द हैं जो उनकी आवश्यकताओं की पूर्ति कर रहे हैं। घर की ज़िम्मेदारी विश्वा पर और बिस्तर की मार्या पर।

अगले रोज़ लखनऊ के लिए प्रस्थान करते वक़्त विश्वानन्द उसे रेलवे स्टेशन छोड़ने आया। रास्ते में उससे उसकी शादी का जिक्र किया, सिर्फ़ इतना कि वह उससे चार रोज पहले गाँव पहुँच जाएगा।

रात घिर आयी थी जब तक शिवानन्द लखनऊ की उस घनी बस्ती में अपने मकान में पहुँचा। इस खण्डहरनुमा मकान के सबसे बेकार कमरे में वह रहता था। ताला खोलकर जब वह अन्दर घुसा तो कमरे का रूप डॉक्टर साहब के भव्य बंगले की तुलना में एक जबरदस्त विरोधाभास पैदा कर रहा था। दस-बाय-बारह फुट का कमरा, दीवारों से उखड़ा हुआ प्लास्टर, फर्श टूटा-फूटा। एल्यूमीनियम के पुराने-धुराने बर्तन जिनमें वह खाना पकाया करता है। स्टोव, खाट, बिस्तर पर पड़ी सस्ती सी चद्दर। मगर यह आशियाना उसका अपना था। वह इन सबका ख़ुद मालिक था। विश्वानन्द की तरह एक ख़ैरात की ज़िन्दगी नहीं जी रहा। एकाएक आत्मसम्मान और आत्मग्लानि का अहसास उसे एक साथ छू गया...।

छह

इस बार अपनी शादी में गाँव जाते समय न उसने अपने लिए नये कपड़े बनवाये, न ही कोई साड़ी ख़रीदी अपनी भावी पत्नी के लिए और न ही रुपयों का कोई इन्तजाम किया। ऑफ़िस में यह तक नहीं बताया कि वह अपनी शादी के लिए गाँव जा रहा है। वह थोड़ा शंका में था कि पता नहीं इस बार भी उसकी शादी हो पाती है या नहीं। दूसरा, उसे फ़ुर्सत कहाँ थी। वह ज़माने से अदृश्य हो गया था।

एक्साइज इंस्पेक्टर प्रतियोगिता परीक्षा की तैयारी ने उसका सारा समय, ध्यान व ऊर्जा चूस ली। वह पहली बार किसी कॉम्पीटीशन में बैठ रहा था। वह रोमांचित था और नर्वस भी। परीक्षा वाले दिन उसने थोड़ी पूजा की, माथे में तिलक लगाया, दही भी खाई। पार्कर का महँगा पैन वह पहले ही ख़रीद चुका था।

लखनऊ विश्वविद्यालय का भवन परीक्षा केन्द्र था। पाँच सौ प्रत्याशी उस केन्द में परीक्षा देने आए थे, जिनमें से कोई दूसरी या तीसरी बार परीक्षा में बैठ रहा था। पूरे उत्तर प्रदेश राज्य में पाँच केन्द्रों में प्रत्याशी परीक्षा दे रहे थे। इसका अर्थ तीन हज़ार उम्मीदवार और कुल पन्द्रह पोस्ट।

सुबह सात बजे परीक्षा शुरू हुई। नौ घण्टे का टेस्ट तीन भागों में विभक्त था। सात से दस सामान्य ज्ञान तथा जागरूकता का पेपर। ग्यारह से दोपहर दो बजे तक गणित। तीन बजे से सायं छह बजे तक अंग्रेज़ी, संचार कौशल और लेखन-कला।

गणित और अंग्रेज़ी में उसकी पकड़ शुरू से अच्छी थी। यह दोनों पेपर्स अच्छे हुए। संचार कौशल और लेखन भी ठीक-ठीक हुआ। सामान्य ज्ञान एवं जागरूकता में उसने गड़बड़ कर दी। उसे लगा वह दुनिया के बारे में कुछ नहीं जानता। उसका सामान्य ज्ञान बहुत सीमित है। पता नहीं उसका चयन होता है या नहीं? वह सोच में पड़ गया।

बहरहाल छह बजे परीक्षा से निपट कर वह सीधे घर आया। अपना सामान बाँधा और रात आठ बजे रेलवे स्टेशन से देहरादून एक्सप्रेस पकड़ ली हरिद्वार के

लिए। हरिद्वार से बस द्वारा गौचर, फिर पैदल यात्रा अपने गाँव के लिए।

ब्रहमानन्द चाचाजी की माँ अभी भी जीवित थी। गाँव की सरहद में जैसे ही वह घुसा तो सबसे पहले वे ही उसे नज़र आईं। "दादी प्रणाम," कहते हुये वह उनके पैरों पर झुका।

उन्होंने अपनी आँखें सिकोड़ कर उसे निहारा कि कौन लड़का उनके पैर छू रहा है। जैसे ही वह उसे पहचानी, उनका स्वर चहक गया, "शिवा, अरे...:शिवा, यूँ तो शिवा च...ऐ गये..." उचक कर तड़ातड़ उसके गाल व ठुड्डी चूमने लगीं। "बहुत बड़े घर में तेरा रिश्ता तय हुआ है इस बार। पहले वाले घर से भी बड़ा घर है। नैल गाँव के नैनवाल! लड़की के पिताजी गाँव के सेठ कहलाते हैं।"

वह चुपचाप सुनता रहा। घर पहुँचा तो कुछ पलों के लिए वह अपने घर को ख़ुशी से निहारता ही रहा। विश्वानन्द के भेजे रुपयों से देवानन्द ने मकान की अच्छी मरम्मत करवा ली थी। मकान एकदम नया और सुन्दर लग रहा था। उसके चेहरे के हर्षमिश्रित विस्मय के भावों को पढ़ते हुये विश्वानन्द बोला, "बहुत रुपये ले लिए इस मकान ने। तेरी शादी के लिए कुछ नहीं बचा मेरे पास।"

इधर शिवानन्द की जेब भी खाली थी। एक्साइज इंस्पेक्टर की प्रवेश परीक्षा के लिए आवेदन करने, उसकी तैयारी करने और उसकी लिखित परीक्षा में बैठने तक उसकी थोड़ी-बहुत जो जमा-पूँजी थी, सब ख़र्च हो गयी थी। फिर डेढ़ साल बाद ही गाँव का दूसरा चक्कर लग गया था।

बहरहाल घर में एकदम से पहली बार का जैसा ही वातावरण बन गया। ब्रह्मानन्द चाचाजी शिवानन्द के गाँव पहुँचने की ख़बर सुन तुरन्त अपनी पत्नी एवं लड़कों सहित उनके घर पहुँच गये। विश्वानन्द और देवानन्द के साथ मिल कर शादी के कार्यक्रमों की रूपरेखा तय करने लगे। चर्चा करते वक़्त सभी थोड़ा सहमे हुये थे कि पहले की तरह यह शादी भी...। एहतियात बरतने के लिए उन्होंने इस बार साहपट्टा की रस्म के लिए अपने बेटे विनोद का चुनाव नहीं किया। पिछले वर्ष जब वह साहपट्टा लेकर गया था तो बुरी ख़बर लाया था। "ये इस मामले में अपशगुनी है," ब्रह्मानन्द चाचाजी बोले तो विनोद के चेहरे पर अपराधी भाव आ गये।

देवानन्द को नैल गाँव, लड़की वालों के गाँव भेजने के लिए चुना गया। गौचर जाने का रास्ता भी बदला गया। वह वह रास्ता नहीं पकड़ेगा, जो विनोद ने पकड़ा था। दूसरे रास्ते से वह गौचर जायेगा, भले ही उसे अधिक चलना पड़े।

ब्रह्मानन्द चाचाजी ने ही शिवानन्द का रिश्ता पहली बार तय किया था और इस बार भी। मगर इस बार उन्होंने उसका रिश्ता, उनके अनुसार, एक बहुत बड़े घर में तय किया था। गर्वित होते हुये बोले, "जब उन भाट के भट्टों ने रिश्ता तोड़ा था तभी मैंने कसम खा ली थी कि शिवा का रिश्ता मैंने उनसे बड़े घर में तय करके दुनिया को दिखाना है।"

लड़की के मायके वाले गौचर से लगे नैल गाँव के सेठ हैं। गौचर में पॉस्टऑफ़िस व आर्मी क्वाटर की इमारतें उनकी अपनी सम्पदा है। बहुत बड़ा परिवार है सेठजी का। उनके बहुत सारे भाई हैं। दो पत्नियाँ हैं, और दोनों जीवित। एक पत्नी से चार और दूसरी से पाँच बच्चे हैं, कुल मिलाकर पाँच बेटियाँ व चार बेटे। उनका बड़ा बेटा गोरखपुर से इंजीनियरिंग कर रहा है। उनकी सभी लड़कियाँ लिखना-पढ़ना और सिलना-बुनना जानती है, यह सब जानकारी शिवानन्द को ब्रह्मानन्द चाचाजी से चर्चा करते वक़्त पता चली। बाक़ी की जानकारी हासिल करने के लिए वह नीचे रसोई में सत्यभामा के पास चला गया। लड़की की उम्र को लेकर वह सबसे ज़्यादा सशंकित था। सो सबसे पहला प्रश्न उसी सन्दर्भ में पूछा, "भाभीजी, आपकी देवरानी कितने साल की है?"

"सोलह की।"

"यह क्या आप लोगों को सोलह से ज़्यादा की लड़कियाँ नहीं मिल रही," वह उलाहना से बोला।

"पिछले साल से मेरी उम्र एक साल बढ़ गयी है और लड़कियाँ आप सोलह की ही खोज रहे हो।"

"सोलह तो बहुत ज़्यादा उम्र होती है," सत्यभामा बोली। "लड़कियाँ जवान हो जाती हैं। मैं तो सिर्फ़ नौ साल की थी अपनी शादी के वक़्त। घुग्गी (पीठ) पर लाया गया था मुझे इस गाँव में।"

"नाम क्या है उसका?"

"प्रियंवदा," सत्यभामा मुस्कुराते हुये बोली। एक पल बाद बोली, "तुम्हें कितनी दिलचस्पी रहती है अपनी भावी पत्नी में। और एक तुम्हारे भाईसाहब हैं...!"

सत्यभामा का चेहरा गम्भीर हो गया था। पलट कर वह तवे में रोटियाँ सेकने लगी। शिवानन्द भी ख़ामोश होकर चूल्हे में जलती हुई आग की लपटों को निहारने लगा।

"भाई आपके पास नहीं आते तो आप उनके पास जाया करो," उसने धीरे से सुझाया।

हमारे संस्कार में स्त्री मर्द के पास ख़ुद नहीं जाती," सत्यभामा तीखे स्वर में बोली।

"पति के पास भी नहीं?"

सत्यभामा उसके प्रश्न पर मनन सा करने लगी। उसके चेहरे के गम्भीर भाव थोड़े नरम हो गये। शिवानन्द ने फिर से अपनी होने वाली पत्नी के विषय में प्रश्न किया, "मैं सुन रहा हूँ कि वह बहुत बड़े घर की है...।"

"हाँ, ढेरों भाई-बहन, बहुत सारी चाचियाँ, दो माँएँ...बड़ा दिलचस्प परिवार है मेरी होने वाली देवरानी का।" सत्यभामा कटाक्ष करते हुए बोली। "एक बात और...जहाँ तुम्हारी पिछले साल शादी टूटी थी न...वह लड़की अब इस लड़की की चाची है।"

"क्या–क्या–क्या?" शिवानन्द अपने सिर को झटकते हुये बोला।

"चंदनी...जिसके साथ तुम्हारी शादी टूट गयी थी, प्रियंवदा के सबसे छोटे चाचा से ब्याही है।"

"ओह, आई सी! वेरी इन्टरेस्टिंग! स्माल वर्ल्ड!" शिवानन्द ने अपना आश्चर्य व्यक्त किया।

"यह तुम पता नहीं कभी-कभी कैसी भाषा बोलने लग जाते हो," सत्यभामा उलाहना से बोली।

शिवानन्द इस संयोग पर विचार करने लगा–यह दुनिया कितने विचित्र संयोगों से भरी है! चंदनी प्रियंवदा की चाची! प्रियंवदा उसकी होने वाली पत्नी...। प्रियंवदा क्या जानती होगी कि उसके होने वाले पति से उसकी चाची का रिश्ता होते–होते रह गया था।

"मैंने तो ख़ैर दोनों में से किसी को नहीं देखा, लेकिन जिन लोगों ने उन दोनों को देखा, कहते हैं कि चंदनी ज़्यादा सुन्दर थी," सत्यभामा बोली।

"जो सुन्दरता अपने नसीब में आयी नहीं, उसका हमने क्या करना," शिवानन्द बोला।

जिस दिन देवानन्द नैल गाँव साहपट्टा लेकर रवाना हुआ, मेरठ से मामाजी अपने एक बेटे के साथ सेवल पहुँच गये। उनके साथ पुफू को न देख कर सभी को निराशा हुई। वे हिचकते हुये बोले, "पिछले साल जब हम सभी आये थे तो गौचर से ही वापस लौटना पड़ गया था। इस बार वह आयी ही नहीं। सोचा, कहीं इस बार भी शादी टल गयी तो...।"

“इस बार नहीं टलेगी,” ब्रह्मानन्द चाचाजी दृढ़ता से बोले। “सेठजी दूरदर्शी हैं। उन्हें अपनी लड़की के लिए ज़्यादा खेत-खलियान और मवेशियाँ वाला परिवार नहीं चाहिये, बल्कि एक पढ़ा–लिखा, होनहार लड़का चाहिये। उन्हें लड़के के अतीत से नहीं, उसके भविष्य से मतलब है।”

मगर जब तक देवानन्द नैल गाँव से लौटा नहीं सभी के दिल में एक धुकधुकी बनी रहीं। देवानन्द जब मुस्कुराते हुए अपने चौक में घुसा तो सभी ने राहत की साँस ली। उसके हाथों में लाल चमकीली पन्नियों से ढकी टोकरी थी। देवानन्द चौक में कुछ देर तक टोकरी को हवा में लहराते हुये मटकता रहा। सभी हर्षमिश्रित भाव से उसे निहारते रहे। फिर सभी टोकरी पर झपट पड़े। वह मिठाई–मेवों से भरी थी।

दूसरे दिन हल्दी हाथ की रस्म सम्पन्न हुई तथा तीसरे दिन मंगल स्नान। चौथे दिन पन्द्रह लोगों की बारात सेवल से नैल गाँव को प्रस्थान कर गयी। बारात में कुछ लोग पड़ोसी गाँव सिदोली और काण्डे से भी आमन्त्रित किये गये। मल्खू दादाजी और पड़ोसी जयदत्त राड़ा को भी शामिल करना पड़ा। कुछ मौके ऐसे तरल होते थे कि रिश्तों की आपसी रंजिश व मनमुटाव को दरकिनारे कर अपनों को गले लगाना पड़ता था।

वैसे उस ज़माने में शादी में दूल्हे का पालखी या घोड़े पर जाने का रिवाज था। लेकिन अपनी खेदजनक आर्थिक स्थिति को मद्देनज़र रखते हुये जहाँ जितना ख़र्चा बचा सकते थे, वे बचा रहे थे। इस बारात में दूल्हा भी अन्यों की तरह जंगली रास्ते में छह घण्टे तक पैदल चला।

शिवानन्द पहले से ही जानता था कि नैल गाँव सेवल की अपेक्षा अधिक आधुनिक है। फिर वधूपक्ष के लोग उसे अपेक्षाकृत सम्पन्न, सभ्य तथा शालीन प्रतीत हुये। सबसे बड़ा भाई कोट–पैंट में नज़र आ रहा था। भीड़ में वह सभी से भिन्न लग रहा था। ‘इसे इस गाँव में विलायती पोशाक पहनने की क्या ज़रूरत,’ शिवानन्द उसे निहारते हुये बुदबुदाया, मगर उसके व्यक्तित्व से प्रभावित हुए बगैर नहीं रहा।

लड़कियों का एक बड़ा दल द्वार पर उमड़ा हुआ था, जिसने बारात को देखते ही शगुन की गालियाँ बकना शुरू कर दी थी।

“हमारे गाँव में सोने का कुंड, दूल्हे के बड़े भाई का गेंडे का मुंड।”

सभी लोग विश्वानन्द की सिर की तरफ़ देखने लगे। वह झेंप गया।

“हमारे गाँव में घोड़े और हाथी, बन्दर सारे दुल्हे के साथी।”

“हैं...” सारे बाराती चौंक कर एक-दूसरे को निहारने लगे। विश्वानन्द और

देवानन्द तो शालीनता से मुस्कुरा रहे थे मगर ब्रह्मानन्द चाचाजी के लड़कों व मामाजी के लड़के से गालियाँ सुनी नहीं जा रही थी। वे आगबबूला होकर लड़कियों को चिढ़ाने लगे : "दूल्हा हमारा अशोक कुमार। लड़कियाँ यहाँ सारी ललिता पवार।" बदले में लड़कियाँ कस कर हँसते हुये उन पर और जोरों से गालियाँ बकने लगीं।

मगर एक स्त्री के होंठ बन्द थे और उसकी सुन्दर आँखें एकटक शिवानन्द पर टिकी थीं। किसी ने उसे 'चाची' पुकारा तो शिवानन्द को समझने में देर नहीं लगी कि वह सबसे छोटी चाची है–चंदनी। उसके रमणीय रूप को देखते हुये शिवानन्द इस पल भी सोचने को मजबूर हो गया कि क्या गँवा दिया उसने।

बारातियों की ग़रीबी वधुपक्ष को साफ़ झलक रही थी। उनके साथ न पालकी थी, न नगाड़े, और न ही उनके पहने वस्त्रों में कोई भव्यता थी। उनकी सादगी, या कहें तंगहाली, हर किसी की नज़रों में चुभ रही थी। लेकिन असली झटका तब लगा जब गुप्तदान की रस्म आई–वह रस्म जो वरपक्ष की स्थिति का एक मौन परिचय होती है। इस क्षण ने वधुपक्ष का सब्र तोड़ दिया। उन्हें महसूस हुआ कि अभी भी समय है...अभी फेरे नहीं हुए हैं...।

फेरों से पहले गुप्तदान (कन्यादान) की रस्म थी, जिसमें वरपक्ष को दुल्हन को अपनी वरडाली पेश करनी थी। वरडाली इस बात की सूचक है कि लड़के वाले क्या हैसियत रखते हैं, कितने सम्पन्न हैं, उदार हैं, और वे अपने घर आने वाली बहू की कितनी कद्र करते हैं। खेद की बात थी कि शिवानन्द की तरफ़ से पेश हुई वरडाली में सिर्फ़ एक साड़ी थी। वहीं रेशमी साड़ी जो शिवानन्द पिछले वर्ष चंदनी के लिए लाया था। मगर वह साड़ी नई न लगकर धोयी हुई लग रही थी, क्योंकि सत्यभामा ने उसे पहन ली थी। गाँव के सभी लोग वरडाली को देख कर मुँह पर हाथ रख कर 'हाँ' बोलने लगे। कइयों ने टिप्पणी की : इतनी बेकार वरडाली तो गाँव में आज तक किसी लड़की की नहीं आयी। लड़कियाँ उस साड़ी का मज़ाक़ बनाते हुए गीत गाने लगी : "वर की डाली में न जेवर न खुमानी, सिर्फ़ एक धोती वह भी पुरानी।"

वरपक्ष के लोग लज्जित होते हुये मुस्कुरा पड़े। लेकिन यह हँसी–मज़ाक़ का माहौल तब गम्भीर हो गया जब सेठजी के दूसरे नम्बर के भाई ने तिलमिलाते हुये अचानक वह साड़ी उठाई और वरपक्ष के लोगों पर ग़ुस्से से मार दी। "आप यह तुच्छ भेंट हमारी भतीजी के लिए लाये हो। हमारी भतीजी क्या इस क़ाबिल है?" उनके बाकी भाई भी उसके साथ मिलकर स्वर मिलाने लगे। सेठजी भी क्रुद्ध हो गये। "ब्रह्मानन्द जी, हमारा अपमान हुआ है," वे गरज कर बोले।

वधूपक्ष के लगभग सभी लोग उनसे सहमत थे। एकमात्र सेठजी का बड़ा लड़का, जो इंजीनियरिंग पढ़ रहा था, बिल्कुल ख़ामोश था। वह गाँव के लोगों के साथ लड़ने के हिसाब से अत्यधिक सुसंस्कृत था। सेठजी के बाकी तीन लड़के अभी किशोर बालक ही थे।

ब्रह्मानन्द चाचाजी वधूपक्ष के लोगों को समझाते हुये बोले कि तीनों भाईयों ने अबोध आयु में ही माता–पिता खो दिये। काफ़ी संघर्षों को झेलकर वे बड़े हुये। अभी हाल में उन्होंने अपने मकान की मरम्मत भी करवाई है। शिवानन्द कम्पीटीशन में बैठा है, जिसने उसके काफ़ी पैसे लेलिए है। उनकी आर्थिक स्थिति फिलहाल इतनी मजबूत नहीं है कि दुल्हन को जेवर या क़ीमती वस्त्र भेंट कर सके।

सेठजी का एक भाई शिवानन्द के सामने हाथ हिलाते हुये बोला, "अगर आपके पास रूपये नहीं थे तो शादी करने क्यों चले आये। मैं आपकी जगह होता तो कभी ऐसे नहीं आता भले ही ज़िन्दगी भर कुँवारा रह जाता।"

शिवानन्द अपमान का घूँट पी कर रह गया। उसने विश्वानन्द की तरफ़ देखा। उसने उसे शान्त रहने का संकेत किया। ब्रह्मानन्द चाचाजी सेठजी के भाइयों से बोले, "लड़का पढ़ा–लिखा है। शहर में नौकरी करता है। भविष्य में इतनी हैसियत रखेगा कि आपकी बेटी को जेवर व कपड़ों से लाद देगा।"

"भविष्य की हम नहीं जानते। हम अभी की बात जानते हैं। हमें ऐसे साधनहीन घर में अपनी लड़की नहीं देनी। यह फेरे नहीं होंगे। कृपया बारात वापस ले जाइये।"

वरपक्ष के सभी लोग स्तब्ध हो गये, शिवानन्द भी। किसी को कुछ समझ में नहीं आ रहा था। इसी असमंजस की स्थिति में उसकी नज़र चंदनी पर पड़ी। वह उसे दया-दृष्टि से ताक रही थी। शिवानन्द सोचने लगा, इससे अच्छा तो उसके पिता ने किया जो शादी के लिए पहले ही इंकार कर दिया था। कम से कम अपने दरवाज़े पर बुला कर तो अपमान नहीं किया।

दोनों तरफ़ के पण्डित मौन हो गये। विवाह की चलती रस्में रुक गयीं। सभी घराती–बाराती अन्यमनस्क से हो गये। माहौल में अस्थिर निष्क्रियता व्याप्त हो गयी। जयदत्त राड़ा ऐसे मौके पर भी ख़ामोश नहीं रहा। चटखारे लेते हुये ब्रह्मानन्द चाचाजी से बोला, "अब फिर से मुझ पर इल्जाम नहीं लगाना कि मैंने यहाँ भी लड़की वालो को भड़काया है। पुरानी धोती लेकर तुम आए हो।"

ब्रह्मानन्द चाचाजी उसे नज़रान्दाज कर मल्खू दादाजी, मामाजी तथा विश्वानन्द से मिलकर गुफ्तगू करने लगे कि अब क्या करें।

"चलो यहाँ से," विश्वानन्द बोला।

"शिवा का एक जगह रिश्ता टूट चुका है, दूसरी जगह से बारात बिना वधू के लौट जाएगी तो उसे लड़की मिलनी मुश्किल हो जायेगी," ब्रह्मानन्द चाचाजी ने चिन्तित स्वर में अपनी शंका जताई।

विश्वानन्द को ब्रह्मानन्द चाचाजी की बात पर दम नज़र आया। वह किंकर्तव्यविमूढ़ हो गया। मल्खू दादाजी ने सुझाया कि जैसे वधूपक्ष के लोग उनकी ग़रीबी का मज़ाक़ बना रहे हैं, वे भी उनकी कमियों को ढूँढ़-ढूँढ़ कर इस भरी सभा में उछाले।

"अरे नहीं, यह असभ्यता है," विश्वानन्द ने एकदम से प्रतिरोध किया।

मामा जी बोले, "तुम दोनों भाई पढ़–लिख गये, शहर में रहने लगे तो सुविज्ञता-सभ्यता की बात करते हो। मगर यह दुनिया है...बरखुरदार। यहाँ अपना मतलब साधने के लिए कई बार असभ्य बनना पड़ता है। हर बार नेकी से काम नहीं चलता।"

फिलहाल उनकी नज़र में दो बातें ऐसी थीं जो वधूपक्ष के कमज़ोर पहलुओं को दर्शाती थीं। सेठजी का पहली पत्नी की मौजूदगी में दूसरा विवाह करना। दूसरा, उनकी बड़ी बेटी रेवा का दुर्भाग्य। सेठजी ने पन्द्रह साल की उमर में उसकी शादी एक ज़मीन–जायदाद वाले लेकिन पतले–दुबले, कमजोर युवक से कर दी थी, जो बाद में पता चला कि टीबी रोग से ग्रसित था। शादी के साल भर बाद ही वह चल बसा। रेवा यौवन प्राप्त भी न कर सकी कि विधवा हो गयी। अपनी सूनी माँग, काले-भूरे वस्त्र और वीरान आँखें लिए वह विवाह समारोह के रंग में अपनी अनमेल-असहज उपस्थिति दर्ज कर रही थी।

सेठजी की दोनों पत्नियों को घूरते हुये मामाजी ने कटाक्ष किया, "हम भले ही धनवान नहीं है। लेकिन हमारे मूल्य और मान्यताएँ ऊँची है। हमारी पारिवारिक परम्परा के अनुसार एक पत्नी के रहते हुये दूसरा विवाह वर्जित है। आपकी बेटी यदि हमारे परिवार की वधू बनेगी तो हमेशा अपने पति की एकमात्र पत्नी बन कर राज करेगी। उसके अधिकारों का हनन करने कभी कोई सौत नहीं आयेगी।"

विनोद व प्रमोद जोरों से मामाजी के स्वर में स्वर मिलाने लगे।

शिवानन्द ने देखा कि सेठजी की दूसरी पत्नी, जो कि लंगड़ा कर चलती थी, मायूस हो गयी। वैसे वह विकलांग होते हुए भी सबसे अधिक सक्रिय थी। उसने सुना था कि घर-बाहर का सारा काम उसने ही सँभाला हुआ है। उनकी पहली पत्नी तो एक महारानी की तरह बस निर्देश देती है। बारातियों के मुख से अपने लिए ऐसा

ताना सुनकर वह निष्क्रिय हो मौन बैठ गयी।

ब्रह्मानन्द चाचाजी अपना गला साफ़ करते हुये बोले, "हमारा लड़का किसी रोग से भी ग्रसित नहीं। आपकी लड़की को एक स्वस्थ-सुदर्शन पति प्राप्त होगा। हमेशा सुहागिन रहेगी। दाम्पत्य, मातृत्व सभी का सुख आपकी लड़की भोगेगी। हमें बहुत अफ़सोस है कि आपकी बड़ी पुत्री...।"

"च्च च्च च्च..." विनोद व प्रमोद बुदबुदाये।

"हे राम!" मल्खू दादाजी ने अपना स्वर उछाला।

सेठजी की बड़ी लड़की रेवा का चेहरा स्याह हो गया। वह तुरन्त उठी, और वहाँ से चली गयी।

शिवानन्द को यह तर्क–विर्तक बहुत ही बेहूदे लग रहे थे। वह लड़की वालों को नीचा दिखा कर, उनके जीवन के दुर्भाग्यपूर्ण पहलुओं को उछाल कर, या उन्हें परास्त करके शादी नहीं करना चाहता था। उसका मन उद्विग्न हो उठा। ऐसा नहीं था कि वह चंदनी की ओर बार–बार देखना चाहता हो। मगर जब–तब उसकी आँखें उसकी तरफ़ उठती, उसे अपनी ओर देखते हुये पाता। नज़र मिलने पर चंदनी की आँखे उसके प्रति अपार सहानुभूति से भर जातीं, जैसे जताना चाहती हो कि जो कुछ उसके साथ हो रहा है, उसे उसका बेहद अफसोस है।

वह उठते हुए विश्वानन्द से बोला, "यहाँ से चलें। मुझे नहीं करनी शादी।"

"ठहर," विश्वानन्द ने उसका हाथ थाम लिया। "क्या कुँवारा रहना है ज़िन्दगी भर?"

वाक्य खटाक से शिवानन्द के दिल में लगा। अन्यमनस्क सा बैठ कर सोचने लगा कि क्या है उसकी किस्मत। एक लड़की तक उसे नहीं मिल सकती। सब जगह से तिरस्कार। इतने में सेठजी की सबसे छोटी कन्या शिवानन्द के सामने आयी। उसकी अवस्था मुश्किल से तीन–चार साल की प्रतीत हो रही थी। उसकी गोदी में धम्म से बैठ गयी। अपनी बाल सुलभ आवाज़ में बोली, "जीजा जी...।"

"जीजा जी!" सम्बोधन शिवानन्द को भीतर तक गुदगुदा गया। उसके चेहरे पर भीनी मुस्कान बिखर गयी। बच्ची को सहलाते हुये पूछा, "क्या नाम है तुम्हारा?"

"अमरूनी।"

सहसा वह सोचने लगा कि इस बच्ची ने उसे जीजा पुकारा है। वह अब इसका जीजा बन कर ही वहाँ से जायेगा।

सेठ जी की तीसरी नम्बर की लड़की रास्ता बनाते हुये अपने पिता के पास आयी और उनके कान में फुसफुसा कर बोली, "वदा दीदी कह रही है कि लड़के

वाले चाहे जैसी भी वरडाली लेकर आये हैं, उसे कुछ फ़र्क़ नहीं पड़ता। उसे शादी वही करनी है। शादी की रस्में शुरू की जाये।"

सहसा सभा में एक सरसराहट सी बिखर गयी। अन्दर कक्ष में बैठी प्रियंवदा ने अपने पिता को क्या सन्देश भेजा, इसका पता हरेक को चल गया। "पिता से समझदार बेटी है," ब्रह्मानन्द चाचाजी ने एकदम से टिप्पणी की।

"आप शादी को रद्द करके अपनी बेटी की भावनाओं से खिलवाड़ मत करो। वह शिवानन्द को अपना पति मान चुकी है," मामाजी बोले। "उठिए और बेटी का कन्यादान करिए।"

शिवानन्द सहसा अपनी होने वाली पत्नी के प्रति आदर से भर गया। कुछ देर तो सेठजी ख़ामोश बैठे रहे, फिर मौन बैठे पण्डितों को निर्देश दिया कि विवाह की रस्म शुरू की जाए। वरपक्ष के लोगों के साथ कुछ वधूपक्ष के लोगों ने भी तालियाँ पीटी।

लड़कियाँ गाने लगीं, 'शिवानन्द और प्रियंवदा रचाएँगे एक नया संसार, जहाँ होगा सिर्फ़ प्यार ही प्यार।'

प्रियंवदा भीतर के कक्ष से जब कन्यादान की रस्म और फेरों के लिए बाहर आई तो वरपक्ष के सभी लोग एक-एक करके उसके आदर में खड़े हो गये। शिवानन्द ने अपनी होने वाली पत्नी को देखा। वह एक क़ीमती साड़ी पहने हुये थी। कन्धों पर पशमीना का लाल शॉल लिपटा हुआ। कद कोई बहुत लम्बा नहीं। शक्ल देखने का सवाल नहीं था, वह लम्बे घूँघट में पूरा छिपा था। लेकिन जब कन्यादान की पूजा से पहले उसकी चाचियों ने उसे नथ पहनाई तो उसके चेहरे से आवरण जरा सा हटा। नैन–नक्श उसे ख़ास समझ नहीं आये मगर उसे वह गौरवर्णा लगी। ख़ैर वह जैसी भी है, अब उसकी पत्नी है, जिसके साथ उसे अपना पूरा जीवन जीना है। उसे पहली बार महसूस हुआ कि उसे प्रियंवदा के लिए एक ढंग की साड़ी लानी चाहिए थी, और कुछेक आभूषण भी।

जब तक कन्यादान की पूजा निपटी और अग्नि के चारों ओर सात चक्कर लग पाए, सुबह हो गयी। यह सुबह शिवानन्द को अन्य दिनों की सुबह से भिन्न प्रतीत हुई। उसने एक गहरी साँस ली। आख़िर उसकी शादी हो गयी! प्रियंवदा के चारों चाचा अपनी नाराज़गी से बाहर निकल आये थे। उससे ढंग से पेश आ रहे थे। शिवानन्द ने प्रियंवदा की सभी चाचियों व बहनों के रूप का अवलोकन किया–सभी सुन्दर, भद्र महिलायें थीं।

प्रियंवदा जब दुल्हन बनकर सेवल आयी तो उसके रूप से अधिक लोगों को प्रभावित किया उसके पहने हुये आभूषणों ने। लोग कहने लगे, "उनके गाँव में यह

पहली बहू है जो सोने से इतनी लदी आई।" नाक में नथ व बुलाक लटक रहे। कानों में मछली के आकार के टॉप्स सज़े हुए। कर्णपिन्नाओं में भी चार–चार सुनहले मुरखले हिल रहे। गले में बड़ा सा जड़ाऊ हार, कलाइयों में पोंचियाँ और कमर में तोड़ा। सत्यभामा उसके आभूषणों को देख कर दंग रह गयी। कभी उसके हार, कभी उसकी नथ, कभी उसके पोंचियों (कड़ों) को छू-छू कर देखने लगी।

"इधर आओ, जरा," सहसा विश्वानन्द ने सत्यभामा को पुकारा तो उसके साथ-साथ शिवानन्द और देवानन्द भी उसे देखने लगे। सब हैरत में कि आख़िर वह पुकार किसे रहा है।

"मैं तुम्हें कह रहा हूँ, भामा...इधर आओ..." विश्वानन्द पहली बार अपनी पत्नी को यूँ पुकार रहा था। सभी हर्षमिश्रित आश्चर्य से भर गये। शिवानन्द व देवानन्द अपनी जगह बैठे रहे। एक उड़ी-उड़ी-सी नज़र दोनों पर डालते हुए सत्यभामा फख्र से गरदन सीधी करके बड़ी उत्सुकता से अपने पति की तरफ़ बढ़ गयी। लेकिन उसे नहीं मालूम था कि विश्वानन्द तो ग़ुस्से से भरा हुआ है। "तुमने शिवा की लाई साड़ी क्यों पहनी? वह उसकी पत्नी के लिए थी।" वह उस पर बरसा। "पता है पहनी हुई साड़ी ले जाकर हमारा कितना अपमान हुआ। शादी टूटने की नौबत आ गयी थी।"

पहले तो सत्यभामा समझी नहीं कि यह आक्रमण क्यों हो रहा है, जब समझी तो विश्वानन्द से पूछने लगी, "यह पहली बातचीत तुम मुझसे ऐसे लड़ कर करोगे?"

शिवानन्द के कान उस कक्ष में लगे थे। वहाँ चलता तीखा वार्तालाप सुन कर वह चकरा गया। उठ कर उस कक्ष में चला गया और भाई-भाभी के बीच में खड़ा हो गया। शिवानन्द को देखते ही सत्यभामा बोली, "शिवा, तुमने तो वह साड़ी यूँ ही पटक दी थी। यह तो नहीं कहा था कि इसे दूसरी लड़की के लिए सँभाल कर रखनी है। देवा मुझसे बोला कि अब इस साड़ी को कोई नहीं पहनने वाला, मेरे अलावा।"

"आपकी कोई ग़लती नहीं है, भाभीजी," शिवानन्द उससे बोला। वह विश्वानन्द को कहने लगा कि वह बेवजह सत्यभामा को क्यों डाँट रहा है।

"हमारा वहाँ कितना अपमान हुआ है, शिवा। कैसे सभी लोगों ने उस साड़ी का मज़ाक़ बनाया," विश्वानन्द अपने भाई के दोनों कन्धे पकड़ते हुये बोला। उसके चेहरे पर आत्मग्लानि के भाव देख कर शिवानन्द सोचने लगा कि लड़की वालों के व्यवहार से उससे अधिक आहत उसका भाई है।

"कोई बात नहीं, भाईसाहब। अपमान सहने की अब आदत पड़ चुकी है।"

सत्यभामा ने अचकचाते हुये दोनों भाइयों को देखा, फिर सफ़ाई देते हुये

बोली, "मैंने ज़्यादा बार नहीं, सिर्फ़ दो ही बार यह साड़ी पहनी थी। एक भरतू की शादी में दूसरी जब काली कांकुली की बारात आयी थी। फिर मैंने धोकर अलग रख दी थी। मुझे कुछ मत कहो!" कहते-कहते सत्यभामा का स्वर रुआँसा हो गया।

दो दिन बाद शिवानन्द को फिर नैल गाँव का रुख करना पड़ा, दोहरागमन की रस्म के लिए। इस बार सिर्फ़ वह और प्रियंवदा, अन्य कोई साथ में नहीं। पूरे रास्ते भर वह भी झिझका रहा और प्रियंवदा भी। ससुराल में सत्यनारायण की कथा सम्पन्न होने के बाद गाँव वालों के लिए भोज का आयोजन हुआ। उसे लगा कि वाकई में उसका ससुराल बहुत सम्पन्न है। परिवार भी भरापूरा है। नाना–नानी, दादा-दादी अभी सभी जीवित हैं। दो माँएँ, ढेर सारे भाई-बहन और इतने सारे चाचा-चाचियाँ! सेठ गोवर्धनलाल नैनवाल और उनके चारों भाई आसपास ही रहते थे। सभी के अपने-अपने भवन!

शादी के दिन सभी से सिर्फ़ एक औपचारिक मुलाक़ात ही हो पायी थी, लेकिन दोहरागमन की रस्म के वक़्त पत्नी के पारिवारिक सदस्यों से उसे भलीभाँति मिलने का मौक़ा मिला। सदस्यों में उसे सबसे अधिक अचम्भित किया प्रियंवदा के नाना ने। प्रियंवदा के पिता की तरह वे भी दो पत्नियों वाले थे। और उनके पुत्र, जो एक मासूम बालक लग रहा था, को देख कर अन्दाज़ा लग गया कि वह उनकी दूसरी पत्नी से जन्मा होगा। "मेरी देवरानी का परिवार बड़ा ही दिलचस्प है," सत्यभामा के शब्द उसे बरबस याद आ गये।

जब भी उसकी सौतेली माँ लंगड़ाते हुए सामने पड़ती तो उसकी हँसी छूट जाती। हालाँकि उसे एक अपराधबोध भी होता। प्रियंवदा की चाचियों एवं बहनों से मिलने में उसे विशेष आनन्द आया। प्यारी शक्लों वाली सालियों के नाम उसे रट गये– मयूरा,सौमाली, और अमरूनी। प्रियंवदा की बड़ी बहन रेवा उससे दूर–दूर ही रहीं। यह भी उसे पता चला कि बहनों में सिर्फ़ सौमाली ही प्रियंवदा की सगी बहन है। बाकी तीनों दूसरी माँ से जन्मी हैं। भाइयों में हरि और भानु उसके अपने सगे भाई हैं, केदार और विजय दूसरी माँ से हैं। प्रियंवदा के बड़े भाई हरिदत्त के साथ शिक्षा, नौकरी व भविष्य को लेकर लम्बी चर्चा हुई। हरिदत्त ने उसके साथ अंग्रेज़ी में वार्तालाप शुरू किया, जो कि जल्दी ही हिन्दी में, फिर अपनी बोली गढ़वाली में आ गया।

चाची चंदनी की उपस्थिति मन में निरन्तर विशेष कुतूहल उत्पन्न कर रही थी। और उसने यह स्पष्ट महसूस किया कि वह भी चंदनी के मन में हलचल मचा रहा था।

सब कुछ ठीक-ठाक चला वहाँ से विदा होने तक। विदा के वक़्त प्रियंवदा के मायके वालों ने फिर ऐसी बात करदी कि वह बोला तो कुछ नहीं लेकिन उसका मूड एकदम बिगड़ गया। प्रियंवदा की कमर का तोड़ा, हाथों की पोंचियाँ और गले का जड़ाऊ हार उन्होंने अपने पास रख लिए। उनका भरोसा शिवानन्द के परिवार से उठ गया था। कहीं उसकी भाभी न जब्त कर ले! कहीं शिवानन्द पत्नी के गहनों को बेच कर अपना क़र्ज़ा न चुकाने की न सोच ले! उसके पिता शिवानन्द से बोले, "इतना सोना वदा के साथ भेजना ठीक नहीं। आपके घर का कोई ठौर-ठिकाना नहीं। हमारे घर सुरक्षित रहेगा।"

शिवानन्द को यह अपना घोर अपमान लगा। मन ही मन फ़ैसला लिया कि प्रियंवदा तो अब उसकी धर्मपत्नी है। उसे उसके साथ ज़िन्दगी बितानी है। किन्तु वह अब अपने ससुराल कभी नहीं आएगा। न किसी शुभ अवसर पर और न ही किसी दुख-गमी पर। एक भारी मन लिए वह नैल से सेवल लौटा।

सत्यभामा प्रियंवदा का खाली गला देखकर चिल्लाई, "हार कहाँ चला गया?" फिर उसने महसूस किया, और गहने भी गायब हैं।

शिवानन्द ने जवाब दिया, "उन लोगों ने ले लिए। हम लोग सोने के गहनों के लायक नहीं हैं।"

सत्यभामा एकदम से क्रोधित हो गयी। साड़ी का पल्ला अपनी कमर में खोंसते हुए प्रियंवदा पर भड़की, "यहाँ सास–ससुर नहीं है तो यह मत समझना कि यहाँ कोई कुछ कहने वाला नहीं है। ऐसी नीच हरकतें हमारे परिवार में नहीं होती। बेटी को दान की हुई वस्तुओं को वापस ले लेना...ओह बाबा...यह सब तुम्हारे परिवार और गाँव में होता होगा। हमने तो सुना था कि तुम्हारे पिताजी गाँव के सेठ, एक ऊँचे स्तर के व्यक्ति हैं। लेकिन अभी तक हमने उनकी सारी हरकतें ओछी ही देखी।"

शिवानन्द सत्यभामा पर आश्चर्य कर रहा था कि वह इतना कुछ बक सकती है। प्रियंवदा सिर लटकाये जेठानी के सभी कटाक्ष चुपचाप सुन रही थी। आँखें उसकी आँसुओं से तरबतर हो गयी। शिवानन्द को पत्नी पर तरस आ गया। लेकिन फिर भी सत्यभामा ने जो कुछ प्रियंवदा को सुनाया, उसे अच्छा लगा। शब्द तीखे ज़रूर थे लेकिन बात सच्ची थी।

ससुराल वालों के घर से आकर उसे अपना घर बहुत खाली-खाली और सूना लग रहा था। वहाँ अभी भी पकवान पक रहे थे, जश्न मनाया जा रहा था। उसका छोटा सा घर निपट सन्नाटे में डूबा था। विश्वानन्द शादी के दूसरे दिन ही इलाहाबाद

लौट चुका था। डॉक्टर साहब को कलकत्ता के पास एक गाँव में शिविर लगाना था, उसे उसकी तैयारी करनी थी। बाहर से आए एकमात्र अतिथि, मामाजी भी अपने बेटे सहित चले गये थे। देवानन्द की उपस्थिति का घर में ज़्यादा पता नहीं चलता था। अकेली सत्यभामा कितनी चहल–पहल कर लेती।

उसी रात उसने सत्यभामा से कहा कि वह भी तीन दिन बाद शहर लौट जायेगा, प्रियंवदा के साथ। सत्यभामा बहुत सारे भावों से भर गयी–विस्मय, ईर्ष्या और द्वेष के मिले-जुले। "तुम्हें जाना है तो चले जाओ लेकिन प्रियंवदा तुम्हारे साथ नहीं जाएगी...मैं यहाँ दस सालों से रह रही हूँ तो प्रियंवदा कम से कम दस दिन तो रहे," सत्यभामा आदेश के लहजे में बोली। उसके स्वर में अधिकार था, प्रभुता थी।

शिवानन्द दिल से चाहता था कि विश्वानन्द अपनी पत्नी से रिश्ता बनाए, उसे अपने संग शहर ले जाये। मगर अगर वह ऐसा नहीं कर रहा तो इसका मतलब यह तो नहीं कि वह भी अपनी पत्नी को अपने साथ ना रखे। वह क्या सोच रहा है, सत्यभामा ताड़ गयी।

"अगर तुम्हारे भाई मुझे अपने साथ शहर में रखकर एक स्वतन्त्र गृहस्थी बसाते तो तुम्हारी पढ़ाई के लिए ख़र्चा कहाँ से देते? इस मकान की मरम्मत कैसे करवाते? देवा के लिए ख़र्चा भेजना उनके पास कहाँ से आता। तुम्हें तो मालूम है, पहाड़ी खेतों से ज़्यादा अनाज नहीं निकलता। देवा पुरोहिती से कुछ नहीं कमाता। हर समय वह सुस्त घर में बैठा रहता है। जाड़ों में उसका दमा बढ़ जाता है। उसे दवाई की ज़रूरत पड़ती है। हमारा सारा ख़र्चा यहाँ तुम्हारे भाई के भेजे रुपयों से चलता है।"

शिवानन्द कुछ नहीं बोला। बल्कि सत्यभामा के तर्क से उसका मुँह लटक गया। सत्यभामा प्रियंवदा की तरफ़ मुखातिब होकर बोलने लगी, "अब तो बहुत कुछ अच्छा हो गया यहाँ, भुली (छोटी बहन)। लेकिन जब मेरी शादी हुई थी यहाँ के हाल इतने ख़राब थे कि क्या बताऊँ। ख़ुशी तो मेरे मायके में भी नहीं थी, लेकिन दुःख क्या होते हैं, मुझे यहाँ आकर पता चला। इतना सहा मैंने इस घर में। अब तो वे बैकुंठ में हैं, ईश्वर मुझे माफ़ करें यह कहने के लिए...इनकी माँ ऐसी जल्लाद औरत थी कि उनकी किसी से बनती ही नहीं थी। अपने बूढ़े, दुःखी सास–ससुर को उन्होंने जो परेशान किया, मुझे जो सताया, उसकी तो कोई हद नहीं है। इसके अलावा गाँव में उनकी सभी से लड़ाई। पड़ोसियों से लड़ाई, मल्खू दादाजी से लड़ाई...।"

शिवानन्द स्वयं को कहने से नहीं रोक पाया, "पड़ोसियों से लड़ाई माँ की शुरू

नहीं की हुई थी। उनसे रास्ते के पीछे दादाजी के समय से ही लड़ाई चल रही है। और, मल्खू दादाजी ने हमारी दादी के गहने हड़प लिए थे, इसलिए माँ की उनसे लड़ाई शुरू हुई।"

"क्यों नहीं तुम्हारी दादी ने ख़ुद ही तुम्हारी माँ को अपने गहने सौंपे? खामखाँ की बात करते हो तुम। जिन गहनों को सास ने बहू को सौंपे ही नहीं, उन पर बहू का कैसा हक?"

"वो गहने दादी ने मल्खू दादाजी को कोई उपहार में नहीं दिये थे, बल्कि हमारे लिए दिए थे।" शिवानन्द ने दलील दी।"

"जिन गहनों पर तुम्हारी माँ कोई हक नहीं जमा सकी, उन पर तुम तीनों कैसे जमा सकते थे?" सत्यभामा ने प्रश्न दागा। अपनी बात की पुष्टि के लिए उसने प्रियंवदा से पूछा, "क्यों भुली–बहन।" प्रियंवदा को अभी अपने ससुराल के मसलों के बारे में कुछ नहीं मालूम था। उसने असमंजस में गर्दन सहमति में हिला दी।

सत्यभामा के तर्क से शायद शिवानन्द सहमत हो जाता अगर वह उस कक्ष में उस समय मौजूद न होता, जब दादी ने मल्खू दादाजी को अपनी गहनों की पोटली सौंपी थी। वह तब दस साल का बालक, सारी समझ रखता था। पक्षाघात से दादी की जुबान ज़रूर लड़खड़ा गयी थी मगर दादी के हावभाव वह अच्छे से समझ गया था जो उन्होंने मल्खू दादाजी को पोटली थमाते दर्शाये थे : "मखू, ये गेने मेरे नातियों के लिए।" उन्होंने शिवानन्द की तरफ़ संकेत भी किया था। और, मल्खू दादाजी ने हाँ में हाँ मिलाई थी। "मेरे बाद तूने ही उन्हें देखना है। मखू, हम दोनों ने तुझे हमेशा अपना बच्चा समझा। हम दोनों के बाद तू मेरे अनाथ नातियों का केवल दादा नहीं है...तू उनका ताऊ है, चाचा है, पिता है, तू उनका विधाता है। सब कुछ तू ही है उनका...।"

बहरहाल शिवानन्द समझता था कि उसे किस हद तक सत्यभामा को अपनी ज़िन्दगी में दखल देने की छूट देनी है। उसके विरोध से उसके कार्यक्रम में कुछ फ़र्क़ नहीं पड़ा। उसने प्रियंवदा से कहा कि वह उसके संग शहर चलने के लिए अपने कपड़े वग़ैरह बैग में रख ले। वह सहर्ष मान गयी।

जितने समय तक उनकी तैयारी चलती रही सत्यभामा हींकती-झींकती रही। लेकिन प्रस्थान वाले दिन वह उन्हें गाँव की परिसीमा तक छोड़ने आयी। प्रियंवदा और सत्यभामा, दोनों सुबकने लगी थीं। शिवानन्द को उनके सुबकने का कारण समझ में नहीं आ रहा था। उन्हें एक-दूसरे से मिले अभी समय ही कितना हुआ? विदा होने से पहले दोनों सगी बहनों की तरह गले लगीं। लेकिन सत्यभामा प्रियंवदा

को सुनाने से बाज नहीं आयी, "देवरानी का मुझे बड़ा चाव था। कई सालों से देवरानी का इन्तज़ार कर रही थी। सूने घर में अकेले रहते-रहते ऊब हो गयी थी। लेकिन तुम्हारा आना तो मेरे लिए बेकार ही रहा। अब देवा की शादी का इन्तज़ार है...।"

सात

लखनऊ में उसकी ज़िन्दगी चाहे जैसी भी रही हो, वह उसका अपना, नितान्त अपना आशियाना था। प्रियंवदा को उसी का एक हिस्सा बनाने के लिए वह उसे अपने संग ले आया। सपत्नीक, जैसे ही वह अपने घर की गली में घुसा, सभी लोग स्थिर होकर उसे प्रियंवदा के संग चलते देखने लगे। कल्लू नाई के हाथ हजामत बनाते रुक गये। बूढ़ी गंगू शाम को मंडी में बेचने के लिए अपनी कंडी में सब्जियाँ लगा रही थी, उसने सब्जियाँ छोड़ दी। कहारन धनिया सड़क के नल में अपने पाँच साल के लड़के को नहला रही थी। उसके हाथों से साबुन फिसल कर नाली में बह गया। लम्बा-तगड़ा मंगतराम जो सड़क पर बेवजह ही घूमा करता है वह भी खड़ा होकर आँखें फाड़े प्रियंवदा को देखने लगा। सभी की तीखी नज़रों की अवहेलना करते हुये शिवानन्द प्रियंवदा के साथ अपने मकान में घुसा, और अपने कमरे के द्वार खोल कर तुरन्त बन्द कर दिये।

कमरा करुणाजनक हालत में था। वह गाँव जाने से पहले साफ़ करके भी नहीं गया था और इतने दिनों तक एकदम बन्द होने के कारण बदबू भी आने लगी थी। वह शर्मिंदगी से भर गया। फिर भी बाँहें फैलाते हुए प्रियंवदा से हास्य के पुट से बोला: “धर्मपत्नी जी, यह है अपना महल...!”

प्रियंवदा ने नाक-भौं सिकोड़ी। मगर अपने भाव अपने नये-नये पति पर प्रकट नहीं होने दिए। हाँ, प्रियंवदा की मौजूदगी से कमरा जीवन्त एवं भरा-भरा लगने लगा था। लम्बे सफर से प्रियंवदा पस्त थी। उसने उसे चारपाई पर बैठा दिया और ख़ुद कमरा साफ़ करने लगा। कमरे को व्यवस्थित कर अन्त में साँस भरते हुए वह चारपाई पर प्रियंवदा की बगल में बैठ गया। उसका हाथ थाम कर उसकी उँगलियों व हथेली को देखने लगा, जो अभी तक उसके लिए अजनबी थे।

“शादी के बारे में कुछ जानती हो?” सहसा उसने पूछा।

“मेरी चाचियों ने कुछ-कुछ बताया है।”

"क्या बताया?"

"पति को वश में रखना।"

वह हँसा।

"आप क्या जानते हो?"

"मैं भी उतना अनजान हूँ जितना कि तुम।"

प्रियंवदा शहरी जीवन के नए अनुभवों से अवसादग्रस्त हो रही थी। वह अपने निवास से बिल्कुल भी ख़ुश नहीं थी। गन्दगी से भरी एक घनी आबादी वाली बस्ती में एक भुतहा, डरावनी इमारत, जिसकी प्लास्टर उखड़ी एक खोली उनका आवास। ऊपर से शिवानन्द की यह मज़बूरी थी कि ऑफ़िस जाने से पहले प्रियंवदा को ताले में बन्द करके जाये। सोलह साल की पहाड़ी बाला! उस घनी बस्ती में चोर-उचक्के, गुण्डे-मवाली सभी रहते थे। ज़माने पर वह भरोसा नहीं कर सकता था। सुबह ऑफ़िस जाने से पहले प्रियंवदा अन्दर से चटकनी लगा लेती और वह बाहर से ताला मार लेता। प्रियंवदा बन्द कमरे में तब तक बैठी रहती जब तक वह दोपहर में भोजन के लिए घर न लौटता। भोजन के उपरान्त वह ताला मार कर ऑफ़िस के लिए निकल जाता और प्रियंवदा बन्द कमरे में फिर कैद हो जाती, शाम तक के लिए। एक बात अच्छी थी कि प्रियंवदा लिखना–पढ़ना जानती थी और उसे पढ़ने का शौक भी था। उसने अपनी एकत्र की हुई समाज–साहित्य एवं धर्म–ग्रन्थों की पुस्तकें उसे सौंप दी पढ़ने के लिए। कुछ परचे व लिफाफे भी उसे पकड़ा दिये कि वह अपने भाई–बहनों को चिट्ठी लिखे। उनके अलावा अंग्रेज़ी वर्णमाला की किताब भी ख़रीद कर दे दी कि वह अंग्रेज़ी सीखे। अंग्रेज़ी भाषा से शिवानन्द को ज़्यादा ही लगाव था। वह कहता था कि इस भाषा के प्रयोग ने उसे समाज में इज्जत दिलाई है। अपनी भाषा तो इन्सान को विरासत में मिलती है, बात तो तब है जब कोई किसी विदेशी भाषा में अधिकार हासिल करे।

जो लड़की पर्वतीय गाँव के स्वच्छन्द वातावरण में पली-बड़ी हुई हो उसे एक बन्द कमरे की ज़िन्दगी क्या रास आती, भले ही कितनी ही किताबें पढ़ ले, चिट्ठियाँ लिख ले या अंग्रेज़ी सीख ले। वह इस दिनचर्या से ऊबने लगी थी। रह-रह कर अपनी कुंठा शिवानन्द के सम्मुख निकालती–"आपके गाँव सेवल में मैंने इसलिए रहना नहीं चाहा कि वह घर बहुत ही छोटा और बेकार घर था मगर यह तो और ख़राब है"।

शिवानन्द बोला, "वह घर पहले और भी बेकार था। भाईसाहब ने अभी हाल में ही उसकी मरम्मत करवाई है।"

प्रियंवदा मुँह बिचकाते हुए बोली : "यहाँ का घर तो सड़ा हुआ है। जरा भी

खुली और ताजी हवा नहीं है। मुझे यहाँ साँस लेने में दिक्कत होती है। ऐसे लगता है कि हवा ही नहीं है। क्या शहर ऐसे होते हैं?"

प्रियंवदा के प्रश्न पर वह ख़ामोश रहता। मगर वह बड़ी बेसब्री से उस परीक्षा के परिणाम की इन्तज़ारी कर रहा था जिसे वह गाँव जाने से पहले दे चुका था। ख़ैर पन्द्रह दिनों के बाद परिणाम निकल गया। उसने धड़कते दिल से उम्मीदवारों की लिस्ट देखी। पन्द्रह पद थे और उसका नाम पन्द्रहवें नम्बर पर था। उसका रोल नम्बर और नाम लिस्ट में अंकित था। एक पल के लिए उसे विश्वास नहीं हुआ कि वह राजकीय आबकारी निरीक्षक पद के लिए चुन लिया गया है। जिस ऑफ़िस में वह चाय–पानी पिलाने वाला नियुक्त हुआ था वहाँ अब वह एक्साइज इंस्पेक्टर होगा।

घर आकर उसने अपनी इस कामयाबी की ख़बर प्रियंवदा को बताई, "सुआ, तुमसे शादी होते ही मेरी ज़िन्दगी सुधरने लगी...।" प्रियंवदा के लिए 'सुआ' उसकी गढ़वाली में एक कोमल और प्रेम भरा सम्बोधन था–जैसे 'डार्लिंग'।

"सच? आपको बहुत-बहुत बधाई! ईश्वर करे, आप यूँ ही तरक्की की सीढ़ियाँ चढ़ते रहें," प्रियंवदा ख़ुशी से बोली और उसे निहारने लगी–चौड़ा, गठीला बदन, चेहरे पर आत्मविश्वास, आँखों में जीत की चमक...। सहसा उसके मन में गर्व की लहर दौड़ गयी–शिवानन्द को पति के रूप में स्वीकार करने का फ़ैसला सही था! अगर उस दिन उसने ज़ोर न दिया होता, तो शायद बारात लौट गयी होती...।

"सुआ, तुम्हें शहर देखना है...?" उस दिन उसने ऑफ़िस से छुट्टी ली और प्रियंवदा को रिक्शे में बैठा कर पूरी लखनऊ नगरी की सैर करवाई। भूल–भुलैया, इमामबाड़ा, गोमती नदी, बाज़ार, पार्क, इत्यादि कई जगह वे घूमे। वह अपनी सफलता का जश्न मनाना चाहता था। साथ ही प्रियंवदा को यह भी बताना चाहता था कि शहर मात्र वह गली व खोली नहीं है जहाँ वे रहते हैं। बल्कि, वह तो शहर का सबसे बदसूरत इलाका है। कुछ दिनों बाद वह उसे लेकर हावड़ा ट्रेन से निकल गया, इलाहाबाद, बंगाली बाबू के भव्य बंगले में चन्द दिन बिताने। सूचना उसने विश्वानन्द को पहले ही दे दी थी।

जैसे ही वे ट्रेन में चढ़े प्रियंवदा सहमे स्वर में बोली, "भामा दीदी तो कभी गयी नहीं अपने पति के पास इलाहाबाद। मैं जा रही हूँ। मुझे अच्छा नहीं लग रहा। उन्हें भी अच्छा नहीं लगेगा जब उन्हें पता चलेगा कि मैं इलाहाबाद गयी।"

शिवानन्द सोच में पड़ गया। सत्यभामा के लिए वह हमेशा एक बेहतर ज़िन्दगी की कामना करता था, मगर इस सन्दर्भ में वह उसकी कोई मदद नहीं कर

पाता। कुछ-कुछ परिस्थितियाँ ऐसी होती हैं जहाँ इन्सान चाह कर भी कुछ नहीं कर पाता।

डॉक्टर साहब के घर इस बार उसका विशेष सत्कार हुआ। विश्वानन्द एक ख़ूबसूरत बग्गी में बैठ कर ख़ुद अनुज और अनुज वधू को लेने स्टेशन आया था। शिवानन्द को आश्चर्य हुआ, डॉक्टर साहब उस दिन घर पर ठहरे हुए थे और उनके पहुँचने का इन्तज़ार कर रहे थे। शिवानन्द ने उन्हें अभिवादन किया तो वे उससे हाथ मिलाते हुये बोले, "तुम जब भी यहाँ आते हो, कोई न कोई कारण होता है तुम्हें बधाई देने का। इस बार तुमको शादी की दिली मुबारकबाद के साथ-साथ एक्साइस इंस्पेक्टर बनने की विशेष बधाई!"

उसका हृदय ख़ुशी से सराबोर हो गया। डॉक्टर साहब की तरफ़ से जरा सा भी कोई महत्त्व मिलना उसे प्रफुल्ल कर देता। प्रियंवदा ने बड़े आदर से उनके चरण स्पर्श किए। डॉक्टर साहब को उसका यह भाव गदगद कर गया। प्रियंवदा को निहारते हुये शिवानन्द से बोले, "तुम्हारी पत्नी बड़ी शालीन है और सभ्य घर की लगती है।"

"इनके पिताजी एक जाने–माने ज्योतिषी हैं। राजघरानों में पूजा करते हैं," विश्वानन्द बोला। "गाँव के सेठजी कहलाते है।"

"इनके नानाजी की अल्मोड़ा में दुकानें हैं। बहुत भरा–पूरा परिवार है इनका। बड़ा भाई गोरखपुर इंजीनियरिंग कॉलेज से इंजीनियरिंग की पढ़ाई कर रहा है," शिवानन्द बोला।

प्रियंवदा के परिवार की जिन ख़ूबियों को उन्होंने कभी स्वीकारा नहीं था, उन्हीं का दोनों भाई डॉक्टर साहब के सम्मुख बखान करने लगे।

"बहुत अच्छा," डॉक्टर साहब प्रशंसनीय भाव से कहते गये, फिर यकायक कह उठे, "विश्वा की पत्नी को कभी नहीं देखा। विश्वा, तुम कभी अपनी पत्नी को यहाँ क्यों नहीं लाते?"

शिवानन्द और प्रियंवदा सभी ने विश्वानन्द की तरफ़ देखा। वह ख़ामोश रहा। शिवानन्द को सत्यभामा का ध्यान आ गया। इस बात से वह इंकार नहीं कर सकता कि सत्यभामा एक अत्यधिक सुन्दर स्त्री है, उसकी पत्नी से कहीं अधिक। क्यों नहीं विश्वानन्द सत्यभामा को यहाँ लाकर इन सभी को बताता है कि वह कितनी सुन्दर स्त्री का पति है?

"हाँ भाईसाहब, आप कभी भाभी को भी यहाँ लाइए। देखिये, डॉक्टर साहब भी कह रहे हैं," शिवानन्द बोला।

"दीदी बहुत ख़ुश हो जायेगी," प्रियंवदा ने जोड़ा।

विश्वानन्द ने हाथ लहराया कि क्या बकवास कर रहे हो।

शिवानन्द अब एक शादीशुदा पुरुष था। उसका सामान विश्वानन्द के कक्ष में नहीं बल्कि एक अलग कक्ष में पहुँचाया गया। प्रियंवदा उस कक्ष में घुसी तो विस्फारित नज़रों से चारो तरफ़ देखती रह गयी।

"अब पता चला कि शहर कैसा होता है?" शिवानन्द ने उससे चुहल की।

हर्षमिश्रित आश्चर्य से सहमति में गर्दन हिलाते हुये प्रियंवदा पलंग पर बैठ गयी। एकाएक वह थोड़ी उदास हो गयी। उसे सत्यभामा का ध्यान आ गया था। "जेठजी क्यों नहीं भामा दीदी को यहाँ अपने साथ रखते हैं?" उसने शिवानन्द से पूछा। शिवानन्द के पास कोई जवाब नहीं था, मगर वह सोच में पड़ गया।

थोड़ी देर में विश्वानन्द उनके कमरे में आया। प्रियंवदा नहाने चली गयी थी। उसे अपने भाई के साथ एकान्त मिला। जो बात वह वहाँ आने पर अपने भाई से हमेशा कहा करता था, उसने फिर दोहरा दी। "आप क्यों इस तरीक़े से डॉक्टर साहब के साथ उनके घर का सदस्य बन कर रहा करते हो? आप यहाँ बहुत रह चुके हैं। अब छोड़िए इस घर को। भाभी के साथ अपना एक अलग घर बसाइए।"

"इस बात को छोड़ो, शिवा। बहू को लेकर यहाँ पहली बार आए हो, मजे में रहो। हाँ, बहू को घुमाने के लिए बग्गी तैयार है," कहते हुए विश्वानन्द वहाँ से चला गया।

न चाहते हुये भी उसका मन एक संशय से भर गया। जैसे डॉक्टर साहब का मार्या से...वैसे कहीं विश्वानन्द का भी यहाँ किसी औरत से...। इतनी सारी सेविकायें हैं यहाँ। कहीं किसी सेविका से उसका...।

पाँच दिनों के लिए वह प्रियंवदा के साथ वहाँ के ऐश्वर्य का आनन्द उठाने के लिए आया था। पाँचों दिन एक ख़ुबसूरत बग्गी प्रियंवदा को शहर घुमाने के लिए तैनात रही। पाँचों दिन उसने अपने भाई, विश्वा की गतिविधियों पर कड़ी नज़र रखी। विश्वा अस्पताल जाता, डॉक्टर साहब के साथ मरीज़ों को देखता, उनकी बच्चियों के साथ खेलता, उन्हें पढ़ाता, कहानियाँ सुनाता, डॉक्टर साहब के साथ कुछ ज़रूरी वार्तालाप करता, और सो जाता, सुबह वही दिनचर्या दोहराने के लिए। उसने उसे किसी औरत के समीप जाते नहीं देखा, किसी औरत से बात करते हुये भी नहीं देखा। अपनी दैनिक दिनचर्या के अतिरिक्त वह बस डॉक्टर साहब के इर्द-गिर्द ही मंडराता है। कभी-कभी फुर्सत के क्षणों में उनके साथ शतरंज और ताश भी खेलता। शिवानन्द इस बात से आश्वस्त हो गया कि विश्वा की अपनी पत्नी के प्रति बेरुखी

का कारण कम से कम कोई औरत तो नहीं है। हाँ, विश्वा की चौकसी करते हुए उसे डॉक्टर साहब के बारे में और पता चला। रोज शाम उन्हें मांस के साथ मदिरा चाहिए। सुबह-शाम पाइप भी सुलगा लेते हैं, जबकि उनके अस्पताल में जगह-जगह लिखा है–'सिगरेट सेहत के लिए घातक है...'शराब जानलेवा है।' मार्या के अलावा और सेविकाएँ भी रात में डॉक्टर साहब के कमरे में जाती हैं।

एक दिन वह विश्वा से मुस्कुराते हुए बोला, "आपके डॉक्टर साहब तो एक बड़े दिलचस्प चरित्र हैं।"

विश्वा हाथ उठा कर गरजा, "ख़ामोश!" वह सकपका गया। उसका भाई उस पर इस तरह से कभी नहीं चिल्लाया था।

"तुम कुछ नहीं जानते। यहाँ आते हो तो यहाँ का लुत्फ़ उठाओं, अच्छा भोजन करो, सैरसपाटा करो। बाकी डॉक्टर साहब क्या करते हैं। कैसा जीवन जीते हैं, तुम्हें इससे कोई मतलब नहीं।"

शिवानन्द एकदम चुप हो गया।

अन्तिम दिन जब शिवानन्द और प्रियंवदा वहाँ से विदाई लेने लगे तो मार्या ने नारियल के साथ एक ख़ूबसूरत बंगाली साड़ी प्रियंवदा को पकड़ाई कि डॉक्टर साहब की तरफ़ से भेंट है। विश्वानन्द ने प्रियंवदा को अपनी तरफ़ से सोने की बालियाँ भेंट की। "यह क्या भाईसाहब?" शिवानन्द बोला तो विश्वानन्द ने कहा, "बहू पहली बार मेरे पास आई है। वैसे भी शादी में हम उसे कुछ दे नहीं पाए थे।" प्रियंवदा ने आगे बढ़ कर विश्वानन्द के पैर छू लिए।

अपने हाथ उठाकर विश्वानन्द ने आशीर्वाद दिया, "सदा ख़ुश रहो।"

डॉक्टर साहब के सुन्दर-सुखद निवास से प्रियंवदा चकित थी, प्रभावित भी। वापस आकर उसे लखनऊ की अपनी खोली और भी खलने लगी। अक्सर वह डॉक्टर साहब की हवेली के बारे में सोचने लगती। कितना अन्तर है आवासों में! कितना फ़र्क़ है लोगों की ज़िन्दगियों में!

ख़ैर उस खोली में उनका ठहराव बस एक माह और रहा। एक्साइज इंस्पेक्टर के इंटरव्यू का चरण भी शिवानन्द ने सफलता पूर्वक पार कर लिया था। सफीपुर पोस्टिंग के ऑर्डर आ गये थे। सो लखनऊ वापस आते ही सफीपुर जाने की तैयारी शुरू हो गयी।

आठ

सफीपुर में एक्साइज इंस्पेक्टर का सरकारी आवास एक अच्छे इलाके में था। बड़ा एवं बढ़िया घर था। अब शिवा को ऑफ़िस जाते वक़्त प्रियंवदा को ताले में बन्द करने की ज़रूरत नहीं पड़ती थी। घर के आगे लॉन व पिछवाड़े में किचन गार्डन से प्रियंवदा विशेष ख़ुश थी। उसने लॉन में गेंदा, गुलाब और चमेली के फूल लगाए। बगीचे में सब्जियाँ उगाईं। उनका घर पंचवटी बन गया। शिवानन्द ने महसूस किया कि उसकी पत्नी किचन से अधिक किचन गार्डन में काम करना पसन्द करती है।

बहरहाल वह गर्व से भरा था। इस बीच एक दुर्घटना घटी, प्रियंवदा की सौतेली माँ अकस्मात मर गयी। उसके भाई की चिट्ठी से पता चला कि वह जंगल में लकड़ी काटने गयी थी। वहीं एक चट्टान से फिसल गयी। खाई बहुत गहरी नहीं थी मगर जिस कोण से वह खाई में गिरी, उससे सिर में गहरी चोट आई। दो दिन बेहोशी में रहने के बाद वह परलोक सिधार गयी।

"छोटी माँ..." कहते हुये प्रियंवदा दहाड़े मार कर रोने लगी।

शिवानन्द का मन वैसे ही ससुराल वालों से खिन्न था, फिर इतने कम समय में उसे ससुराल पक्ष के लोगों से क्या अपनत्व हो पाता। उसे समझ में नहीं आया कि प्रियंवदा को वह कैसे सान्त्वना दे। उसे धीरज देने के लिए बोल पड़ा, "सुआ, तुम्हारी सौतेली माँ ही तो मरी है। अपनी माँ तो अभी ज़िन्दा है।"

"ख़बरदार जो सौतेले शब्द का जिक्र किया," प्रियंवदा रोष में अपना हाथ हिलाते हुए बोली। "हम केवल छोटी-माँ और बड़ी-माँ जानते हैं। और, हमारे लिए सभी भाई–बहन बराबर है।"

शिवानन्द थोड़ा हैरत से भर गया। प्रियंवदा ने इस अन्दाज़ में उससे कभी बात नहीं की थी। उसने सुना भर था कि प्रियंवदा की दोनों माँएँ आपस में बड़े सौहार्द से रहती हैं। भाई–बहनों के बीच भी सगे-सौतेले का कोई भेदभाव नहीं है। लेकिन प्रियंवदा को अपनी सौतेली माँ के निधन से इतना व्यथित देख उसे प्रत्यक्ष तौर पर पता चला कि उनके बीच रिश्तों की क्या आत्मीयता है।

"हाय...अमरूनी ने अपनी माँ को इतनी जल्दी खो दिया। अमरूनी..." वह अपनी सबसे छोटी बहन के प्रति दुखी होकर विलाप करने लगी। शिवानन्द पर इल्जाम लगाने लगी, "शादी के दिन आप लोग ही बार-बार मेरे पिताजी को सुनाने में लगे थे कि उनकी दो पत्नियाँ हैं। आप लोगों की ही नज़र लगी हमारे परिवार को...हाय राम, छोटी-माँ गुज़र गयी। हाय अमरूनी...।"

अमरूनी का ध्यान आकर शिवानन्द को भी दुख होने लगा कि वास्तव में उसने बहुत छोटी उम्र में अपनी माँ को खो दिया है। उसे मालूम है कि अल्प आयु में माता–पिता से बिछुड़ना क्या होता है। उसका मन करुणा से भर गया। लगातार प्रियंवदा के बगल में बैठा रहा। एक प्रश्न मन को और उद्धेलित कर रहा था कि क्या है पहाड़ का जीवन। जंगल में ईंधन के लिए लकड़ियाँ बटोरते हुए किसी पठार या पेड़ की शाखा से गिर कर मर जाओ, खेतों में काम करते हुए कीट-पतंगों के काटने से मर जाओ, शौच के लिए जाओ तो बाघ का शिकार बन जाओ। ज़िन्दगी के रोजमर्रा के काम करते हुए जान हथेली पर लेकर चलो। पहाड़ तो अभी भी कायम हैं पर पहाड़ों के पुत्र प्रवासी बनकर दिल्ली, मुम्बई, लखनऊ, बनारस, आदि नगरों में पलायन कर रहे हैं। अपना पहाड़ीपन भी कायम नहीं रख पाते। और जो गाँव में ज़िन्दगी बसर कर रहे हैं अपने अस्तित्व के लिए हर पल अपने परिवेश से संघर्ष कर रहे हैं।

वह प्रियंवदा की सगी-सौतेली, दोनों माँओं को एक साथ देख हँसता था। अब ग्लानि से भर गया।

प्रियंवदा के आँसू जब थमे तो अपनी सौतेली माँ की याद में वह शिवानन्द को अपने परिवार की कहानी सुनाने लगी–

"मेरे नानाजी कुमाऊँनी थे–अल्मोड़ा के रहने वाले भट्ट। वे एक व्यापारी थे। अल्मोड़ा से ख़रीद–फरोख्त के सिलसिले में कर्णप्रयाग आते रहते थे। कर्णप्रयाग से उन्हें लगाव हो गया, और वहाँ के एक गढ़वाली परिवार की लड़की से उन्होंने शादी कर ली, जिससे मेरी माँ का जन्म हुआ। लेकिन माँ के जन्म के बाद नानी का और बच्चा नहीं हो पाया। साल पर साल गुज़रता गया, उनका कोई और बच्चा नहीं हुआ। माँ उनकी अकेली सन्तान बनी रही। जब माँ तेरह की हुई तो नाना–नानी अपने लिए घर–जंवाई ढूँढ़ने लगे। उन्होंने सोचा कि उनका दामाद उनके साथ रहेगा और उनका व्यापार भी सँभालेगा।"

"मेरे दादाजी के पाँच लड़के थे। वे अपने सबसे बड़े लड़के–मेरे पिताजी को घर–जवाँई बनाने के लिए तैयार हो गये। शादी के बाद पिताजी अल्मोड़ा गये मगर

न तो उन्हें अल्मोड़ा पसन्द आया और न ही अपने सास–ससुर। उन्होंने ससुराल में रहने के लिए इंकार कर दिया और वापस अपने गाँव, नैल आ गये। मगर नाना–नानी ने अपनी लड़की नैल नहीं भेजी। दादा-दादी और पिताजी ने उनसे कई बार कहा कि वे अपनी लड़की को ससुराल भेजे मगर वे माने ही नहीं। जब तीन साल तक उन्होंने अपनी लड़की ससुराल नहीं भेजी तो मेरे दादा–दादी ने उनसे कहा कि वे अपने लड़के की दूसरी शादी कर लेगें। उन्होंने बड़ी लापरवाही से कह दिया-कर लो।"

"पनाई गाँव के जखमोला परिवार की लड़की जरा लचक कर चलती थी। उसकी कहीं शादी नहीं हो रही थी। उसकी उम्र भी काफ़ी हो गयी थी। मेरी माँ से वह पाँच साल बड़ी भी थी। वे अपनी लंगड़ी लड़की मेरे पिताजी को देने को तैयार हो गये। पिताजी की दूसरी शादी हो गयी। लेकिन उनकी दूसरी शादी के बाद माँ को पता नहीं क्या सूझा। लोगों ने भी उन्हें सुनाया–ऐ, तू मायके में क्या कर रही। तेरा आदमी दूसरी जनानी ले आया है। माँ अल्मोड़ा से अपने ससुराल नैल आ गयी और अपना हक ज़माने लगी। वह पिताजी की प्रथम पत्नी थी। प्रथम पत्नी की मान्यता समाज में ज़्यादा होती है। पिताजी उन्हें ठुकरा न सके और न ही अपनी दूसरी पत्नी को छोड़ सके। दोनों पत्नियों के साथ पिताजी सौहार्द से रहने लगे। पहला बच्चा उनका मेरी माँ से ही हुआ–हरि भाईजी। फिर दूसरी माँ से रेवा दीदी हुई। फिर मेरी माँ से 'मैं' हुई। फिर दूसरी माँ से मयूरा, फिर अपनी माँ से सौमाली, फिर दूसरी माँ से केदार...।"

प्रियंवदा के वर्णन से शिवानन्द ने हिसाब लगाया कि सेठ गोवर्धन नैनवाल के दोनों पत्नियों से क्रम में बच्चे होते थे। पूरे नौ बच्चे हुए उनके-चार एक पत्नी से, पाँच दूसरी पत्नी से। वह मन ही मन मुस्कुराने लगा। सहसा प्रियंवदा शिवानन्द से कहने लगी, "आप कभी भूल से भी रेवा दीदी, केदार, मयूरा, विजय और अमरूनी को मेरे सौतले भाई–बहन मत कहना। वे मेरे लिए मेरे सगे भाई–बहन से भी बढ़ कर हैं।"

शिवानन्द ने उसे पूरा आश्वासन दिया कि वह उन्हें उसके सौतेले भाई–बहन कभी नहीं पुकारेगा। "लेकिन तुम्हारे नानाजी ने दूसरी शादी क्यों की?" उसने चटखारा लेते हुये पूछा।

प्रियंवदा साँस खींचते हुये अपनी थमी कहानी फिर सुनाने लगी, "जब माँ अपने ससुराल नैल आ गयी तो अल्मोड़ा में नाना–नानी ख़ुद को बहुत अकेला महसूस करने लगे। उनकी दुकानें भी थीं। उनके बाद उनकी दुकानें कौन देखेगा। मेरे पिताजी ने तो उनके साथ रहने के लिए साफ़ मना कर दिया। उनका व्यापार

सँभालने के लिए भी मना कर दिया। मेरी नानी नानाजी से बोली कि वे दूसरी शादी करले। नानाजी ने बहुत मना किया मगर नानी ने ही जिद की कि वे अभी जवान हैं। दूसरी शादी करे और अपने वंश को आगे बढ़ाये। नानाजी ने दूसरी शादी कर ली और भगवान की कृपा से दूसरी पत्नी से उनका एक बेटा हो गया। सिर्फ़ एक ही बेटा हुआ।

"दिलचस्प परिवार!" शिवानन्द बुदबदाया।

ज़िन्दगी में नये रिश्तों के बीच शिवानन्द को सामंजस्य बैठाना था। प्रियंवदा का बड़ा भाई भले ही इंजीनियरिंग कर रहा था मगर, अभी एक विद्यार्थी ही था। बड़ी बहन विधवा और छोटे भाई–बहन अभी बच्चे ही थे। यह अब उसी का दायित्व था कि सेठजी को ऐसे दुःख के समय धीरज दे। उसने उन्हें एक सान्त्वना पत्र लिखा।

"आदरणीय ससुरजी,

मुझे बहुत अफसोस है कि आपके घर से पहला समाचार मेरे पास ख़ुशी का नहीं, शोक का आया। और मुझे आपको अपने पहले पत्र में आपकी इस क्षति पर खेद प्रकट करना पड़ रहा है। आपकी पत्नी के इस असामयिक निधन पर हमें बहुत दुख है। प्रियंवदा तो अपनी छोटी-माँ के यूँ चले जाने से बेहद दुखी है। अपनी छोटी बहन अमरूनी के प्रति बहुत चिन्तित है।

आपको इस दुखद घड़ी में बदलाव की आवश्यकता है। आप हवा-पानी बदलने के लिए कुछ दिनों के लिए हमारे पास आ जाइये। मैं अब एक्साइज इंस्पेक्टर बन गया हूँ। आपकी तरह महल तो नहीं लेकिन आपकी सेवा के लिए पर्याप्त बड़ा घर है मेरे पास। आशा है आप मुझे अपने सत्कार का अवसर देंगे

आपका शुभचिन्तक।

शिवानन्द!"

पत्र भेजने के ठीक एक महीने बाद ससुरजी वास्तव में आ धमके। प्रियंवदा ख़ुश और शिवानन्द हतप्रभ। सेठजी की अनुभवी आँखें कुछ तुरन्त ताड़ गयी। प्रियंवदा को निहारते हुये उन्होंने अपनी गम्भीर आवाज़ में पूछा, "वदा, तुम सावधानी तो पूरी ले रही हो न?"

प्रियंवदा ने पलट कर उन्हें प्रश्नात्मक निगाहों से देखा। "हाँ, मेरा अन्दाज़ा सही है न?" उन्होंने अर्थपूर्ण तरीक़े से पूछा।

"पता नहीं, पिताजी," प्रियंवदा शर्माते हुये बोली, और वहाँ से भाग गयी।

शिवानन्द चकित सा अपनी पत्नी के पास आया और पूछा, "ससुर जी जो पूछ रहे हैं, क्या वह बात वास्तव में...?"

"पता नहीं, अभी कुछ पता नहीं," प्रियंवदा थोड़ी दुविधा, थोड़ी प्रफुल्लता से बुदबुदाई।

ख़ैर हफ्ते भर ही बाद ही प्रियंवदा को गर्भ के पूरे लक्षण उभर गये तो शिवानन्द ससुरजी को मन ही मन दाद देने लगा। आख़िर दो पत्नियों के बारी-बारी से गर्भवती होने का अनुभव है उन्हें।

उसने उनका पूरा सत्कार किया। अपने माता–पिता नहीं, पत्नी के ही सही। वे एक ज्योतिषी थे। ध्यान-पूजा के लिए उन्हें एक अलग कमरा चाहिए था। अपने झोले से शंख, शिवलिंग, रूद्राक्ष की माला निकालते हुए कहने लगे, "मैं जानता था, ये सब तुम्हारे घर में नहीं होगा।"

ससुरजी ने उनके घर में एक अलग पूजा-कक्ष की स्थापना की। ससुरजी के आजकल कोई उपवास चल रहे थे। पत्नी निधन पर उन्होंने शोक के लिए कुछ उपवास धारण किए हुए थे। दिन भर फलार तथा एक समय भोजन, सूरज छिपने पर। शिवानन्द का फर्ज़ था कि वह घर में ससुर जी के लिए फलों का बन्दोबस्त करके रखे। साथ में दूध वग़ैरह का उचित इन्तज़ाम करे। घर में उन्होंने अपने लिए कुछ सुविधाजनक कोने बना लिए थे, जहाँ वे नियमित रूप से बैठ कर कुछ देर मौन धारण किए रहते। रविवार आने पर अपना गरम कोट और पैंट पहन कर सुबह–सुबह तैयार हो जाते। अपने दामाद से पूछते, "शिवानन्द, आज मुझे कहाँ घुमाने ले जा रहे हो?"

सफीपुर जैसी छोटी जगह में ससुरजी जो कुछ घूम सकते थे, वे घूमे। इसके अतिरिक्त उन्हें कानपुर व लखनऊ की सैर करवाई गयी। इस दौरान शिवा अच्छे से समझ गया कि उसके ससुर जी एक ऐसे शख्स हैं जो सबसे पहले ख़ुद से प्यार करते हैं। उनके लिए अपनी सुख-सुविधायें सर्वोपरि हैं और किसी भी जगह, कैसी भी परिस्थितियों में वे ख़ुद को सहज बना कर जीवन का आनन्द लूट सकते हैं।

उसे नहीं मालूम था कि वे उसके पास कितने दिन रहने के लिए आये हैं। लेकिन दिन खिसकते हुए देख कर उसे अनुमान हो गया कि वे जल्दी खिसकने वाले नहीं। जब उन्हें आए लगभग तीन महीने हो गये तो एक सुबह उन्होंने अचानक घोषणा की, "यह मेरा पहला नाती होगा। मैं चाहता हूँ कि इसका जन्म मेरे घर में हो। शिवानन्द, मेरे साथ प्रियंवदा के टिकट भी बुक करवा दो।"

उसे थोड़ी ख़ुशी हुई कि ससुरजी अब जाने की बात कर रहे हैं मगर उनके साथ प्रियंवदा क्यों जाए? फिर उसने उनके फैसले पर थोड़ा मनन किया। यह उसके कुटुम्ब का भी पहला बच्चा है। उसका जन्म एक सुरक्षित स्थान पर अनुभवी लोगों के बीच होना चाहिए। उसकी बी.ए. की परीक्षा भी नजदीक आ रही थी। परीक्षाओं की तैयारी के लिए एकान्त चाहिए था। उसने ससुरजी के साथ प्रियंवदा के लिए भी टिकट बुक करवा लिए।

प्रियंवदा बहुत ख़ुश अपने पिता के साथ अपने मायके जाने के लिए। अपनी बहनों के लिए उसने पाउडर, रिबन, काज़ल और चूड़ियाँ वग़ैरह ख़रीदीं। रेलवे स्टेशन पर उस शाम जब वह उन्हें विदा करने गया तो उसका मन एकाएक बहुत भारी हो गया। प्रियंवदा एक लम्बे समय के लिए उससे दूर जा रही थी। लेकिन प्रियंवदा की ख़ुशी को देख कर उसे लगा कि प्रियंवदा को उससे बिछुड़ने का जरा भी मलाल नहीं है। इन सब बातों से वह सिर्फ़ यही अर्थ निकाल सका कि उसकी उम्र अभी अपने पति के साथ नहीं बल्कि अपने माता–पिता के साथ रहने की है।

उन्हें विदा करके जब वह घर में घुसा तो उसे घर बहुत ही सुनसान लगा। शाम का झुरमुट और वह अपने घर में एकदम अकेला खड़ा। सहसा वह अपने को बहुत तन्हा महसूस करने लगा। प्रियंवदा के साथ–साथ उसे ससुरजी की अनुपस्थिति भी खलने लगी। ससुरजी सामने अपने कोने में आराम से बैठे है, प्रियंवदा उन्हें फल काट कर दे रही है, दूध का गिलास थमा रही है, सभी कुछ उसकी नज़रों के सामने दौड़ने लगा। प्रियंवदा की याद में वह एक गढ़वाली गीत गुनगुनाने लगा :

ब्याखन ह्वे गै, घाम अ़छलै गै।
सुआ की परदेश मा याद ऐ गै।

(शाम हो गयी, सूरज ढल गया। परदेश में प्रिया की याद आ गयी)

देखते ही देखते प्रियंवदा को गाँव गये पाँच माह हो गये। उसकी बी.ए. की परीक्षायें निपटीं तो उसके परिणाम के साथ–साथ अपने बच्चे के जन्म का भी इन्तज़ार करने लगा था। इस बीच उसने अपनी सुआ को ढेरों पत्र लिखे। उसके चार पत्रों के अनुपात में प्रियंवदा का एक पत्र आता था। फिर वह टेलीग्राम ससुरजी की तरफ़ से आया था - युवर सन इज बोर्न।

अहा, वह पिता बन गया! उसका बेटा हो गया! इतनी अधिक ख़ुशी उसे अपनी किसी भी उपलब्धि से आज तक नहीं हुई थी। उसने हाईस्कूल पास किया, इन्टरमीडिएट किया, एक्साइज इंस्पेक्टर बना, इतनी ख़ुशी उसे किसी भी सफलता

ने नहीं दी थी, जो बेटे के जन्म ने दी। यह ख़ुशी अनोखी थी। ससुराल कभी न जाने का जो उसने प्रण लिया था, तोड़ दिया। उसका मन ख़ुशियों से भरा था। प्रियंवदा के लिए उसने साड़ी ख़रीदी। बच्चे के लिए कपड़े और चल दिया नैल गाँव के लिए।

अपने बेटे को उसने विस्मय भरी आँखों से कई पलों तक निहारा। वह हूबहू प्रियंवदा की शक्ल पर था। उसके भाइयों की भी उसके चेहरे पर झलक थी। प्रियंवदा की माँ-बहनें उसका ख़ूब ध्यान रख रही थीं। प्रियंवदा तो अभी जजकी में ही पड़ी थी। किन्तु उसके चारों चाचाओं ने शिवानन्द को बारी-बारी से अपने घर भोजन पर औपचारिक निमन्त्रण पर बुलाया।

सभी चाचाओं के घर अलग-अलग रंगों से पुते थे।

तीसरा घर उसके सबसे छोटे चाचा, जिनकी पत्नी चंदनी थी, का था। उनके घर जाते हुये उसे उत्कंठा के साथ-साथ थोड़ी झिझक भी होने लगी। वह भी एक बेटे की माँ बन चुकी थी। उसकी शादी उसके पिता ने एक बड़े घर में तो की थी लेकिन उसका पति अधिक पढ़ा–लिखा नहीं था। उन दिनों ब्राह्मण परिवारों में जो पुरुष कुछ कर नहीं पाता था, वह अपनी पुश्तैनी वृत्ति पुरोहिती में लग जाता था। छोटे चाचा भी वही कर रहे थे। शिवानन्द को सेठजी के सभी भाइयों में सबसे सीधा व सरल उनका सबसे छोटा भाई ही लगता था, जिसको परिवार के लोग छोटु या छोटु चाचा पुकारा करते थे। शादी के दिन अगर किसी ने उसकी बेइज्जती नहीं की थी तो वह यही छोटु चाचा थे। जब वह उनके घर पहुँचा तो वह तो असहज था ही, उसकी उपस्थिति ने चंदनी के चेहरे के भी रंग बदल दिए। प्रियंवदा के चाचा ने बस आँखों से उसका सम्मान किया। अधिक बोलने के वे आदी नहीं थे। उस कमरे में बैठे हुये भी उनकी उपस्थिति का पता नहीं चल रहा था। चंदनी का ओज ही शिवानन्द को स्पन्दित करता रहा।

"बधाई हो पुत्र जन्म की!"

"धन्यवाद!" वह हाथ जोड़ते हुए बोला।

गाँव में चर्चा है कि आप बड़े साहब बन गये हैं!" वह बोली।

"बड़ा साहब तो नहीं पर इज्जत से कमाने वाला बन गया हूँ," कहते हुये उसने झट से उसके लड़के के हाथ में एक रुपये का करारा नोट रख दिया, जिसे देख कर चंदनी के साथ उसके पति की आँखों में भी हर्षमिश्रित आश्चर्य के भाव आ गये। बच्चा रुपये को थामे गाँव में नयी-नयी खुली दुकान में जाने की जिद करने लगा जो ग्रामवासियों के लिए एक जबर्दस्त आकर्षण थी। बच्चे का पिता उसे दुकान में लेकर चला गया। शिवानन्द और चंदनी के बीच एकान्त छा गया।

"मेरे पिताजी ने खेत देखे, मवेशियों की बड़ी संख्या देखी। उसी गोबर में हमेशा के लिए मुझे लीप दिया। आपके साथ शादी होती तो शहर के ठाटबाट देखती," बोलते वक़्त उसकी आवाज़ लड़खड़ा रही थी, चेहरे पर अपराध-बोध भी झलका। इतना वह जानती थी कि जो कुछ वह कह रही है, उसे नहीं कहना चाहिए।

"मुझे भी उस शादी के टूट जाने का बेहद अफसोस हुआ था। आपका नाम मेरे मन में कई दिनों तक खनकता रहा। भाग्य ने हमें अजीब परिस्थितियों में मिला दिया है। लेकिन अब आप मेरी पत्नी की चाची, यानी मेरी सास हैं। सामाजिक मान्यतायें कहती है कि मेरे मन में आपके लिए कुछ और नहीं सिर्फ़ श्रद्धा के भाव होने चाहिए।"

"आपसे मेरा रिश्ता जिस दिन जुड़ा था, मन ही मन आपको अपना पति मान लिया था मैंने। आपकी काल्पनिक छवि मेरे मन में बनने लगी थी। रिश्ता टूटने के बाद वे भाव दब तो गये मगर मिटे नहीं। जब–जब आपको देखती हूँ तो वे भाव उमड़ जाते हैं।"

"यह वार्तालाप कृपया बन्द करिए। ऐसा कोई वार्तालाप हमारे बीच होना भी नहीं चाहिए। आप अपने संसार में ख़ुशी ढूंढ़ें और मैं अपने संसार में।"

"मेरे संसार में कोई ख़ुशी नहीं है। कसम से उस दिन आपकी पूफू ने हमारे चौक पर आकर जितनी गालियाँ बकी थी, सब सही उतर रही हैं," कहते हुये चंदनी का स्वर रुँध गया। शिवानन्द किंकर्तव्यविमूढ़ सा हो गया। मगर इतने में छोटु चाचा अपने बेटे के साथ दुकान से वापस लौट आये। सो दोनों ख़ामोश हो गये। चाचा तो पहले से ही ख़ामोश व्यक्ति थे।

एक अजीब सी चुप्पी वातावरण में छा गयी। चंदनी ने चुपचाप शिवानन्द और अपने पति के लिए खाना परसा। व्यंजनों की व्यापकता को देख कर लग रहा था कि चन्दंनी ने खाना बनाने में बड़ी मेहनत की। इतना किसी भी चाचा के घर खाने को नहीं मिला था। 'खाना बड़ा स्वादिष्ट है', यह कहने का मन भी उसका चंदनी से नहीं हुआ। बस चुपचाप खाना खाता रहा। भोजन के उपरान्त उसने उनसे विदा ली। "भोजन के लिए धन्यवाद," एक संक्षिप्त वाक्य कह कर वह वहाँ से लौट आया।

शिवानन्द के गाँव पहुँचने के पाँच दिन बाद बच्चे के नामकरण की रस्म मनाई गयी, पूरे विधि–नियम से। कार्यक्रम के संचालक सेठ गोवर्धन नैनवाल थे। शिवानन्द की भूमिका लगभग गौण थी। वह सिर्फ़ अन्य मेहमानों की तरह वहाँ एक मेहमान था। यहाँ तक कि उसके बेटे के नाम का चयन करने में भी उससे पूछा नहीं गया। 'गणेश...' यह नाम उसके बेटे को दिया गया, सेठजी की तरफ़ से। उन्होंने

अपना तर्क बताया-शिवा का बेटा गणेश, और उनका स्वयं का नाम भी 'ग' से शुरू होता है।

पूरे गाँव वालों के लिए भोज का आयोजन था। नामकरण समारोह में प्रियंवदा के नानाजी अल्मोड़ा से आये हुये थे, अपनी दोनों पत्नियों और पुत्र के साथ। उन्हें दो जीवित पत्नियों के साथ देख कर शिवानन्द की हँसी छूट गयी। उसे यह दृश्य बड़ा हास्यास्पद लगता था।

प्रियंवदा की छोटी माँ अब इस दुनिया में नहीं थी मगर उसके माता–पिता पड़ोसी पनाई गाँव से आये हुए थे। सेवल से सत्यभामा व देवानन्द भी पधारे। सत्यभामा को देखते ही एक बार फिर शिवानन्द का मन करुणा से भर गया। मगर वह ख़ुश लग रही थी और बच्चे के लिए चाँदी के कंगन और हँसुली लायी थी। बच्चे को उत्सुकता से निहारते हुये उसने उसे उठाया और पुचकारते हुए बोली, "गणेश... तूअपने घर कब आएगा?"

प्रियंवदा ने जब उसे बताया कि वह इलाहाबाद गयी थी और उसने वहाँ विश्वा का रहन–सहन देखा तो आहतमना वह कौतुकता से भर गयी।

जो कुछ प्रियंवदा उसे विश्वानन्द के इलाहाबाद के रहन–सहन के विषय में बताती रही, वह ध्यानपूर्वक सुनती रही। फिर, एक लम्बी साँस खींचते हुये बोली, "चलो मैंने न सही, भुली, तूने तो उनका वहाँ का जीवन देख लिया। मुझे इस बात की ख़ुशी है।"

नामकरण संस्कार के दूसरे दिन जब सत्यभामा व देवानन्द ने सेवल के लिए प्रस्थान किया तो शिवानन्द भी उनके साथ हो लिया। ससुराल का घर चाहे कितना ही आरामदायक हो, उसका अपना घर सेवल था। फिर वहाँ ब्रह्मानन्द चाचाजी वग़ैरह से भी उसे मिलना था।

गाँव में लोग अब खुल कर विश्वानन्द को कोसने लगे थे। उसे पुत्र प्राप्ति की बधाई देते वक़्त अफसोस प्रकट करना नहीं भूलते कि बड़े भाई का अभी तक बच्चा नहीं हुआ। उसे लगा कि अपने बड़े भाई से पहले पिता बन कर उसने जैसे कोई अपराध कर लिया है। ब्रह्मानन्द चाचा की पत्नी बोली, "यह हमारे कुटुम्ब का तीसरी पीढ़ी का पहला बच्चा है। अगर यह विश्वा का होता तो ज़्यादा उचित रहता। बारह साल पहले उसकी शादी हो गयी थी...और अभी तक...। बड़े भाई से पहले छोटे भाई का बच्चा...। समाजिक दस्तूर के अनुसार कोई बात न हो तो वह भद्दी लगती है।"

दीन–दुनिया से बेख़बर रहने वाला देवानन्द को भी अब कोफ्त होने लगी थी।

"इस बार भाईसाहब जब इलाहाबाद से आएँगे तो कुछ न कुछ करना पड़ेगा," वह दृढ़ता से बोला।

शिवानन्द एकाएक क्रोध से भर गया। जो बात उसने अभी तक सत्यभामा को चुपके से दबी जुबान में कही थी सहसा सभी के सम्मुख ऊँची आवाज़ में कहने लगा, "भाभीजी, अगर भाईसाहब आपके पास नहीं आते तो आप उनके पास जाया करो। पति के पास जाने में कैसी शरम...?"

वह ग़ुस्से से मुट्ठियाँ भींचने लगा। अपना सिर दीवार पर पटकने लगा। उसके इस रुख से सत्यभामा, देवानन्द सभी घबरा गये। सत्यभामा और देवानन्द ने उसे दीवार पर अपना सिर पटकने से रोका। ब्रह्मानन्द चाचाजी की पत्नी की सिट्टीपिट्टी गुम हो गयी। "अरे हमें तेरे बेटे के होने की ख़ुशी है। हम तुझे थोड़ी कुछ कह रहे हैं। तूने तो वही किया जो संसार का नियम है। वह तो विश्वा साँसारिक नियमों से पीछे हट रहा है...।" जैसे-जैसे ब्रह्मानन्द चाचाजी की पत्नी बोलती जा रही थी, उसका क्रोध भड़कता जा रहा था। अन्त में उसने फटाक से एक कोरा परचा निकाला और रिश्ते की सारी झिझक, मर्यादा मिटा कर विश्वानन्द को पत्र लिखने लगा।

'आदरणीय भाईसाहब,

मेरे पहले पत्र द्वारा आपको पता चल गया होगा कि मेरा बेटा पैदा हुआ है। मैं बच्चे के नामकरण पर गाँव आया था। आजकल सेवल में हूँ। यहाँ लोग मेरे पिता बन जाने से उतना ख़ुश नहीं है, जितना आपके अभी तक पिता न बनने से दुखी है। आपकी कोई सन्तान अभी तक क्यों नहीं हुई, कारण सभी जानते हैं। आप एक शादीशुदा पुरुष है। अकेला होने का भ्रम मत पालिए। शादीशुदा होकर भी अकेले जीवन जीने का प्रयत्न मत कीजिए। अनुपयुक्त जगह रिश्ते मत कायम करिए, अपनों से, भाभी के साथ परिवार बसाइए। रिश्तों की ज़िम्मेदारियों से भागिए नहीं। प्रकृति के विपरीत चलने की कोशिश मत करिए। अधिक क्या कहूँ...

आपका भाई, शिवा।'

जब तक वह गाँव में रहा सत्यभामा का उसके प्रति व्यवहार बड़ा कोमल बना रहा। वह सजग बनी रही कि कोई ऐसी बात न हो जाए कि उसका क्रोध फिर भड़क जाये। जिस दिन वह प्रस्थान कर रहा था सत्यभामा और देवानन्द उसे गाँव की सरहद तक छोड़ने आए। सत्यभामा रास्ते भर बोलती गयी, "वदा से कहना कि वह

बच्चे के थोड़ा बड़ा हो जाने पर सेवल आ जाए। हमारे परिवार में पच्चीस सालों, देवानन्द के बाद कोई शिशु जन्मा है। हम भी चाहते हैं कि बच्चा कुछ दिनों के लिए अपने घर भी रहे। हम कुल की पूजा करवाएँगे, पितरों का आभार प्रकट करेंगे।" शिवानन्द ने सत्यभामा को आश्वासन दिया कि अभी तो बच्चा काफ़ी छोटा है लेकिन जैसे ही कुछ महीनों का होगा, प्रियंवदा सेवल रहने के लिए आ जायेगी।

"तुम्हारे ससुराल के लोग मुझे कुछ समझ में नहीं आते," सत्यभामा बोली। "तुम ख़ुद अपने ससुरजी से इस बात के लिए जोर डालना।"

नैल आकर शिवानन्द ने प्रियंवदा के माता–पिता से सीधे कहा कि कुछ महीनों उपरान्त वे प्रियंवदा को सेवल भेज दे। गोवर्धन नैनवाल किसी भी बात को सहज तरीक़े से सुनने के आदी नहीं थे। भड़कते हुये बोले, "सेवल में कौन है जो वदा वहाँ जाए। तुम कुछ महीनों बाद सीधे उसे यहाँ से शहर ले जाओ अपने साथ।"

"सेवल मेरा घर है। वहाँ मेरी भाभी और छोटा भाई है," वह उत्तेजित स्वर में बोला।

भाभी और छोटा भाई नामकरण के दिन यहाँ आकर मिल तो लिए थे," सेठजी बेरुखी से बोले। "फिर तुम्हारी भाभी को शिशुपालन का क्या अनुभव? वह तो अभी भी अविवाहित है," उन्होंने कटाक्ष किया।

"पिताजी!" प्रियंवदा ने अपने पिता को एकदम से चुप कराया।

'इनकी इतनी सारी बेटियाँ हैं। इन्हें दामादों से बात करने की तमीज होनी चाहिए', शिवानन्द मन ही मन बुदबुदाया। उन्हें नज़रान्दाज कर शिवानन्द पत्नी पर अपना अधिकार जताते हुये बोला, "गणेश...की...माँ..."

प्रियंवदा ने तुरन्त उसे देखा। शिवानन्द ने भी उसे देखा। वह उसे सुआ न सम्बोधित कर, गणेश-की-माँ पुकार रहा था। गणेश क्या इतना महत्त्वपूर्ण है !

"तुम वहाँ चले जाना। भाभीजी की बहुत इच्छा है कि गणेश उनके साथ वहाँ कुछ दिन रहे।"

"मैं चली जाऊँगी, गणेश-के-पिताजी..." प्रियंवदा बोली।

शिवानन्द मुस्कुरा दिया।

नौ

सफीपुर आने के कुछ दिनों बाद ही विश्वानन्द का पत्र आ गया। पत्र खोलते हुये उसे काफ़ी झिझक हुई। आवेश में आकर उसने न जाने क्या कुछ अपने बड़े भाई को लिख दिया था। अब वह थोड़ा पछता रहा था। पता नहीं कैसी प्रतिक्रिया हुई होगी उसके भाई की। काफ़ी देर तक वह पत्र पकड़े यूँ ही बैठा रहा, विश्वानन्द के विषय में सोचता रहा। फिर उसने धीरे से पत्र खोला।

इलाहाबाद
30 दिसम्बर 1943
'प्रिय शिवा,

शुभाशीष। सबसे पहले तुम्हें पिता बनने की बधाई। तुम्हारे पुत्र जन्म की हम सभी को अपार ख़ुशी है। यह ख़ुशी किसी भी अन्य तथ्य से प्रभावित नहीं हो सकती। मुझे बहुत अफसोस है कि हमारे इन ख़ुशी के क्षणों में कुछ बातें खलल डाल रही है। तुमने किस आवेश में मुझे पत्र लिखा यह मैं पत्र की भाषा से बख़ूबी समझ सकता हूँ। यह आक्षेप कि मैं ज़िम्मेदारियों से भाग रहा हूँ, थोड़ा विवादास्पद है। मैं डॉक्टर साहब के घर अवश्य रह रहा हूँ मगर अपने परिवार की ज़िम्मेदारियों से पलायन कभी नहीं किया। अपना घर छोड़कर डॉक्टर साहब के घर की शरण लेना मेरे लिए जीवन की कुछ असहाय मजबूरियाँ थीं। हाँलाकि वे मजबूरियाँ अब उतनी प्रबल नहीं रही। अब प्रश्न सिर्फ़ डॉक्टर साहब के प्रति मेरी निष्ठा का है, जिसमें मेरा अन्तकरण मुझे खरा उतरने को बाध्य करता है।

अपनी ज़िन्दगी के कर्तव्यों में इतना अधिक व्यस्त रहा कि तुम्हारी भाभी की तरफ़ देखने का कभी ध्यान ही नहीं आया। हाँ अब वह कुछ बड़ी-सी दीखती है। सोच रहा हूँ कि डॉक्टर साहब से एक लम्बी छुट्टी लेकर गाँव चला जाऊँ।
विश्वा।'

पत्र पढ़कर शिवानन्द के चेहरे पर हँसी बिखर गयी। पत्र के एक–एक वाक्य

के विषय में सोचने लगा। जिस वाक्य ने उस पर सबसे ज़्यादा असर किया, वह था–'मैं डॉक्टर साहब के घर अवश्य रह रहा हूँ मगर अपने घर की ज़िम्मेदारियों से कभी नहीं भागा। तुम्हारा यह आक्षेप थोड़ा विवादास्पद है।' उसने विश्वानन्द पर यह इल्ज़ाम कैसे लगा लिया, वह सोचने लगा। सोलह साल की उम्र में वह घर वालों को अपने सभी ख़र्चों से मुक्त कर निरन्तर घर वालों की आर्थिक मदद कर रहा है। उसे चार साल तक पढ़ाई का ख़र्चा, माँ की तेहरवीं, मासिक श्राद्ध, उसकी शादी में जो कुछ ख़र्चा हुआ सब उसने ही वहन किया। गाँव में सत्यभामा और देवानन्द के रहने के लिए ख़र्चा, मकान की मरम्मत, देवानन्द के लिए दवाइयाँ पार्सल करना... कितना कुछ वह किया करता है !

दूसरा वाक्य–'डॉक्टर साहब से एक लम्बी छुट्टी लेकर गाँव जाने की सोच रहा हूँ', काफ़ी कुछ कहता है। शिवानन्द यकायक हँसने लगा। विश्वानन्द व सत्यभामा को प्रेमालाप करते हुए की कल्पना करने लगा। बड़े करीने से उसने पत्र बन्द करके अपने बक्से में डाल दिया। जो पत्र वह विशेष समझता था, अपने बक्से में संजो कर रख लेता था।

गणेश साल भर का हो गया था। शिवानन्द अपनी पत्नी और पुत्र को शहर लिवाने के लिए सेवल पहुँच गया। प्रियंवदा शिवानन्द के आदेशानुसार छह महीने के गणेश को लेकर सेवल चली गयी थी और तबसे वहीं रह रही थी। हरेक बार जब वह शहर से अपने गाँव आता था तो घर थोड़ा सूना लगता था। इस बार प्रियंवदा और गणेश की वजह से उसे घर बड़ा जीवन्त लगा। प्रियंवदा व गणेश के अलावा वहाँ चौदह–पन्द्रह साल का एक लड़का भी मौजूद था। "जीजाजी प्रणाम," कहते हुये फटाक से उसने शिवा के चरणों का स्पर्श किया।

"जीजाजी..." सम्बोधन उसे गुदगुदा गया। उसका कोई साला यहाँ कहाँ से आ गया। उसने उसके चेहरे को ध्यान से देखा–वह प्रियंवदा का अपना कोई भाई नहीं था। उसकी शक्ल बिल्कुल सत्यभामा से मिलती-जुलती थी, अन्तर केवल इतना था कि सत्यभामा जितनी गोरी थी, वह उतना ही साँवला। लेकिन वह बेहद फ़ुर्तीला और चुस्त था। बरामदे में रखा सामान उठाकर अन्दर के कमरे में ले जाने का काम उसी ने किया। पानी, चाय वग़ैरह सब कुछ लाने की ज़िम्मेदारी भी उसने ही सँभाली। शिवानन्द की हर एक हरकत पर उसकी जिज्ञासु निगाहें टिकी रहतीं। जब-जब दोनों की नज़रें मिलतीं, उसके चेहरे पर एक सरल, निश्छल मुस्कान उभर

आती, जो उसके गालों में गहरे गड्ढों के साथ और भी आकर्षक लगती। कुछ ही पलों में उसने अपनी सहजता और सजीवता से शिवानन्द का मन मोह लिया।

"तुम्हारा परिचय?" उसने पूछा तो सत्यभामा ने उसका परिचय दिया, "यह मेरा भुला (भाई) है मुरली–मुरलीधर। मेरे पास रहने के लिए आया हुआ है।" परिचय कराने के तुरन्त बाद सत्यभामा अति शिष्टता से शिवानन्द से बोली, "इसने इस साल आठवीं पास किया है। अगर शिवा, तुम इसे अपने साथ शहर ले जाकर कुछ पढ़ा–लिखा लो, किसी नौकरी में लगा दो तो इसका भी उद्धार हो जायेगा और मेरी माँ का भी। प्रियंवदा से ज़्यादा इस बार मैं तुम्हारा रास्ता ताक रही थी। अगर तुम मेरे भाई को अपने साथ शहर ले जाकर इसका जीवन बना दो..." कहते हुए सत्यभामा के हाथ जुड़ गये।

सत्यभामा उनके साथ बचपन से रह रही थी। उसे याद है कि अपने मायके भी वह बहुत कम जाया करती थी। गाँव आने पर हमेशा घर खुला मिलता है, यह सत्यभामा के वहाँ रहने की वजह से सम्भव है। देवानन्द जिन दिनों बीमार पड़ता है, उसे गाँव में सत्यभामा का ही सहारा रहता है। सत्यभामा पहली बार उससे कुछ माँग रही है, याचना कर रही है। वह मना नहीं कर सका। फिर यह सोच कर उसे अच्छा लग रहा था कि कोई उससे कुछ माँग रहा है; उससे कुछ अपेक्षा रख रहा है। आज तक उसने ही लोगों के सामने हाथ पसारे, गुज़ारिश की। आज जिस मुकाम पर वह पहुँचा है उसमें उसकी ख़ुद की लगन के अलावा कई दूसरों का योगदान भी निहित है। अगर वह मुरली, एक होनहार और सदाचारी लड़के की कुछ मदद करके उसका जीवन बना सके तो इससे अच्छा नेक काम और भला क्या हो सकता है! वह मुरली में अपनी परछाई देखने लगा। उसने मुरली को अपने संग शहर ले जाने का फ़ैसला कर लिया।

शाम को जब सत्यभामा दूध दुहने गोशाला चली गयी और देवानन्द मुरली के संग घराट (पनचक्की), शिवानन्द को प्रियंवदा के संग कुछ क्षणों के लिए एकान्त मिला। लगभग एक वर्ष बाद वे एक-दूसरे के समीप थे। प्रियंवदा जैसे इन्हीं क्षणों का इन्तज़ार कर रही थी, लेकिन उसे अपने पति से कोई प्रेम भरी बातें नहीं कहनी थी। अपने मन का विषाद, असन्तोष प्रकट करना था, शिकायतों का अम्बार था उसके पास।

"कैसी हो गणेश-की-माँ?" शिवानन्द ने जब पूछा तो वह मुँह बनाते हुये बोली, "तुम्हें दिख नहीं रहा कि हम कैसे हैं? तुम्हारी जिद पर मैं अपने मायके से यहाँ रहने चली आई थी लेकिन यहाँ हम माँ–बेटे भरपेट भोजन के लिए तरस गये। मुझे तो छोड़ो, मेरे बच्चे को भी यहाँ दूध नसीब नहीं हुआ। ख़ुराक सही न होने से

छाती का दूध सूख गया। खाली छाती से गणेश का पेट क्या भरता। वह भी दुबला गया और इधर मेरी छाती में ज़ख़्म हो गये। ऐसा नहीं था कि यहाँ किसी चीज़ की कमी थी, लेकिन जब जहाँ इन्सान ही सही न हो तो स्वर्ग भी नरक बन जाता है...।"

शिवानन्द ने टटोलती नज़रों से प्रियंवदा और उसकी गोदी में खेलते हुये गणेश को देखा। वास्तव में दोनों अपना वज़न खो चुके थे। उसे याद आता है, गणेश एक स्वस्थ शिशु, अच्छे वज़न का पैदा हुआ था। उसके जन्म के बाद प्रियंवदा भी एक हृष्ट–पुष्ट, भारी बदन की महिला बन गयी थी। अब दोनों माँ–बेटे बेहद कमजोर लग रहे थे। वह दिन में जब ब्रह्मानन्द चाचाजी के घर मिलने गया था तो चाची ने भी चिन्ता व्यक्त की, "प्रियंवदा और गणेश जबसे सेवल आएँ हैं बहुत कमजोर हो गये हैं। तू उन्हें अपने साथ शहर ले जा ले।"

"चाची जी, उन्हें लिवाने ही गाँव आया हूँ।"

"आपकी भाभी सही औरत नहीं हैं। बेहद चालाक हैं। वह तो देवा की वजह से आप हमें कम से कम जीवित देख रहे हैं...।"

"गणेश-की-माँ, यह तो तुम्हें उनसे ख़ुद ही निपटना चाहिए था। मैं कहाँ तुम औरतों के बीच में उलझूँ?"

प्रियंवदा एकदम ख़ामोश हो गयी। उसके नेत्रों से अश्रु धारा बह निकली। शिवानन्द किंकर्तव्यविमूढ़ सा हो गया। उसे ख़ामोश बैठा छोड़ कक्ष से बाहर आ गया। वह थोड़ा क्रोध से भर गया था। प्रियंवदा ने जो कुछ उसे बताया उसे अच्छा नहीं लगा। जबसे प्रियंवदा गणेश के साथ सेवल रहने आई थी, वह शहर से देवानन्द के नाम हरेक महीने पूरे परिवार के लिए मनीऑर्डर भेज रहा था। तिस पर भी उसकी पत्नी वं पुत्र भरपेट भोजन के लिए तरस गये। रास्ते में उसे देवानन्द और मुरली पनचक्की से आते दिख गये। "देवा, तू यह कट्टा मुरली को देदे घर लेजाने के लिए। तू जरा मेरे संग आ।"

देवानन्द ने आटे का कट्टा मुरली को थमा दिया, और शिवानन्द के संग हो लिया। वह समझ गया कि शिवानन्द उसे कुछ कहना चाहता है। कुछ देर तक दोनों भाई ख़ामोश चलते रहें।

"तो?" देवानन्द ने उससे पूछा।

"तेरी भाभी और गणेश इतने दुबले कैसे हो गये?"

वह मुस्कुराया। फिर उसने भी प्रश्न किया, "भाईसाहब लोग पतले कब होते हैं? जब शरीर को पूरा आहार नहीं मिलता।"

"पूरा आहार क्यों नहीं मिला? मैं तो उनका ख़र्चा बराबर भेज रहा था। बल्कि

उनके ख़र्चे से ज़्यादा ही पैसे भेज रहा था। "

"मेरे पास कोई अधिकार नहीं है। यहाँ सारे अधिकार बड़ी भाभी के पास हैं। मैं उनसे इस विषय में सिर्फ़ लड़ ही सकता था, जो मैंने किया।"

शिवानन्द उसकी बातों पर मनन करने लगा। थोड़ी देर निस्तब्धता छाई रही। फिर देवानन्द चुप्पी तोड़ता हुआ बोला, "इतना मैं आपसे ज़रूर कहूँगा कि बड़ी भाभी का व्यवहार छोटी भाभी के प्रति अच्छा नहीं था। वह गणेश को दूध नहीं देती थी और माँ को इतनी ख़ुराक नहीं देती थी कि उसके स्तनों में बच्चे के लिए पर्याप्त दूध बन सके।"

"मगर भाभी ने ऐसा व्यवहार वदा के साथ क्यों किया?" शिवानन्द असमंजस में बुदबुदाया। "जहाँ तक मैं समझता हूँ भाभी एक ख़राब औरत नहीं है।"

"मन का असन्तोष आदमी को ख़राब बना देता है। वह अभी तक ख़ुद माँ नहीं बनी ना!"

शिवानन्द किसी गहरे सोच में डूब गया। वह सत्यभामा से इस विषय में किसी प्रकार की चर्चा-बहस नहीं चाहता था। लेकिन उसने मन ही मन फ़ैसला कर लिया कि अब वह प्रियंवदा को कभी भी सेवल रहने के लिए नहीं कहेगा। न ही उसे अपनी अनुपस्थिति में वहाँ छोड़ेगा।

वह घर आया और आते साथ अपनी पत्नी से ऊँचे स्वर में बोला, "गणेश-की-माँ, अपना सामान बाँध लो। कल हम यहाँ से निकल रहे हैं।"

"और मेरा भाई?" सत्यभामा ने तुरन्त पूछा।

"वह भी अपना सामान बाँध ले।"

प्रियंवदा और गणेश के साथ मुरली का भी सामान बँध गया। शहर जाने के नाम पर मुरली अत्यधिक ख़ुश था। जबसे शिवानन्द गाँव पहुँचा था वह उसकी ख़ुशामद करने में लगा था। प्रियंवदा ने शहर जाने से पहले नैल में अपने मायके के सभी लोगों से मिलने की इच्छा व्यक्त की। नैल गौचर जाने के मार्ग पर ही पड़ता था, और छह मील के मार्ग के बीच एक उचित विश्रामस्थल भी था। लेकिन शिवानन्द वहाँ जाने से कतरा रहा था। उसे मालूम था कि अपनी बेटी को इतना दुर्बल देख सेठजी अपना आपा खो सकते हैं। और उसे उनकी क्रोधाग्नि को सहन करना पड़ेगा, जो वह कतई नहीं चाहता था।

लेकिन प्रियंवदा की अपने मायके जाने की ललक देख वह नैल जाने और वहाँ एक दिन बिताने के लिए सहमत हो गया। मुरली भी उनके साथ शहर जा रहा है, सत्यभामा भी कम ख़ुश नहीं थी। प्रस्थान से एक दिन पहले तक वह ख़ुशी के

मारे हँसती-खिलखिलाती रही। रह-रह कर देवर–देवरानी पर मज़ाक़ के पुट छोड़ती गयी। लेकिन प्रस्थान वाले दिन वह सुबह-सुबह ही बहुत जोरों से यकायक रोने लगी। बार-बार प्रियंवदा से बोलती गयी, "भुली, मेरे भाई को अपने घर में अच्छे से रखना। रास्ते में गणेश को मेरे भाई को न पकड़ाना। वह अभी ख़ुद बहुत छोटा है।"

जब सत्यभामा ने अपनी बात कई बार दोहरा दी तो प्रियंवदा खीज गयी। थोड़ा तमक कर बोली, "दीदी, अगर आपको हम पर भरोसा नहीं तो मत भेजो अपने भाई को हमारे साथ।" प्रियंवदा के कथन ने सत्यभामा से अधिक मुरली को विचलित किया। वह तुरन्त बोला, "नहीं-नहीं ऐसा कुछ नहीं। दीदी ऐसे ही बोल रही है। मुझे आपके साथ चलना है।" कहते हुये उसने उनके दो बैग उठा लिए।

सत्यभामा शब्दशून्य हो गयी। बस रोते हुये अपने भाई को चूम रही थी, उसे गले से लगा रही थी। गणेश की तरफ़ उसने देखा तक भी नहीं।

बहरहाल मुरली एक बुद्धिमान किशोर था। जिनके साथ वह रहने जा रहा है, उनके साथ उसे कैसा व्यवहार बनाना है, वह बख़ूबी समझता था। वह बार-बार शिवानन्द की गोदी से गणेश को लेता जा रहा था। सेवल से नैल तक छह मील के पहाड़ी रास्ते में गणेश को बारी-बारी से शिवानन्द और मुरली ने उठाया।

नैल गाँव में वही हुआ जो जिसकी शिवानन्द को आशंका थी। सेठ गोवर्धन लाल नैनवाल अपनी लड़की का गिरा स्वास्थ्य देख आगबबूला हो गये। प्रियंवदा की माँ और बहनें भी आक्रोश से भर गयीं। मयूरा और सौमाली कटाक्ष भरे गोले शिवानन्द पर बरसाने लगी। "हमारी दीदी को आपके गाँव में खाना भी नहीं मिला। कैसी हड्डियाँ निकल आई हैं हमारी दीदी की। हमारा भाँजा भी कैसा दुबला हो गया है। हे राम!"

शिवानन्द सौमाली से अधिक ख़ौफ़ खाता था। वह प्रियंवदा की अपनी बहन थी और उसके प्रति अत्यधिक संवेदनशील थी। मयूरा तो सिर्फ़ कटाक्ष ही कसती रही मगर सौमाली ने तुरन्त प्रियंवदा को गिलास भर दूध मेवों के साथ पीने को दिया। गणेश को वह अपनी गोदी में लेकर उसे कभी दाल–भात, कभी केला खिलाने लगती। जब-जब शिवानन्द ससुराल आता, सौमाली की प्रियंवदा के प्रति आत्मीयता देख वह सोचने लगता कि प्रियंवदा कैसे कहती है कि उसके सगे व सौतेले भाई-बहनों में कोई अन्तर नहीं है। उसे तो यह अन्तर स्पष्ट दिखता है। वैसे तो सभी भाई बहन एक-दूसरे से स्नेह करते हैं लेकिन एक माँ से जन्में भाई-बहनों के बीच स्नेह अधिक दिखता है।

अमरूनी उन सभी को देख कर बहुत ख़ुश थी। गणेश के साथ वह खेलने लगी

थी। मुरली को देख कर पूछा, “जीजाजी यह कौन है?”

“यह मुरली है। मेरी भाभी का भाई। हमारे साथ शहर जा रहा है,” शिवानन्द ने उसे बताया।

अमरूनी के हाथ बाँसुरी बनाने लगे। “मेरे साथ इसका क्या रिश्ता है?” उसने पूछा तो शिवानन्द सोच में पड़ गया। थोड़ी देर में बोला, “तुम दोनों ही मुझे जीजाजी बोलते हो तो आपस में तुम क्या हुए?”

अमरूनी तो उसके प्रश्न को नहीं समझ पायी। लेकिन मुरली शर्माते हुये बोला, “भाई–बहन।”

अमरूनी उसका चेहरा देखते हुये बोली, “धत्त! यह मेरा भाई नहीं है। मेरे भाई गोरे हैं। यह तो बहुत काला है।”

अमरूनी के कथन पर मुरली जरा भी नाराज नहीं हुआ, बल्कि हँसते हुये वह उसे प्यार करने लगा। थोड़ी देर में उसने उससे दोस्ती कर ली। उसके मोहक व्यवहार ने अमरूनी का दिल जीत लिया। वह और अमरूनी आपस में आइस–पाइस खेलने लगे। पहले अमरूनी छुपी, मुरली ने उसे खोजा। फिर मुरली छुपा और अमरूनी ने उसे ढूँढा। उन्हें आपस में यूँ स्नेहपूर्वक खेलते देख शिवानन्द के मन में सहसा एक विचार उपजा। भविष्य सभी का अनजाना होता है, फिर भी कुछ बातें सोची जा सकती हैं। अभी अमरूनी सात साल की और मुरली चौदह का। दस साल बाद अमरूनी सत्रह की और मुरली चौबीस का...। शादी के प्रयोजन के लिए मैचमेकिंग करना शिवानन्द की एक हॉबी थी जो सबसे पहले अमरूनी और मुरली को एक साथ देख कर उपजी थी। दो अनजान व्यक्तियों को मिलाकर कई युगलों की शादी कराने में शिवानन्द ने मैचमेकर की भूमिका निभायी। यदि सब कुछ ठीक-ठाक रहता और शादी सफल होती, तो लोग प्राय: उसकी भूमिका को भूल जाते। लेकिन, यदि शादी असफल हो जाती, तो दोनों पक्ष उसे धिक्कारने लगते। फिर भी, शिवानन्द को लड़का-लड़की सुझाने का यह शौक़ किसी भी परिस्थिति में रोक नहीं पाया।

शहर आकर मुरली ने नवीं कक्षा में प्रवेश ले लिया। उसे पढ़ने की इतनी उत्कंठा थी कि जैसे ही शिवानन्द ऑफ़िस से लौटता, वह अपनी गणित और अंग्रेज़ी की पुस्तके खोल कर बैठ जाता। “जीजाजी, इस प्रश्न का हल कैसे होगा?” “इस शब्द को अंग्रेज़ी में क्या कहते हैं?” “आप मुझसे गढ़वाली में नहीं, अंग्रेज़ी में बात किया करिए।”

“अंग्रेज़ी में बात?”

"हाँ।"

शिवानन्द हँस पड़ता। मुरली उसे अपने बीते दिनों की याद दिला देता था, जब वह पुफू के घर रह कर पढ़ रहा था। यद्यपि शिवानन्द और प्रियंवदा का व्यवहार मुरली के प्रति पुफू व मामाजी की तरह कठोर नहीं था, लेकिन जो काम शिवानन्द को वहाँ लादे गये थे मुरली ने स्वयं ही अपने ऊपर ले लिए थे। घर के सभी कामों में वह प्रियंवदा की पूरी मदद करता। गणेश की देखभाल, उसके साथ खेलकूद, यहाँ तक कि उसकी टट्टी भी साफ़ कर देता। शिवानन्द का वह पूरा आदर करता। जबसे वह आया था घर में 'दीदी,' 'जीजाजी' सम्बोधनों की गूँज हो गयी थी। ऐसा लगता कि वह प्रियंवदा का अपना भाई है। इतना अपनत्व शिवानन्द को प्रियंवदा के अपने भाइयों से नहीं हुआ था, जितना कि सत्यभामा के भाई से हो गया था। प्रियंवदा के भाइयों के नाम लेते वक़्त भी उससे ग़लती हो जाती है कि कौन किस नम्बर में है, किसका क्या नाम है।

शाम गहराने लगी थी...। अपने घर के दरवाज़े पर आये एक आगुन्तक को देखकर शिवानन्द को पहले तो हैरानी हुई। वह आगुन्तक कोट-पैंट एवं टाई पहने सुसंस्कृत एवं शालीन लग रहा था। "गैरोला जी, नमस्कार," बोलते हुये जब उसने हाथ मिलाने के लिए अपना हाथ आगे बढ़ाया तो वह समझ गया कि वह कौन है। उनके सभी परिचितों में प्रियंवदा का बड़ा भाई ही ऐसी विलायती पोशाक पहनता है और हैंडशेक करता है। एक वह ही उसे 'गैरोला जी' सम्बोधित कर सकता है।

ख़ैर असमंजसता पूरी ख़त्म हो गयी, जब प्रियंवदा भी दरवाज़े पर आ गयी और उसे देखते ही चिल्लाई, "भैजी...।"

"ओह आप हरिदत्त जी है?" शिवानन्द बोला तो प्रियंवदा नाराजगी से बोली, "आप मेरे बड़े भाई को भी नहीं पहचानते? हद है।"

हरिदत्त एक सुलझा हुआ व्यक्ति था, सो बोला, "पहचानेंगे कैसे? इनसे मेरा परिचय सिर्फ़ एक ही बार तो हुआ है, वह भी शादी के भीड़–भाड़ वाले माहौल में।"

शिवानन्द के हृदय में जिन लोगों के लिए विशेष स्थान रहा था, उनमें से एक हरिदत्त भी था। लेकिन उसकी उपस्थिति उसे असहज बनाती थी। वह पत्नी के बड़े भाई के अलावा एक उच्च शिक्षित व्यक्ति था। जब अपने प्रान्त के लोगों के लिए हाईस्कूल पास करना ही एक बड़ी बात समझी जाती थी, वह इंजीनियरिंग

कर रहा था।

“मैंने सोचा कि आपके घर अचानक आकर आपको चकित कर दूँ,” वह शिवानन्द से बोला।

“आपका स्वागत,” कहते हुये शिवानन्द ने अपने घर की सबसे अच्छी कुर्सी पर उसे बैठाया। घर के अन्दर घुसते ही हरिदत्त की आँखें अपनी बहन के घर का सूक्ष्म निरीक्षण करने लगीं।

“आपको तो यहाँ बहुत पहले आ जाना चाहिए था। “सफीपुर आपके शहर गोरखपुर से कोई बहुत दूर नहीं।”

“हाँ, आ तो जाना चाहिये था,” हरिदत्त सोचता हुआ बोला। “परीक्षाओं में व्यस्त था।”

“आपको इंजीनियर बनने की बहुत-बहुत बधाई। हमें बहुत फख्र है कि हमारे पहाड़ी क्षेत्र के लोग भी टेक्निकल लाइन में जाने लगे हैं,” शिवानन्द ने खुले दिल से हरिदत्त की तारीफ की।

“यह आपका बड़प्पन ही,” हरिदत्त हाथ जोड़ते हुए शालीनता से बोला।

मुरली अचरज के भाव से हरिदत्त को निहारता जा रहा था। उसका मुँह खुला का खुला रह गया। उसके पहने कपड़े, गले में लटकती टाई, कलाई में बँधी घड़ी, और हाथों में मिठाई के दो डिब्बे, उनकी एक-एक मुद्रा को बड़े ध्यान से निहार रहा था।

मिठाई का एक डिब्बा शिवानन्द की तरफ़ बढ़ाते हुये हरिदत्त बोला, “यह मेरी नौकरी लग जाने की ख़ुशी में। पी.डब्लू.डी. उत्तर प्रदेश डिपार्टमेंट में असिस्टेंट इंजीनियर के पद पर नियुक्त हो गया हूँ।”

“अहा! सो नाईस! मुबारक हो! यूपी पब्लिक वर्क डिपार्टमेंट तो एक प्रतिष्ठित डिपार्टमेंट है,” शिवानन्द ने एक बार फिर बधाई दी।

घर की रूपरेखा व साजसज्जा से ध्यान हटा कर हरिदत्त की नज़रें वहाँ रह रहे लोगों का मुआयना करने लगीं। प्रियंवदा, शिवानन्द, गणेश के बाद नज़रें मुरली पर जम गयी थीं।

“यह मुरली है, मुरलीधर,” शिवानन्द ने तुरन्त उसका परिचय दिया। “मेरी भाभी का भाई है। यहाँ से हाईस्कूल कर रहा है।”

“बहुत अच्छा,” हरिदत्त बोला तो मुरली ख़ुशी से फूला नहीं समाया। जब हरिदत्त ने उसके स्कूल व भावी कार्यक्रम के विषय में प्रश्न किये तो मुरली और भी ख़ुश हो गया। हरिदत्त का उसमें जिज्ञासा लेना उसे बहुत अच्छा लगा। अपनी

झिझक मिटाकर वह हरिदत्त से खुल गया। उसके हाथ में पकड़े दूसरे मिठाई के डिब्बे की तरफ़ इशारा करते हुए पूछा, "यह डिब्बा किस ख़ुशी के लिए है?"

मुरली की बात पर हरिदत्त मुस्कुराया। "तुम बहुत चतुर लड़के हो," वह प्रशंसनीय भाव से बोला। प्रियंवदा व शिवानन्द की तरफ़ उन्मुख होते हुये बोला, "मेरी शादी पक्की हो गयी है।"

इस ख़बर की सबसे ज़्यादा प्रतिक्रिया प्रियंवदा ने व्यक्त की। शिवानन्द ने तो उसे सिर्फ़ एक बार और मुबारकबाद दे दी। मुरली ने झट से आगे बढ़ कर उसके हाथों से मिठाई का दूसरा डिब्बा ले लिया। अन्दर कमरे में जाकर वह और गणेश मिठाई खाने लगे। दो मिठाई के डिब्बे एक साथ घर में आ गये। उनकी बल्ले-बल्ले!

प्रियंवदा ने जब पूछा कि लड़की व परिवार कैसा है तो हरि जी का लम्बा वक़्तव्य शुरू हो गया। अपने भावी ससुराल व पत्नी की तारीफ के पुल बाँधने लगा। शिवानन्द को सुनना मुश्किल होने लगा।

फिर हरिदत्त ने यकायक एक ख़बर का और खुलासा किया, "मयूरा का रिश्ता भी बहुत अच्छे घर में हो गया है।"

"मयूरा की भी शादी पक्की हो गयी!" प्रियंवदा चहकी।

"गाँव के प्रधान हैं मयूरा के ससुर जी।"

"प्रधान!" प्रियंवदा विस्मय से भर गयी थी। उसने इतरा कर शिवानन्द की तरफ़ देखा। शिवानन्द निर्लिप्त भाव से बोला, "आप लोगों का परिवार इतना बड़ा है। कुछ न कुछ तो वहाँ चलता ही रहेगा। गणेश-की-माँ, जाकर रसोई में खाना पकाओ। यहाँ प्रधानजी नहीं आएँगे खाना पकाने।"

शिवानन्द के कटाक्ष को नज़रंदाज करते हुए हरिदत्त अपनी धुन में बोला, "बहुत ज़मीन-जायदाद है उनकी। लड़का दसवीं पास है।" शिवानन्द की तरफ़ मुख करते हुए कहा, "आपकी ही तरह वह भी फरार्टेदार अंग्रेज़ी में बात करता है।"

शिवानन्द तो तटस्थ रहा मगर प्रियंवदा चहकी, "अच्छा!" शिवानन्द की तरफ़ देखते हुये बोली, "मैं मयूरा की शादी में ज़रूर जाऊँगी।" शिवानन्द ने कोई भी प्रतिक्रिया व्यक्त नहीं की, बल्कि थोड़े ऊँचे स्वर में बोला, "समय हो रहा है, खाना बनाना शुरू कर दो।"

पूरे समय प्रियंवदा विस्मय से भरी रही। खाना पकाना, परसना, खाना, समेटना सब यन्त्रवत् चलता रहा। शिवानन्द, मुरली और गणेश खाना खाकर सो गये। वह आधी रात तक अपने भैजी से बात करती रही।

दूसरे दिन सुबह ही हरिदत्त प्रस्थान के लिए तैयार हो गया। पहली बार उसने

शिवानन्द से कहा, "आपका निवास अच्छा है।"

शिवानन्द को भी कुछ हाँकने को मिल गया। वह चहकते हुये बोला, "यह मकान तो अब कुछ ही दिनों का आश्रयस्थल है। मेरा तबादला दौराला हो गया है, जिला मेरठ।"

"दौराला...वहाँ शराब की काफ़ी बड़ी डिस्टीलरी हैं।"

"हां...बिल्कुल सही फरमाया" शिवानन्द ने हामी भरी। "मैं शराब की डिस्टीलरी का ही इंस्पेक्शन करूँगा।"

"और मुफ्त में पीने को भी मिलेगी।"

हरिदत्त के हास्य पर शिवानन्द मुस्कुराया, और झट से अगली बात कह दी,"वहाँ घर भी इससे बेहतर मिलेगा, इससे काफ़ी बड़ा है ।"

"अति उत्तम। मैं आपके पास दौराला भी आऊँगा," हरिदत्त ने उत्सुकता प्रदर्शित की।

"अवश्य। घर और मदिरा दोनों का लुत्फ उठाइएगा वहाँ मेरे पास आकर।"

दस

दौराला में मिले सरकारी आवास के आकार एवं भव्यता से शिवानन्द स्वयं ही चकित हो गया। पाँच कमरों का बंगलानुमा मकान सभी प्रकार के आवश्यक फर्नीचर से सुसज्जित था। शिवानन्द, प्रियंवदा, मुरली और गणेश घूम-घूम कर पूरा घर दख रहे थे। सब कुछ अप्रत्याशित था। वे रोमांच से भरे हुए कि वे इतने अच्छे घर में रहेंगे। प्रियंवदा कुछ सोचते हुये शिवानन्द से बोली, "छोटी चाची की बड़ी तमन्ना है मेरा घर देखने की। जब मैं गणेश के होने के समय नैल गयी थी तो उन्होंने कई बार मुझसे कहा कि वह मेरा घर देखना चाहती है। मयूरा, सौमाली भी अपनी हरेक चिट्ठी में लिखती है कि छोटी चाची मेरे पास आना चाहती है।"

छोटी चाची, यानी चंदनी...। आज प्रियंवदा के कहने पर वह बहुत दिनों बाद चंदनी के विषय में फिर से सोचने लगा। "क्या तुम अपनी चाची को यहाँ बुलाना चाहती हो?" उसने प्रियंवदा से पूछा।

"अगर आप भी चाहें..." प्रियंवदा हिचकते हुये बोली।

शिवानन्द सोचने लगा कि प्रियंवदा कितनी सरल हृदया है। उसे मालूम है कि चंदनी से उसकी शादी होते-होते रुक गयी थी। फिर भी उसे उस पर कोई संदेह नहीं, कोई आशंका नहीं। "तुम्हें अपनी चाची को यहाँ बुलाने से डर नहीं लगता?" शिवानन्द ने अर्थपूर्ण तरीक़े से उससे पूछा।

"डर किस बात का?" प्रियंवदा ने भोलेपन से पूछा।

"वह मेरी पत्नी बनते-बनते रह गयी थी।"

"चाची मज़ाक़ में कुछ भी आपसे कह ले लेकिन वह अपनी मर्यादा जानती हैं। मेरे चाचा के साथ वह बहुत ख़ुश हैं।"

ओह प्रियंवदा सोचती है कि यह सारा संसार उसके हृदय की तरह स्वच्छ व निर्मल है, वह मन ही मन बुदबुदाया। "अगर तुम चाहती हो तो बुला लो अपनी चाची को। मुझे कोई एतराज नहीं। "

प्रियंवदा बोली, "चाची ऐसे ही नहीं आएँगी। उनके लिए हमें चिट्ठी लिखनी

पड़ेगी। और शायद आने–जाने के टिकट के पैसे भी भेजने पड़े। छोटु चाचा की हालत रुपयों–पैसों को लेकर ठीक नहीं रहती।"

दूसरे दिन ही शिवानन्द ने छोटु चाचा को पत्र भेजा कि प्रियंवदा की बड़ी तमन्ना है कि उसकी चाची उसके पास आए। पत्र के साथ उसने दो लोगों की यात्रा का ख़र्चा भी मनीऑर्डर कर दिया।

"चंदनी..." चंदनी का नाम शिवानन्द के मन में अनायास ही झंकृत होने लगा। वह सोचने लगा कि पता नहीं चंदनी उनके घर आती है कि नहीं। अगर आएगी तो सम्भवत: अपने पति के साथ आएगी। ख़ैर, चंदनी आ गयी, किन्तु अपने पति के साथ नहीं, प्रियंवदा का दूसरे नम्बर का भाई, भानु उसके साथ आया। चंदनी अपने बड़े बेटे को पति के पास गाँव ही छोड़ कर आयी थी। उसका एक साल का छोटा बेटा, पुन्नू उसके साथ था।

शिवानन्द ने उसकी जम कर आवभगत की। प्राय: रोज ही सिनेमा, बाज़ार घूमने का कार्यक्रम बना रहता। रोज शाम को समोसे-जलेबी हलवाई की दुकान से घर आजाते। चाय की ट्रे समोसों-जलेबी के साथ मेज पर सज जाती। तमाम शहरी मिष्ठान व नमकीन पदार्थों का सेवन चंदनी को करवाया गया। उसके और उसके पुत्र के लिए नये वस्त्र ख़रीदे गये। यह सब वह किसी आदर या स्नेह के वशीभूत होकर नहीं कर रहा था, बल्कि उसे यह अहसास करवाने के लिए कि उसे तिरस्कृत करके उसने क्या गँवाया है।

चंदनी अब सारी शर्म–हया छोड़ कर अपने मन की बात सभी के बीच खुल कर कहने लगी थी। उनके घर तथा शहरी रहन–सहन को देख कर बोली, "वदा, यह मेरा घर है। तूने मेरी जगह हथिया ली है।"

प्रियंवदा उसके वक्तयों को उपहास में लेती गयी, लेकिन उस दिन बात सिर्फ़ उपहास ही नहीं रह पायी थी...। प्रियंवदा रसोई के कामों में बहुत चटक नहीं थी। शादी से पहले अपने मायके में उसने चौके में कभी झाँका नहीं था। सेठजी के यहाँ सदस्यों के बीच कार्यो का विभाजन रहता था। खेत के कार्य प्रियंवदा के ज़िम्मे थे, जिसमें उसे आनन्द भी आता था ।

फिर आजकल घर में सदस्यों की संख्या भी अधिक थी। चौके का काम निपटाते–निपटाते उसे काफ़ी रात हो जाती थी। शिवानन्द की जल्दी सोने की आदत थी। जब तक वह उसके बगल में सोने जाती, शिवानन्द अपनी एक नींद

पूरी कर लेता।

उस दिन शिवानन्द बत्ती बुझा कर जैसे ही सोया, चंदनी कक्ष में आ गयी। अँधेरे में उसके बिस्तर के पायताने पर बैठ गयी। "आप बहुत जल्दी सो जाते हैं। अभी नौ ही बज रहे हैं। "

"हाँ।"

वह उससे प्रश्न पूछती गयी, जिसका जवाब शिवानन्द लेटे-लेटे ही देता गया। फिर जब उसके पास कुछ पूछने को नहीं रह गया तो वह अपनी तकलीफें सुनाने लगी, जिन्हें शिवानन्द कुछ पहले सुन चुका था, और कुछ उसके लिए नई थीं।

"मेरे पिताजी ने खेत, पशु और बड़ा मकान देखा। मिट्टी और गोबर में मुझे सान दिया है। न ये आपकी तरह पढ़े–लिखे हैं, और न इनमें कोई उत्साह, जोश और सरगर्मी है। हर समय निष्क्रिय से घर में पड़े रहते हैं। पुरोहिती में भी कोई ख़ास आमदनी नहीं होती।"

शिवानन्द को मालूम नहीं था कि सेठ गोवर्धन नैनवाल और उनके भाइयों के बीच ज़मीन-जायदाद का बँटवारा हो चुका है। चंदनी की बातों से उसे पता चल रहा था। वह प्रियंवदा के पिता को कोस रही थी, "आपके ससुरजी बहुत ही होशियार हैं। बड़े घरों की पुरोहिती तो उन्होंने पहले से ही हथियाई हुई है। अब सबसे अच्छा मकान, सबसे उपजाऊ खेत भी हथिया लिए हैं। गौचर में जो हमारी इमारतें हैं उन पर भी उन्होंने कब्जा कर लिया है। कहते हैं कि उन्होंने ख़ुद ही वे इमारतें बनवाई हैं। बाकी के भाई तो थोड़े तेज–तर्रार हैं, उन्होंने भी जैसे-तैसे मकान और ज़मीन के अच्छे हिस्सों में कब्जा कर लिया। मेरे पति सबसे छोटे और सबसे सीधे हैं। अपनों से लड़ना जानते ही नहीं। मकान का सबसे ख़राब हिस्सा हमारे पल्ले पड़ा है। बंजर खेत हमारे हिस्से में आये जहाँ जितनी मेहनत कर लो, कुछ ख़ास नहीं हो पाता। मैंने भी सभी से कह दिया है कि बँटवारा इस तरीक़े से सिर्फ़ भाइयों की आपसी सलाह-मशवरी से नहीं होगा। एक निष्पक्ष व्यक्ति इस बँटवारे में अपनी राय देगा।"

सहसा चंदनी शिवानन्द से याचना करने लगी, "आप हमारे घर के दामाद हैं। पढ़े-लिखे हैं। आपका दृष्टिकोण एकदम निष्पक्ष होगा। आप सभी भाइयों के बीच सही बँटवारा करायेंगे।"

"मैं?" शिवानन्द चौंक गया।

"हाँ, आप। मैं आपसे यह नहीं कहती कि हमें ज़्यादा हिस्सा दिलाइये, बस सही फ़ैसला कराइये।

प्रियंवदा चौके के कपाट बन्द करके अपने कक्ष में घुसी तो उसे किसी की

धीरे-धीरे बात करने की आवाज़ सुनाई दी। उसने तुरन्त बत्ती जला कर कक्ष को प्रकाशवान किया। चंदनी को शिवानन्द के पायताने पर बैठे देख वह उसे कुछ पलों तक घूरती गयी। फिर, कुछ संयत हुई। बैठक से एक कुरसी खींच कर लाई। “चाची, इस पर बैठिये आराम से। पति से मुखातिब हुई, थोड़े उलाहना के भाव से बोली, “बत्ती जला देते।”

चंदनी आहिस्ते से उठी। “वदा, तू थक गयी होगी। काम भी बहुत हो जाता है तेरे लिए...चल अब आराम कर,” कहती हुई कमरे से बाहर निकल गयी।

प्रियंवदा गणेश को लेने बच्चों के कमरे में गयी। मुरली और भानु वहाँ बैठे कैरमबोर्ड खेल रहे थे। वह अपने भाई से बोली, “भानु, तेरा तो स्कूल चल रहा होगा। अपना ज़्यादा हर्जा मत कर। अब जब भी आएगा छुट्टी में आना। कल, नहीं तो परसो तुझे चाची को लेकर गाँव वापस जाना है। कल अपना सामान ठीक कर लेना। चाची को भी कह दे।”

इस अप्रत्याक्षित आदेश से भानु के साथ-साथ मुरली भी चौंक गया। “जी दीदी,” भानु तो सिर्फ़ इतना ही बोला। लेकिन मुरली ने प्रियंवदा से प्रश्न किया, “यह प्रोग्राम अचानक क्यों?”

उसके प्रश्न को नज़रान्दाज कर प्रियंवदा ने कैरमबोर्ड के पास ही बैठे गणेश को उठाया और अपने कमरे में चल दी।

भानु बिना कोई ना-नुकर किए खेल छोड़कर तुरन्त उठ गया। अपने सारे कपड़े उसने पैक कर लिए। चंदनी को भी उसने कहा, “चाची, परसो सुबह हमें यहाँ से निकलना है। अपने और पुन्नू के कपड़े सब झोले में रख देना।”

अगले दिन चंदनी ने भी अपने गिने–चुने कपड़े जो वह अपने साथ लाई थी, बाँध दिए। इस दरमियान शिवानन्द एकदम ख़ामोश रहा। चंदनी को अपने घर बुलाने का कार्यक्रम प्रियंवदा का था, उसे इस तरीक़े से भगाने का भी उसी का।

दूसरे दिन तड़के सुबह शिवानन्द के बजाये मुरली उन्हें बसअड्डे तक छोड़ने गया। चंदनी का इस तरीक़े से बेइज्जत होकर उनके घर से जाना किसी को भी अच्छा नहीं लगा। न शिवानन्द को, न मुरली को और प्रियंवदा को भी नहीं...।

* * *

मुरली को शिवानन्द के आश्रय एवं मार्गदर्शन की ज़रूरत सिर्फ़ दो साल के लिए पड़ी। जहाँ उसने हाईस्कूल पास किया, शहरी जीवन को वह पूरा-पूरा समझने लगा और ख़ुद को शहरी जीवन में ढाल लिया। कई बातों में शिवानन्द को लगता

कि मुरली का ज्ञान उससे अधिक है। शहरों की कई बातें वह दोनों पति-पत्नी को बताया करता।

अपने जीवन के फैसले लेने के लिए मुरली अब पूर्णतया आत्मनिर्भर था। यह उसका ख़ुद का फ़ैसला था कि वह किसी ऐसे शासकीय पद में जायेगा, जहाँ उसे वर्दी पहननी पड़े। वह पुलिस में भर्ती हो गया। सहारनपुर ट्रेनिंग के लिए चला गया। वर्दी उसके तन पर सज गयी।

इस बीच प्रियंवदा फिर गर्भवती हुई–तीन वर्षों बाद उसने दुबारा गर्भ धारण किया था, शिवानन्द को बेहद ख़ुशी थी। सेठजी ने इस बार उसे अपने यहाँ प्रसव के लिए निमन्त्रण नहीं दिया। उनके सबसे बड़े पुत्र और तीसरे नम्बर की लड़की की शादी पक्की हो गयी थी। वे दो शादियों की तैयारी में लगे थे। प्रियंवदा के गर्भ के दिन जैसे ही आगे खिसक रहे थे, शिवानन्द सोच रहा था कि अगर कोई औरत प्रसव के समय पास में रहे तो सहूलियत होगी। अगर सत्यभामा यहाँ आ जाये? वह अभी तक पहाड़ों से उतरी नहीं। उसने कभी कोई मैदानी इलाका देखा नहीं।

उसने गाँव देवानन्द को पत्र भेजा कि प्रियंवदा का चार महीने बाद प्रसव है। वह सत्यभामा को लेकर दौराला आ जाये। साथ में उनके सफर के ख़र्चे के लिए सौ रुपये का मनीऑर्डर भी भेज दिया। एक महीने बाद सत्यभामा और देवानन्द पहुँच गये। सत्यभामा शिवानन्द के इस अप्रत्याक्षित निमन्त्रण से उत्साहित थी, और कृतज्ञ भी। उनके घर का बार–बार मुआयना किया। "बड़ा अच्छा घर है," शिवानन्द से बोली।

"सरकारी है," शिवानन्द बोलता।

"सभी को सरकारी घर थोड़ी ही मिल जाते हैं। तुमने अपने को इस क़ाबिल बनाया है," वह उसकी प्रशंसा करते हुए बोली।

रह-रह कर उसके चेहरे पर एक अर्थपूर्ण मुस्कान छा जाती, जैसे कुछ कहने को उत्कंठित हो। उसके हाव–भाव ताड़ते हुए प्रियंवदा शिवानन्द से बोली, "मुझे लगता है कि आपकी भाभी गर्भवती है। आपके भाईसाहब गये तो थे सेवल दो-तीन महीने रहने के लिए।"

"पता नहीं, तुम पूछो उनसे," शिवानन्द का हृदय उत्साह से भर गया ।

"नहीं, मैं कुछ नहीं पूछूँगी। ख़ुद ही पता चल जाएगा..." प्रियंवदा निर्लिप्त भाव से बोली और घर के कामों में लगी रही।

ख़ैर, तीन दिन बाद सत्यभामा ने सभी की जिज्ञासा को ख़ुद ही शान्त कर दिया। शाम का वक़्त था। प्रियंवदा बाड़े में सब्जी निकालने गयी हुई थी। देवानन्द,

सत्यभामा, और शिवानन्द चाय की मेज के पास ही बैठे थे।

"शहर बड़े अच्छे होते हैं। यहाँ रहना कितना आरामदायक है! कुछ काम ही नहीं। सिर्फ़ खाना पकाओ और खाओ। न खेतों में काम...न जंगल से लकड़ियाँ बटोरना, न गधेरे से पानी लाना, न ही डंगरों का कोई काम..." सत्यभामा शिवानन्द से बोली।

"आप भाईसाहब से जिद करें कि आपको अपने पास शहर में रखें," शिवानन्द बोला। "अपना हक जमाओ भाभी...।"

"जमाऊँगी।" शर्माते हुये वह शिवानन्द से बोली, "तुम्हारे भाईसाहब सेवल आए थे...।"

"हाँ मुझे मालूम है," शिवानन्द बोला।

"पूरे दो महीने रहे मेरे साथ...।"

"हाँ मुझे मालूम है।"

अपने पेट पर हाथ रखते हुये सत्यभामा बोली, "शायद पूरे तीन महीने हो गये हैं।" और अपनी धोती के अन्दर चेहरा छुपा लिया।

मनुष्य के पास अपने भावों को प्रकट करने के लिए अनेक बार शब्दों से अधिक भंगिमाओं की टेक होती है। इस ख़ुशख़बरी पर, जिसका सभी को बरसों से इन्तज़ार था, कैसी प्रतिक्रिया व्यक्त करें कोई समझ नहीं पाया। बस सभी के चेहरों पर अचरज के भाव समा गये, लेकिन हर्ष से भरे हुए। प्रियंवदा बाड़े से सब्जी काट कर रसोई की तरफ़ जा रही थी। बात उसके कान तक भी जा पहुँची थी। वह स्थिर हो गयी। "सच!" अपनी जगह खड़ी हो बोली। देवानन्द के लिए भी यह एक ख़बर थी। उसे इस विषय में कुछ नहीं मालूम था। शिवानन्द की तरह उसका मुख भी आश्चर्य से खुला था।

जब सभी इस अप्रत्याक्षित ख़बर के प्रभाव से बाहर निकले तो शिवानन्द खड़े होकर नाचने लगा। "अहा...अहा...मुबारक हो, भाभी जी।"

देवानन्द भी नाचने लगा। सत्यभामा शर्माते हुये हँसती रही।

"भाई को मालूम है इस विषय में?" नाचते हुये रुक कर सहसा शिवानन्द ने सत्यभामा से पूछा।

"तुम ही उन्हें चिट्ठी लिखोगे," सत्यभामा लजाते हुये बोली।

शिवानन्द ने तुरन्त एक अन्तर्देशीय निकाला और विश्वानन्द को पत्र लिखने लगा।

'आदरणीय भाईसाहब,

जैसा कि मैंने आपको अपने पहले पत्र में लिखा था कि तीन महीने बाद गणेश की माँ का प्रसव है और मैंने सेवल से भाभीजी और देवानन्द को यहाँ बुलाया है। वे यहाँ सकुशल पहुँच गये हैं। यहाँ आते ही भाभीजी ने हमें एक ख़ुशख़बरी सुनाई, जिसका बरसों से इन्तज़ार था। आप पिता बनने वाले है, भाई। बधाई।"

पत्र लिखते-लिखते सहसा शिवानन्द कुछ मनन करने लगा। बड़ी देर तक वह कलम को यूँ ही घुमाता रहा, फिर पत्र पर रख कर चलाने लगा–'मैं सोच रहा हूँ कि भाभी को इस अवस्था में ज़्यादा सफर नहीं करना चाहिए। अब वह यहाँ से अपने प्रसव के बाद ही गाँव लौटेंगी।'

सभी का ध्यान प्रियंवदा से हट कर सत्यभामा की तरफ़ केन्द्रित हो गया। अपनी शादी के पन्द्रह सालों बाद सत्यभामा माँ बनने जा रही थी। उसकी गर्भावस्था अधिक महत्त्वपूर्ण थी। शिवानन्द और देवानन्द अत्यधिक सचेत हो गये। प्रियंवदा अपने को भूल कर सत्यभामा का ध्यान रखने लगी। शिवानन्द दूसरे ही दिन बाज़ार गया। बादाम, काजू, किशमिश और छुआरे ख़रीद कर ले आया। प्रियंवदा और सत्यभामा के आगे बढ़ाते हुये बोला, "आप दोनों इनका सेवन करो...। आप दोनों को पौष्टिक आहार की आवश्यकता है। बस अपना-अपना ख़्याल रखिए।"

दोनों गर्भवती औरतें रोज सुबह पानी में भिगोए मेवे खाने लगीं। शाम को सैर के लिए जाने लगीं। अपनी सेहत का ख्याल रखतीं। दोनों अपने बढ़ते पेट की तुलना करतीं और प्रसूति की लालसाओं के बारे में हँसती। प्रियंवदा दूसरी बार माँ बन रही थी, सो उसका अनुभव अधिक था। वह अपनी जिठानी को बताती कि प्रसव वेदना कैसी होती है। सत्यभामा उससे अपना भय बाँटती। ये दर्द क्या हैं? मैं इतना थक क्यों जाती हूँ? प्रसव वेदना कितनी होगी? क्या मेरा बच्चा स्वस्थ होगा?

शिवानन्द उन दोनों को देख कर हँस पड़ता।

ग्यारह

मुरली जब सहारनपुर से आया तो सत्यभामा को दिखाने के लिए उसने जानबूझ कर पुलिस की वर्दी पहनी हुई थी। सत्यभामा वर्दी तने अपने भाई को देख कर अत्यधिक प्रसन्न हुई। मुस्कुराहट से उसे निहारती गयी। उसके व्यक्तित्व को परखती रही। उसकी वर्दी को स्पर्श करती गयी। "तू अब सरकारी ऑफ़िसर है। अंब हम तुझे सिर्फ़ मुरली नहीं, मुरलीधर कहेंगे," वह हँसते हुये बोली।

शिवानन्द फटाक से ताली बजाते हुए गुनगुनाने लगा : "गोकुल की गलियों में मच गया शोर। माखन खा गयो माखनचोर। मुरलीधर जी, तुम्हारी दीदी माँ बनने वाली है। तुम मामा बनने वाले हो।"

वह प्रियंवदा के फूले पेट को देखते हुये बोला, "मैं जानता हूँ, जीजाजी।"

"मैं तुम्हारी वदा दीदी की बात नहीं कर रहा, तुम्हारी अपनी बहन भामा दीदी की बात कर रहा हूँ," शिवानन्द बोला तो मुरली के चेहरे के भाव पूरे बदल गये। निहायत ही अचरज से उसने सत्यभामा को देखा। सत्यभामा की सकुचाहट ने बात पुष्ट कर दी।

"अरे वाह! माँ बहुत ख़ुश होगी," वह बोला, और तुरन्त अपनी बहन के क़रीब आकर उसे बाँहों में भर लिया। "बधाई हो दीदी।" दोनों भाई–बहन सभी से कटे आपस में सट कर बैठे दबी आवाज़ में गुफ्तगू करने लगे। सभी ने उनको यूँ आपस में बतियाते निहारा, फिर उठ कर वहाँ से चले गये, उन्हें एकान्त देने के मकसद से।

सत्यभामा, देवानन्द के आने से, और मुरली के जब-तब वहाँ धमक जाने से घर में सदस्यों की संख्या अच्छी-ख़ासी बढ़ गयी थी। उस शाम के झुटपुटे में जब प्रियंवदा का 'भैजी' आया तो घर में अजनबी लोगों को देखकर वह बाहर से ही जाने लगा। मुरली ने उसे रोका।

"भाई साहब!"

वह ठहर गया। मुरली तुरन्त घर के अन्दर प्रियंवदा और शिवानन्द को इत्तला देने गया। दोनों घर के अन्दर से बाहर निकले। उसका स्वागत किया।

"मैं चकरा रहा था कि कहीं मैं ग़लत जगह तो नहीं पहुँच गया!"

"आप बिल्कुल सही जगह पहुँचे हैं।

"भैजी..." कहते हुए प्रियंवदा अपने बड़े भाई से लिपट गयी।

शिवानन्द ने बड़े आदर-सत्कार से हरिदत्त को ड्राइंगरूम में बैठाया। सत्यभामा, देवानन्द और मुरली भी उसके इर्द-गिर्द आकर बैठ गये। "मैंने कहा था न कि मैं आपके घर दौराला भी आऊँगा," हरिदत्त शिवानन्द से बोला। "मैंने अपना कहा पूरा कर लिया है।"

"धन्यवाद। स्वागत है। मैं भी अपना वादा पूरा करता हूँ," कह कर उसने रम की बोतल निकाली। प्रियंवदा को भुने काजू व सलाद लाने को कहा।

शिवानन्द ने गिलासों में रम उंडेली–दौराला की मशहूर रम! गिलास टकराए, "चीयर्स!" हुआ, और हरिदत्त व शिवानन्द जाम का लुत्फ़ लेने लगे। उन्होंने देवानन्द और मुरली को भी आमन्त्रित किया। थोड़ी झिझक के बाद वे भी इस मण्डली में शामिल हो गये। देखते ही देखते, उनके हाथों में भी एक-एक पैग आ गया। चारों पुरुषों का एक अलग कोना बन गया–मदिरा, काजू और सलाद के साथ।

सत्यभामा ने आपत्ति जताई, "शराब को इतने खुलेआम परोसा नहीं जाना चाहिए, जैसे यह कोई रोटी-पनीर हो। इस तरह खुले में पीकर आप दूसरों को भी उकसाते हैं। घर में शराब पीने का माहौल बना रहे हैं! और मेरा भाई मुरली अभी बहुत छोटा है पीने के लिए।"

"हा..." उसकी बात हँसी में उड़ाते हुए हरिदत्त मुरली से बोला, "मुरली, तुम्हारी दीदी अभी बहुत अनभिज्ञ हैं। इन्हें बताओ कि यह तुम्हारी पहली बार नहीं है। और तुम्हारे महकमे की तो यह फेमस ड्रिंक है!"

मुरली ख़ामोश रहा।

शिवानन्द ने सत्यभामा की ओर देखते हुए कहा, "भाभी, शराब दुनिया का सबसे व्यापक और लोकप्रिय पेय है। शिकारी से लेकर सत्ता में बैठे लोग तक इसे पीते हैं। दुनिया की लगभग हर संस्कृति में इसका उत्पादन और खपत होती है। पानी और चाय के बाद शराब का ही नम्बर आता है, क्यों हरिदत्त जी?"

"बिल्कुल सही फरमाया!"

"हो-हो-हो!" हरिदत्त और शिवानन्द शराबियों की हँसी हँसने लगे।

हरिदत्त अपनी शादी का निमन्त्रण कार्ड लेकर आया था। "ये कार्ड मैंने अपने कुछ मित्रों के लिए प्रिन्ट करवाये हैं। आप भी मेरे एक अभिन्न मित्र हैं। सो आपको

अपनी शादी का निमन्त्रण देने मैं ख़ुद चला आया," कहते हुये हरिदत्त ने शिवानन्द की तरफ़ अपनी शादी का कार्ड बढ़ाया।

शिवानन्द ने धन्यवाद कहते हुए कार्ड पकड़ा। हरिदत्त ने बताया कि पहले मयूरा की शादी है। मयूरा की शादी के पन्द्रह दिन बाद उसकी है। प्रियंवदा तुरन्त बोली, "मैं गाँव जाऊँगी, मयूरा और हरि भैजी की शादी के लिए।"

"अगर तुम्हें गाँव जाना था तो हमें यहाँ क्यों बुलाया?" सत्यभामा दनकते हुये बोली।

"ऐसा है, नैनवाल जी," शिवानन्द हरिदत्त से बोला, "हमें आपकी शादी की अत्यन्त ख़ुशी है। आप इतनी दूर अपने हाथों से हमें निमन्त्रण पत्र सौंपने आये, इसके लिए हार्दिक धन्यवाद। मगर अभी हमारी परिस्थितियां ऐसी नहीं है कि मेरे या प्रियंवदा से कोई भी आपकी या मयूरा की शादी में शामिल हो सके। यहाँ मेरी भाभी भी प्रेगनेंट है और मेरी बीबी भी।"

"ओ हो। मैं समझता हूँ। बीवी और भाभी दोनों प्रेगनेंट! क्या आप दोनों भाइयों ने मिलकर कुछ प्लानिंग की?" वह नशे के सुरूर में बोला।

सत्यभामा और प्रियंवदा, दोनों गुर्राई। प्रियंवदा कुछ बोलने लगी कि शिवानन्द ने हाथ के इशारे से उसे चुप रहने के लिए कहा।

"चलता हूँ...आपके घर में तो इतने सारे लोग हैं। शायद मेरे लिए सोने के लिए जगह होगी नहीं," हरिदत्त उठते हुए बोला।

"पर्याप्त जगह है। आपका पूरा नैल गाँव भी यहाँ समा सकता है," शिवानन्द ने गर्व से कहा।

हरिदत्त कुछ पल के लिए उसकी आँखों में देखता रहा। "अच्छा...जनाब, हमारा नैल गाँव आपका सेवल नहीं है," उसने मुस्कुराते हुए कहा, और अपने झोले को कन्धे पर डालकर बाहर की ओर बढ़ गया।

शिवानन्द की मुस्कान जम गयी। हरिदत्त की बात उसे चुभ गयी थी। दरवाज़े पर पहुँचकर हरिदत्त ने एक आख़िरी बार मुड़कर देखा और कहा, "नैल शादी में आइयेगा...। इतनी दूर आपको पर्सनली इनवाईट करने आया हूँ। दारु के लिए नहीं आया था... ।"

शिवानन्द ख़ामोश रहा।

गाँव से सत्यभामा और देवानन्द को आए एक महीने से ऊपर हो गया था। सभी देवानन्द से कह रहे थे कि वह अब गाँव लौट जाए और वहाँ घर व खेत सँभाले।

मवेशियों की देखभाल करे। देवानन्द मुँह बनाते हुये गाँव जाने से साफ़ इंकार करता रहा। "मैंने वहाँ अकेले रह कर क्या करना?" वह बोला। सत्यभामा को गाँव में संजोयी अपनी गृहस्थी की फ़िक्र थी। सो वह ही देवानन्द के पीछे पड़ी रहती कि वह जल्दी से जल्द गाँव लौटे।

लेकिन देवानन्द को जब दमे ने जकड़ लिया तो किसी की हिम्मत नहीं हुई उसे गाँव जाने के लिए कहने की। न बैठा जाये, न उससे लेटा जाये। दो गर्भवती महिलाएँ उसकी देखभाल क्या करतीं, शिवानन्द ने ही ऑफ़िस से छुट्टी ली अपने भाई की तीमारदारी के लिए। प्रियंवदा से हट कर उसका ध्यान सत्यभामा की तरफ़ गया था। लेकिन अब सत्यभामा की भी उसे इतनी चिन्ता नहीं थी जितनी देवानन्द की हो गयी थी। भाई की यह हालत देख कर शिवा अत्यधिक विचलित हो गया। बहुत दिनों बाद वह उसे दमे से प्रभावित होते देख रहा था। उसे लगा उसने ठीक किया जो सत्यभामा और देवानन्द को गाँव से अपने पास बुला लिया। गाँव में सत्यभामा को कौन देखता? देवानन्द के अपने स्वास्थ्य का कोई भरोसा नहीं। और, अगर देवानन्द गाँव में इतने गम्भीर रूप से बीमार पड़ता तो सत्यभामा अपनी ऐसी हालत में उसकी देखभाल कैसी करती? अपना बिस्तर उसने देवानन्द के बगल में लगा दिया। साथ में कमरे में स्टोव, भगोना, पानी रख दिया। अगर रात में देवानन्द को गर्म पानी, भाप वग़ैरह की ज़रूरत पड़े तो रात की ठण्ड में दूर बाहर आँगन में बने रसोईघर में न जाना पड़े।

रात भर देवानन्द ढंग से सो नहीं पाता। "भाईसाहब, साँस...साँस नहीं ली जा रही," वह जब घरघराती आवाज़ में कहता तो शिवानन्द एकदम लाचार हो जाता।

उस रात उसकी हालत इतनी नाज़ुक हो गयी कि प्रियंवदा और सत्यभामा भी सोने नहीं गयीं। उसके बिस्तर के पास ही बैठे रहीं। घर के सभी तकिये उसके सिर के नीचे लगा दिए थे। आँखे उसकी निश्चेत छत पर टिकी थी। साँसें ऐसी चल रही थी कि सभी भयभीत हो रहे थे। बस सत्यभामा जो शब्द दोहरा रही थी, उससे एक धीरज मिल रहा था। "मैंने तो इसकी ऐसी हालत कितनी बार देख ली है। जब भी गर्मियाँ ख़त्म होकर बरसात शुरू होती है, इसकी साँस चढ़ जाती है। यह कोई नई बात नहीं है।"

"आप सो जाइये, भाभीजी," शिवानन्द बोला। फिर प्रियंवदा की तरफ़ देखते हुये बोला, "तुम भी सो जाओ, गणेश-की-माँ।"

दोनों औरतें सोने चली गयीं। शिवानन्द देवानन्द के पास बैठा रहा। थोड़ी-थोड़ी देर में स्टोव जलाकर पानी गर्म करता और गर्म पानी की भाप उसे सुँघाता, उसकी

श्वसन नली को खोलने के लिए।

"शिवा भाई, साँस...। साँस नहीं ली जा रही," वह बार-बार बोलता ही गया।

उसे साँस लेने के लिए तरसते देख शिवानन्द का मन बेचैन हो गया। वह ख़ुद अपनी साँस बन्द करके देवानन्द के कष्ट का अनुमान लगाने लगा। क्या देवानन्द हरेक साल इसी तरह बीमार पड़ता है, सोच कर वह उसके प्रति अत्यधिक सहानुभूति से भर गया। वायु जिस पर एक जानवर तक का अधिकार है, देवा अपने फेफड़ों में भरने के लिए तरस रहा है। क्या करे वह? कैसे देवानन्द को इस बीमारी से निजात दिलवाए? उसे विश्वानन्द का ध्यान आ गया। मुश्किल समय में अपने बड़े भाई से चिपकना उसकी बचपन की आदत थी। उसे वैसे भी उसे पत्र लिखना था। विश्वानन्द ने शिवानन्द के पत्र के जवाब में उसे पचास रुपये का मनीऑडर भेजा था। शिवानन्द को मालूम था कि जब तक सत्यभामा और देवानन्द उसके पास रहेंगे, उसका मनीऑडर उसके पास आता रहेगा, लेकिन वह ख़ुद नहीं आयेगा। उसने लैटरपेड व पैन निकाला, बिस्तर पर बैठे हुये ही विश्वा को पत्र लिखने लगा। देवानन्द की तकलीफ का विस्तृत विवरण लिखा। विश्वानन्द को पत्र लिख कर वह स्वयं को थोड़ा हल्का महसूस करने लगा।

सुबह के पाँच बज गये थे। "देवा," उसने आवाज़ दी।

"हूँ," उसने आवाज़ की।

"चाय पीनी है?"

"हूँ।"

उसने स्टोव जलाकर चाय बनाई। अपने हाथों से देवानन्द को चाय पिलाई।

दो गर्भवती औरते, एक रुग्ण भाई...। शिवानन्द को स्वयं पर ज़िम्मेदारियों का पहाड़ सा लग रहा था। ऐसे में जब मुरली प्रकट हुआ और उसने कहा कि उसकी एक महीने की छुट्टी है तो उसे एक संबल मिला। "आप अपने ऑफ़िस जाइए, जीजाजी। देवा जीजाजी को मैं देख लूँगा," मुरली के इन शब्दों से शिवानन्द को जबरदस्त ढाढ़स मिला। मुरली सब कुछ सँभाल सकता है, वह जानता था।

सत्यभामा का रसोई के कामों में अच्छा नियन्त्रण था। गर्भवती होने के बावजूद वह सभी के लिए तीनों समय पौष्टिक एवं स्वादिष्ट भोजन पका कर समय पर सबके लिए परस दिया करती थी। साथ में मुरली की अच्छी मदद थी। घर की गाड़ी सुचारू रूप से चलने लगी थी। देवानन्द भी थोड़ा ठीक होने लगा था। शिवानन्द के पत्र के जवाब में विश्वानन्द का एक्सप्रेस लेटर आया। अपनी चिन्ता और व्यग्रता व्यक्त करते हुए लिखा था कि देवा को केवल भाप देने से कुछ नहीं होगा। मेडिकल

कंपनी ने दो उपकरण निकाले हैं–इनहेलर और नेब्युलाइजर्स, जो फेफड़ों में सीधे दवाई पहुँचाते हैं और अस्थमा के नियंत्रण के लिए प्रयोग किए जाते हैं। जैसे ही देवानन्द थोड़ा ठीक हो जाए, उसे मुरली के साथ इलाहाबाद भेज दे। वहाँ वह डॉक्टर साहब से उसका इलाज करवायेगा।

विश्वानन्द का पत्र पाकर शिवानन्द को अत्यधिक राहत मिली। तुरन्त उसने देवानन्द एवं मुरली का इलाहाबाद भेजने का कार्यक्रम बना दिया। इलाहाबाद जाने के नाम पर देवानन्द से अधिक मुरली ख़ुश था। अभी तक उसने डॉक्टर साहब के घर के ठाटबाट के विषय में सिर्फ़ सुना भर था, ठाट लूटे नहीं थे। दो दिनों तक उनकी पैकिंग वग़ैरह चलती रही।

जब देवानन्द और मुरली मेरठ से ट्रेन पकड़ कर इलाहाबाद के लिए रवाना हो गये तो शिवानन्द ने एक चैन की साँस ली। घर आकर वह बड़ी देर तक अपनी आराम कुर्सी पर बैठा रहा। परिस्थितियों पर मनन करता रहा। देवानन्द और मुरली के जाने से घर में एक सूनापन छा गया था। उस दिन उसने बहुत दिनों बाद गणेश को अपनी गोदी में उठाया। उसका स्पर्श उसे दिलासा दे रहा था। कई दिनों की उद्विग्नता के पश्चात उसे प्रियंवदा की तरफ़ देखने की फुरसत मिली। वह यह देखना ही भूल चुका था कि कैसे उसका गर्भ अपना पूरा आकार ले चुका है। वह किस हद तक बेडौल हो गयी है। अब किसी भी समय बच्चा हो सकता है...।

बारह

शिवानन्द अपने मन को चाहे कितना भी सबल बना ले, यह विचार उसे निर्बल कर रहा था कि जब औरतों के प्रसव का समय आयेगा तो वह संभालेगा कैसे! उसने अभी तक ऐसी किसी भी प्रकार की स्थिति का सामना नहीं किया था। पहले बच्चे के समय प्रियंवदा चौथे महीने में ही गाँव चली गयी थी। वहाँ उसके मायके वालों ने ही तब सब कुछ सँभाला था। इस बार सारा दायित्व उस पर था।

सत्यभामा का पेट भी अब दिखने लगा था। प्रसव का समय पहले प्रियंवदा का था। जिस दिन उसे प्रसव पीड़ा शुरू हुई और प्रसव का निर्णायक चरण क़रीब आया, मुरली इलाहाबाद से लौट आया। देवानन्द इलाहाबाद ही ठहर गया था, अपने इलाज के लिए। मुरली को देख कर शिवानन्द को लगा कि पीड़ित स्थान पर राहत पहुँच गयी है। उसने चैन की साँस ली। कभी-कभी उसे लगता कि मुरली को उसकी नहीं, उसे मुरली की ज़रूरत है।

कोई भी आपदा या चुनौतीपूर्ण स्थिति में साहस और जोश से भर जाना मुरली के स्वभाव का अभिन्न अंग था। दाई को बुलाने का काम, चौके में सत्यभामा की मदद, गणेश की देखभाल-सब वह करने में लगा था। प्रियंवदा ने दूसरी बार भी एक पुत्र को जन्म दिया।

कशमकश के क्षणों के बाद सभी थोड़े सुस्ता रहे थे। शिवानन्द प्रियंवदा तथा नये जन्मे शिशु के साथ बैठ गया। 'कार्तिक...' बच्चे का नाम उसने पहले से ही सोच लिया था कि अगर लड़का होगा वह उसका नाम कार्तिक रखेगा - गणेश का भाई कार्तिक। प्रियंवदा को घी में भूने आटे का गरम हलुआ खिला कर सत्यभामा मुरली के साथ बातों में लग गयी। उसका सारा ध्यान अपने भाई की तरफ़ था जो इलाहाबाद से लौट कर आया था। मुरली उसका हाथ बँटाते हुए उसे डॉक्टर साहब के घर के ठाटबाट तथा विश्वानन्द के रहन-सहन के विषय में बता रहा था। "मैं तो वहाँ और रहना चाहता था लेकिन यहाँ प्रियंवदा दीदी की डिलीवरी की वजह से जल्दी लौट आया।"

सत्यभामा ने पूछा, "तूने अपने जीजाजी से यहाँ आने को नहीं कहा?"

"नहीं," वह बोला।

"तूने उन्हें बताया तो होगा कि तेरी दीदी का भी प्रसव होने वाला है?"

"उन्हें मालूम है।"

"उन्होंने मेरे विषय में तुझसे कुछ पूछा नहीं?"

नहीं," मुरली उसी सपाट लहजे में बोला।

सत्यभामा का मुँह लटक गया।

ख़ैर अब सभी को सत्यभामा के प्रसव का इन्तज़ार था। जो प्रियंवदा की मदद के लिए सिर्फ़ तीन माह के लिए ही उनके पास आई थी, अब उसे पाँच महीने से ऊपर हो गये थे। विश्वानन्द का सिर्फ़ मनीऑडर ही निष्ठापूर्वक आ रहा था। उसने स्वयं आकर सत्यभामा से मिलने या प्रसव के समय उसके क़रीब होने की कोई आवश्यकता नहीं समझी। शिवानन्द ने उसे लिखा भी कि अपनी पत्नी के प्रसव के वक़्त वह क़रीब रहें। उसके जवाब में उसने लिखा, 'शिवा, तुम वहाँ हो ही। मेरी क्या ज़रूरत? मैं देवा को वापस भेज रहा हूँ। वह अब पूर्णतयः स्वस्थ है। तुम्हारी सहायता के लिए वह तुम्हारे पास रहेगा। डॉक्टर साहब ने उसका पूरा चैकअप किया है। उसकी बीमारी लाइलाज है। यह उसका पैदाइशी रोग है। इस बीमारी के साथ ही उसे जीना पड़ेगा। हाँ, दमे के अटैक के समय उसके प्रकोप को कम करने के लिए डॉक्टर साहब ने उसे कुछ दवाइयाँ बता दी है...। साथ में इन्हेलर और नेब्युलाइजर भी दे दिए हैं।

* * *

मुरलीधर पिछले तीन सालों में, जबसे वह उनके साथ शहर रहने आया था, पहली बार अपने गाँव जा रहा था। वहाँ उसकी विधवा माँ अकेले रह रही थी। जाने से एक दिन पहले शिवानन्द से झिझकते हुये पूछने लगा, "जीजाज़ी, आते वक़्त माँ को कुछ दिनों के लिए अपने संग ले आऊँ? दीदी का भी बच्चा होने वाला है।"

उसके पूछने की वजह स्पष्ट थी कि उसकी माँ गाँव से आकर कहाँ टिकेगी? शिवानन्द के घर। मुरली अभी ट्रेनिंग पीरियड में था। अपने संग किसी को भी रखने की न उसे इजाजत थी और न उसकी हैसियत।

"शादी के काफ़ी सालों बाद दीदी को बच्चा हो रहा है। माँ भी अगर पास में होगी तो अच्छा रहेगा," मुरली ने थोड़ा जोर डाला।

सत्यभामा के प्रसव को लेकर शिवानन्द का मन काफ़ी उद्विग्न था। सत्यभामा

की देखभाल के लिए वास्तव में उनके घर कोई नहीं था। प्रियंवदा अपने ही दो बच्चों में उलझी रहती है। विश्वानन्द के भी उस समय आने के कोई आसार नहीं है। वह मनन करने लगा कि अगर सत्यभामा की अपनी माँ क़रीब रहेगी तो बहुत अच्छा रहेगा, उन सभी के लिए।

उसने हामी भर दी। मुरली ख़ुश होकर गाँव चला गया। पन्द्रह दिन बाद अपनी माँ को लेकर हाज़िर हो गया। शारदा देवी कृतज्ञता से भीगी हुई थी। शिवानन्द के सामने अपने हाथ जोड़ कर अति सौम्यता से बोली, "बेटा, हमारे बीच रिश्ता ऐसा है कि हमें तुम्हें अपने घर निमन्त्रण देकर बुलाना था। अपने दरवाज़े पर हमें तुम्हारा आदर–सत्कार करना था। किन्तु परिस्थितियाँ हमें तुम्हारे द्वार पर ले आई हैं। हमें तुम्हारे अधीन कर दिया है। तुमने जो कुछ मुरली के लिए किया और जो कुछ अभी सत्यभामा के लिए कर रहे हो, मैं उसके लिए सदैव तुम्हारी आभारी रहूँगी।"

"माताजी आपका यहाँ स्वागत है। अपने घर में बुजुर्गों की कमी मुझे हमेशा खली है। आपका सान्निध्य हमारे उस अहसास की कमी को पूरा करेगा। सौभाग्य से आपके आशीर्वाद के तले हमें कुछ दिन रहने का मौक़ा मिलेगा।"

सत्यभामा का भाई और माँ, यानि उसके मायके का पूरा कुनबा वहाँ मौजूद था। शिवानन्द को लगता कि सत्यभामा का परिवार भी एक तरह से उसकी ज़िम्मेदारी है। अपने बेटे को पुलिस की वर्दी पहने देख शारदा देवी का हृदय हर्ष से फूला न समाता। वह शिवानन्द से उसकी शादी की बात छेड़ने लगी थीं। दो-एक बार कह भी चुकी थीं, "जवाँई जी, मुरली के लिए लड़की देखना भी आप अपनी ज़िम्मेदारी समझिएगा। जवान हो गया है।"

शिवानन्द उनसे बोला, "माताजी, मेरी नज़र में एक लड़की है मुरली के लिए। लेकिन अभी वह लड़की थोड़ी छोटी है। मुरली भी पढ़ ही रहा है। समय आने पर मुरली की उससे बात चलाएँगे। तब तक मुरली भी अपनी ट्रेनिंग वग़ैरह पूरी करके नौकरी में अच्छी तरह व्यवस्थित हो जाएगा।"

यह बात शिवानन्द ने सभी के बीच कही। सभी उत्कंठित हो गये। "कौन है वह लड़की?" सत्यभामा और प्रियंवदा ने एक साथ प्रश्न दागा।

"अनजानी नहीं है। तुम दोनों उसे जानते हैं," शिवानन्द बोला।

"हम उसे जानते हैं!" प्रियंवदा और सत्यभामा ने अचरज से एक-दूसरे को देखा।

"कौन हैं भई वह?"

प्रियंवदा की तरफ़ देखते हुये शिवानन्द बोला, "तुम्हारी बहन अमरूनी।"

"अमरूनी..." बुदबुदाते हुये प्रियंवदा ने मुरली को गौर से, परखती हुई नज़र से ऐसे देखा जैसे वह पहली बार उसे देख रही हो। "अमरूनी बहुत छोटी है," वह मुँह बनाते हुये बोली।

"मुरली कौन सा बड़ा है? सात साल ही तो उससे बड़ा है," शिवानन्द तुरन्त बोला।

"अमरूनी बहुत गोरी है," कह कर वह झट से रसोई में चली गयी।

अपने भाई के प्रति प्रियंवदा की यह बेरुखी सत्यभामा भला कैसे पचा पाती। वह शिवानन्द से बोली, "ना बाबा ना शिवा, मुझे तुम्हारे ससुराल के लोग कभी पसन्द नहीं आए। अपने देवर का रिश्ता तो उस घर में जोड़ लिया है। अब अपने भाई का नहीं जोड़ना।"

"भाभी, कुछ बातें भगवान और नसीब पर छोड़ दीजिए।"

आख़िर वह शाम भी आ गयी जब सत्यभामा ने एक बच्ची को जन्म दिया। जन्म के बाद बच्ची को सबसे पहले शिवानन्द ने पकड़ा। पुफू के बाद उनके कुटुंब में पहली बार कोई कन्या जन्मी थी। वह विशेष भावों से भर गया। कई पलों तक वह उसे एकटक देखता रहा। विश्वानन्द को टेलीग्राम भेज दिया था। पत्र भी लिखा–'भाई, आप पिता बन गये हैं, मैं और देवा चाचा। हम सबको बहुत-बहुत बधाई। कन्या बहुत प्यारी है, अपनी माँ की तरह। मैंने उसका नाम रख दिया है–जयन्ती। घर में हम उसे जया पुकारेंगे।'

बड़ा निर्विकार-सा जवाब आया विश्वानन्द का-मुझे ख़ुशी है। आशा है जज्जा–बच्चा ठीक होंगे।

सत्यभामा हालाँकि कुछ कह नहीं रही थी मगर पति की उदासीनता से वह मन ही मन बेहद दुखी थी। उसे लग रहा था कि शायद बच्चा उसके पति को उसके क़रीब लाए। वह उदास हो गयी। इसका प्रभाव उसके चेहरे पर स्पष्ट नज़र आ रहा था। शादी के पन्द्रह वर्षों बाद माँ बनने की ख़ुशी भी उसके दुख का हरण नहीं कर सकी। शिवानन्द से उसका कष्ट नहीं देखा गया। उसने गुस्से से विश्वानन्द को पत्र लिखा 'भाईसाहब, आप वहाँ डॉक्टर साहब की तीनों लड़कियों को इतना प्यार करते हो। अपनी बेटी को तो देखो कि वह कितनी सुन्दर है...। उसे तो अपनी गोद में उठाओ।'

शिवानन्द के क्रोध भरे पत्र को पढ़ कर विश्वानन्द इलाहाबाद से आ गया, सिर्फ़ चार दिनों के लिए। नामकरण संस्कार और हवन पूजन की विधि की गयी।

सत्यभामा पति को देख कर बेहद ख़ुश थी। उसके साथ जाने की अपनी तैयारी करने लगी। प्रियंवदा से उसने एक बक्सा माँगा। अपने और बच्ची के सारे कपड़े समेट कर बक्से में भर दिए। उसने जिद पकड़ ली कि वह विश्वानन्द के साथ इलाहाबाद जाएगी और कुछ महीने वहीं रहेगी। मगर विश्वानन्द के सामने उसकी जिद चलती नहीं थी। वह लगातार इंकार करता जा रहा था। "क्या दिमाग़ ख़राब हो गया है?" सत्यभामा से कहता रहता।

सत्यभामा की इलाहाबाद जाने की ललक को देखते हुये शिवानन्द बोला, "भाईसाहब, आप भाभी को अपने संग कुछ दिनों के लिए लेजा लीजिये।"

"लेजा लीजिए, जेठजी, दीदी को अपने संग," प्रियंवदा ने हाथ जोड़ कर आग्रह किया।

"विश्वा भाई, लेजाइए न अपनी बीवी को अपने साथ इलाहाबाद," देवानन्द ने भी आग्रह किया। "हम सभी ने आपका इलाहाबाद देखा है, एक सिर्फ़ आपकी पत्नी को छोड़ कर।"

"अरे नहीं," विश्वानन्द बोला। "अभी-अभी बच्ची का जन्म हुआ है। डॉक्टर साहब के घर मैं उसे और बच्ची को कहाँ रखूँगा?"

सभी जानते थे कि यह विश्वानन्द का सिर्फ़ एक बहाना है। फिर भी प्रियंवदा अपनी तरफ़ से बोली, "अगर आपको बच्ची की वजह से परेशानी लग रही है तो बच्ची को हम यहाँ अपने पास रख लेंगे। आप सिर्फ़ दीदी को अपने संग ले जा लीजिए।"

प्रियंवदा के इस सुझाव से सत्यभामा की दृष्टि एकदम से अपनी बच्ची पर टिक गयी। शायद बच्ची को छोड़ कर जाना उसके लिए मुश्किल था। मगर पति के साथ जाने की चाह उसकी ममता को भी बेअसर कर रही थी।

शारदा देवी शिवानन्द का उदाहरण देकर कटाक्ष भरे स्वर से अपने दामाद से बोली, "अपने छाटे भाई से ही कुछ दुनियादारी सीख लो। जिस दिन से उनकी शादी हुई, हमेशा पत्नी को साथ रखते हैं।"

जवाब में विश्वानन्द ने अपनी सास से कहा, "शिवा तो पता नहीं किस-किस को अपने साथ रख लेता है। उसका अनुसरण मैं नहीं कर सकता।"

माहौल में एकाएक एक चुप्पी छा गयी। शारदा देवी खिसिया कर चुप हो गयी।

बहरहाल किसी के भी कुछ कहने का विश्वानन्द पर कोई असर नहीं पड़ा। वे अकेला ही इलाहाबाद लौट गया। सत्यभामा के क्रोध का शिकार शिवानन्द, प्रियंवदा, और देवानन्द को बनना पड़ा। वह हींकती, झींकती, बिफरती रही। हर

किसी से रुष्ट, हर बात पर क्रोधित। सभी लोग सिटपिटा कर चुप्पी साधे रहे। वे जानते थे उसका क्रोध उसके मन का असन्तोष है, जो नाजायज नहीं है। दूसरे दिन वह यकायक चिल्लाई,"बहुत हो गया, शिवा तुम्हारे घर में। मुझे गाँव वापस जाना है, अपने घर। मेरा जीवन वहाँ के पथरीले पहाड़ों की कन्दराओं में ही बीतना है। चल देवा, गाँव चलने की तैयारी कर।"

शिवानन्द एवं प्रियंवदा ने उसे रोकने की बहुत कोशिश की कि बच्ची को कम से कम दो माह का तो हो जाने दो। कम से कम मुरली को तो एक बार अपनी ट्रेनिंग से यहाँ आने दो। लेकिन उस पर किसी भी बात का कोई असर नहीं हुआ। बल्कि उसे कुछ कहना जलती आग में घी डालना हो गया। देवानन्द को भी मजबूरन अपना सामान बाँधना पड़ा।

अगली शाम शिवानन्द उन्हें मेरठ तक छोड़ने गया। वहाँ से ट्रेन द्वारा हरिद्वार। फिर अगली सुबह वहाँ से उन्हें गाँव के लिए बस पकड़नी थी। उन्हें ट्रेन में बैठा कर शिवानन्द घर लौट कर आया तो घर में प्रियंवदा, शारदा देवी तथा दो बच्चों के होने के बावजूद उसे घर एकदम वीरान लगा। जिस तरीक़े से सत्यभामा गाँव लौटी थी, वह उसे बिल्कुल भी अच्छा नहीं लगा। शारदा देवी सभी से कटी-कटी सी बैठी थी। प्रियंवदा वैसे ही लोगों में दिलचस्पी कम लिया करती थी। फिर उसके दो बच्चों ने उसे और अपने तक सीमित कर दिया था। सत्यभामा के जाने से शारदा देवी का वहाँ रहने का आधार ख़त्म हो गया था। पता नहीं मुरली उन्हें कब गाँव छोड़ने जाएगा। उनको ख़ामोश लेटा देख शिवानन्द को उनकी स्थिति पर तरस आने लगा। वह सीधे चौके में गया। चाय बना कर उनके पास ले गया। "माताजी, उठिए चाय पी लीजिए।"

"अरे जवाँई, तुमने चाय क्यों बनाई। मुझसे कहा होता।" वे एक गहरी झिझक से भर गयीं। हाथ में चाय लेकर वे काफ़ी देर स्थिर बैठी रही।

शिवानन्द जैसे-जैसे उनको देखता जाता, उसका हृदय पसीजता जाता–कैसे वे पिछले दो महीने से उनके बीच एक अभिन्न सदस्य बन कर रह रहीं थी। घर के कामकाज में हाथ बंटाती थी। हँसती-खिलखिलाती थी। अचानक सत्यभामा के जाने से स्वयं को उनके बीच ऊपरी महसूस करने लगी हैं। एकदम मूक हो गयी। उनको सहज बनाने के इरादे से शिवानन्द बोला, "आप सिर्फ़ मेरे भाई की सास ही नहीं हैं, मेरे मित्र मुरली की माँ भी हैं। कृपया इसे अपना ही घर समझें।"

तेरह

विश्वानन्द के पत्र ने शिवानन्द को सोच में डाल दिया। तीन बार वह पत्र पढ़ चुका था। एक बार फिर पढ़ने लगा।

'शिवा, चिरंजीव

डॉक्टर साहब की प्रैक्टिस इन दिनों लड़खड़ाई हुई है। शहर में काफ़ी डॉक्टर पैदा हो गये हैं। डॉक्टरों के बीच कम्पीटीशन बढ़ गया है। लिहाजा मैं फिलहाल गाँव ख़र्चा भेजने की स्थिति में नहीं हूँ। अगर तुम अपनी भाभी और देवा के लिए ख़र्चा भेज सको तो अच्छा रहेगा।

तुम्हारा भाई, विश्वा।'

शिवानन्द गहरी सोच में डूब गया। आख़िर विश्वा की ज़िन्दगी क्या है? डॉक्टर साहब की माली हालत पर उसकी अपनी आर्थिक स्थिति निर्भर है। अगर डॉक्टर की प्रैक्टिस अच्छी है, तो उसकी जेब भी गर्म रहती है; वरना, पत्नी और बच्चों को ख़र्चा भेजने की स्थिति में भी नहीं रहता। वह जैसे बन्धुआ मजदूर बनकर रह गया है।

छह साल से शिवानन्द इलाहाबाद नहीं गया था। इलाहाबाद कुंभ नगरी में तब्दील हो चुका है, और वहाँ विश्व विख्यात कुंभ मेले का भव्य आयोजन हो रहा है। वह सोचने लगा कि सपरिवार इलाहाबाद जाकर कुंभ-स्नान के साथ-साथ अपने भाई के हालात भी देखेगा।

मेरठ से इलाहबाद जाने वाली ट्रेन अनुसूची देख कर उसने कालका मेल में अपने पूरे परिवार के लिए ट्रेन टिकट बुक कराया और एक शाम सपरिवार मेरठ रेलवे स्टेशन से इलाहाबाद के लिए कालका मेल पकड़ ली। जैसे ही वे ट्रेन में चढ़े प्रियंवदा ने सहमे स्वर में अपने शब्द दोहराए, "मुझे इलाहाबाद जेठजी के पास जाते हुये अजीब-सा लगता है। भागा दीदी तो अभी तक उनके पास गयी नहीं।"

शिवानन्द को सत्यभामा का ध्यान आ गया। साथ ही उस दिन का भी जब उसने पति के साथ जाने की जिद पकड़ ली थी और पति उसे छोड़ कर अकेला ही इलाहाबाद रवाना हो गया था। काफ़ी देर तक शिवा और प्रियंवदा, दोनों उस घटना पर चर्चा करते रहे। दोनों की सहानुभूति सत्यभामा के साथ थी।

"हम डॉक्टर साहब के घर नहीं रहेंगे, किसी सराय या होटल में रहेंगे," वह बोला।

डॉक्टर साहब के आवास पर वे सिर्फ़ एक दिन गये उनसे मिलने के लिए। उनके रहन-सहन पर उनकी लड़खड़ाती प्रैक्टिस का कोई प्रभाव नहीं था। बग्गियाँ घर में वैसे ही खड़ी थीं। बल्कि अब घर में कार भी आ गयी थी। हरेक कमरे में फोन लग गये थे। नौकर–चाकर का समूह वैसा ही नज़र आ रहा था। हाँ, उनकी तीनों लड़कियाँ बड़ी हो गयी थीं–विशेषकर उनकी सबसे बड़ी लड़की, माधवी तो एकदम जवान औरत लगने लगी थी। घर की बागडोर उसने थाम ली थी। उसके व्यक्तित्व में एक गृहिणी की सम्पन्ता और प्रभुता आ गयी थी।

डॉक्टर साहब अधेड़ होने के साथ कुछ परेशान भी दिखे। आँखों की उदासी और गहरा गयी थी। किन्तु उसे पत्नी एवं बच्चों समेत देख कर उनके चेहरे पर हर्ष की लकीरें खिंच गयीं। कई पलों के लिए वे उसके छोटे से कुनबे को भावविभोर ताक़ते गये। फिर वही सरल हास्य। पूछने लगे, "शिवा तुम्हें किस-किस बात के लिए बधाई दूँ? तुम एक ऐसे शख्स हो जिसे मैं निरन्तर तरक्की करते हुए देख रहा हूँ।"

"आपकी कृपा है, डॉक्टर साहब।"

"नहीं, यह मेरी कृपा नहीं तुम्हारी ख़ुद की मेहनत व लगन है।"

शिवानन्द ने अपने हाथ जोड़ लिए।

"शिवा, मैं तुम से बहुत नाराज हूँ..." डॉक्टर साहब एकाएक बोले तो वह सहम गया।

"तुम सराय में क्यों टिके? यह तुम्हारा घर है। जब भी इलाहाबाद आते हो, तुम्हें यही रहना है," वे अपनी बात पर जोर डालते हुए बोले।

शिवानन्द ने फिर अपने हाथ जोड़ लिए। उसे डॉक्टर साहब का यह आग्रह पसन्द आया। मगर वह विश्वानन्द के पीछे पड़ गया कि वह डॉक्टर साहब के घर न रहे, ऐसी खानाबदोश ज़िन्दगी न जिएँ।

"तो फिर कहाँ रहूँ?" विश्वानन्द ने पूछा तो वह भी सोच में पड़ गया।

"अलग किराये का मकान लेकर। डॉक्टर साहब से महीने का एक वेतन निर्धारित करो। भाभी को अपने साथ रखो।"

"पीछे और आगे की कुछ नहीं कह सकता मगर अभी फिलहाल डॉक्टर साहब मुझे कोई तन्ख्वाह नहीं दे सकते," वह सपाट शब्दों में बोला। "उनका अस्पताल बन रहा है।"

शहर में डॉक्टरों की संख्या बढ़ जाने से स्पर्धा बढ़ गयी थी। डॉक्टर साहब स्वयं को उस स्पर्धा में ऊपर उठाने की कोशिश में जुटे थे। अपने अस्पताल को फैला कर ऐसा आधुनिक रूप देने में लगे थे जिसकी टक्कर का शहर में कोई अन्य अस्पताल न हो। अपने मूल स्थान बंगाल में स्थित अपनी संपत्ति बेच कर वह अस्पताल में लगा रहे थे। उनके साथ-साथ विश्वानन्द की भी व्यस्तता बढ़ गयी थी। उसने शिवानन्द को वह बनता हुआ अस्पताल दिखाया–मरीज़ों के लिए नये वार्ड, एक्सरे रूम, आपरेशन थियेटर...। शिवानन्द बहुत प्रभावित हुआ। भविष्य को देखने की उसकी आदत थी। अस्पताल को देख कर मन ही मन सोचने लगा...डॉक्टर साहब की तीनों बेटियाँ शादी करके अपने घर चली जाएँगी। विश्वानन्द अस्पताल में अपना हक जमा सकता है, आख़िर वह डॉक्टर साहब का सबसे निजी व्यक्ति है, बचपन से उनके साथ रह रहा है...। ख़ैर, वह समय आने में अभी काफ़ी समय है। डॉक्टर साहब अभी जवान ही है। अभी उन्हें बहुत जीना है।

प्रियंवदा एवं बच्चों के साथ कुंभ पर्व का तीर्थाटन कर, विश्वानन्द और डॉक्टर साहब से मिल वह वापस दौराला लौट आया। ट्रांसफर का नोटिस उसकी मेज पर पड़ा था। अगला पड़ाव गाजीपुर। वह और प्रियंवदा अपना सामान समेटने में लग गये। इसी दरमियान प्रियंवदा ने जब उसे बताया कि वह फिर गर्भवती है तो उसने इस ख़बर को बड़े सामान्य तरीक़े से लिया। पूरी गर्भावस्था के दौरान वह सहज ही बना रहा। गाजीपुर पहुँचने के सात महीनों बाद प्रियंवदा ने एक कन्या को जन्म दिया, जिसका नाम उन्होंने रियांशी रखा। निकनेम रिया पड़ा। रिया के जन्म के दो महीने बाद जब उन्होंने सुना कि गाँव में सत्यभामा ने एक पुत्र को जन्म दिया है तो वे हर्षातिरेक से झूम गये।

विश्वानन्द के दो बच्चे हो गये थे और शिवानन्द के तीन। अब जाकर लोगों को देवानन्द की शादी का ध्यान आया। ब्रह्मानन्द चाचा जी उन सबके कर्णधार थे। उन्होंने ही देवा की शादी पक्की की। शिवानन्द के पास उसकी शादी का समाचार ऐसे ही आया जैसे उसकी अपनी शादी का आया था। वह गाजीपुर से अकेला ही भाई की शादी में गाँव पहुँचा। प्रियंवदा को संग ले जाने का मतलब था–बहुत अधिक तामझाम।

विश्वानन्द भी इलाहाबाद से देवानन्द की शादी में सम्मिलित होने गाँव पहुँचा। तीनों भाई आपस में रोये, हँसे। माँ को याद किया। काश वह ज़िन्दा होती! देवानन्द की पीठ पर स्नेह की धौल जमाते हुए बोले "यह हमारा छुटका भी बीवी वाला हो गया।"

ब्रह्मानन्द चाचाजी जो-जो इन्तज़ाम दोनों भाइयों को करने के लिए कहते गये, दोनों बिना ना-नुकर के करते गये। जहाँ पैसे निकालने को कहा वहाँ पैसे निकाल दिए।

तारा...तारा देवानन्द की पत्नी बनकर उनके परिवार में सम्मिलित हो गयी। उन्हीं की तरह वह भी दुखी परिवार की थी। भाई-बहनों की कतार में सबसे बड़ी। माँ का स्वर्गवास हो गया था। छोटे-भाई बहन उसकी ज़िम्मेदारी थे लेकिन पिता को जवान हो रही बेटी का विवाह तो करना ही था। सो तारा अपने पिता के घर का दुख त्याग अपने ससुराल के दुख का हिस्सा बन गयी।

चौदह

हर दो-तीन साल में शिवानन्द का तबादला हो जाता। लखनऊ, सफीपुर, दौराला, गाजीपुर, कानपुर, उन्नाव और फ़ैज़ाबाद...कितने ही शहरों के एक्साइज डिर्पाटमेन्ट में इंस्पेक्टर का पद उसने सँभाला। शराब, दवाइयाँ, अफीम, चरस, गाँजा आदि नशीले पदार्थो की जांच उसके अधीन थी। कमाने वाले इस डिर्पाटमेन्ट में काफ़ी कमा लेते थे। लेकिन वह अपने उच्च अधिकारियों से बहुत अच्छे ताल्लुकात नहीं बना पाता था। इसका एक सीधा कारण यह था कि वह चापलूसी नहीं कर सकता था। यह वही स्वाभिमान था जो घोर अभाव में भी उसे डडवार (अनाज की दक्षिणा) हेतु यजमानों के घर जाने से रोक देता था। अधीनस्थ का स्वाभिमान कच्चे अधिकारी की आँख की किरकिरी बन जाता है। सो सबसे बेकार जगह का एक्साइज विभाग उसे मिलता, जहाँ कोरी तन्ख्वाह के साथ थोड़ा अधीनस्थ सिपाहियों का सम्मान और अधिकारियों के रवैये से मिलना वाला तनाव नत्थी रहता।

फिर भी, अगर मैं यह कहूँ की मेरे पिता ने सिर्फ़ अपनी कोरी तन्ख्वाह में अपने लम्बे-चौड़े परिवार का भरण-पोषण किया, रिश्तेदारों की मदद की तो यह पूरा सच नहीं होगा। मेरे पिता ने आबकारी विभाग में रिश्वत के विषय में भी मुझे विस्तृत रूप से बताया है।

एजेंट के जरिये रिश्वत एक हाथ से दूसरे हाथ जाती है। रिश्वत दर निरीक्षक के लिए एक सौ, अधीक्षक के लिए दो सौ रुपये, और आयुक्त के लिए पाँच सौ है। मगर यह रिश्वत की मानक दर नहीं हैं। क्षेत्र एवं राज्य के अनुसार रिश्वत की दरें अलग-अलग हैं। अधिकारियों की अलग-अलग रकम होती है अपने एक सिग्नेचर की। कायदे से एक्साइज विभाग नशीले पदार्थ उत्पादन करने वाली कम्पनियों तथा एजंसियों की जाँच करता है। अगर सब कुछ नियमानुसार व क़ानूनी है तो मुहर लग जाती। अगर प्रकरण या उत्पाद सही नहीं है तो उचित कार्यवाही करने का नियम है। मगर ऐसा नहीं होता। अगर काम और प्रकरण सही है, लीगल है तो एक सिगनेचर के दो हज़ार, और अगर इल्लीगल है तो पाँच हज़ार। प्रशासनिक विभाग का सारा

इन्फ्रास्टक्चर रिश्वत पर टिका है। पिताजी कहते हैं–देश में रिश्वत वाला रोग फ़ैल गया है। लाखों में बिकने लगे दो कौड़ी के लोग।

ख़ैर, जब एक्साइज डिपार्टमेंट ने मेरे पिता, यानि शिवानन्द गैरोला को फ़ैज़ाबाद से देहरादून ट्रांसफर में भेजा तो इस शहर ने सहज ही उसका मन मोह लिया। शिवालिक पर्वत श्रृंखलाओं से घिरी, प्राकृतिक सौन्दर्य से भरपूर दून घाटी...। इसके मोहल्ले-चक्खूवाला, धामावाला, डोभालवाला, बालावाला, डोईवाला, हर्रावाला, जोगीवाला, मोथरोवाला, लच्छीवाला, मियाँवाला, नत्थूवाला, डालनवाला...बस वाला ही वाला।

सुन्दर आबोहवा, रमणीयता और पहाड़ का स्पर्श-शिवा के मन को भा गया। वह इस शहर में मकान बना कर हमेशा के लिए यहीं बस जाने की सोचने लगा। उसे देहरादून बसने के लिए अधिक उपयुक्त जगह लगी-अपने गढ़वाल से सटा हुआ और राजधानी दिल्ली से भी बहुत दूर नहीं। उसने देहरादून में अपने लिए डालनवाला में एक बीघा ज़मीन ख़रीद ली और भवन बनाने की सोचने लगा। हाँ, फ़ैज़ाबाद में परिवार की फिर बढ़ोतरी हुई थी। प्रियंवदा ने एक और लड़की को जन्म दिया था–गौरांगी-गौरा-गौरी। कुल मिला कर परिवार में अब तक दो पुत्र व दो पुत्रियाँ हो गयी थीं।

देहरादून से तीन वर्ष का कार्यकाल बिता शिवा का तबादला हरिद्वार के एक्साइज विभाग में हो गया–प्रमोशन पर। वह हरिद्वार के एक्साइज विभाग में बाकायदा असिस्टेंट कमिशनर बन कर गया। लेकिन उसने देहरादून से अपना परिवार नहीं हिलाया। मकान की नींव पड़ चुकी थी। वहीं पास में एक किराये का घर ले लिया। यह समय दरअसल शिवानन्द के जीवन का ऐसा था कि वह नौकरी में तरक्की करता जा रहा था, और ज़मीन-जायदाद जुटाने में भी लगा था। ज़मीन-मकान ख़रीदता और बेचता। कहीं मुनाफा होता, कहीं घाटा। इधर घर में प्रियंवदा एक के बाद एक बच्चे को जन्म देती जा रही थी। बच्चों का पैदा होना अब उनके लिए एक बड़ी सामान्य बात बन गयी थी। यह बात उनकी गतिविधियों को जरा भी प्रभावित नहीं करती। प्रियंवदा प्रसवकाल के अन्तिम चरण तक काम करती, प्रसव के बाद सिर्फ़ कुछ घण्टों का आराम, फिर घर के कामों में लग जाती। एक-एक करके शिशु उनके परिवार में आते गये। जिस-जिस शहर में शिवानन्द की बदली हुई, वहाँ-वहाँ उनकी सन्तानें पैदा होती गयीं। यह बात बच्चों के मध्य रोमांच का विषय रहता था कि दौराला में कार्तिक पैदा हुआ, गाजीपुर में रिया, फ़ैज़ाबाद में गौरा।

देहरादून में जब उनका मकान बन रहा था तो प्रियंवदा फिर गर्भवती थी।

शिवानन्द अपने पूरे खानदान में पहला व्यक्ति था, जिसने शहर में मकान बनाया था। अपने बड़े बेटे के नाम पर शिवानन्द ने मकान को नाम दिया–गणेश भवन। हमारे घर के प्रवेश द्वार पर सौभाग्य-चिह्न के रूप में हमारे प्यारे हस्ती-मुख- देवता गणेश की प्रतिमा भी उकेरी गयी। हमारा मकान डालनवाला में एक लैंडमार्क बन गया था–पीपल के पेड़ के सामने पीला मकान-गणेश भवन। पीली कोठी के नाम से भी चिह्नित हो चला।

गणेश भवन जब पूरा बन कर तैयार हुआ तो गृह प्रवेश का एक बड़ा आयोजन रखा गया। कई लोगों को आमन्त्रित किया गया। विश्वानन्द इलाहाबाद से आया। सत्यभामा, देवानन्द व तारा गाँव से पहुँचे। शिवानन्द आज जिस मुकाम पर पहुँचा था, वहाँ सम्भवतः विश्वानन्द के सहारे के बगैर नहीं पहुँच सकता था। उसे लगता था कि उसकी उपलब्धि को विश्वानन्द अपनी उपलब्धि समझता है। लेकिन उसने पहली बार विश्वानन्द के चेहरे पर अपने प्रति ईर्ष्या न भी कह सको तो कुंठा के भाव पढ़े जो उसके विशाल भवन को देख कर उसके चेहरे पर छा गये थे। जैसे शिवा की तरक्की के सामने वह स्वयं को बहुत हीन अनुभव करने लगा है।

सत्यभामा पढ़ी-लिखी नहीं थी, लेकिन दुनियादारी का गुणा-भाग ख़ूब समझती थी। मकान देख कर उसमें अपना हिस्सा माँगने लगी। उसकी अपनी दलीलें थीं। "तुम्हें तुम्हारे भाई ने पढ़ाया-लिखाया, जिस कारण तुम नौकरी करने के योग्य हुए और जिस नौकरी ने तुम्हें मकान बनाने की हैसियत दी। इस मकान में हमारा पूरा हक बनता है।"

कोई कुछ भी बोलता रहे, शिवा उनमें से नहीं है कि किसी की अनुचित बात को ख़ामोश सुन ले। "भाभीजी, भाईसाहब ने जितना कुछ मेरे पढ़ने में लगाया, उसका कई गुना मैं लौटा चुका हूँ।"

सत्यभामा ने तुरन्त अपना तर्क दिया, "तुमने अपनी ज़िन्दगी दाँव पर लगा कर किसी की मदद नहीं की। तुम्हारे भाई ने अपनी ज़िन्दगी गिरवी रखी बंगाली डॉक्टर के पास तुम सबके लिए। अपनी पढ़ाई छोड़कर तुम्हारी पढ़ाई के लिए उन्होंने पैसे जुटाये। आज जब तुम कुछ अर्जित कर चुके हो तो क्यों नहीं अपने भाइयों के बीच मिल–बाँट लेते?"

"अगर ऐसा ही है तो देवा क्यों नहीं पढ़ा?" उसने सत्यभामा से तर्क किया। "क्या मेरी अपनी मेहनत का कोई फल नहीं?"

"यह कभी नहीं भूलना शिवा कि देवा ने तुम्हें अपना स्कूल का बस्ता दे

दिया था," सत्यभामा उत्तेजित स्वर में बोली। क्रोध में वह हाँफने लगी थी। उसके पतले नथुने फड़फड़ाने लगे थे। "हम सब दलदल में फँसे हैं, बाहर सिर्फ़ तुम ही निकले हो।"

"दलदल से बाहर तो निकला हूँ पर कीचड़ भी बहुत खाया है," शिवा बोला।

विश्वानन्द ने सत्यभामा के साथ अपना स्वर तो नहीं मिलाया लेकिन इतना अवश्य कहा, "शिवा, तुम्हारे पास रहने की अपनी जगह बन गयी है। हम तीनों भाइयों में सबसे अधिक सक्षम तुम ही हो। वैसे भी गाँव के मकान व खेतों की तुम्हें कोई आवश्यकता भी नहीं। तुम्हारी पत्नी गणेश के जन्म के बाद वहाँ कभी गयी नहीं। गाँव के मकान और खेतों का हिस्सा मेरे और देवा के बीच हो जायगा।"

पैतृक संपत्ति से उसे यूँ बेदखल करना शिवानन्द को अच्छा नहीं लगा। यह बात उसे मर्माहत कर गयी। पैतृक सम्पति धन से अधिक अस्तित्व का विषय होती है। बाप-दादा की धरोहर से उसे वंचित करना उसे उनके वंशज होने के प्राकृतिक अधिकार से च्युत करना है। यह अन्यायपूर्ण ही नहीं है, अपमानजनक भी है। यह उसकी मेहनत से प्राप्त उपलब्धियों का जुर्माना नहीं तो और क्या है! शिवा तिलमिला गया। लेकिन वह अपने बड़े भाई का इतना अधिक अहसानमन्द था कि उसके फैसले पर कोई आपत्ति नहीं कर सका।

रात में जब वह प्रियंवदा की बगल में सोया तो उसका मूड बड़ा ही ख़राब था। अब तक गाँव में जो कुछ है, वह सबका है। गाँव वह अपने घर जाता है। लेकिन भाईसाहब के इस ऐलान के बाद वह जब भी अपने गाँव जायेगा, वह भाईसाहब के घर या देवा के घर जायेगा। उसकी हैसियत एक मेहमान की होगी। सोचते-सोचते वह व्यथित हो गया। प्रियंवदा पर खीझा, "तुम क्यों नहीं भाभी की बातों का जवाब देती हो। वह हमेशा मुझे खरी-खोटी सुनाती है। तुम ख़ामोश रहती हो और मुझे उनके साथ लड़ना पड़ता है। मैं एक औरत के साथ बहस नहीं करना चाहता।"

प्रियंवदा कुछ सोचते हुये बोली, "आपके घर के मामले इतने उलझे हुए हैं कि मुझे कुछ समझ ही नहीं आते। सबके अपने-अपने दावे हैं। सुनने में सब सही लगते हैं।"

शिवानन्द सोचने लगा कि प्रियंवदा कितने निर्लिप्त स्वभाव की है! वह अगर अपने इस मकान से सत्यभामा को आधा हिस्सा दे भी देगा तो भी उसकी कोई प्रतिक्रिया नहीं होगी।

उसे विचारमग्न देख कर प्रियंवदा बोली, "छोड़ो भामा दीदी की बातों को।

जेठजी उन्हें अपने संग नहीं रखते इसलिए उनका मन हर समय बिगड़ा रहता है। जो कुछ वह बकती है वह दरअसल उनके मन का असन्तोष है, कसक है। यह दुनिया समझनी हमारे लिए बड़ी मुश्किल है। आपने इतना सुन्दर मकान हम सभी के लिए बनाया है। इतने सारे लोग गृह प्रवेश की रस्म पर पहुँच गये हैं, कुछ पहुँचने वाले हैं। आप उसके विषय में सोचो।"

प्रियंवदा के समझाने से उसका ध्यान गृह प्रवेश की तैयारियों के लिए चला गया।

दूसरे सुबह प्रियंवदा का बड़ा भाई, हरिदत्त सपरिवार पहुँच गया, साथ में बहन अमरूनी भी आई। शाम को प्रियंवदा की दूसरी बहन सौमाली अपने पति काशीराम डिमरी सहित पहुँच गयी। काशीराम डिमरी से वह पहली बार मिल रहा था। ससुराल की अभी तक किसी भी शादी में वह शरीक नहीं हुआ था और न ही उसने प्रियंवदा को जाने दिया था। हालाँकि अपने भाई-बहनों के विवाह में सम्मिलित होने की प्रियंवदा की बड़ी तमन्ना थी लेकिन शिवानन्द जो भी निर्णय लेता, उसे सदैव मान्य होता। जैसी स्थिति में और जिन शर्तों पर वह प्रियंवदा को अपने संग रख रहा था, वह रह रही थी, बिना कोई प्रतिवाद किए।

काशीराम से मिल कर शिवानन्द को बहुत अच्छा लगा। उससे मिलते ही उसे ऐसा लगा जैसे वह उसका सबसे क़रीबी व्यक्ति है। यह बात उसके सुनने में आ गयी थी कि शादी के वक़्त काशीराम बारहवीं पास था। हरिदत्त के मार्गदर्शन से गोरखपुर से पॉलिटेक्निक का कोर्स करने लगा था। सौमाली गाँव में रह रही थी। हरिदत्त चाहता था कि उसके भाई और बहनों के पति उसी की तरह पढ़े–लिखे हो, नौकरीपेशा हो।

मुरली जब गृह प्रवेश की रस्म के लिए पहुँचा तो सभी की नज़रें उसकी तरफ़ उठ गयीं। एक-दो पदोन्नति पाकर अब वह एक पुलिस ऑफ़िसर बन गया था। कद तो उसका पहले ही निकला हुआ था, अब स्वास्थ्य भी बन गया। आत्मविश्वास और पुलिसिया रोब से कसा व्यक्तित्व कुछ प्रभावशाली हो गया था। शिवानन्द के नवनिर्मित भवन को देख कर सबसे अधिक उत्साहित वही हुआ। "जीजाजी, आपके पड़ोस में अगर कोई प्लॉट है तो मेरे लिए ख़रीद दो। मैं आपके बगल में बसना चाहूँगा," वह उस बड़े और खुले मकान में घूमते हुए बोला।

शिवानन्द हरिदत्त के कान में यह बात पहले ही डाल चुका था कि मुरली उनकी बहन अमरूनी के लिए एक उचित वर है। इस सन्दर्भ में हरिदत्त अपने पिता से विचार-विर्मश कर चुका था। मुरली की तरफ़ से निर्णय लेने वाले सत्यभामा एवं

विश्वानन्द वहाँ मौजूद थे। सबसे बड़ी बात मुरली और अमरूनी दोनों वहाँ आये हुए थे। हरिदत्त की विश्वानन्द से मंत्रणा हुई और यह बात तय हुई कि इस मौके पर मुरली और अमरूनी की शादी की बात पक्की कर दी जाए।

सत्यभामा इसके जबरदस्त विरोध में थी। उसका कहना था कि नैनवाल परिवार से वैसे ही उसकी देवरानी उसके घर आ गयी है। अब वह और रिश्ते उस गाँव और ख़ासकर उस परिवार से नहीं बनाना चाहती। अपने चहेते भाई को तो वह हर्गिज उस परिवार से नहीं जोड़ना चाहती। मगर उसके अकेला का विरोध सभी की सहमति के बीच कमजोर पड़ रहा था। मुरली ख़ुद ही अमरूनी से शादी करने के लिए लालायित था। अमरूनी भी मुरली को पसन्द कर रही थी। शिवानन्द मुरली व अमरूनी को अक्सर एक साथ बैठे-बतियाते देखता। दोनों का एक-दूसरे के प्रति रुझान किसी से छिपा नहीं था।

सो गृह प्रवेश की रस्म के दौरान मुरली और अमरूनी के रिश्ते की बात को एक औपचारिक रूप देने पर फ़ैसला हो गया। सत्यभामा, जो अब तक इसके विरोध में बैठी थी, सहसा उठी और प्रियंवदा को अपने गले लगाते हुए कहने लगी, “तुझसे एक रिश्ता और जुड़ गया, वदा। तेरी बहन से मेरे भाई की शादी...।” दरअसल, नैनवाल परिवार जैसे बड़े, सम्पन्न और सुसंस्कृत परिवार से अपने प्राणप्रिय छोटे भाई का रिश्ता जुड़ने से वह मन ही मन गदगद हो गयी थी।

देवानन्द और तारा ने भी उनके बीच एक और रिश्ते के स्थापित होने पर उन्हें बधाई दी। देवानन्द तो हर्ष से मुरली के हाथ में ताली मारने लगा। मुरली ख़ुशी से चकित अपने भावी ससुराल वालों को ताकने में लगा था। कभी हरिदत्त को तो कभी काशीराम को तो कभी शिवानन्द को...।

काशीराम शिवानन्द से मज़ाक़ करते हुये बोला, “भाईसाहब, यह भी हमारी तरह नैनवाल परिवार से जुड़ गया, जहाँ सुन्दर चेहरों वाली लड़कियों के अलावा और कुछ नहीं है।”

शिवानन्द ने भी स्वर मिलाया, “हाँ मुरलीधर अधिक प्रसन्न होने की ज़रूरत नहीं। लड़की के अलावा ससुराल से तुझे और कुछ नहीं मिलने वाला। सेठजी किसी और के लिए सेठ होंगे। अपनी लड़कियों के लिए तो वे एक दरिद्रनारायण हैं।”

हरिदत्त खिसियाया हुआ उनकी हँसी–मज़ाक़ चुपचाप सुन रहा था। प्रियंवदा शिवानन्द को आँखें दिखा रही थी। और, सत्यभामा की तो जैसे मन की हो रही थी। ठठा लगा कर हँस पड़ी। हँसते-हँसते कटाक्ष करने से नहीं चूकी, “शादी के बाद दोहरागमन की रस्म के दौरान उन्होंने अपनी बेटी के गहने रख लिए कि हमारा घर

इस क़ाबिल नहीं। लेकिन फिर भी उन्हें अपनी लड़कियों के लिए हमारा ही परिवार नज़र आता है।"

काशीराम कोफ़्त से बोला, "छि:! कब तक पिता अपनी बेटियों को उनके अधिकारों से वंचित करते रहेंगे।"

प्रियंवदा कुछ नहीं बोली, सिर्फ़ अपनी जिठानी को ग़ुस्से से घूरने लगी। सत्यभामा सकपकाते हुए बोली, "कुछ झूठ तो नहीं कह रही, भुली।"

"पर आपको बार-बार कड़वे सच उगलने की ज़रूरत नहीं।"

"क्या करूँ, भुली? सच अक्सर कड़वे होते हैं। सच कहना छोड़ दूँ?"

बहरहाल गृह प्रवेश का आयोजन बेहद शानदार रहा। घर में हलुवाई लगे, शमियाना लगा, बाजे बजे। शिवानन्द ने जाम के घूँट के साथ अपनी कमर में ठुमका लगा गीत गाया :

पहाड़ी भुला मत बोलो जी
मैं कोठी-बंगले वाला हूँ,
मैं देहरादून, डालनवाला हूँ
कोदो, झंगोरा छोड़ो जी अब
मैं चावल बासमती वाला हूँ
धारा का पानी नहीं पीता
अब मैं बिसलरी बोतल वाला हूँ
उकाल-उद्यार क्यूँ नापूँ अब
मैं मोटर-कार वाला हूँ
डडवार का झोला फुंड फेंको जी
अब मैं रुपये-पैसे वाला हूँ
शिवा और सिब्बू नहीं हूँ
साहब कमिशनर गैरोला हूँ

सब लोग ख़ूब हँसे। उसे जमकर बधाई दी। इस अवसर पर मुरली और अमरूनी की भी बात पक्की हो गयी। ख़ुशियाँ ही ख़ुशियाँ! बधाइयाँ ही बधाइयाँ! मुरली सहसा अत्यधिक भावुक हो गया। शिवानन्द के क़रीब आया और गले लग कर रोने लगा।

"अरे मुरली!" शिवानन्द निहायत ही आश्चर्य से बोला। "यह क्या? ये अश्रु क्यों?"

"इस ज़िन्दगी की मैंने कल्पना नहीं की थी!" वह भर्राए स्वर में बोला।

मुरली को रोते देख और शिवानन्द का उसे थपथपाना देख सभी की आँखें नम हो गयी। हँसता-खिलखिलाता माहौल एकाएक संवेदनशील हो गया।

अगले रोज से बाहर से आये मेहमान एक-एक करके विदा होने लगे। जब सत्यभामा के जाने का नम्बर आया तो शिवानन्द का मन उसके प्रति सहसा द्रवित हो गया। उसका यह कथन कि अपनी उपलब्धियों को हमारे साथ बाँटो, उसके अन्तर्मन को छू गया। वह जया की तरफ़ देखता हुआ बोला, "भाभीजी, जया हमारे परिवार की सबसे बड़ी कन्या है। अगर आप चाहो तो इसे यहाँ हमारे पास छोड़ दीजिए। यहाँ शहर में पढ़ेगी–लिखेगी तो अच्छा भविष्य बन जायेगा।"

उसके इस प्रस्ताव पर सत्यभामा भी ख़ुश हुई और विश्वानन्द भी। सत्यभामा ने ख़ुशी से जया से प्रश्न किया, "रहेगी तू अपने चाचा-चाची के साथ?"

जया ने तुरन्त सहमति में गर्दन हिला दी। ज़माने से कटे एक पहाड़ी गाँव में अकेली माता व अबोध भाई के साथ असुविधाओं में रहने की तुलना में शिवा चाचा के घर, जहाँ शहर की सुख-सुविधाएँ, चमक-दमक और इतने सारे बच्चों का साथ रहना निश्चित ही बेहतर था। सत्यभामा जया को छोड़ कर अपने पुत्र दीपक के साथ गाँव लौट गयी और विश्वानन्द, इलाहाबाद।

गृह प्रवेश के दो महीने बाद प्रियंवदा ने एक पुत्र को जन्म दिया–मुझे। मैं अपने नये-नये बने मकान में पैदा हुआ। हा हा! ज़िन्दगी की कुछ बातें ऐसी होती हैं जो हसीन यादें बन कर रह जाती हैं। मेरा जन्म ऐसा ही था, मेरे परिवार के लिए। सभी मकान को बहुत शुभ मान रहे थे और मुझे भाग्यशाली। मेरे जन्म में घर में कीर्तन हुआ, हिजड़े नाचे, दावत हुई। मेरी बहनें फ़िल्मी गानों पर थिरकीं। मुझे इस बात की विशेष ख़ुशी है कि मेरा नाम मेरे बड़े भाइयों के नामों की तरह पौराणिक ग्रन्थों से नहीं लिया गया। मेरा नाम आधुनिक नाम है। दरअसल मेरे पैदा होने तक मेरे बड़े भाई-बहन इतने बड़े हो गये थे कि घर में जन्मने वाले छोटे भाई-बहनों के नामों के चयन में अपना निर्णय लागू कर सकें। मेरी बहनों-जया और रिया ने मिल कर मेरा नाम चुना–अभय, यानी निर्भीक, निडर!

प्रियंवदा अब तक पाँच बच्चों की माँ बन चुकी थी–तीन लड़के और दो लड़कियाँ। मेरे बाद वह चाहती थी कि अब इतिश्री हो जाये। पाँच बच्चे बहुत हो गये। फिर जया भी परिवार में आ गयी थी...।

मगर क्या वह फैमिली प्लानिंग कर पाई?

पन्द्रह

ससुराल की इस शादी को शिवानन्द टाल नहीं सकता था। उसे अमरूनी की नहीं मुरली की शादी में शामिल होना था। बल्कि उसकी शादी का सारा दारोमदार ही उसी पर था। सूत्रधार जो था वह इस रिश्ते का। प्रियंवदा ने फिर अपनी इच्छा ज़ाहिर की कि अमरूनी उसकी सबसे छोटी बहन है, उसकी शादी में तो उसे जाना ही चाहिए। गणेश के जन्म के बाद, यानी बारह वर्षों से वह अपने मायके नहीं गयी। उसने अपने सभी भाई-बहनों के नाम गिनाए–मयूरा, हरि भैजी, सौमाली, केदार किसी की भी शादी में वह सम्मिलित नहीं हुई। कई साल हो गये उसे अपनी माँ-बहनों से मिले। उसकी व्यग्रता से शिवानन्द का मन द्रवित नहीं हुआ। वह बोला, "तुम कैसे जा सकती हो? बच्चे बहुत छोटे हैं। कौन देखेगा उन्हें? घर में तुमने पशु भी बाँध लिए हैं। इन सबको छोड़ कर...नहीं, नहीं, तुम यहीं रहो।"

जया अपने चाचा–चाची का संवाद सुन रही थी। उसकी अवस्था हालाँकि अभी सिर्फ़ दस वर्ष की थी लेकिन एक परिपक्व अन्दाज़ में बोली, "चाचाजी, चाची को जाने दो। हम यहाँ सँभाल लेंगे।"

"नहीं," शिवानन्द ने दो टूक अपना फ़ैसला सुनाया। बच्चों के भरोसे घर नहीं छोड़ा जा सकता और बच्चों को लेकर इतनी दूर जाना सरल नहीं। "गणेश-की-माँ, अभी तुम यहीं रहो बच्चों के साथ।"

शिवानन्द के फैसले पर प्रियंवदा हमेशा की तरह विमूढ़ सी ख़ामोश हो गयी। शिवानन्द मुरली के गाँव, धारकोट के लिए निकल गया। बारात वहीं से नैल गाँव को जानी थी।

शादी से दो दिन पहले अकस्मात हरिदत्त देहरादून प्रियंवदा के पास आ गया। बहन के समक्ष प्रस्ताव रखा कि वह अमरूनी की शादी में नैल जा रहा है। वह भी संग चले। प्रियंवदा का मन ललकने लगा। लेकिन बड़ी दुविधा थी। गणेश अब तेरह वर्षीय किशोर था। वह प्रियंवदा से बोला, "माँ, अगर तुम्हारा इतना मन है तो तुम मामा जी के संग मौसी की शादी में चले जाओ। हम यहाँ देख लेंगे।"

कार्तिक, जया, और रिया ने भी स्वर मिलाया। प्रियंवदा असमंजस में कुछ सोच नहीं पा रही थी। बगैर पति की आज्ञा के, घर में बाल–बच्चों तथा पशुओं को छोड़ कर जाना उसके लिए सहज नहीं था। इधर अमरूनी की शादी में जाने की उद्‌भट इच्छा उसके मन की सभी असहजताओं पर भारी पड़ रही रही थी। फिर भैजी का साथ...ऐसा सुन्दर मौक़ा...।

कुछ सोचते हुये वह पड़ोसी नेगी दम्पती के पास गयी। उनसे उनके बड़े आत्मीय सम्बन्ध थे। उनका बेटा हरेन्द्र गणेश का बहुत अच्छा दोस्त था। नेगी दंपती ने प्रियंवदा को पूरा आश्वासन दिया कि उनकी अनुपस्थिति में वे उनके घर व बच्चों की देखभाल कर लेंगे। वह निष्फिक्र होकर जाए।

उस समय अभय (मैं) सिर्फ़ नौ महीने का था और गौरी चार साल की। प्रियंवदा अपने दो सबसे छोटे बच्चों को लेकर अपनी बहन की शादी में जाने को तैयार हो गयी। हरिदत्त ने बहन को बाज़ार ले जाकर नई साड़ी, स्वेटर व चप्पल ख़रीदवाई। जया और रिया ने मिलकर रात भर बैठ कर उसकी पैकिंग की।

और प्रियंवदा अपने दो छोटे बच्चों को लेकर निकल पड़ी अपने भाई के साथ अपने मायके नैल, अपनी बहन की शादी में शरीक होने के लिए। शादी में उसकी अन्य शादीशुदा बहनें भी अपने ससुराल से आयी हुई थीं। दो छोटे भाई जो शहरों में नौकरी करने लगे थे वे भी आए हुए थे। दोनों माँओं की तरफ़ से भी कई रिश्तेदार वहाँ मौजूद थे।

प्रियंवदा अपनी माँ और तीन बहनों से बारह वर्षों बाद मिल रही थी। विशेष उद्‌गारों से भरी थी। अपने दो छोटे बच्चों को थामे पूरे गाँव का चक्कर लगाती। लोगों के आँगन पर रुकती। गाँव के लोग उसके बच्चों को प्यार से दुलारते। उससे मिलकर अपना आश्चर्य प्रकट करते, उलाहना देते : "वदा, शादी के बाद तो तू शहर की ही हो गयी। गाँव भूल गयी।" प्रियंवदा बहुत ही ख़ुश थी अपने मैत आकर जहाँ उसका बचपन बीता था। वह खेतों में जाती, जल धाराओं में पानी पीती, पहाड़ों को निहारती। घर में शादी की हलचल अलग थी। यह परिवार की सबसे छोटी लड़की की शादी थी। सभी विशेष उत्साह से भरे थे। घर को सजाया जा रहा था। अड़से, रोट, भट का फाणा, भंगजीरे और तिल की चटनी, मंडुवे की रोटी...तमाम पहाड़ी पक्वान पक रहे थे।

अपने निर्धारित कार्यक्रमानुसार एक शाम बारात धारकोट गाँव से नैल गाँव पहुँच गयी। मुरली दूल्हा, शिवानन्द दूल्हे का बेस्टमैन। शिवानन्द ने शादी में जब प्रियंवदा को देखा तो चौंक गया। पत्नी को देखकर ख़ुश होना तो दूर, क्रोध से

आगबबूला हो गया। दुस्साहस! प्रियंवदा उसे देखकर मुस्कुराई मगर वह नहीं मुस्कुराया। सभी के सम्मुख़ शादी के माहौल में प्रियंवदा पर कस कर चिल्लाया, "गणेश-की-माँ! तुम बच्चों को घर में अकेले छोड़ कर यहाँ? हिम्मत कैसे हुई तुम्हारी?"

प्रियंवदा सकपका गयी। एकदम भीगी बिल्ली बन गयी।

सेठजी अपनी लड़की का बचाव करते हुए बोले, "क्या बच्चों की ज़िम्मेदारी सिर्फ़ वदा की है। तुम्हारी नहीं।"

प्रियंवदा की बहनें भी भुनभुनाईं, "हद हो गयी...वदा दीदी यहाँ बारह साल बाद आई हैं, वह भी जीजाजी से सहन नहीं हो रहा। शहर में कैद कर दिया उन्हें।"

"जवाँई जी मेरी बेटी यहाँ बारह वर्ष के वनवास बाद आई है," प्रियंवदा की माँ बोली।

हरिदत्त ने आगे बढ़ कर शिवानन्द को ललकारते हुये कहा, "मैं लाया हूँ वदा को यहाँ। मुझसे बात करो। वदा को धमकाने की ज़रूरत नहीं।"

"हरिदत्त जी आपने बहुत ग़लत किया ऐसा करके। यह आपने ठीक नहीं किया," शिवानन्द बोला।

"तुम भी तो अपनी भाभी के भाई की शादी में आए हो। वदा क्या अपनी बहन की शादी में यहाँ नहीं आ सकती," हरिदत्त ने सवाल दागा।

"मुरली की शादी में आना मेरी ज़िम्मेदारी थी।"

"क्या ज़िम्मेदारी उठाई आपने, हैं?" प्रियंवदा का दूसरे नम्बर का भाई केदारदत्त हाथ नचाते हुए बोला। फिर वरडाली में आईं सस्ती चीज़ों को उठाते हुए कहने लगा, "न ढंग की वरडाली है और न कोई बैंड-बाजा। हमारी हैसियत का भी ख्याल नहीं रखा। और अब यहाँ पर खड़े होकर तमाशा कर रहे हो।"

शिवानन्द बेहद अपमानित महसूस करने लगा। ससुराल वाले उसे बिल्कुल अजनबी-अपरिचित लोग लगने लगे। वह अपने साले से बोला, "केदारदत्त जी, आप मुझे पराया समझ रहे हैं। भूल रहे हैं कि मैं आपकी बहन का पति हूँ।"

"दामाद हो तो हमारी ताक़त बनो, समस्या नहीं," केदारदत्त बोला।

ग़ुस्से से वह घर के बाहर निकल गया और पगडंडी में पठाल की छोटी दीवार पर बैठ गया। रात भर वह वहीं बैठा रहा। उसने वहाँ का अन्नजल ग्रहण नहीं किया। बल्कि अपनी घड़ी में समय देखता रहा कि जैसे पौ फटेगी, वह गौचर से देहरादून के लिए पहली बस पकड़ लेगा।

शिवानन्द की यह हालत और तेवर देख प्रियंवदा चिन्तित हो गयी। उसे मनाते रही कि वह कुछ खाले। धारकोट से नैल की लम्बी यात्रा करके आया है। अपनी बहनों से सिहरते हुए बोली, "घर में बच्चों की फ़ौज है। अगर इन्हें कुछ हो जाएगा तो उन्हें कौन पालेगा?" प्रियंवदा को अपने पति के प्रति चिन्तित देख उसकी बहनें भी अपना रोष छोड़ शिवानन्द को मनाने लगीं। "जीजाजी, कुछ खा लीजिये," उन्होंने भी आग्रह किया। उसके सामने ढेरों पकवान परस दिये गये। चाय, दूध, शरबत– सब बारी-बारी से पेश किये गये। शिवानन्द ने किसी पर हाथ तक नहीं लगाया। रूठा ही बैठा रहा। विश्वानन्द, मुरली तथा अन्य जन तटस्थ रहें।

सेठजी ने शिवानन्द को देख कर तंज कसा, "नौ ग्रह अन्तरिक्ष में होते हैं। दसवाँ ग्रह पृथ्वी पर होता है–दामाद, जो चाहता है कि ससुराल वाले उसकी परिक्रमा करते रहें।" अकस्मात वे शिवानन्द के एकदम क़रीब आये, तीखे स्वर में बोले, "तू अपने तेवर इसलिए ही दिखा रहा है कि हमारी लड़की तेरे पास है। भगवान ने तुझे भी बेटियाँ दी हैं। समय बहुत जल्दी बीत जाता है। वह दिन दूर नहीं जब तू मेरी जगह खड़ा होगा और कोई तुझे बेइज्जत कर रहा होगा।"

"पिताजी!" प्रियंवदा अपने पिता पर चिल्लाई। "सब्र से काम लीजिए। वैसे ही ये भूखे-प्यासे हैं।"

शिवानन्द ने एक पल प्रियंवदा की तरफ़ देखा और फिर अपने सम्मुख परसे पकवानों को। सहसा वह एक थाली से एक पूरी उठाकर खाने लगा। सभी ने राहत महसूस की। मगर उसने पत्नी का दिल रखने के लिए केवल अपना मुँह जूठा किया।

थोड़ी देर में, जब रात थोड़ी छँट गयी, पठाल से उठते हुए प्रियंवदा से बोला, "गणेश-की-माँ, मैं देहरादून बच्चों के पास जा रहा हूँ। तुम अपनी बहन की शादी समारोह का आनन्द लो। अपने परिजनों से मिलो-जुलो।"

फिर विश्वानन्द और मुरली के पास गया और बोला, "मुझे माफ़ करना। अबोध बच्चे घर में अकेले हैं। मुझे उनके पास जाना है।"

सोलह

आज पिताजी के साथ लम्बी बातचीत हुई, जिसमें उनके जीवन के कुछ अनसुने अनुभवों से मेरा परिचय हुआ। उनकी बातें कभी-कभी इतनी पुरानी और विलक्षण लगती हैं, मानो वे किसी पाषाण युग की कहानियाँ सुना रहे हों। कुछ प्रसंगों में तो ऐसा महसूस हुआ जैसे उन्होंने आखेट युग को भी जिया हो! लेकिन फिर अचानक वे आधुनिक युग से जुड़ी ऐसी बातें कह जाते कि उनकी दृष्टि के विस्तार पर हैरानी होती।

"माइग्रेशन हर काल में और हर स्तर पर होता आया है," वे बोले। "ऐतिहासिक साक्ष्य बताते हैं कि मध्यकालीन काल की सामाजिक-राजनीतिक अशान्ति, धार्मिक उत्पीड़न और जबरन धर्मांतरण से बचने के लिए कई हिन्दू समुदाय गढ़वाल के हिमालय सहित दूरस्थ क्षेत्रों में बस गये। हालाँकि, इसका पैमाना और कारण समय और क्षेत्र के अनुसार भिन्न रहे। गढ़वाल और कुमाऊँ के बीच भी लोगों का आपसी प्रवासन होता रहा—कुछ कुमाऊँ से गढ़वाल आये, तो कुछ गढ़वाल से कुमाऊँ चले गये। विशेष रूप से बिष्ट, पंवार, पन्त, तिवारी, जोशी, पाण्डे, भट्ट, सती और मिश्रा जैसी जातियों का आना-जाना होता रहा। गढ़वाल के भीतर भी लोग एक गाँव से दूसरे गाँव पलायन करते रहे। हम गैरोला मूलत: गैरोली गाँव के थे। यह पता नहीं कि किस पीढ़ी में हमारे पूर्वज वहाँ से निकलकर सेवल में आकर बस गये।"

पिताजी की बातों ने जैसे मेरे भीतर कोई जड़ पकड़ ली। मैंने पीठ पर पिठ्ठू लादा और गढ़वाल के चमोली जिले की ओर निकल पड़ा। पहाड़ों के अन्दरूनी इलाकों में घूमते हुए रतुरा, सैल, नौती, सिमली, जैकंदी, डिम्मर, गैरोली, पीपलकोटी, गोपेश्वर, जोशीमठ जैसे गाँवों को देखा। ख़ुशबूदार पेड़ों से छनती ठण्डी हवा, छोटे-छोटे चौपालों से उठती ताजगी, और पहाड़ों की गोद में बसी उस दुनिया में जैसे समय ठहर गया था। वहाँ गाँवों की मासूमियत और सादगी हर कोने में बिखरी पड़ी थी।

इस यात्रा के दौरान एक अहसास यह भी हुआ—जीवन के विकास और

परिवर्तन की गति हर जगह समान नहीं होती। एक ही समय में दुनिया अलग-अलग सदियों को जी रही होती है। पश्चिमी देश जहाँ तकनीकी प्रगति के शिखर पर हैं, वहीं भारत अभी भी गाँवों से नगरीय सभ्यता की ओर बढ़ने की प्रक्रिया में है। मेरे पिताजी ने अपने पहाड़ों को छोड़कर सीधे आधुनिक युग में क़दम रखा–वह भी ऐसे क्षेत्र से जहाँ विकास और सुविधाओं का घोर अभाव था। मानो उन्होंने आदिम युग से छलांग लगाकर आधुनिकता में प्रवेश किया हो।

जाति व्यवस्था पर चर्चा करते हुए पिताजी गम्भीर हो गये। "पहाड़ों की एक समस्या यह है कि वहाँ के निर्धन ऊँची जाति में आते हैं। उन्हें कोई आरक्षण नहीं मिलता। वे न तो अनुसूचित जाति (एससी) में आते हैं, न ही अनुसूचित जनजाति (एसटी) में। क्या फायदा ऊँची जाति का तमगा लेकर घूमने का, जब पेट भरने के भी लाले पड़े हों? सच कहूँ, तो पहाड़ों के इन लोगों को एसटी–शेड्यूल ट्राइब की श्रेणी में शामिल किया जाना चाहिए।"

मैं हँस पड़ा, लेकिन भीतर कहीं उनकी बातों की गहराई भी महसूस की।

अगर मैं अपने पिता के जीवन की संचित स्मृतियों के सभी अध्याय खोलने लगूँ, तो शायद एक महाकाव्य भी कम पड़े। यह कथा इतनी लम्बी हो जाएगी कि पाठकों का धैर्य डगमगाने लगेगा। इसलिए थोड़ा फास्ट-फॉरवर्ड करता हूँ–सीधा पच्चीस साल आगे, जब मेरी एक बहन का जन्म हुआ और मेरी सबसे बड़ी बहन के बेटे का भी। संयोग से दोनों एक ही दिन, एक ही शहर में पैदा हुए।

इस समय तक पिताजी ने अपने पंख पूरी तरह फैला लिये थे। परिवार ने एक निश्चित आकार ले लिया था। आठ सन्तानों–तीन बेटे और पाँच बेटियाँ–का भरा-पूरा परिवार बन चुका था। उस दौर में परिवार नियोजन कोई सोचता नहीं था, और मेरे पिता ने भी नहीं सोचा। हालाँकि मेरे जन्म तक देश में परिवार नियोजन की बात पूरे गर्मजोशी से उठ चुकी थी 'हम दो हमारे दो' जैसे नारे गूँजने लगे थे, मगर मेरे पिता ने इन्हें सुना-अनसुना कर दिया। नतीजा यह कि मेरे बाद भी तीन बहनें और पैदा हुईं। हाँ, मेरी वह सबसे छोटी बहन भी बच गयी। जाको राखो साईंयाँ मार सके न कोई। उसका नाम पड़ा–इति, इतिश्री! यानी 'द एंड'! माँ चाहती थीं कि मेरा जन्म ही 'द एंड' हो, लेकिन सन्तानोत्पत्ति का भार उन पर लादा गया।

पिताजी से जेनेटिक्स और विरासत के बारे में भी चर्चा होती। वे कहते, "माँ सन्तान को जन्म देती है, लेकिन सन्तान का लिंग पिता निर्धारित करता है। वाई क्रोमोसोम पिता से बेटों में जाता है, और बेटों के माध्यम से पीढ़ी दर पीढ़ी आगे बढ़ता है, जिससे बेटे अपने कुलनाम चलाते हैं।"

लेकिन हमारे तीनों भाइयों में किसी पर भी यह उक्ति–'अपने बाप का बेटा

है'–पूरी तरह लागू नहीं होती। पिताजी को चाहने वाले नाक-भौं सिकोड़ते–"बेटे पिता जैसे तेज-तर्रार नहीं हैं। सीधे-सादे हैं।"

जो पिताजी से ईर्ष्या रखते, वे कपटपूर्ण संतोष प्रकट करते–"अच्छा हुआ, बेटे उन पर नहीं गये। माँ पर गये हैं। बड़े शालीन हैं!"

हमारा घर धीरे-धीरे 'लड़कियों का घर' कहलाने लगा। पाँच सगी बहनें, और उनके साथ ताऊजी की बेटी जया दीदी। हमारे समाज में यह धारणा भी अजीब है–जब कहा जाता है 'लड़कों का घर', तो मतलब होता है निठल्लों का घर, जहाँ कोई कायदा या अनुशासन नहीं। लेकिन 'लड़कियों का घर' कहने का मतलब है संवेदनशीलता से भरा वातावरण।

मेरे दो बड़े भाई, गणेश और कार्तिक, जनाने खाने से दूर रहते। वे लड़कियों के बीच बैठना अपनी शान के ख़िलाफ़ समझते। गणेश कोर्स की किताबों में डूबे रहते, तो कार्तिक जासूसी उपन्यासों में। मैं, यानी अभय, हमेशा बहनों के इर्द-गिर्द मंडराता।

हमारे घर में पढ़ाई-लिखाई विरासत में मिली है। साहित्य हमारे दिलों में धड़कता है। पिताजी एक पेटू पाठक हैं–किताबों की भूख हमेशा बनी रहती। व्यस्त नौकरी और बच्चों की धमाचौकड़ी के बीच भी वे अख़बार और साहित्य में डूबने का समय निकाल लेते। पूजा-पाठ में विशेष रुचि नहीं है। कहते–"भगवान जंगलों-पहाड़ों में छुपा नहीं बैठा, वह हमारे मन में है। अपने अन्दर झाँक कर उसे पहचानो।" धर्मग्रंथों के अध्ययन के बावजूद वे अंधविश्वास से दूर हैं। शिव-पार्वती विवाह, राम-वनवास, कृष्ण जन्म और भीष्म प्रतिज्ञा जैसी पौराणिक कथाएँ, मानव सभ्यता और स्वतन्त्रता संग्राम की अनगिनत कहानियाँ मैंने सबसे पहले पिताजी से ही सुनीं। वे हमारे ज्ञान का सहज स्रोत रहें।

राजनीतिक चेतना भी उनमें प्रबल है। अपने समकालीनों की तरह वे कांग्रेसी और गांधीवादी हैं। "जब महात्मा गांधी की हत्या हुई, मैंने दो दिनों तक खाना नहीं खाया," वे बताते। उन्हें लगा, देश अनाथ हो गया।

अपने जीवन के बीते-अनबीते कई वृत्तान्त पिताजी से सुनने को मिलते। रिश्तेदारों एवं यार-दोस्तों की बातें, गाँव की बातें, दफ्तर की बातें, देश और सरकार की बातें...हमारे आस-पास तैरती रहतीं। मैं उनके सम्मुख बैठ कर उनके संस्मरणों को सुना करता, जो मुझे पौराणिक कथाओं से अधिक रोचक लगते। तीन साल की अवस्था से, यानी मैंने जबसे होश सम्भाला मैं अपने पिता के घर-परिवार के बनते-बदलते स्वरूप का और उनकी रोजाना की ज़िन्दगी से जुड़ी घटनाओं का चश्मदीद गवाह हूँ।

फिलहाल जो रिश्ता हमारे जीवन में सबसे अधिक प्रभाव डालता है, वह है अमरूनी मौसी का परिवार। अमरूनी मौसी हमारे पड़ोस में रहती हैं। उनके तीनों लड़के मनोज, मयंक तथा मुकुल, मुझसे छोटे हैं। उनके पति मुरलीधर को हम मामाजी कहते है। वे ताईजी के भाई जो हैं।

पिताजी की पुफू भी अब देहरादून में रहती है, अपने लड़कों के पास। उनके तीनों लड़कों के अपने संघर्ष रहें मगर अब तीनों ऊँचे औहोदों पर आसीन हैं। अपितु, उनका रहन-सहन का स्तर हमसे काफ़ी ऊँचा उठ गया है, शायद इसलिए वे हमें कोई घास नहीं डालते। लेकिन पिताजी नियमित रूप से अपनी पुफू से मिलने जाते हैं, कभी होरलिक्स का डिब्बा लेकर, कभी च्यवनप्राश का तो कभी कोई फल-मिठाई लेकर। अमीर बेटों के घर उपेक्षित सी ज़िन्दगी जी रही पुफू को अपने भतीजे का आना बहुत भाता है। भतीजे से जो पुफू की छुईंबात (गप्पबाज़ी) हो सकती है, वैसा उनके अपने बेटों से मुमकिन नहीं। भतीजा पुफू का सारा इतिहास जानता है, पूरा परिवेश जानता है। पिताजी के लिए भी पुफू विशिष्ट है। वे कहते हैं कि पुफू उनके माता-पिता की पीढ़ी की एकमात्र जीवित सदस्य है। पुफू की हिफाजत करना उन सभी का धर्म है।

गाँव से जब ताईजी और चाचा-चाची आते, तो लगता गाँव ही हमारे घर आ गया है–गाँव का अनाज, वहाँ की बातें, वहाँ की महक! इलाहाबाद से ताऊजी आते, तो वे पूरे बंगाली मुशाये लगते। पान से रँगे होंठ और सफ़ेद कुर्ता-पाजामा पहनकर। वहीं, गाँव से आए चाचाजी हमेशा खादी के कुर्ते और पुरानी टोपी में रहते।

मामा लोग भी आते हैं–आधुनिक लिबास पैंट-कमीज में। वे हमारे साथ यार-दोस्तों की तरह घुल-मिलकर बात करते हैं, जिससे वे हमें अपने जैसे ही लगते हैं। हमारे आचार-विचार भी उनसे अधिक मेल खाते हैं। लेकिन चाचाजी और ताऊजी का रिश्ता हमें कहीं अधिक गम्भीर और वज़नदार महसूस होता है, उनके प्रति हमारी संवेदनशीलता भी गहरी है।

यह भी बताना चाहूँगा कि पिताजी की तरह उनके भाइयों के अधिक बच्चे नहीं हुए। ताऊजी के दो बच्चे हुए, और चाचाजी की केवल एक बिटिया हुई। लेकिन हमारे यहाँ परिवार 'बढ़ते रहो, फलते-फूलते रहो' के सिद्धान्त पर चला।

जब मेरी सबसे छोटी बहन पैदा हुई, तब तक गणेश भैया आर्मी ज्वाइन कर चुके थे, और रिया दीदी शादी करके ससुराल जा चुकी थीं। उसी दिन, जब दीदी का पहला बच्चा हुआ, मेरी माँ की अन्तिम सन्तान जन्मी।

सो यह है हमारा फलता-फूलता परिवार...हमारा संसार...1965 में!

सत्रह

जया तब शहर की पहजान कहे जाने वाले कन्या पाठशाला–एमकेपी में दसवीं की पढ़ाई कर रही थी और सूरज हर प्रकार से शहर के जाने-माने डीएवी पीजी कॉलेज से एम.एससी. कर रहा था। सूरज गणेश भैया का सीनियर था। हम सुन चुके थे कि लड़का बड़ा मेधावी है; खाते-पीते घर का है। परिवार अभी गाँव में ही रहता है। जया भी मूलत: गाँव से ही थी। सो जब वह रिश्ता जया के लिए आया तो पिताजी को जया और लड़के के परिवेश में विशेष अन्तर नही लगा।

रिश्ता पक्का करने से पहले जया और सूरज की परस्पर भेंट नहीं हुई, सिर्फ़ फ़ोटो का आदान-प्रदान हुआ। जया को इतना ही बताया गया कि नरेन्द्र नगर गढ़वाल के चन्दोला परिवार के लड़के से उनकी सगाई की जा रही है। लड़का डीएवी कॉलेज, देहरादून से फिजिक्स में एम.एससी. कर रहा है, जिसे जया ने ख़ामोशी से सुना, बिना किसी प्रतिवाद के। सगाई के लिए ताऊजी भी इलाहाबाद से बाप की भूमिका निभाने के लिए देहरादून पहुँच गये। आयोजन की सभी तैयारी हो गयी थी। मगर सगाई से एक दिन पूर्व गणेश भाई क़ॉलेज से पिताजी के नाम एक पत्र लेकर आए। "सूरज ने दिया है," पिताजी को पत्र पकड़ाते हुए जब उन्होंने यह कहा तो हम सब अचरज में पड़ गये–सूरज ने पत्र क्यों भेजा? क्या लिखा है? पिताजी ने पत्र की तह खोली। पढ़ना शुरू किया। पत्र का मजमून था–

माननीय गैरोला जी,

आपकी भतीजी से मेरी सगाई होने जा रही है। मगर मैं अभी पढ़ ही रहा हूँ–एक विद्यार्थी हूँ। देहरादून में एक छोटे से कमरे में दो लड़कों के साथ रहता हूँ। मेरे घर वाले गाँव में रहते हैं। मैं अभी इस स्थिति में बिल्कुल नहीं हूँ कि शादी करूँ और वैवाहिक जीवन का दायित्व निभा सकूँ। आपकी शहर में पलने-पढ़ने वाली भतीजी शादी के बाद कहाँ रहेगी? क्या वह गाँव में मेरे माता-पिता के साथ रह सकेगी? मेरे घर वाले तो अशिक्षित, ग्रामीण लोग हैं। वे यह सब नहीं समझ रहे। मगर आप शिक्षित, शहर में रहने वाले एक विवेकशील व्यक्ति हैं। मैं आपसे यह अपेक्षा करता

हूँ कि आप परिस्थितियों पर गौर करेंगे और इस सगाई को रोक देंगे। आपकी भतीजी भी अभी इतनी बड़ी नहीं हैं। अच्छा होगा कि वह अपनी पढ़ाई जारी रखे।

सादर,

सूरज चन्द्र चंदोला

पिताजी ने चुपचाप पत्र पढ़कर ताऊजी के हवाले कर दिया। ताऊजी ने भी वह पत्र पढ़ा। एक-एक करके हम सभी ने वह पत्र पढ़ा। जया ने तो कई बार पढ़ा, और फिर पत्र सँभाल कर अपने पास रख लिया।

ताऊजी और पिताजी ने फ़ैसला लिया कि अब यह सगाई नहीं हो सकती। उन्होंने तुरन्त गणेश भाई को लड़के वालों को टेलीग्राम करने के लिए पोस्टआफ़िस भेजा कि यह सगाई का आयोजन रद्द होता है। वे परसों उनके घर देहरादन सगाई के लिए ना आए।

मगर टेलीग्राम के बावजूद सगाई के निर्धारित दिन, शाम चार बजे लड़के के परिवार के सात लोग मिठाई व फलों की कंडियाँ लेकर हमारे घर धमक गये। पिताजी, ताऊजी, हम सब असमंजस में। पिताजी ने उनसे पूछा–"क्या आपको हमारा टेलीग्राम नहीं मिला?"

"नहीं!" वे झूठ बोल गये। पिताजी ने उन्हें उनके लड़के का लिखा पत्र दिखाया। लड़का साफ़ मना कर रहा है। वे ऐसी जगह अपनी भतीजी की सगाई कैसे कर सकते हैं। लड़के वाले मानने को तैयार ही नहीं। कहने लगे कि यह पत्र तो उनके लड़के का लिखा ही नहीं है। पिताजी व ताऊजी बोले जो कुछ भी हो, ऐसा पत्र देखकर वह यह सगाई नहीं कर सकते।

शाम से रात हो गयी। लड़के वाले पिताजी और ताऊजी को सगाई के लिए मनाते रहे। फलों तथा मिठाई की कंडियाँ तो हम सभी के सामने थीं। वे थैले से सोने का सैट व साड़ियाँ निकाल कर दिखाने लगे जो वे जया के लिए उपहारस्वरूप लेकर आए थे। कहने लगे कि अगर वे बिना सगाई किए लोटेंगे तो गाँव में उनकी बहुत बदनामी होगी। हम लोग लड़के की बात पर न जायें। वे जया दी की पूरी ज़िम्मेदारी लेते हैं। अगर वह गाँव नहीं रह सकती तो शहर में रहते हुए अपनी पढ़ाई जारी रख सकती है। किसी भी तरह का समझौता वे करने को तैयार थे। मगर पिताजी व ताऊजी टस से मस नहीं हे। उन्होंने अतिथियों का मान-सम्मान, आवभगत की। उन्हें खाना खिलाया। मगर सगाई के लिए स्पष्ट इंकार कर दिया। हम तीनों भाई ही मेहमानों को खाना वग़ैरह परस रहे थे। उनके स्नान वग़ैरह का

इन्तज़ाम कर रहे थे।

घर की लड़कियों को उनके सम्मुख आने की सख्त मनाही थी। मगर मैं देख रहा था कि मेरी बहनें खिड़कियों की झिर्रियों से झाँक रही थीं। बाहर आँगन में पुरुषों की बातचीत को कान लगा कर सुनने की चेष्टा कर रही थी। जैसे ही मैं घर के अन्दर घुसा, मुझे घेर कर पूरा ब्योरा जानने के लिए ललक गयीं।

रात बारह बजे तक वे पिताजी को मनाते रहे मगर पिताजी नहीं माने। गर्मियों के दिन थे। भोजन के उपरान्त उनके लिए बाहर आँगन में बिस्तर लगा दिया गया। आख़िर में पिताजी ने उनसे दो टूक कहा, "चंदोला जी, रात बहुत हो चुकी है। सो जाइए और सुबह की बस से अपने गाँव लौट जाइए। यह सगाई नहीं होगी।"

सुबह छह बजे जब पिताजी सोकर उठे तो आँगन खाली था। मेहमान जा चुके थे। वे कब जागे, कब गये, हम में से किसी को पता नहीं। बिना हमसे मिले, कुछ बोले वे चुपचाप हमारे घर से खिसक लिए। हाँ, फलों एवं मिठाई की कंडियाँ छोड़ गये। उन फलों व मिठाई का मजा हम भाई-बहनों ने कई दिनों तक लिया। शरारत से हम जया को धन्यवाद भी देते कि उनकी वजह से हमें फल और मिठाई खाने को मिल रही है।

मगर यह वाकया यहीं ख़त्म नहीं हुआ। सूरज चन्द्र ने जया के मन में हिलोर पैदा कर दी थी। उसका लिखा वह पत्र जिसमें एक तरह से जया को रिजेक्ट किया गया था, जया ने अपने पास सँभाल कर रखा हुआ था। बार-बार खोल कर पत्र पढ़ा करती। वह छोटा सा 'रिगरेट लेटर' उसकी अमूल्य निधि बन गयी।

साहस कई रूपों में प्रकट होता है। जया मेरी बहनों की तुलना में कई मामलों में अधिक साहसी थी। गणेश और कार्तिक से तो उनकी कुछ कहने की हिम्मत नहीं हुई। मेरी बहनों को मैं ही नज़र आता जिससे वे कुछ भी कह लेतीं, कुछ भी करवा लेतीं, कुछ भी मँगवा लेती। यहाँ तक कि प्रेमी को खत पहुँचाना हो या किसी लड़के को डराना-धमकाना हो, सब मेरे जिम्मे आता।

एक दिन जया ने मुझसे कहा कि वह सूरज से मिलना चाहती है। क्या मैं उनकी मीटिंग करवा सकता हूँ। मैं जया से आठ साल छोटा तब मात्र दस साल का था। यह काम मेरे लिए सरल नहीं था मगर मैंने इसे चुनौती समझ कर ले लिया। साइकिल मैंने नई-नई चलानी शुरू की थी। एक दिन कैंची चलाते हुए मैं डीएवी कॉलेज जा पहुँचा। गेट पर खड़े होकर कॉलेज का अहाता निहारने लगा। लड़के अन्दर कॉलेज में विचर रहे थे, कुछेक लड़कियाँ भी नज़र आईं। गेट पर विद्यार्थियों का आना-जाना लगा हुआ था। थोड़ा ठहर कर मैंने एक से सूरज चंदोला के विषय

में पूछ लिया। छात्र ने लड़कों के एक झुण्ड की तरफ़ इशारा किया। किस्मत से कॉलेज में गणेश भैया नज़र नहीं आए। मुझे तसल्ली हुई। दीदी ने हिदायत दी थी कि किसी से कुछ नहीं कहूँ।

लड़कों का झुण्ड जैसे ही गेट पर पहुँचा मैंने आवाज़ लगाई–सूरज भैया। एक लड़के की गर्दन मेरी ओर उठ गयी। मुझे लड़के का रूप पसन्द आया। मैं अपनी साइकिल ले एक किनारे हो गया। वह मेरे साथ हो लिया। जब वे सभी लड़के चले गये तो मैंने उसे अपना परिचय दिया। उसकेचेहरे पर आश्चर्य पसर गया। मैंने सन्देश दिया,"मेरी जया दीदी आपसे मिलना चाहती है।"

सूरज और चकित। गौर से मेरा मुआयना करने लगा। मैंने हाफ पैंट पहनी हुई थी, ऊपर धारियों वाली बुशर्ट। पैरों में तनी वाले जूते, बगैर मोजों के। एक बड़ी सी साइकिल का हैंडिल मेरे हाथों में। एक बालक यह बात अपने मन से नहीं कह सकता, उसके अन्तकरण से आवाज़ उभरी।

"कहाँ है तुम्हारी जया दीदी?"

"घर में।"

"कहाँ है तुम्हारा घर?"

"डालनवाला में। चलिए। ज़्यादा दूर नहीं है।"

सूरज सम्मोहित-सा मेरे साथ हो लिया।

उसको लेकर मैं अपने घर के सामने पहुँच गया। हमारे घर को देखकर वह और भी सहम गया। हमारे बड़े से घर को निहारते हुये वह हमारे स्तर का अनुमान लगाने लगा। मैं उससे बोला कि वह यहीं बाहर इन्तज़ार करें, मैं दीदी को बुला कर आता हूँ।

हमारे छह कमरों के मकान में दो कमरे बहनों के हुआ करते थे। उनमें से एक कमरे में रिया व गौरी बैठी किताबें पढ़ रही थीं। दूसरे कमरे में जया खिड़की से बाहर अमरूद से लदे पेड़ों को देख रही थी।

"जया दी!" मैंने हौले से पुकारा।

जया ने पलट कर मेरी तरफ़ देखा।

"सूरज भाई बाहर खड़े हैं।"

उसके चेहरे का रंग बदल गया। आवाज़ गले में फँस गयी। "मैं तो ऐसे ही... तू सचमुच में उसे..." सहमापन व ख़ुशी दोनों तरह के भाव उनके चेहरे पर छा गये थे। मुझे इशारा किया मैं बाहर चलूँ, वह आती है।

मैं बाहर गली में सूरज के पास आ गया। पीपल के पेड़ के नीचे खड़ा वह भी

नर्वस हो रहा था। बार-बार अपनी अँगुलियाँ मरोड़ रहा था। थोड़ी देर में जया घर से बाहर निकली। उसने दुपट्टा ओढ़ लिया था, बाल सवाँर लिए थे। उसके हाथों में वही खत था।

नजदीक आकर दोनों ने एक-दूसरे को भरपूर नज़रों से देखा।

"क्या चाहती हो मुझसे?" सूरज ने थूक निग़लते हुये पूछा।

पहले तो जया की आवाज़ नहीं निकली। यूँ ही खड़ी रही। मैंने उकसाया -जया दीदी। शब्दों को बहुत जमा-जमा कर जया ने कहा, "यह चिट्ठी बहुत अच्छी है...।

सूरज अन्यमनस्क...। उसे समझ में नहीं आया, वह क्या कहे।

"यह तो मैंने ऐसे ही लिख...आपको रिजेक्ट करना, मतलब आपको दुखी करने का मेरा कोई इरादा नहीं था।"

"मैं जरा भी दुखी नहीं हूँ। मैं तो प्रभावित हूँ...आपके व्यक्तित्व से।"

"आप भी बहुत अच्छी हैं। जब यह...आपको पहले देखा नहीं था, न...।"

सूरज जया की सुन्दरता को नज़रान्दाज नहीं कर पा रहा था। अभिभूत - से उसे एकटकनिहार रहा था।

"फिर मिलेंगे...यह है न अपना यार..." कहते हुये उसने मेरी पीठ पर स्नेह की धौल जमाई।

जया ने भी मुस्कुराते हुये हामी भर दी।

उस दिन के बाद से मैं उन दोनों के बीच एक सन्देशवाहक बन गया। मैं ही अक्सर जया से पूछ लेता, "जया दीदी सूरज को कुछ भिजवाना है?"

एक दिन जया ने मुस्कुराते हुये मुझे कहा, "हनुमान !"

मैं सचमुच ख़ुद को भगवान राम का अनुचर हनुमान समझने लगा। मुझे लगता कि मैं दूत हुनमान हूँ जो राम की सौगात सीता को और सीता की सौगात राम को पहुँचा रहा है। मुझे जया सीता लगती और सूरज राम।

धीरे-धीरे उनके संक्षिप्त पत्र लम्बें होते गये। चिट्ठियों के अलावा अन्य सामग्रियों का भी आदान-प्रदान होने लगा। कभी-कभी जया कोई पकवान काग़ज़ में लपेट सूरज के लिए भिजवाती। मुझसे कहती कि वह घर से दूर अकेला रहता है। रसोई की भी उसके पास समुचित व्यवस्था नहीं है।

मैं मौक़ा पाकर साइकिल पर पैडल मारते हुये डीएवी कॉलेज पहुँच कर गेट पर खड़ा हो जाता। जैसे ही सूरज दिखाई देता तो जया की सौगात उसे थमा देता। वह भी हँसते हुये मुझे कुछ थमाता। कभी-कभार मेरे लिए भी कोई छोटा सा उपहार होता-फाउन्टेन पैन, टॉफियाँ या फिर कोई रंगीन डायरी।

"यह तुम्हारे लिए और यह तुम्हारी जया दीदी के लिए।"

मैं सहसा अपने को महत्त्वपूर्ण समझने लगा। मुझे लगने लगा था कि मेरा भी कुछ वजूद है। जया के लिए तो मैं विशेष बन गया था। माँ, पिताजी या बड़े भाईबहन, जो कोई भी मुझे जरा सी डाँट लगाता, जया तुरन्त मेरे बचाव के लिए आ जाती। बड़े प्यार से गुनगुनाते हुये वह मेरे कपड़े धोती, प्रेस करती। मेरे जूते पालिश से चमकाती। जया की ख़ुशी देखकर मुझे आभास होता कि मोहब्बत की ख़ुशी सबसे बड़ी ख़ुशी होती है।

अट्ठारह

जया मुझे अपना रखवाला बनाकर सूरज से मिलने जातीं। जैसे ही हम गाँधी पार्क के गेट के अन्दर प्रवेश करते, सूरज पहले से ही वहाँ खड़ा मिलता। मैं गेट पर ठहर जाता, और जया उसके साथ आगे बढ़ जातीं। कभी बेंच पर बैठा उनका इन्तज़ार करता, कभी पार्क में खेल रहे बच्चों के साथ खेलने लग जाता।

मैंने कई बार देखा–सूरज जया का हाथ थामे टहलता, कभी उनके बालों में गजरा लगाता। वह पार्क कुछ पलों के लिए प्रेम का एक छोटा-सा मन्दिर बन जाता। जया मुझे नन्दा जैसी ख़ूबसूरत लगतीं–सुन्दर, सौम्य, परफेक्ट। और सूरज? वह भी कुछ कम नहीं था–राजेन्द्र कुमार की तरह आत्मविश्वासी, गम्भीर और आकर्षक।

जया और सूरज को देखकर मुझे पहली बार प्रेम का वास्तविक आभास हुआ। मैं नादान बार-बार इस अनोखी भावना के बारे में सोचने लगा। आख़िर ऐसा क्या है जो इस ढाई अक्षर के शब्द को इतना शक्तिशाली बना देता है? अब मुझे अहसास होने लगा है कि प्यार एकतरफ़ा राह नहीं है; यह परस्पर समझ और संवेदनाओं का संगम है। प्रेम की अभिव्यक्ति पर काल और परिवेश का प्रभाव तो पड़ता है, लेकिन इसका मूल सार एक-दूसरे को गहराई से समझने में ही निहित है। हमें यह जानने की कोशिश करनी चाहिए कि सामने वाले के लिए क्या महत्त्वपूर्ण है, उसकी आवश्यकताएँ क्या हैं। जया ने सूरज को समझा, और सूरज जया को समझ गया।

सूरज से हर मुलाकात के बाद जया बहुत चहकी हुई, ख़ुश नज़र आती। मगर उस दिन सूरज से मुलाकात के बाद घर आते वक़्त जया बहुत गुमसुम और उदास थी। मुझसे कहने लगी, "सूरज वाराणसी जा रहा है।"

"वाराणसी? क्यों?"

"बीएचयू, पीएच.डी. के लिए।"

पहली बार मैंने पीएच.डी. जैसा कोई शब्द सुना। "क्या होती है पीएच.डी.?"

"मास्टर से आगे की पढ़ाई होती है...अगर कोई करना चाहे तो। सूरज करना चाहता है। कम से कम तीन साल और लगेंगे उसे पढ़ाई पूरी करने में।"

"वह तीन साल के लिए यहाँ से जा रहा है?" मैंने हैरत से पूछा।

"हाँ। वह बहुत महत्त्वाकांक्षी है। मुझे अपने कैरियर के लिए छोड़ रहा है," जया बोली।

मैं भी उदास हो गया, यह सोच कर कि अब मेरी 'दूत' वाली नौकरी गयी, जिसके लिए मुझे दोनों से विशेष ट्रीटमेन्ट मिलता था।

पिताजी को एक बार एक क्लाइंट ने एक नैक-टाई गिफ्ट की थी। पिताजी कभी टाई नहीं लगाते थे।

"चाचा जी, अगर आपको नहीं पहननी तो मैं ले लूँ?"

पिताजी ने जया को सवालिया नज़रों से देखा, फिर मुस्कुरा दिए। "ले ले।"

जया ने टाई को सुन्दर से गिफ्ट पैक में लपेटा और सूरज को भेंट दी।

"क्या है यह?" सूरज आश्चर्य से बोला।

"खोलो।"

सूरज ने गिफ्ट पैक खोला। गहरे नीले रंग पर पीली धारियों वाली सुन्दर सी टाई। वह और अधिक चकित हो गया।

"मेरे लिए?"

"नहीं, पार्क के माली के लिए," जया ने शरारत से कहा।

सूरज हँस पड़ा।

"जनाब, बड़े शहर में, एक बड़ी संस्थान में जा रहे हो...अब टाई लगाने का वक़्त आ गया है।"

सूरज ने प्यार से जया को निहारा। "थैंक्यू," कहते हुए जया का माथा चूम लिया।

इधर घर में जया के लिए फिर से लड़के की खोज शुरू हो गयी थी। सब कुछ उसकी जानकारी में हो रहा था, मगर वह ख़ामोश थी। सूरज से अपनी आत्मीयता किसी को नहीं बता रही थी। जब उसे बताया जाता कि फलाँ-फलाँ परिवार में ऐसे-ऐसे लड़के से शादी की बात चल रही है, तो वह चुपचाप सुनती रहती।

मुझे पता था कि सूरज के उसे खत आते हैं और वह भी उसे खत लिखती है। मैंने कई बार उसे कहा, "जब प्यार किया, तो डरना क्या? घरवालों को सब सच बता दो!"

लेकिन जया हमेशा टाल जाती। न जाने उसके दिमाग़ में क्या चल रहा था।

बनारस के एक जोशी परिवार से उसकी शादी की बात चलने लगी और बहुत आगे बढ़ गयी। माता-पिता मिलने आए। जया चुपचाप उनके सामने गयी, चाय-

पानी परोसा, और जो भी उन्होंने पूछा, उसका जवाब दिया।

उन्होंने जया को तुरन्त पसन्द कर लिया। फिर लड़के की तस्वीर दिखाई।

जया ने एक नज़र डालकर कहा, "लड़का दिखने में अच्छा है।"

मैं हैरान रह गया। सूरज...? क्या वह सूरज को भूल गयी? या यह सिर्फ़ उसकी ख़ामोशी है, जिसमें उसके दिल का दर्द छुपा है?

दोनों परिवारों में तय हुआ कि डेढ़ महीने बाद लड़के वाले दोबारा आएँगे और सूक्ष्म रूप में सगाई की रस्म हो जायेगी।

मैंने जया से फिर कहा, "अब तो सब तय हो गया है। आप सूरज के बारे में घरवालों को क्यों नहीं बताती?"

वह कुछ देर चुप रही। फिर धीमी आवाज़ में बोली, "सूरज ने कभी प्रपोज़ नहीं किया...और अब वह वाराणसी में है। पता नहीं, लौटेगा भी या नहीं।"

उसकी आवाज़ में एक अनकही उदासी थी।

शायद वह हार मान चुकी थी। शायद उसे लग रहा था कि सूरज अब लौटेगा ही नहीं। या शायद वह ख़ुद को यह यकीन दिलाना चाहती थी कि उसने जो फ़ैसला लिया है, वह सही है। मैं भी चुप हो गया। यह उसका निजी मामला था। मैं क्यों अपना दिमाग़ खपाऊँ?

सगाई के लिए 16 जनवरी की तारीख तय हुई। लेकिन ऐन मौके पर जया सेवल गाँव चली गयी, माँ और भाई से मिलने। तय था कि वह सगाई से पहले लौट आएगी। ताईजी और दीपक भी उसके साथ आने वाले थे।

लेकिन वह नहीं लौटी। हम सब इन्तज़ार करते रहे। कोई सन्देश नहीं। पहाड़ी गाँव से तत्काल सम्पर्क करने का कोई साधन भी नहीं था।

जब सगाई में केवल तीन दिन बच गये तो माँ ने पिताजी से कहा, "जया तो आ नहीं रही। जोशी परिवार को मना कर दो।"

पिताजी कुछ मनन करते हुए बोले, "जोशी परिवार को आने दो। अगर जया नहीं आई, तो रिया की सगाई कर देंगे।"

गणेश भैया उन दिनों घर आए हुए थे। वे ग़ुस्से में भड़क उठे, "जया नहीं तो रिया! यह क्या गुड्डे-गुड़ियों का खेल है? फिर जो लड़का जया के लिए योग्य है वह रिया के लिए भी योग्य हो यह ज़रूरी नहीं।" बड़ी बहस हुई परिवार में इस मामले को लेकर। मगर पिताजी का फ़ैसला अटल था।

और, 16 जनवरी को जोशी परिवार हमारे घर धमक गया, दामोदर भी साथ में। मेहमानों को चाय-पानी पिलाने के बाद पिताजी ने बहुत ही स्पष्ट रूप से कहा,

"जोशीजी बात ऐसी है कि मेरी भतीजी को गाँव से अपनी माँ के साथ आना था। मगर उसकी माँ की तबीयत अचानक बहुत ख़राब हो गयी। वह नहीं आ पायी। इस सुन्दर मुहूर्त को टालना ठीक नहीं है। अगर आप चाहें तो मैं अपनी ख़ुद की कन्या की सगाई आपके लड़के से करना चाहता हूँ।"

जोशी परिवार पिताजी के इस प्रस्ताव से निहायत ही ख़ुश हो गया। "आपकी भतीजी प्रिय तो आपकी बेटी अति प्रिय। आपकी भतीजी आँखों पर तो आपकी बेटी सिर आँखों पर।"

हम सब चुप रहे। रिया भी कुछ नहीं बोली। केवल गणेश भैया ने इसका जबरदस्त विरोध किया। एक तो उन्हें लड़के वाले बिल्कुल भी सुहा नहीं रहे थे।

उन्होंने पिताजी को अन्दर के कमरे में बुलाकर फिर कहा, "यह आप क्या कर रहे हैं? अगर आप रिया का भला चाहते हो तो ऐसी जगह उसका रिश्ता मत करो।"

बड़ा ही अजीब सा माहौल हो गया था। बैठक कक्ष में लड़के वाले बैठे हुए हँस रहे, खिलखिला रहे। उनके ठहाके और बातचीत हमारे कानों में गूँज रही। और अन्दर गणेश भैया पिताजी से मोर्चा ले रहे। कह रहे कि भगाओ इन्हें यहाँ से। हम सब ख़ामोश, किंकर्तव्यविमूढ़। रिया चुप। माँ उलझन में। कभी गणेश भैया की बात में हाँ में हाँ मिला रही तो कभी पिताजी की बात में। एक बात मैंने महसूस की कि पिताजी के तर्क माँ को मनवा भले ही न सके, मगर चकरा ज़रूर देते थे, माँ की बुद्धि का हरण कर देते थे।

"क्यों रहती है आपको लड़कियों की शादी की इतनी व्यग्रता? आप इस परिवार में क्या देख रहे हो?" गणेश भैया ने झल्लाते हुए पिताजी से पूछा। माँ ने सहमति में गर्दन हिलाई।

"लड़का अच्छे रंग-रूप का है। पढ़ा-लिखा है। एम. एससी., एल. एल.बी., सरकारी नौकरी पर हैं–गजटेड आफ़िसर। इकलौता बेटा। पिता डेन्टिस्ट।"

"इतना काफ़ी नहीं होता लड़की के रिश्ते के लिए। मुझे ये लोग जरा भी पसन्द नहीं आ रहे हैं। फिर रिया अभी केवल सोलह की ही है। दसवीं में ही है। उसे पढ़ने दो।"

"वे कह रहे हैं कि रिया की पढ़ाई रूकेगी नहीं।"

हालाँकि जोशी परिवार यह आश्वासन हमें दे चुका था कि रिया की पढ़ाई शादी के बाद भी जारी रहेगी। उनका लड़का पोस्टग्रेजुएट है। उसे एक अच्छी शिक्षित लड़की चाहिए। मगर शादी करना कहाँ तक सही है? ख़ैर पिताजी ने अपने बेटे की बिल्कुल नहीं सुनी। अपनी बात पर अडिग रहते हुए अपने फैसले को अन्तिम

रूप दे दिया

रिया एक ख़ामोशी में खोई रही। समझ नहीं आ रहा था कि वह चुप क्यों है? उसके मन में क्या चल रहा है? पिताजी के फैसलों में उनकी मानसिकता भी समझ में नहीं आती थी। क्या वे सामाजिक दबाव में थे, या उन्हें यही उचित लग रहा था? बहरहाल रिया की वहाँ सगाई हुई और चार महीने बाद शादी भी हो गयी।

विवाह सिर्फ़ दो व्यक्तियों का नहीं, दो परिवारों का भी परस्पर विलय होता है। अगर दोनों परिवार एक-दूसरे की कद्र करें, तो वे एक-दूसरे के संबल बन सकते हैं। लेकिन अगर अहंकार हावी हो जाए–"हम श्रेष्ठ हैं, हमारे तरीकों से चलो"–तो रिश्ता नष्ट होने में देर नहीं लगती। रिया जब भी मायके आती, अपने ससुराल की शिकायतों का पिटारा खोल देती। वह बताती कि दोनों घरों के माहौल में ज़मीन-आसमान का अन्तर है। "हमारे घर में खुलापन है, वहाँ दम घुटता है! यहाँ हँसी-मज़ाक़, वहाँ सन्नाटा!"

हमारे घर में हर कोई अपनी मर्जी का मालिक था। कोई सूरज उगने पर सोता, कोई सूरज उगने पर जागता। गणेश भैया रातभर पढ़ाई करके सुबह सोते थे। खाने-पीने, सोने-जागने का कोई सख्त नियम नहीं था, फिर भी हम अनुशासित थे। हम जानते थे कि किससे कैसी अपेक्षाएँ रखनी हैं, हमारी सीमाएँ क्या हैं। दामोदर जोशी का घर–इसके ठीक विपरीत। वहाँ हर चीज़ तयशुदा थी–सोने-उठने का समय, खाने का समय, बातचीत का तरीका तक।

"इकलौती सन्तान का यह हाल होता है!" रिया अक्सर कहती। "ऐशो-आराम में पले, मगर व्यवहार में संकीर्णता। सामाजिक समंजन की कुशलता नहीं। उनके व्यक्तित्व में एक अजीब-सा अनमेलपन होता है। और फिर...'ममाज़ बॉय'!"

'ममाज़ बॉय'–माँ का पूत!' एक पुरुष के लिए यह सबसे बड़ा आक्षेप है।

जो आदमी माँ का पल्लू नहीं छोड़ सकता, वह पत्नी का हाथ थामने का हकदार नहीं। जो सिर्फ़ अपनी माँ का बना रहे, वह कभी किसी और का नहीं बन सकता। ऐसे पुरुषों को शादी ही नहीं करनी चाहिए!

गणेश भैया पिताजी से कहते, "मैं बीस साल का, उन्हें मिनटों में भाँप गया, और आप पचास के होकर भी उन्हें नहीं समझ पाए!"

जल्दबाज़ी में शादी, फ़ुर्सत में पश्चाताप! पिताजी चुप रह जाते। उनका चेहरा उदासी से भर जाता, जैसे कोई गहरी टीस भीतर तक उतर गयी हो।

हमारी बहनें भी कोई कम नहीं हैं। वे पति को परमेश्वर मानने वाली, चक्की में पिसने वाली स्त्रियाँ नहीं हैं। वे आत्मनिर्भर, महत्त्वाकांक्षी, और अपनी पहचान

बनाने वाली औरतें हैं। उनमें आत्मगौरव है, स्वाभिमान है।

हाँ, एक बात दामोदर ने अच्छी की। अपने वादे के मुताबिक रिया की पढ़ाई नहीं रोकी। शादी के बाद रिया ने इंटरमीडिएट, फिर बी.ए., और टीचर ट्रेनिंग तक पूरी की। मगर...क्या यह काफ़ी था?

नहीं।

रिया कभी ख़ुश नहीं रही। उसका दाम्पत्य जीवन कभी सहज नहीं हुआ। हमेशा कोई न कोई खटास बनी रही। मुझे दामोदर से कोई निजी दुश्मनी नहीं, लेकिन रिया की बातें सुनकर मेरा ख़ून खौल उठता। कोफ्त होती कि हम तीनों भाई चाहकर भी दामोदर को कोई सजा नहीं दे पा रहे, कोई सबक नहीं सिखा पा रहे।

रिया की बदनसीबी अपनी जगह मगर जया...।

हाँ वह गाँव से लौट आई थी। सूरज उसका प्रेमी है...यह बात धीरे-धीरे सभी के सामने खुल गयी। बीएचयू, वाराणसी से गुलाबी लिफाफों में आने वाले पत्र अब किसी से छिपे नहीं थे। मगर एतराज़ की कोई बात नहीं थी। कोई सवाल नहीं उठा। जया ने चटखारे ले लेकर ख़ुद ही अपने चाचा को विस्तार से अपनी प्रेम कहानी सुनाई -कैसे वह सूरज से मिली, कैसे वह दोनों क़रीब आये। कैसे उनके बीच प्रेम पनपा। चाचा ने भी अपनी भतीजी की प्रेमकथा मंत्रमुग्ध होकर सुनी, बल्कि उस पर नाज किया। सूरज को पत्र लिखकर उससे सम्पर्क किया, और सीधे पूछा, "मेरी भतीजी का हाथ थामना चाहते हो, जैंटलमैन।"

सूरज का जवाब–यस सर! पर कुछ समय और दीजिये। मेरी पीएच.डी. निबटने दीजिये।

सूरज की पीएच.डी. निबटने का इन्तज़ार किया गया। इधर जया भी पढ़ती गयी। जब तक सूरज की पीएच.डी. पूरी हुई और उसने कानपुर आईआईटी में प्रोफेसर की नौकरी ली, जया का भी एम.ए. पूरा हो गया। जया और सूरज की शादी बड़ी धूमधाम से हमारे घर देहरादून से सम्पन्न हुई। चंदोला परिवार जो एक बार हमारे आँगन से बिना सगाई के निराश लौट चुका था, एक बार फिर बैंड-बाजों सहित हमारे घर पधारा और जया को अपनी कुलवधू बना कर हँसते हुए ले गया।

मैं सूरज को भैया से जीजू पुकारने लगा था। विवाह के पाँच सालों में उनकी दो बेटियाँ हुईं। फिर सूरज को येल यूनिवर्सिटी में पोस्ट-डॉक्टरेट के लिए चुना गया। जया भी उसके साथ अमेरिका चली गयीं। वहाँ उनकी ज़िन्दगी बदल गयी। वहाँ उनका एक बेटा हुआ।

जब जया भारत लौटतीं, तो हमें लगता जैसे अमेरिका हमारे पास चला आया हो–उनकी बातें, भाषा, उनकी जीवनशैली, उनकी ख़ुशबू तक बदली हुई लगती।

दिल्ली इंटरनेशनल एयरपोर्ट पर जब मैं उन्हें लेने जाता, तो लगता जैसे कोई और जया लौट रही है–बॉब कट बाल, वाइन पीने वाली, अंग्रेज़ी में सोचने और बोलने वाली, एक नई दुनिया में ढल चुकी जया।

अगर कुछ नहीं बदला–तो वह सूरज और उसका एक-दूसरे के प्रति प्यार-सम्मान।

मुझे ख़ुशी होती कि उनकी प्रेम कहानी में मेरा एक छोटा-सा, मगर अहम हिस्सा रहा।

उन्नीस

केवल लड़कियों में गिना जाये तो मेरा नम्बर तीसरा है। वैसे मैं सभी भाई-बहनों में छठे नम्बर पर हूँ। जया को यहाँ नहीं गिन रही हूँ, सिर्फ़ अपने सगे भाई बहनों की बात कर रही हूँ। अभय, जिसने पिता की जीवनकथा लिखने का साहस या यह कहो दु:साहस किया, मै उसकी पीठ की हूँ यानी वह मुझसे एकदम बड़ा है–तीन साल बड़ा। वह घर छोड़ कर जा चुका है। चला क्या गया उसे घर से खदेड़ा गया –पॉलिटेक्निक कोर्स के लिये लखनऊ।

ये पन्ने वह ऐसे ही छोड़ गया। जब वह अपनी पैकिंग कर रहा था, मैंने यह फ़ाइल उसे पकड़ाई मगर उसका मन उचट गया था, कई चीज़ों से और इससे भी। सो उसकी फ़ाइल खोल कर मैंने अपने पिता की शेष कहानी लिखने की ज़िम्मेदारी ले ली।

कोशिश करूँगी की लेखन-शैली में अभय की झलक बनी रहे, उसकी सरलता और अपनापन बरकरार रहे। इस पारिवारिक कहानी को बताते हुए अभय ने कभी पात्रों को उनके नाम से पुकारा, तो कभी रिश्तों के साथ जोड़ा। मुझे यह अटपटा लगा, लेकिन उसके अपने अन्दाज़ की गरिमा मैं बनाए रखूँगी।

एक और बात, अभय एक पुरुष है, और मैं एक स्त्री। कहते हैं कि संवाद के दौरान पुरुष अक्सर केवल शब्दों पर ध्यान देते हैं, जबकि स्त्री उन ख़ामोशियों को भी सुन लेती है जो कही नहीं जाती। शायद अभय की अधूरी कहानी में मैं कुछ नए अहसास जोड़ सकूँ।

बहरहाल अपने पिताजी के विषय में एक बात पूरे इत्मीनान से कह सकती हूँ कि उन्होंने रिवाजों-परम्पराओं को अपनी पसन्द-नापसन्द के अनुसार अपनाया और उनकी अवहेलना की। वे बहुत परम्परावादी है, साथ ही आधुनिक भी। अभय के शब्दों को दोहरा रही हूँ–हमारे पिता कोई विलक्षण इन्सान नहीं हैं। उनकी ज़िन्दगी वैसी ही रही जैसी समाज के अति साधारण लोगों की अमूमन होती है। वही कुछ ख़ुशियाँ, कुछ गम, कुछ उपलब्धियाँ, कुछ त्रासदियाँ, कुछ चुनौतियाँ। जो कुछ

उन्होंने अर्जित किया, वह कोई बहुत विशेष नहीं; कोई बहुत बड़ी हस्ती नहीं है मेरे पिता; न ही वे किसी ऊँचें ओहदे पर हैं; न ही उनके पास बेशुमार धन-दौलत जैसा कोई आकर्षण; कला, विज्ञान, राजनीति या व्यापार किसी भी क्षेत्र में मेरे पिता का किसी महानता पर कोई दावा भी नहीं। हम उनकी गिनती महात्मा गाँधी, अब्राहम लिंकन, थामस एल्वा एडीसन, अल्बर्ट आइंस्टीन जैसी प्रसिद्ध हस्तियों में कदापि नहीं कर सकते। बल्कि हमारे कई रिश्तेदारों ने पिताजी से कई गुना अधिक ज़िन्दगी में हासिल किया। कामयाबी की बुलन्दियों पर वे पिताजी से कहीं अधिक ऊँचाइयों पर पहुँचे। मगर बात यह है मेरे पिता, शिवानन्द गैरोला ने जिन परिस्थितियों में और जिन कठिनाइयों को झेलकर भौतिक-सामाजिक रूप से जो कुछ हासिल किया, वह ज़रूर गौरतलब है।

बहुत लोग पैदा होते हैं और पृथ्वी पर कुछ समय की अवधि बिताने के बाद मर जाते हैं। लेकिन कुछ लोग होते हैं जो अन्यों का जीवन आगे धकेलते हैं और धरती पर अपने अमिट निशान छोड़ जाते हैं। उनका जीवन हमें हर दिन के जीवन की वास्तविकताओं का सामना करने का साहस देता है। मेरे पिताजी का जीवन कुछ ऐसा ही है। उन्होंने भले ही छोटे स्तर पर सही, सफलता के नए कीर्तिमान कायम किये।

मगर मेरे पिता उम्र के कई पड़ाव पार करने के और सन्तोषप्रद सफलता हासिल करने के उपरान्त भी दर्द और घुटन की उस चुभन को विस्मृत नहीं कर पाए, जो उनको अपने लगभग अनाथ छुटपन में अपने क़रीबियों से ही मिलती रही। कुछेक का तो अभय ने उल्लेख कर दिया, लेकिन जिस वाकये का पिताजी आज भी जिक्र करते हैं और जो अभय से जाने कैसे छूट गया, उसको मैं बयाँ कर देती हूँ...।

हाईस्कूल के बाद शिवानन्द के लिये नौकरी का प्रश्न था। हाईस्कूल की परीक्षाएँ देकर शिवा अपने गाँव, घर लौट आया था। रिजल्ट निकलने का उसे उतावली से इन्तज़ार था। रिजल्ट कर्णप्रयाग में ही देखना मुमकिन था। वहीं दुकानों में वे अख़बार आते थे जिन पर रिजल्ट छपता था। उसके दूर-दराज गाँव में कोई अख़बार नहीं आता था। जिस दिन रिजल्ट निकलना था, वह पड़ोस के कांडे गाँव पहुँचा। कांडे का नरेश केडियाल उसका सहपाठी था। श्रीनगर गढ़वाल में दोनों एक साथ पढ़ते थे, एक ही होस्टल में रहते थे। नरेश के पास घोड़ा था। नरेश घोड़े से कर्णप्रयाग जा रहा था, अपने हाईस्कूल का रिजल्ट देखने। शिवानन्द उससे बोला कि उसका भी रिजल्ट देख लेना।

शिवानन्द दम साधे कांडे गाँव में बैठा रहा। अपने हल किये गये प्रश्नों की माप-तौल करता रहा। दोपहर हो गयी। सूरज आसमान में चढ़ने लगा। दूर पगडंडी के मोड़ पर आख़िर नरेश अवतरित हुआ। उस पर नज़र पड़ते ही शिवानन्द का कलेजा मुँह को आ गया।

"अरे, तू तबसे यहीं बैठा है! मैं पास हो गया, मगर मैं तेरा रिजल्ट देखना भूल गया।"

शिवानन्द का चेहरा स्याह हो गया। नरेश से जिरह करने लगा, "सवाल ही नहीं तू भूल गया। हमारे इलाके के गाँव से सिर्फ़ तीन लड़के ही तो हाईस्कूल की परीक्षा में बैठे हैं–कांडे का तू, सिदोली का विश्वेश्वर और सेवल का मैं। कहीं मैं फेल तो नहीं हो गया?"

"नहीं-नहीं, मैं वाकई भूल गया तेरा रिजल्ट देखना।"

जेठ का महीना। शिवानन्द ने एक छतरी और एक डंडी उठाई और पैदल ही कर्णप्रयाग के लिए निकल पड़ा, टेढ़ी-मेढ़ी, दुर्गम पगडण्डियों से होते हुए सात मील का रास्ता तय किया और दोपहर ढलने पर कर्णप्रयाग जा पहुँचा।

वहाँ एक चाय की दुकान में अपना सहपाठी कलम सिंह बैठा नज़र आया। वह उसे देखते ही बोला, "गैरोला होपलेस।"

शिवानन्द की जान सरक गयी। वह वाकई में फेल हो गया। उसे हताश, सुबकते हुए देख कलमसिंह बोला, "तू नहीं, मैं फेल हुआ हूँ। तू तो सेकिण्ड डिवीजन से पास हुआ है।"

शिवानन्द को चैन नहीं मिला जब तक उसने ख़ुद की आँखों से अख़बार में अपना रिजल्ट नहीं देख लिया। उसने अलकनन्दा और पिंडर नदियों के संगम पर जाकर पानी पिया, और हाईस्कूल पास होने की ख़ुशी में उसी ख़ुराक से अपने गाँव सेवल लौट गया।

पुफू उन दिनों सेवल आयी हुई थी। माँ और पुफू गाँव की सरहद पर कलेवा (नाश्ता) लिए उसकी इन्तज़ारी में उकड़ू बैठी हुई थी। मन में उत्कंठा, बेचैनी और भय। वह अब उन्हें क्या ख़बर सुनाता है। उसे देख कर दोनों उठ गयीं। वह हाँफते हुए उनके नजदीक पहुँचा। जुबान से कुछ बोल ही नहीं पाया। हाथ के इशारे से संकेत किया, सब कुछ ठीक है।

उन्होंने उसे गले लगा लिया। उसकी पीठ थपथपाई और उसे चूमा। उसे टोकरी से निकाल पैत्यूड़ दिया, मट्ठा पिलाया। खा-पीकर शिवा की जान में जान आयी।

यह माँ की ज़िन्दगी की सम्भवत: एकमात्र ख़ुशी थी जिसको उन्होंने ज़ाहिर किया। सभी ग्रामवासियों को उन्होंने गुड़ बाँटा। वह गाँव का प्रथम हाईस्कूल पास। गाँव वालों ने उसके हाईस्कूल पास होने का जश्न भी मनाया। गाँव के युवकों ने उसे अपने कंधों पर बैठा कर पूरे गाँव में घुमाया। पुफू गाँव की अन्य औरतों को इकट्ठा कर अपने आँगन में पहाड़ी गीतों पर ख़ूब नाची।

कुछ दिनों में डाक से भी रिजल्ट घर आ गया। हाईस्कूल पास होने का चमकता हुआ सर्टिफिकेट देख कर वह गदगद हो गया। उसने गणित और अंग्रेज़ी में अच्छे अंक प्राप्त किए थे। मगर असली सवाल नौकरी का था, जिससे परिवार की रोजी-रोटी चलनी थी।

जैसे-जैसे दिन व्यतीत हो रहे थे, माँ को घर में शिवानन्द की उपस्थिति अखरने लगी, जबकि वह घर व खेत-खलियानों के कामों में उनका हाथ बटा रहा था। माँ जब-तब उसके उठने-बैठने, चलने-फिरने तथा कामों में कुछ न कुछ नुक्स निकालती और उसे जली-कटी सुनाती। एक दिन चौक में शिवानन्द धान कूट रहा था। माँ पास में बैठी अनाज बटोर रही थी। गाँव के कुछ लोग भी चौक पर बैठे अपने-अपने कामों में लगे थे। माँ शिवा पर अकारण ही नाराज होने लगी कि वह ओखली में मूसल ढंग से नहीं चला रहा। उसे काम करने का कुछ शऊर नहीं। फूहड़, अनाड़ी है वह। शिवानन्द अपनी पूरी ताक़त लगाकर ओखली में मूसल मारने लगा। माँ का क्रोध भड़क गया। अब आरोप कि वह भूसी उड़ा रहा है। अनाज का क्या कचमूर निकाल देगा? ओखली क्या फोड़ देगा। अपना सिर फोड़ इससे अच्छा दीवार पर जाकर।

शिवानन्द को भी गुस्सा आ गया। मूसल अपनी माँ को दिखाते हुये बोला, "सिर तो वाकई मैं अपना फोड़ना चाहता हूँ। क्या नरक बना कर रखती हो घर को हमेशा।"

"ज़्यादा हेकड़ी न दिखा। तमीज से बात कर। अभी तुझे खाना देना बन्द कर दूँगी। बड़ा आया जुबान चलाने वाला। दो पैसे कमाने का हुनर है नहीं और चला है माँ को मूसल दिखाने।"

ब्रह्मानन्द चाचा वाली चाची भी पास में बैठी थी। उन्होंने शिवानन्द की माँ को टोका कि वह जवान लड़के से यूँ ही न उलझा करे। हर किसी की अपनी इज्जत होती है।

वहाँ बैठे सभी लोगों ने माँ-बेटे की तकरार में शिवानन्द का पक्ष लिया। माँ को धिक्कारा: "कैसी मयेड़ी (माँ) है यह? अपने जवान बेटों से ढंग से बात नहीं करती।"

माँ अचानक उठी। शिवानन्द के क़रीब आई। सभी को लगा कि माँ शिवा को पुचकारने जा रही है। तड़ाक! एक थप्पड़ शिवा के गाल पर पड़ा। शिवा को अपना दायाँ गाल जलता हुआ महसूस हुआ। मिचली-सी आने लगी। माँ ने अपने पूरे बल से उसके गाल पर तमाचा मारा था। एक ऐसा तमाचा जो एक अधेड़ आयु की महिला से अपेक्षित नहीं था। दस वर्ष से अधिक हो गये थे उसे माँ की मार खाए हुए।

"हैं..." सभी लोग भौचक्के रह गये।

"निशान पड़ गया है..." एक का सहमा स्वर उभरा।

एक भीड़ सी माँ-बेटे के इर्दगिर्द जमा हो गयी। "अजीब ब्वै छन ये!" "अजीब मयेड़ी छन ये! ये स्वर तो जरुर उभरे मगर यह एक पारिवारिक मसला देख किसी ने ज़्यादा हस्तक्षेप करना ठीक नहीं समझा।

"क्यों? तुझे दसवीं तक इसलिए पढ़ाया कि तू अनाज कूटे, गोबर उठाए, गाय चराए, जंगलो में लकड़ियाँ बटोरे। कुछ नहीं किया तूने शहर जाकर। ख़ाक छानी वहाँ। कहाँ से हम क़र्ज़ा चुकाएँगे जो तेरी पढाई के लिए लिया?"

शिवा को बड़ी ग्लानि हुई। धीरे-धीरे आँखें आँसुओं से भर गयीं। मूसल दूर फेंक दिया और चुपचाप चौक पार कर घर से बाहर निकल, उस रास्ते की तरफ़ बढ़ गया जो जंगल को जाता था। घने जगंल में बैठ कर सोचने लगा-वह क्या करे? कहाँ जाए? घर में माँ के साथ रहना सम्भव नहीं। उसने प्रण किया कि वह घर में माँ के साथ हरगिज नहीं रहेगा। वह शहर जायेगा, काम तलाशेगा, मर जाएगा, मिट जायेगा, चाहे जो कुछ भी हो पर अब गाँव में माँ के साथ नहीं रहेगा-बिल्कुल नहीं, कतई नहीं।

वह छानबीन करने लगा उनका कौन सा परिचित या रिश्तेदार किस शहर में बैठा है। शहर आने के लिये उसे बस एक आसरा चाहिये था। थोड़ा सा आसरा मिलने पर वह ख़ुद को आबाद कर लेगा, इतना उसे अपने पर भरोसा था।

दुनिया में सभी तरह के लोग होते हैं। इन्हीं में से कुछ लोग गाँव से आने वाले लड़कों की मददकरते थे यह सोचकर कि चलो उनके पहाड़ का कोई नीचे मैदान में उतरा है। कुछ तरक्की-उन्नति कर रहा है। शहरों में भी उनका अपना पहाड़ी समुदाय बन जाएगा। कुछ लोग ऐसे लड़कों को भार समझ कर उन्हें जरा भी घास नहीं डालते थे।

शिवानन्द के मातृ पक्ष के कई लोग शहर पहुँच गये थे। परमानन्द काला

शिवानन्द की माँ के ममेरे भाई थे। रिश्ते में शिवा के मामा हुए। वे कानपुर में नौकरी कर रहे थे। एक हफ्ते बाद, एक शाम शिवानन्द ने अपना बैग बाँधा और गौचर के लिये निकल गया। पूरे दरमियान माँ ख़ामोश रही। ना उन्होंने उससे कुछ पूछा कि वह कहाँ जा रहा है, ना ही शिवानन्द ने उन्हें कुछ बताया। देवानन्द ज़रूर भाई के पीछे-पीछे आया। दो-चार फर्लांग की दूरी पर शिवा ने उसे वापस भेज दिया कि वह वापस चला जाये।

दस बजे रात वह गौचर पहुँचा। सीधे भगवती प्रसाद तिवाड़ी की परचून की दुकान पर आया। अब भगवती का बेटा नारायण दुकान में बैठता था। दुकान बन्द करके दुकान के पीछे बने अपने कमरे में वह सुस्ता रहा था। शिवानन्द ने उससे विनती की कि वह उसे कुछ रुपये उधार दे दे। वह शहर जाकर नौकरी ढूँढ कर सूद समेत रुपया वापस कर देगा। अपना बैग खोलकर उसने उसे अपना हाईस्कूल का सर्टिफिकेट भी दिखाया कि वह पढ़ा-लिखा है, देरसबेर, उसे कोई न कोई नौकरी मिल जाएगी। रात भर बगैर आराम किए शिवानन्द नारायण को ख़ुश करने के लिये उसकी दुकान की साफ़-सफ़ाई करता रहा। दुकान बेहद गन्दी थी, शिवानन्द ने उसकी दुकान चमका दी। सुबह पौ फटते ही उसने फिर अपना बैग अपने कन्धों पर तान लिया–एक अनजान गन्तव्य की ओर बढ़ने के लिए। नारायण ने उसे सौ रुपये उधार दे दिए। सौ रुपये जेब में डाल शिवानन्द ने हरिद्वार के लिये बस पकड़ी। फिर हरिद्वार से कानपुर के लिये ट्रेन।

परमानन्द काला के घर का पता लगाते-लगाते उनके निवास में पहुँचा। परमानन्द काला तथा उनके घर वालों ने शिवानन्द से कुशलक्षेम पूछी। उससे उसकी माँ और भाइयों के विषय में पूछा। चाय-पानी से सत्कार किया। शिवानन्द उन सभी से मिलकर बहुत ख़ुश हुआ। उसे लगा जैसे डूबते को तिनके को सहारा मिल गया है। वह एक स्फूर्ति महसूस करने लगा।

लेकिन कुछ देर बाद परमानन्द काला ने अपने बेटे को कुछ इशारा किया। बेटा शिवानन्द से बोला, "चल शिवा तुझे बस स्टॉप तक छोड़ आता हूँ।"

"बस स्टॉप!" शिवानन्द तो उनके घर आश्रय के लिये आया था। सोचा था कि उनके घर दो-चार हफ्ते रह कर अपने लिये कोई रोज़गार खोजेगा। जीविका की तलाश करेगा। वह इस गहरी संध्या को एक अनजान शहर में कहाँ जायेगा। ख़ैर उसने कोई प्रतिवाद नहीं किया। उसका मन बहुत ही क्षुब्ध हो गया था। वह अत्यधिक अपमानित महसूस करने लगा। जब अपनी ही किस्मत ख़राब है तो किसी को क्या कहे। उसने मामा जी को प्रणाम किया और उनके घर से निकल गया। घर

से बाहर निकल कर उनके लड़के से बोला कि उसे उसके साथ बस स्टॉप तक आने की ज़रूरत नहीं, वह अपना रास्ता ख़ुद ही तलाश कर लेगा।

सारी रात शिवा सड़कों पर निरुद्देश्य भटकता रहा। जब थक गया तो सड़क किनारे ज़मीन पर सो गया।

दूसरे दिन उठा। निराशा, उदासी, कुंठा! नारायण से जो उसने उधार लिया था, उससे बचे कुछ रुपये अभी भी उसकी जेब में थे। उसने एक ढाबे में चाय पी, साथ में एक बन भी खाया। उसने ढाबे वाले से पूछा कि उसे कोई सहायक चाहिए। ढाबे वाले ने कहा, "यहाँ अपनी ही गुज़र नहीं होती, सहायक को कहाँ से तनख्वाह दूँगा?"

दिन भर शिवानन्द भटकता रहा काम की तलाश में। कोई अपनी दुकान या कार्यालय में उसे घुसने तक नहीं देता। कुछ गर्दन हिलाकर इंकार कर देते। ख़ैर शाम तक एक परचून की दुकान में उसे काम मिल गया। तय हुआ कि उसे उसके श्रम के बदले सिर्फ़ राशन मिलेगा। शिवानन्द ने पूछा कि वह रहेगा कहाँ। दुकान वाला उसे एक अस्तबल में लाया जहाँ घोड़ो की जगह इन्सान रह रहे थे। नीचे ईंटों का फ़र्श, ऊपर टिन की छत। आठ मजदूर वहाँ पहले से ही रह रहे थे। ख़ैर शिवानन्द ने उनके साथ अपनी ज़िन्दगी शुरू की। दिन भर परचून की दुकान में काम कर वह बेहद थक जाता, फिर अपने निवास-अस्तबल पर आकर खाना पकाना। घोड़े चले गये थे मगर उनकी लीद की महक अभी बाकी थी। वह दुख से बचने के लिए शहर आया था, मगर यहाँ और भी कष्टों से घिर गया। उसे अपने गाँव का ध्यान आ गया...वह भी कोई बहुत पावन स्थली नहीं है। मगर वहाँ कम से कम वायु तो स्वच्छ है! एक ढंग का घर तो है रहने के लिए!

वहाँ देवानन्द है, सत्यभामा है। वह सहसा देवानन्द और सत्यभामा को मिस करने लगा। सत्यभामा उसे भूखा नहीं रहने देगी। जब माँ उससे नाराज थी तो माँ से छुप-छुपा कर वह उसे खाना देती थी। अगर कुछ नहीं होगा तो वह भी इलाहाबाद विश्वानन्द के पास चला जाएगा। डॉक्टर साहब से अपने लिये भी कुछ काम माँग लेगा। वह भी समर्पित कर देगा अपनी ज़िन्दगी डॉक्टर साहब को। जिस जोश से वह गाँव से भाग आया था वह जोश क्षीण हो रहा था। आत्मसम्मान गायब हो रहा था। अगर गाँव में ज़िन्दगी तिरस्कृत है तो शहर में नारकीय।

मगर उसने अभी हार नहीं मानी। "इतनी जल्दी नहीं!" वह अपने मन के भीतर दृढ़ता से कहता रहा। परचून की दुकान छोड़कर वह एक जूतों की दुकान में काम पर लग गया। उसे लगा, शायद यहाँ काम करना आसान होगा। न तो परचून की

दुकान की तरह हर पल ग्राहकों के साथ मोल-भाव करना पड़ेगा, न ही सामान तोलने का झंझट रहेगा।

दुकान के पीछे एक छोटा सा स्टोररूम था, जो रात में उसके सोने के लिए मिला। स्टोररूम जूतों से ठसाठस भरा हुआ था, लेकिन व्यवस्थित और साफ़-सुथरा था। सबसे राहत की बात, वहाँ एक चारपाई थी सोने के लिए।

पर एक हफ्ते में ही उसे तारे नज़र आने लगे। उसने जाना कि जूते बेचने का धंधा सिर्फ़ ग्राहकों के लिए सही जूते ढूँढ़ने का नहीं है, बल्कि झूठे विज्ञापनों और कंपनियों की बनावटी चमक-दमक का भी हिस्सा है। जूतों का स्टॉक रखना एक सिरदर्द था। ग्राहक हमेशा शिकायत करते–"ये जूता मेरे पैर के साइज़ का क्यों नहीं?" "इतना सख्त क्यों है?" या "चौड़ाई सही नहीं है!"

यहाँ घोड़ों की लीद की गन्ध तो नहीं थी, लेकिन नए जूतों की तीखी गन्ध दिन-रात सिर में चढ़ जाती। ग्राहकों के पैर नापते-नापते उसकी कमर अकड़ जाती। हर दिन थकान जैसे उसके भीतर जमा हो रही थी।

उसे महसूस हुआ कि पहाड़ों और मैदानों के श्रम में गहरी भिन्नता है। पहाड़ों में श्रम खुली प्रकृति के बीच होता है–हवा ताज़गी भरी और ठण्डक से लबालब। वहाँ का श्रम भले कठिन हो, लेकिन उसमें एक स्वच्छन्दता होती है। इसके विपरीत, मैदानों का श्रम घुटन भरा है। यहाँ की गर्मी और भीड़ आदमी की आत्मा को दबा देती है।

सबसे बड़ी दिक्कत, वह अपना खाना नहीं पका सकता था। रोज़ खाने के लिए ढाबों या छोटे रेस्टोरेंट का सहारा लेना पड़ता। ये खाना अक्सर महँगा और अपौष्टिक होता। फिर भी, तमाम दिक्कतों के बावजूद, वह वहाँ टिका हुआ था। अपने लिए एक ढंग की नौकरी की तलाश कर रहा था।

उस दिन वह जूतों के डिब्बों को एक के ऊपर एक क्रम से रखते हुए दुकान की दुछत्ती में सहेज रहा था कि तभी ताश के पत्तों की तरह वे एकाएक गिर गये। जूते नीचे बिखर गये। दुकान के मालिक ने आपा खो दिया। गाली-गलौच पर उतर आया। शिवानन्द की धुनाई शुरू कर दी। धमकी देने लगा कि वह उसकी तनख्वाह काट देगा। शिवानन्द का मन हिकारत से भर गया। वह एक पढ़ा-लिखा, ब्राह्मण कुल का इन्सान एक अनपढ़ चमार से मार खा रहा है। सहसा उसका आत्म सम्मान जग गया। "इतनी भी गरज नहीं मुझे तेरे यहाँ काम करने की। ले सँभाल अपने जूते। मैं चला यहाँ से।" बिखरे जूतों पर एक जोर की लात मार कर वह दुकान से बाहर निकल गया।

दुकानदार व उसके विक्रेताओं ने पीछे से उस पर एकदम से झपट्टा मारा, और

उसे दबोच दिया। उसने उनकी गिरफ्त से अपने को छुड़ाने की जी-तोड़ कोशिश की मगर वे तीन और वह अकेला। दबोच कर उन्होंने उसे दुकान के पीछे स्टोररूम में बन्द कर दिया।

"मर यहाँ भूखा-प्यासा!"

शिवानन्द लगातार दरवाज़ा पीटता रहा। लेकिन ख़ामोशी। थोड़ी देर में उसने महसूस किया कि वे लोग बाहर से दुकान बन्द करके चले गये, और वह अन्दर अकेला गिरफ्तार है। सहसा वह डर गया।

नीचे फर्श पर, चारपाई के सहारे बैठ कर सोचने लगा कि कैसे वह बाहर निकले। एक रोशनदान ही था स्टोररूम में। रह-रह कर वह रोशनदार की तरफ़ ताक़ता। अचानक ध्यान आया, चारपाई! रोशनदान! चारपाई!

वह उठा, तकिये के गिलाफ में छुपाये कुछ पैसे जो उसने बड़े यत्न से बचाए थे, निकाल कर अपनी बनियान की जेब में डाले। एक बैग में अपने लत्ते-कपड़े भरे। चारपाई खड़ी करके वह उसके सहारे रोशनदार तक पहुँचा। किस्मत से रोशनदार पर लगी धातु की सरिया बढ़िया क्वालिटी की नहीं थी, जंग लग कर और भी कमजोर हो गयी थी। कैसे उसने बल लगा कर लोहे ही सरिया पिचकाई? अपना बैग बाहर फेंका। कैसे वह स्वयं भी एक छोटे से सुराख से बाहर निकला? उसे ख़ुद ही नहीं मालूम। बहरहाल रात्रि के दो बज रहे थे जब वह रोशनदान से खुले आकाश में नीचे कूदा। किस दैवीय शक्ति से यह सम्भव हो पाया, वह ख़ुद पर आश्चर्य करता रहा।

मगर अब वह कहाँ जाए? यहाँ तो जूते की दुकान वाला और उसके चमचे उसे जीने नहीं देंगे। वह सुबह होने से पहले यहाँ से फरार हो जाये, यह ज़रूरी है। पर कहाँ? अपने पहाड़? उसने सीधे रेलवे स्टेशन का रास्ता नापा–पैदल। अपनी जेब टटोली–पैसे सुरक्षित थे। रेल व बस के किराये के लिये पर्याप्त थे।

सो, दो महीने में ही शहर से घबरा कर शिवानन्द वापस गाँव लौट आया। माँ अन्तिम साँसें ले रही थी। यह अति दुर्भाग्य था कि माँ मर रही थी। मगर माँ की तेरहवीं में सिदोली गाँव के मल्केशवर प्रसाद नौटियाल का आगमन उसके लिये एक ख़ुशी ले आया। माँ की मौत ने कई लोगों की उनके प्रति सहानुभूति जगा दी थी। मल्केशवर प्रसाद ने शिवानन्द को जरा सा आसरा दिया, और उसके जीवन का पाठ्यक्रम बदल गया।

बीस

पूरी पाण्डुलिपि पढ़ कर मैं हैरान हूँ कि अभय ने अपने विषय में तो कुछ लिखा ही नहीं। अभय मेरे से तीन साल बड़ा भाई...कितनी ही यादें हैं उसके साथ बचपन की...कितनी ही घटनाएँ...कितने ही क़िस्से उसके साथ लिपटे हैं...। कितनी ही कहानियाँ...हँसी, आँसू, पश्चात्ताप, ग्लानि...। हम बहनें उससे कुछ भी कह लेतीं, कुछ भी करवा लेतीं। कुछ भीं मँगवा लेती।

कभी-कभी हम बहनें काग़ज़ के एक टुकड़े में कुछ लिख कर उसे दे देतीं कि जा बाज़ार से लेकर आ जा। वह रास्ते में पर्ची चैक करता कि उससे क्या मंगवाया जा रहा है। पहले तो वह समझ नहीं पाया, मगर बाद में, जब वह अख़बारों और पत्रिकाओं में विज्ञापन देखने लगने लगा तो उसे समझ में आने लगा कि वे उससे क्या मंगवाया जा रहा है। एक दिन उसने अपने भोलेपन में हमें मश्विरा दे दिया कि कौन से सैनेटरी नैपकिन अच्छे होते हैं; किनका सबसे ज़्यादा विज्ञापन आता है।

रिया व गौरा खिलखिला कर हँस पड़ीं। जया उसकी ठुड्डी खींचते हुए बोली –हाऊ स्वीट!

ओह...उसका गर्मियों की भरी दोपहरी में हमारे लिये पेड़ों से जामुन तोड़ कर लाना! नीले रसीले जामुनों से उसकी जेबें भी नीली हो जातीं। तेज गर्मी में उसका साँवला रंग तप कर और गहरा हो जाता। भय से उसकी साँसों का स्पन्दन तेज। उसे मालूम था कि किसी के पेड़ से जामुन चुराना अपराध है। माँ, पिताजी, दोनों बड़े भाई इसे बिल्कुल भी उचित नहीं ठहराएँगे। उसे डाटेंग़े, फटकारेंगे-तू चोरी करता है! चोर! वह चुराए हुए जामुन चुपचाप हम बहनों के कमरे में लाता जहाँ जामुनों को भरपूर स्वागत होता।

जाड़ों में वह खेतों से हमारे लिये गन्ने तोड़ कर लाता। शहर की सरहद में बनी शक्कर फैक्ट्री से वह हमारे लिये ताजा गरम-गरम पिघला हुआ गुड़ लाता। उसे मालूम रहता कि रोज शाम चार बजे आनन्द हलवाई समोसे तलने के लिये अपनी कड़ाई भट्टी पर चढ़ाता है। वह ठीक चार बजे साइकिल से वहाँ पहुँच जाता। जैसे

ही गरम समोसे कड़ाई से तल कर उतरते, वह पहला ग्राहक होता। हर मंगलवार तिवारी स्वीट शॉप वाला जब बूँदी के लड्डू बनाता तो वह वहाँ खड़ा हो जाता और हलवाई को गोल-गोल लड्डू बनाते हुए देखता। एक किलो ख़रीद कर घर ले आता। हमारे सामने पेश करता। हम बहनों को ललकते हुये खाते देख उसे एक आत्मतृप्ति मिलती।

राखी त्योहार की सबसे अधिक उत्सुकता तीनों भाइयों में अभय को रहती। वहीं हमसे बड़ा सा तिलक अपने माथे पर लगवाता। रंग-बिरंगी, बड़ी-बड़ी राखियाँ कलाई से कोहनी तक अपने दोनों हाथों में हमसे बँधवाता। गणेश व कार्तिक तिलक के लिये कहते-बस छोटा सा। बाद में वह भी अपने माथे से पोंछ देते। राखी के नाम पर सिर्फ़ एक धागा ही अपनी कलाइयों पर बँधवाते।

अभय की साँवली बाहों में बँधी चमकीली राखियों को देख कर गली के कुछ लोग मज़ाक़ करते : 'लगता बहनें कुछ ज़्यादा ही हैं। वास्तव में लग रहा है आज राखी का त्योहार है।'

एक शरारत मेरा भाई ज़रूर करता। जब पिताजी उसे रुपये देते राखी पर हम बहनों को देने के लिये तो वह उसमें से अपना कमीशन काट लेता। हमें पूरे नहीं पकड़ाता। अपने पूरे रूपये वसूल करने के लिये हमें उससे लड़ना पड़ता। ना-नुकर करते-करते, रुपये इधर से उधर करते हुए अन्त में हार कर बाकी के हमारी तरफ़ बढ़ाते हुये उलाहना से कहता : "ये मेरी बहनें...अपने को हिरोइनें समझती हैं।"

दीवाली हमारे लिए हमेशा एक ख़ास त्योहार हुआ करता था, उत्साह और उमंग से भरा। हम कई दिनों पहले से ही पटाखे इकट्ठा करना शुरू कर देते थे–हर रंग, हर आकार, हर बल और ऊर्जा के। खील-बताशों की मिठास घर में जैसे बिखर जाती थी। हम बहनें घर को दीयों और मोमबत्तियों से सजातीं; हर कोने में रौशनी का जादू बिखेरतीं। भाइयों के हिस्से में आता था बिजली की लड़ियों की सजावट।

दीवाली की शाम, अभय हमेशा हमारा लीडर होता। एक-एक करके हम उसे पटाखे पकड़ाते, और वह उन्हें जलाता। एक कोने से दूसरे कोने में धागा बांधकर पटाखों की रेलगाड़ी चलाता, बोतल से आकाश में रंग-बिरंगे बाण छोड़ता। हम दूर खड़े, उसकी आतिशबाज़ी को देखकर तालियाँ पीटते। उसके पास हमेशा कुछ नया अन्दाज़ रहता था।

लेकिन उस साल की दीवाली का मंजर कुछ और ही था। धनतेरस से एक दिन पहले ही घर में एक टेलीग्राम आया। कार्तिक भैया ने पोस्टमैन से उसे लेकर हाथों में पकड़े रखा। हमें कुछ नहीं बताया। पिताजी उन दिनों हरिद्वार में थे, अपने

ऑफ़िस के काम में व्यस्त। शाम को जब वे घर लौटे, तो भैया ने बिना कुछ कहे टेलीग्राम उनके हाथों में थमा दिया।

टेलीग्राम पढ़ते ही पिताजी के चेहरे का रंग उड़ गया। वे धम्म से कुर्सी पर गिर पड़े और सिर उनका दीवार से टकरा गया। घर में सन्नाटा छा गया। हम सब एक-दूसरे की ओर सवालिया नज़रों से देख रहे थे, दिल में एक अजीब सा भय और शंका। "क्या लिखा है टेलीग्राम में?" किसी के भी मुँह से यह सवाल नहीं निकल पा रहा था।

कार्तिक भैया ने धीरे से कहा, "चाचाजी...गुज़र गये।"

यह सुनते ही जैसे हमारी दुनिया थम गयी। माँ की आँखें भय और दुख से भर गयीं। उन्होंने सिर पकड़ा और रूंधी आवाज़ में बोलीं, "देवा नहीं रहा..." और रोने लगीं। पिताजी चुपचाप छत की ओर एकटक देख रहे थे, जैसे सब कुछ खो गया हो। उनके होठों से बस एक ही नाम निकल रहा था, "देवा...देवा...हमारा सबसे छोटा भाई हमसे पहले ही चला गया!"

रात भर हमारे घर में अजीब सी ख़ामोशी छाई रही। पिताजी का ब्लड प्रेशर इतना बढ़ गया कि डॉक्टर को बुलाना पड़ा। आधी रात तक जागने के बाद उन्हें नींद की गोली देकर जबरन सुलाना पड़ा।

अगले दिन, जब पिताजी गाँव जाने की तैयारी कर रहे थे, माँ ने अभय को उनके साथ भेज दिया ताकि उनका सहारा बन सके। पिताजी इस समय टूट से गये थे, अकेले चल भी नहीं पा रहे थे। अभय उनकी परछाई बनकर साथ था। घर पर कार्तिक भैया रुक गये ताकि माँ और बाकी घर का सहारा बने रहें।

चाचा जी की मौत हमारे लिये पहली मौत थी जो हमने अपने परिवार में महसूस की। ऐसा लगा उनकी मौत ने हमारे परिवार की हर ख़ुशी को जैसे निगल लिया। घर के हर कोने में एक अजीब सी उदासी छा गयी थी। लग रहा था जैसे दीवारें, फर्श, और हर छोटी-बड़ी चीज़ हमारी तरह शोक में डूबी हैं, अपने-अपने तरीक़े से विलाप कर रही हैं। हमारी माँ, जो वैसे ही कम बोलती थी, पूरी तरह ख़ामोश हो गयी। अभय, हमारा लीडर पिताजी के संग सेवल चला गया।

उस साल दीवाली आई तो ज़रूर, मगर हमारी नहीं थी। न घर में दीये जले, न मोमबत्तियाँ, न खील-बताशों की मिठास फैली। घर में पटाखों का ढेर था, लेकिन माँ ने उन्हें छूने तक नहीं दिया। उनकी एक ही बात थी, "हमारी दीवाली नहीं है।" हमें लग रहा था जैसे सारे त्योहार, सारी ख़ुशियाँ चाचा जी अपने साथ ही ले गये हों।

हमने माँ से पूछा, "फिर इन पटाखों का क्या करें?"

माँ ने थकी सी आवाज़ में जवाब दिया, "अगली दीवाली पर फोड़ लेना...।"

जब अभय गाँव से लौटा तो उसने वहाँ की दीवाली का दृश्य बताया। उसने कहा कि पहाड़ों में भी लोग ख़ूब दीवाली मनाते हैं। लेकिन हमारे गाँव में इस बार बस कुछ घरों में ही दीये जले थे। हमारे चाचाजी के निधन की वजह से ब्रह्मानन्द दादाजी और मलखू दादाजी के घर भी शोक में डूबे रहे, दीवाली की रात उनके आँगन में भी अँधेरा छाया रहा। मगर निकटतम पड़ोसी जयदत्त राड़ा ने धूमधाम से दीवाली मनाई। हमारे दर्द की परवाह किए बिना उसने हर तरफ़ रोशनी बिखेरी और पटाखों का शोर मचाया।

उस साल की दीवाली ने हमें बहुत कुछ सिखाया–ख़ुशी और ग़म के बीच का वह अजीब सा फ़र्क़, और यह कैसे एक पल में हमारी दुनिया में सब कुछ बदल सकता है। हमारे इकट्ठा किये पटाखे यूँ ही पड़े-पड़े पुराने हो गये। बारूद सूख गया, और अगले साल तक वे फीके पड़ गये, अपनी चमक खो बैठे।

***

किशोरपन के बदलाव अभय में बड़ी तेजी से आ रहे थे, जो कम से कम मुझसे अनदेखे नहीं रहे। अपने दो बड़े भाइयों को मैंने हमेशा युवा ही देखा था–दाढ़ी-मूँछे उगी हुई, कद पूरा बड़ा हुआ। अभय को मैंने जवान होते हुए देखा–एक बच्चे से लड़का, फिर एक लड़के से एक आदमी बनते हुए देखा। वह मेरा भाई ही नहीं, मेरे बचपन का साथी भी है। इस वजह से सभी भाई-बहनों में सबसे अधिक लगाव मुझे अभय से ही है और शायद अभय को मुझसे।

मैं उसका लड़कपन देखने लगी थी, देखने लगी थी कि वह अब हम बहनों की बातों में कम दिलचस्पी लेता है। हमारे बीच नहीं बैठता। हमारे छोटे-छोटे काम करने से मना कर देता। वह अपने को पुरुष प्रधान समाज का एक हिस्सा समझने लगा था और समझने लगा था कि वह हम औरतों से श्रेष्ठ है। अपने पहनावे को लेकर सतर्क हो गया था। अन्दर कसी बनियान, उसके ऊपर खुली शर्ट। हम उसे अपनी शर्ट के बटन बन्द करने को कहते तो वह कहता-यह फैशन है।

आँखों में काला चश्मा लगाता। कहता–इससे वह कूल लगता है। उसके कोमल कपोलों पर दाढ़ी उगनी शुरू हो गयी थी, आवाज़ भारी होती जा रही थी। कन्धे प्रशस्त। जब उसने पहली बार अपनी दाढ़ी बनाई थी, चेहरे को शेविंग क्रीम से बुरी तरह पोत दिया था। "हा आ!" हम सब उसकी हँसी उड़ाने लगे। लगे। हमारी आवाज़ें सुन कर माँ गुसलखाने के दरवाज़े पर आई। दरवाज़े पर ठिठक कर

मन्त्रमुग्ध हो अभय को निहारती गयी। थोड़ी देर में प्यार से बोली : मेरा लाडला दाढ़ी बना रहा है। मेरा सबसे छोटा बेटा भी जवान हो गया है।"

अपने यार–दोस्तों के साथ वह ज़्यादा से ज़्यादा समय बिताने लगा था। लड़के हमारे घर के गेट से आवाज़ देते–"अभे! अभे!" और वह बाहर निकल जाता। बाहर गली में, पीपल के पेड़ की छाँव तले वह लड़कों से गुफ्तगू करके आ जाता। घर के अन्दर वह लड़कों को नहीं लाता। एक तो उसे मालूम था कि हमारा घर लड़कियों का घर है और उसके दोस्त गणेश और कार्तिक के दोस्तों की तरह शालीन व परिष्कृत नहीं थे। सड़क छाप, आवारा किस्म के लड़के उसके दोस्त हुआ करते थे। वह भी उनके साथ आवारा बन रहा था। सारे दिन लड़कों के साथ पतंग उड़ाता, क्रिकेट खेलता, फुटबाल खेलता, तैराकी करता, साइकिल पर लम्बी-लम्बी सैर करता। एक नया शौक और उन लड़कों को चर्रा गया था–फायरिंग का। पक्षियों तथा छोटेछोटे जानवरों -कौवों, चिड़ियों, गिलहरी आदि का शिकार करना।

पिताजी कहते, "दो लड़कों का तो मुझे पता ही नहीं चला कि कब बड़े हुए। तीसरे ने तो नाकों चले चबा दिये।"

दामोदर जीजाजी जब उसकी करतूतें सुनते तो हँसते हुए कहते, "यह असली लड़का है! पर मुझे डर है कि कहीं मेरे लड़के अपने मामा पर न चले जाएँ!"

छह लड़कों का एक गैंग बन गया था। एक अभय, एक अमरूनी मौसी का लड़का मनोज, एक हमारे मित्रवत् पड़ोसी का लड़का अजीत नेगी और तीन सिख लड़के, जिनके औपचारिक नाम जो कुछ हों, लेकिन हम सब उन्हें काक्कू, रोशन और प्यारे के नाम से ही जानते थे। हमारे घर के पास सरदारों का एक टोला था जहाँ पाँच सरदार भाइयों के परिवार रहते थे। कहा जाता है भारत-पाकिस्तान के बँटवारे के समय वे लाहौर से भाग कर देहरादून में बस गये थे। हममें से सरदारों के उस अहाते में कभी कोई नहीं जाता था, सिर्फ़ अभय को छोड़ कर। उसकी उन सरदार लड़कों से दोस्ती रहती थी। उनके अहाते जाकर वह उनके साथ लोहड़ी भी मना लेता था। उनके साथ गुरुद्वारे जाता। वहाँ से कड़ाह प्रसाद हमारे लिए लाता।

उस दिन का वाकया कुछ अलग था। छहों लड़के मिलकर देहरादून की सरहद पर पिस्तौल लेकर गये। कोई नहीं जानता कि उन्होंने पिस्तौल कैसे हासिल की। ख़ैर, शहर से दूर, मियाँवाला में जाकर हवा में उड़ते पक्षियों पर गोलियाँ दागने लगे। देखते ही देखते खुले आसमान में उड़ते तीन कबूतर ज़मीन पर चित्त गिर गये। जहाँ तक मैं अभय को जानती हूँ, मेरे भाई को तो पिस्तौल पकड़नी तक नहीं आती

थी। वह कहाँ से निशाना लगायेगा। वे कबूतर लावारिस नहीं थे, किसी की सम्पदा थे। शोर मच उठा। एक भीड़ लड़कों की तरफ़ दौड़े आने लगी। सभी लड़के भाग गये। एक अभय अपनी जगह खड़ा रहा। "अरे भाग क्यों रहे हो?" वह लड़कों से बोला। कभी वह हतप्रभ ज़मीन पर गिरे लहूलुहान कबूतरों को देखता तो कभी दूर भागते लड़कों को तो कभी अपनी तरफ़ बढ़ते लोगों को। उन लोगों ने अभय को घेर लिया। गाँव के मवाली लोग।

लड़को ने देखा भी कि अभय उन मवालियों द्वारा पकड़ा गया है मगर वे रुके नहीं। अभय को बचाने की उन्होंने कोई कोशिश नहीं की। झट से अपनी मोटरसाइकिल पर सवार हुए और वहाँ से फरार हो गये। इतना उन्होंने ज़रूर किया कि भागते हुए जब वे राजपुर रोड पहुँचे तो वहाँ स्टेट बैंक ऑफ़ इण्डिया की शाखा, जहाँ कार्तिक भैया जॉब करते थे, दो मिनट रुक कर कार्तिक भैया को सूचना दे दी कि मियाँवाला, हरिद्वार रोड पर बरगद के पेड़ के पास चायवाला-पानवाला के सामने जो गोपीनाथ गैराज है, उसके पास अभय मवालियों द्वारा पकड़ लिया गया है। वे अभय को पीट रहे हैं।

कार्तिक भैया बैंक से छुट्टी लेकर तुरन्त स्कूटर से मियाँवाला उस जगह गये। देखा कि गैराज का मोटा-तगड़ा मालिक अभय को पकड़े हुए है। उसकी पूरी बिरादरी वहाँ मौजूद। किसी ने अब तक पुलिस को इतल्ला कर दी थी। पुलिस भी वहाँ पहुँच गयी थी। अभय और दुकानदार को थाने ले जा रही थी। यह मामला अब कार्तिक की भी बस का नहीं था। सो पिताजी को सूचित किया गया। पिताजी ने मुरलीधर मामा जी को। मुरलीधर मामा पुलिस में डी.एस.पी. थे। मुरली मामा पिताजी को लेकर तत्काल थाना गये। हम सब भौचक्के।

अभय पुलिस हिरासत में!

अभय गिरफ्तार!

क्यों?

क्या किया उसने?

रास्ते भर पिताजी को अभय पर ग़ुस्सा आ रहा था कि अब यह नौबत आ गयी कि उसे पुलिस हिरासत से छुड़ा कर लाओ। लेकिन जब वे थाने पहुँचे और वहाँ अभय की जो हालत देखी तो उनका सारा ग़ुस्सा अभय से हट गैराज के उस मवाली पर सवार हो गया जिसने अभय की यह दुर्दशा कर रखी थी।

"अपने कबूतरों के लिये क्या तू मेरे लड़के की जान ले लेगा," पिताजी उस पर कड़के।

"छेड़खानी उसने पहले की। मेरे कबूतरों का शिकार किया आपके लोंडे ने। वह भी पाँच कबूतरों का।"

"अबे स्याले, पक्षियों की जान की तुलना क्या तू एक मनुष्य जान से करेगा?" पिताजी उस पर चीखे। उस पर वार करने के लिये आगे बढ़े कि पुलिस चौकी के बाहर खड़े उसकी बिरादरी के लोग गरजे अपने हाथों में थामे बाँस के डंडों को उछालते हुए। मुरलीधर मामाजी ने पिताजी को बैठाकर शान्त करवाया। "जीजाजी आप बहुत ही सभ्य हैं इन मवालियों से...आप इनसे नहीं भिड़ सकते।"

"देखिए, मेरा तो आपके लड़के से आज ही पाला पड़ा है, और आज के बाद मैं इसे कभी देखूँगा भी नहीं। मगर आपको अपने बेटे के साथ उम्र बितानी है। इसे कुछ तमीज सिखाइये। इसे कहो कि लफंडरगीरी छोड़े। आज मेरे कबूतर मारे, कल किसी की जान भी ले सकता हैं। शिकारी है ये। एक खतरा बन सकता है यह समाज के लिये...।"

"चुप बे सयाले..." पिताजी उसे मारने के लिये दौड़े।

"ऐ हे..." उसकी बिरादरी के लोग फिर गरजे, अपने डंडों को उछालते हुए।

मुरलीधर मामाजी ने पिताजी को खींच कर उस झुण्ड से दूर हटाया। कुछ इशारा किया। पिताजी ने बड़ी अनिच्छा से अपनी कमीज की जेब में हाथ डाला और रुपये निकाल कर मवाली को उसके मरे हुये कबूतरों की क़ीमत अदा की।

अभय को साथ ले पिताजी और मुरली मामाजी थाने से बाहर निकले।

अभय जब घर आया तो हम उसे पहचान ही नहीं पाये। उसका पूरा मुँह सूजा हुआ था। एक आँख नीली। बदन पर जगह-जगह खरोंचे। साफ़ लग रहा था कि उस कबूतर वाले ने उसकी जम कर पिटाई की। वह अत्यधिक शर्म से भरा था– लज्जित। हममें से किसी से नज़रें नहीं मिला रहा था। वह भी चुप। हम भी चुप। चुपचाप वह तहख़ाने में गया और अपने को अन्दर बन्द कर दिया। हम अन्यमनस्क से उसे अकेला होते देख रहे थे। कुछ देर बाद हम सभी ने बारी-बारी से तहख़ाने का दरवाज़ा खड़खड़ाया–अभय! अभय। अभय भइया! मगर उसने दरवाज़ा नहीं खोला, न ही अन्दर से कोई आवाज़ की। पिताजी कहने लगे, "उस नालायक को बन्द ही रहने दो तहख़ाने में। सड़ने दो उसे वहाँ।"

हमें बाद में मनोज, अमरूनी मौसी के बेटे, ने बताया कि अभय जब उस कबूतर द्वारा पकड़ा गया तो वह और उसके बिरादरी के लोग उसे बेरहमी पीटने लगे। अभय ने अपने दोनों हाथ जोड़ कर उनसे माफी माँगी। उनके पैर भी पकड़े कि वे उसे माफ करदे। उसका कोई कसूर नहीं। वह तो उन लड़कों के साथ यूँ

ही आ गया था। उनके साथ ऐसे ही खड़ा था। वह तो पिस्तौल पकड़ना तक नहीं जानता, चलाना तो दूर की बात रही।

मगर उन्होंने एक न सुनी। ख़ूब मारा अभय को। मारते ही गये–लातों से जूतों से, बाँस से। हमें यह सब सुनकर बहुत ही ख़राब लगा–बहुत ख़राब। अभय के प्रति हम असीम करुणा से भर गये। हमारा बेचारा भाई–सीधासादा! हमें उस पर बहुत दया आई।

हमने सोचा था कि इस घटना के बाद अभय कुछ सबक लेगा। वह उन लड़कों का साथ छोड़ देगा। मगर अभय बस तीन-चार दिन घर में बैठा रहा, फिर से उन लड़कों के साथ घूमने लगा। उनके साथ खेलना, सैर-सपाटा करना। कई बार हमें पता भी नहीं रहता कि वह दिन भर है कहाँ, और क्या कर रहा है। उस बार वह सहस्रधारा गया था उन लड़कों के साथ...। हमें तो कुछ पता ही नहीं चलता अगर वह वाकया न हुआ होता।

कुछ लड़कियाँ भी वहाँ पिकनिक मनाने आई हुई थीं। ये लड़के उन लड़कियों के पीछे पड़ गये। सूर्यास्त के समय जब वे लड़कियाँ सहस्रधारा से देहरादून के लिये बस में चढ़ीं तो ये लड़के भी उस बस में सवार हो लिये। लड़कियाँ पहले तो लड़कों की छेड़छाड़ को मज़ाक़ में लेती रहीं, आनन्दित होती गयीं। ख़ुद भी अपनी अदाओं से लड़कों को और उकसाती रहीं। मगर समूह के दो लड़के प्यारे व रोशन जब थोड़ी बदतमीजी पर उतर आए तो बात बिगड़ गयी। लड़कियों ने ड्राइवर से उन लड़कों की शिकायत कर दी।

ड्राइवर ने उन लड़कों को शराफत से बैठने को कहा। वे लड़के कहाँ ड्राइवर की बात सुनते। वे इतने सीधे नहीं थे। अन्य यात्री भी हो-हल्ला मचाने लगे थे। ड्राइवर के लिये प्रतिष्ठा का प्रश्न हो गया। उसने बस रोक कर लड़कों को बस से उतर जाने को कहा। लड़के नहीं उतरे। ड्राइवर बस से उतर गया कि वह बस नहीं चलाएगा, जब तक वे लड़के बस से नहीं उतरेंगे।

ड्राइवर ने लड़कों की हिम्मत व शक्ति का अनुमान कम लगाया था। सिख लड़के-काक्कू और रोशन यकायक बस से उतर कर ड्राइवर पर झपट पड़े। उससे बस की चाबी माँगी। ड्राइवर डर गया। सोचने लगा कि ये लड़के तो गुंडे हैं। उनसे निपटना उसकी वश की बात नहीं। बाल-बच्चों वाला और शरीफ ड्राइवर ने चुपचाप बस की चाबी उनके हवाले कर दी। बस के अन्य यात्री भी डर गये। वे लड़कियाँ भी सकपका गयीं। सब ख़ामोश। किसी के मुख से चूँ तक नहीं निकल रही। रोशन, जो अपने पिता का ट्रैक्टर व ट्रक चलाता था और जिसे बड़ी गाड़ियाँ चलाने का

अनुभव था, बड़े इत्मीनान से ड्राइवर की सीट पर बैठा और नारा लगाता हुए-बोले सो निहाल-बस स्टार्ट की और चलाने लगा। मगर कितनी दूर वह बस चला पाता। दो ही किमी बस चली थी कि पुलिस की जीप सायरन बजते हुये वहाँ पहुँच गयी। बस रोक दी गयी। लड़के गिरफ्तार...।

साँझ ढले हमारे पास ख़बर आई कि अभय और उसके दोस्त सहस्त्रधारा पुलिस थाने में हिरासत में हैं। रोशन के पिता हरनाम सिंह, जो हमारे घर कभी नहीं आते थे, हमारे घर की देहरी पर खड़े थे।

"सत श्री अकाल!"

"सत श्री अकाल, हरनाम सिंह जी!" पिताजी ने जवाब दिया, उन्हें अपने घर आया देख कर थोड़े आश्चर्य में पड़ गये ।

"ये लड़के हवालात में हैं, जी।"

"हवालात में? क्या गुल खिलाया उन्होंने?"

हरनाम सिंह ने जो संक्षिप्त वर्णन दिया हम भौच्चके रह गये। इस बार मामला और संगीन था। इस बार लड़कों की करतूतों में लड़कियाँ शामिल थीं।

लड़कियाँ...

लड़कियाँ...

कितनी?

छह।

और लड़के?

लड़के भी छह।

"कहीं लड़कों पर बलात्कार का मामला तो नहीं है?" पिताजी ने सिहरते हुए अपनी शंका ज़ाहिर की।

"ऐसा मत कहो, गैरोला जी। हमारे लड़के कुछ भी हो मगर रेपिस्ट नहीं हो सकते।"

ख़ैर, एक बार फिर पिताजी को पुलिस चौकी भागना पड़ा अभय को छुड़ाने के लिये। रोशन के पिता हरनाम सिंह साथ गये। वे ही पिताजी को अपनी मोटरसाइकिल पर सहस्त्रधारा रोड पुलिस चौकी ले गये। अपने लड़कों को पुलिस हिरासत से छुड़ाने आए दोनों पिताओं को दरोगा से सुनना पड़ा–आजकल पता नहीं किस तरह माता-पिता अपने लड़कों की परवरिश कर रहे हैं। उन्हें गुंडा बना रहे हैं। न इन लड़कों को कानून का ख़ौफ़ है, न समाज का भय और न ही उनका अपना कुछ जमीर है।

पिताजी अपमान का घूँट पीकर रह गये।

इस बार जब अभय पुलिस चौकी से वापस घर आया तो उसके चेहरे पर उतनी शर्मिन्दगी नहीं थी, जिंतनी पहली बार थी। हम ही सहमे हुए थे। आवाज़ में एक धार के साथ हमसे पूछा,"यहाँ पास-पड़ोस में किसी को मालूम तो नहीं है कि क्या हुआ। किसी को कुछ बताया तो नहीं?"

हम सभी ने सहमते हुये अपनी गर्दन हिलाई।

पिताजी ने हमें बताया कि जब वे तथा हरनाम सिंह उन लड़कों को पुलिस चौकी से छुड़ा कर बाहर लाये तो उन लड़कों के चेहरे पर पश्चात्ताप व ग्लानि के कोई भाव नहीं थे। बल्कि प्यारे और रोशन बोले, उन्हें भूख लगी है। उन्हें खाना खाना है।

"इतनी बेहयाई!" पिताजी तो उन लड़कों पर चपत लगाने के लिये दौड़े कि हरनाम सिंह ने रोक दिया।

"वाहे गुरु का खालसा...गैरोला जी, इससे कोई हल नहीं निकलेगा। अभी यहीं कहीं पास में चल कर किसी रेस्टोरेन्ट में लड़कों को खाना खिला देते हैं। सुबह से भूखे हैं। घर भी दूर हैं। फिर हम बैठ कर सोचेंगे कि क्या किया जाए।"

न चाहते हुये भी पिताजी हरनाम सिंह के साथ उन लड़कों को लेकर एक रेस्टोरेन्ट में आए और उन्हें खाना खिलाया।

लड़कों ने तन्दूरी चिकन, मटर पनीर, कश्मीरी पुलाव, रूमाली रोटी तथा रायता आदि नाना प्रकार के व्यंजन आर्डर करके भरपेट खाना खाया। ऊपर से गटगट पानी पीकर डकार भरी। पिताजी को रह-रह कर लड़कों पर बहुत ग़ुस्सा आ रहा था। रोशन के पिता पिताजी की मन:स्थिति समझ रहे थे। उनका हाथ दबाते हुये बोले, "गैरोला जी, माता-पिता होना आसान नहीं, ख़ास कर पुत्तरों के। लड़के इस उम्र में ऐसा करते हैं, गैरोला जी...। दबंगयी दिखाते हैं। कहते हैं न कि वह जवानी नहीं जिसमें कोई कहानी नहीं। आप भी जरा अपनी जवानी के दिन याद करिये...।"

दूर शून्य में देखते हुए पिताजी बोले,"मैंने बचपन से सीधे बुढ़ापे में क़दम रखा।"

इक्कीस

हमारे विशाल परिवार की बहुरंगी झलकियाँ हैं। सभी का वर्णन करना सम्भव नहीं। लेकिन बस जो संवेदना के स्तर पर स्थायी भाव को प्राप्त हैं, उनकी अवहेलना कर आगे बढ़ जाना भी सम्भव नहीं। ऐसा ही एक वृत्तान्त देना चाहूँगी...।

एक बार पिताजी हमारे लिए एक कुत्ता लाए थे। गाय और बिल्ली पहले से थीं, अब कुत्ता भी हमारे घर आ गया। सुदूर हिमालय प्रदेश के किसी पहाड़ी गाँव से आया था। पिताजी के डिप्टी कमिशनर बनने के साथ ही उन्हें सरकारी जीप मिली। पोस्टिंग तो उनकी हरिद्वार थी, जहाँ उन्हें सरकारी आवास मिला हुआ था। मगर पिताजी जीप से अब कभी भी बिना किसी सूचना के किसी भी पहर घर पहुँच जाते थे। जीप की आवाज़ जब भी हमारे कानों में पड़ती हम समझ जाते कि पिताजी आ रहे हैं। हम फटाक से गेट खोलने के लिये भाग जाते। जीप का ड्राइवर जब इंजन बन्द करता तो पिताजी जीप से उतरते। हमें देख कर उनके चेहरे पर मुस्कुराहट छा जाती। अक्सर वे पहाड़ी गाँवों का दौरा करते रहते। हमारे लिये पहाड़ी फल-खुमानी, सेब व नारंगी लाते। कभी पहाड़ी सब्जियाँ-ककड़ी, मूली, पालक लेकर आते। पर इस बार पिताजी जीप से उतरे तो उनके हाथों में एक निपट काला कुत्ता...।

सुखद आश्चर्य से हम सभी की आँखें फैल गयी। अभय ख़ुशी से उछलने लगा।

"बहुत दूर, बद्रीनाथ से भी दूर तिब्बत को छूते चमोली गढ़वाल के भोटिया गाँव सलधार का है यह। नस्ल एलसेशियन है। प्योर एलसेशियन, क्रास ब्रीड नहीं। बहुत ऊँचा कद जायेगा इसका। हमारे घर की रखवाली करेगा," पिताजी कुत्ते को दुलारते हुए बोले।

पिताजी की गोदी में दुबके उस नन्हे, निरीह कुत्ते को देख हम भाई-बहन अचरज करने लगे कि यह हमारे घर की रखवाली करेगा।

"यह मेल-डॉग है। बारह-पन्द्रह साल तक ज़िन्दा रहेगा," पिताजी ने बताया।

"बस बारह-पन्द्रह सालों तक!"

"कुत्ते इतना लम्बा नहीं जीते। उनका जीवन चक्र छोटा होता है। कुछ तो आठ-दस साल तक ही ज़िन्दा रहते हैं। लम्बे व ऊँचे कुत्ते लम्बा जीते हैं।"

पिताजी ने कुत्तों के सम्बन्ध में कुछ और बातें हमें बताई, फिर कुत्ता हमारी गोदी में थमा दिया। हम भाई-बहन कौतूहल से कुत्ते के इर्दगिर्द जमे उसे घूरते, उसके चिकने बालों में हाथ फेरते। उसकी दुम व कानों को हिलाते। हमने तुरन्त उसे दूध पिलाने के लिये एक बर्तन बना दिया। उसमें दूध भरा और उसका मुँह दूध में डाला तो वह चट-चट कर पी गया।

"अरे वाह..." अभय हर्ष से बोला।

"हम इसका नाम क्या रखेंगे?" मैंने पूछा।

कुछ सोचते हुए अभय बोला, "राका...।" और, उसका नामकरण हो गया।

हमने राका के लिये पीछे के बरामदे में एक जगह बना दी–एक जूट की टोकरी में मोटा सा बिछौना बना कर, कॉजी सी आरामदायक जगह। अगले रोज अभय ने बाड़े में बनी कोठरी, जिसमें यूँ ही बेकार का सामान भरा रहता था, थोड़ा खाली करके वहाँ भी राका के लिये जाड़ो की रात बिताने के लिये जगह बना दी। राका हमारे परिवार का अभिन्न अंग बन गया। अभय, मैं, दिव्या, इति और पाँचवाँ राका। वह हमेशा हमारे बीच में रहता। हम उसे बेहद प्यार करते, उसे दुलारते-पुचकारते। मगर जैसे हम भाई-बहनों पर माँ-पिताजी द्वारा कुछ अनुशासन, कुछ अंकुश थे, वैसे ही अनुशासन-अंकुश राका पर भी लगे। मसलन राका मेज-कुर्सी या बिस्तर पर नहीं चढ़ेगा। घर के अन्दर टट्टी-पेशाब नहीं करेगा। कुछ बातें राका ने ख़ुद ही सीखी। वह हमारे पूजा के कमरे और रसोई में नहीं घुसता था। घर के पीछे बाड़े में हमने उसके टट्टी-पेशाब के लिये एक गड्ढा खोद दिया था। राका को मलमूत्र त्यागने की ट्रेनिंग भी दी। वह ख़ुद ही साफ़-सफ़ाई पसन्द करने वालाजीव था।

एक महीना बीता, दो महीने बीते...छह...सात...देखते ही देखते एक साल में राका पूरा जवान हो गया। जैसा कि पिताजी ने कहा था उसने बहुत अच्छी लम्बाई पकड़ी-ऊँचा कद, तना शरीर, कजरारी आँखें। जब वह अपनी दो टाँगों पर खड़ा होता तो उसका कद मनुष्य के कद जैसा ऊँचा लगता। कान हर समय खड़े रहते, पूँछ लहराती हुई सी। बहुत ख़ूबसूरत हो गया, जब हमारा राका जवान हुआ। आवाज़ इतनी दमदार कि जब भौंकता तो पूरी गली में गूँजती। वह पूरा काला नहीं था। बड़े होने पर कुछ और रंग भी उसके बदन पर निखरे। उसके चेहरे पर कुछ बाल सफ़ेद थे। कान व पूँछ में कुछ बाल भूरे। वह एक ख़ुशहाल जीव था। हमें राका की सुन्दरता पर बहुत नाज था।

हम राका को वही खाना खिलाते जो हम स्वयं खाते। उसके खाने का समय भी वही रहता जो हमारा हुआ करता। सुबह नौ बजे नाश्ते में दो मोटी रोटी, सब्जी के

साथ। दोपहर एक बजे दाल-चावल, रात आठ बजे दाल-रोटी। राका दूध का बहुत शौक़ीन था। सुबह-शाम हम उसे दूध भी दे दिया करते थे। और तो और वह चाय भी पिया करता। फल व मिष्ठान भी खाता। एक चीज़ जो हमारे घर में राका को नसीब नहीं थी, वो थी मांस। हमारा परिवार पूरी तरह से शुद्ध शाकाहारी था; मांस का नाम तक वर्जित। जब कभी राका अपना मुँह खोलता–जंभाई लेते हुए या गुर्राते समय–उसके नुकीले, पैने कैनाइन दाँत देखकर मुझे अक्सर खेद होता। राका, आख़िरकार, एक मांसाहारी जीव था और हमारे घर में उसे सिर्फ़ शुद्ध सात्विक भोजन ही मिलता था। लेकिन ये देखकर मुझे हैरानी होती थी कि केवल शाकाहारी भोजन पर भी राका हट्टा-कट्टा और तंदुरुस्त बना रहता था।

एक दिन मैंने राका को पेड़ की एक डाल पर बैठी चिड़िया पर घात लगाये बैठे देखा। धीरे-धीरे, वह अपनी गति सँभालते हुए, झपटने का पैंतरा बना रहा था। इससे पहले कि वह चिड़िया को दबोचता, मैंने चिड़िया को उड़ा दिया। उस घटना ने मेरे मन में एक सवाल जगा दिया। मैंने पिताजी से पूछा, "हम राका को मीट क्यों नहीं खिलाते? वह तो एक मांसाहारी जीव है।"

पिताजी ने मेरी तरफ़ घूरती नज़र से देखते हुए पलटकर एक सवाल किया, "मांस आता कहाँ से है?"

"दुकानों से," मैंने जवाब दिया।

पिताजी मुस्कुराए। "मीट सीधे दुकान से नहीं आता। असलियत जानना चाहते हो? मुर्गी की गर्दन मरोड़ कर पहले उसकी जान ली जाती है। उसके पंख फड़फड़ाते हैं, वह छटपटाती है, दम तोड़ने से पहले तड़पती है। बकरे की गर्दन काटी जाती है–उसे हलाल करते हैं। वह चीखता है, ख़ून से लथपथ हो जाता है। मछलियों को जाल में फँसाकर मछुआरे उनका दम घोटते हैं।"

"बस!" मैंने पिताजी को रोकते हुए कहा।

पिताजी गहरी साँस लेकर बोले, "यह हक़ीक़त है, बेटा। मीट सीधे दुकान से नहीं आता। मीट का मतलब है हत्या। हाँ, अगर चाहो तो उसे अंडा खिला सकते हो।"

उस दिन से हम राका को रोज़ एक अंडा खिलाने लगे। पर कभी-कभी अभय चोरी-छुपे झटका की दुकान से उसके लिए मीट ले आता। माँ-पिताजी से छुपाकर राका को मीट खिलाता। राका के लिए अभय उसका सबसे प्रिय बन गया था।

हम राका को कभी बाँधते नहीं थे। वह पूरे घर में आज़ादी से घूमता–छत, आँगन, कक्ष, बरामदा, बगीचा–हर जगह। केवल रसोई और पूजा घर में उसकी

मनाही थी। शायद जब पहली बार उसने अन्दर जाने की कोशिश की होगी, माँ ने उसे 'दुर्र-दुर्र' कहकर बाहर भगा दिया था। तभी से वह समझ गया कि इन जगहों में उसकी एंट्री नहीं है।

एक दिन माँ गैस पर दूध चढ़ा कर पड़ोस में सत्यनारायण की कथा के लिए चली गयी। हमें दूध पर ध्यान रखने को कह गयी थी। मगर हम भूल गये, और उबलता हुआ दो लीटर दूध बहकर ज़मीन पर फैल गया। हम सभी भाई-बहन एक-दूसरे को दोष देने लगे और गिरे दूध को देखकर अफसोस करने लगे। तभी हमें राका का ख्याल आया–आज तो उसकी लॉटरी लग गयी थी! इतना सारा दूध जो चाटने को मिलेगा।

"राका, आ! ले दूध पी..." हमने उसे रसोई में बुलाया। राका तुरन्त दरवाज़े तक आया, दूध को देखा, दुम हिलाई, पर अन्दर नहीं आया। हमने पुचकारा, खींचा, पर हर बार वह पीछे हट गया। आख़िरकार उसने दूर चबूतरे पर जाकर बैठना ही बेहतर समझा। उसकी इस जिद के आगे हार मानकर हमें ख़ुद ही गिरे दूध को साफ़ करना पड़ा। दूध का उसे ख़ास शौक था, लेकिन वह रसोई में नहीं घुसा।

राका हमारे साथ पकड़म-पकड़ाई, खो-खो और आईसपाइस खेलता था। जब हम भाई-बहन आपस में लड़ते-झगड़ते, तो वह हमेशा कमजोर पक्ष के साथ खड़ा हो जाता और ताक़तवर पक्ष पर भौंकता। घर आने वाले आगंतुकों पर उसकी पैनी नज़र रहती। अगर आगंतुक सुव्यवस्थित, फैशनेबल और स्मार्ट होते, तो वह दुम हिलाते हुए उनका स्वागत करता और उन्हें बैठक तक लेकर जाता। वहीं, अगर कोई साधु, सन्यासी या भीख माँगने वाला आता, तो वह उसे गेट से ही भौंकते हुए भगा देता। हमारे कुछ दोस्त मज़ाक़ करते हुए कहते, "तुम्हारे घर तो स्मार्ट कपड़ों में आना पड़ता है, नहीं तो डर है कि राका हमें गेट पर से ही न भगा दे!"

आईसपाइस खेलना राका के साथ हमेशा मजेदार होता। पहले हममें से कोई–अभय, दिव्या, इति या मैं–उसके सामने तेज़ी से क़दमों की आवाज़ करते, फिर एक व्यक्ति राका की आँखें बन्द कर देता। किसी एक को छिप जाने का मौक़ा मिलता और थोड़ी देर बाद राका की आँखें खोल दी जातीं। वह पूरे घर में सूँघते हुए चक्कर लगाता और कुछ ही देर में छिपे हुए व्यक्ति को ढूँढ निकालता। कभी-कभी हम उसे अप्रत्याशित जगहों पर छिपने की चुनौती देते, जैसे अलमारी में या छत पर, लेकिन वह हमें तुरन्त ढूँढ निकालता। जब हम उसे परखने के लिए रसोई या पूजा के कमरे में छिप जाते, तो राका बाहर से ही भौंकने लगता। वह इन दोनों जगहों में क़दम नहीं रखता।

राका का यह व्यवहार हमें हैरान कर देता। हम उसकी समझदारी और सूँघने की क्षमता के कायल तो थे ही। मगर उसका घर के नियमों का सम्मान करना, वफादारी की एक अलग ही मिसाल थी। उसका हमारे साथ खेल में हिस्सा लेना और घर की सुरक्षा में जो भूमिका वह निभाता, वह एक अद्भुत अनुभव था। राका सिर्फ़ एक कुत्ता नहीं था, बल्कि हमारे परिवार का एक अहम सदस्य था, जो अपनी ख़ासियत से हमें ख़ुश करता था।

हमारे घर में एक कमरा माँ-पिताजी का था, जिसके साथ पूजा कक्ष जुड़ा हुआ था। दो कमरे हम बहनों के थे, एक भाई कार्तिक का, और एक बैठक, जिसका उपयोग विशेष अतिथियों के आने पर ही होता। बैठक से जुड़ा था पिताजी का छोटा सा ऑफ़िस रूम, और एक था कामन रूम, जहाँ कोई भी बैठ सकता या सो सकता था। इसके अलावा एक था तहख़ाना, जहाँ काम का सामान रखा रहता था। तहख़ाने, यानि बेसमेंट में हम में से कोई तब ही जाता जब कुछ स्टोर करने या छिपाने की ज़रूरत होती, या फिर कभी अकेलेपन और शान्ति की तलाश में।

अभय का अपना कोई व्यक्तिगत कमरा नहीं था। रात को वह कामन रूम में फोल्डिंग कॉट पर सोता, और सुबह उठकर उसे समेट देता। राका भी उसी कमरे में सोता–अभय बिस्तर पर और राका ज़मीन पर। जब कभी अभय को सुबह देर तक सोना होता, तो वह बेसमेंट में सो जाता, और राका उसका अनुसरण करते हुए वहीं उसके पास लेट जाता। गर्मियों में, जब वह बाहर आँगन या बरामदे में सोता, तो राका भी उसके साथ वहीं सोता। जहाँ अभय, वहाँ राका।

हमारे बड़े परिवार में हर किसी का सोने, जागने और खाने-पीने का समय अलग-अलग था। इसलिए कामन रूम में एक स्टोव की व्यवस्था की गयी थी, ताकि अगर कभी किसी को समय से बाहर कुछ खाने-पीने की इच्छा हो, तो वह रसोई की नियमित गतिविधि को बिना बाधित किए, अपनी मर्जी से कुछ बना सकता था।

चाय बनाना हमारे घर में एक छोटा सा मिशन था। केतली में पानी चढ़ता, और फिर दस-बारह कप चाय के लिए तैयार होते। कप पंक्तिबद्ध रखे जाते, और फिर गरम-गरम चाय कपों में उड़ेली जाती, जो जहाँ बैठा रहता, वहीं उसे चाय थमाई जाती। शाम की चाय की ज़िम्मेदारी हमेशा अभय की होती। जैसे ही शाम के चार बजते, वह कामन रूम में रखे स्टोव में पंप भरने लगता और चाय बनाने की प्रक्रिया शुरू हो जाती।

यह रोज़ का एक आनन्ददायक हिस्सा था, जब चाय की चुस्कियों के साथ घर के सदस्य परस्पर बतियाते और परिवार के बीच एक सुकूनभरी साझेदारी बन जाती।

उस दिन जब अभय चाय बना रहा था, तो अचानक स्टोव्र में मिट्टी का तेल ख़त्म हो गया। अभय ने स्टोव में तेल भरा और केरोसिन की बोतल ढक्कन बन्द किए बिना बस यूँ ही अपने पीछे रख दी। चाय प्यालों में उड़ेली और मुझे आवाज़ दी कि चाय सभी को पहुँचा दूँ। ट्रे में चाय रख कर मैं सबको परसने लगी।

अभय स्टोव के पास बैठा चाय पीने लगा, तभी अचानक वह हिला और पीछे रखी केरोसिन की बोतल गिर पड़ी। सारा तेल बह निकला और उसकी तीव्र महक पूरे घर में फैल गयी। पिताजी बगल के कमरे में चाय पी रहे थे। उन्होंने तेल गिरने की आवाज़ सुनी और तेज़ भभके का अहसास हुआ। बिना कुछ कहे वह उस कमरे में आए, एक पल उन्होंने लुड़की बोतल और बहते तेल को देखा, फिर दनादन अभय को मारने लगे।

"पिताजी!" मैं चिल्लाई। राका भी ग़ुस्से में पिताजी पर भौंकने लगा।

अभय की यह इतनी बड़ी ग़लती नहीं थी कि पिताजी यूँ क्रोधित हो जाएँ। मगर पिताजी का मूड उस दिन सुबह से ख़राब था। एक तो वे रिटायर हो गये थे। बच्चे सभी व्यवस्थित नहीं हुये थे। दिव्या और इति तो अभी बहुत छोटे थे। एक अन्य परेशानी की बात यह थी कि रिया दीदी बनारस अपने ससुराल से अकस्मात लौट आयी थी–अकेले ही। कह रही थी कि उन्हें दामोदर के साथ नहीं रहना। हम सब असमंजस में थे। यह चिन्ता का विषय था।

"मैंने सोचा था कि हमारी परवरिश काफ़ी होगी तुम्हें समझाने के लिए, लेकिन नहीं। लातों के भूत बातों से नहीं मानते। तुम्हारे कारनामों ने तुम्हें हवालात की सैर करवा दी! अब कहाँ जाना है?" पिताजी ग़ुस्से में बकते हुए अभय पर लातें बरसा रहे थे।

अभय चुपचाप लातें खाता रहा, और हैरानी की बात यह थी कि उसने हाथों से चाय का प्याला भी नहीं छोड़ा। हर लात पर चाय छलक जाती थी। वह अपने पिता से कई इंच लम्बा था, और अगर चाहता तो एक पल में उनका हाथ मरोड़ सकता था, लेकिन वह चुपचाप सब सहता रहा। राका, जो पिताजी का बहुत आदर करता था, लगातार उन पर भौंकता रहा।

पिताजी का ग़ुस्सा दरअसल केरोसीन की बोतल गिरने से कहीं अधिक गहरा था, यह तो बस एक बहाना था। लातें बरसाकर पिताजी अपनी कुर्सी पर निःशब्द

बैठ गये। घर में निस्तब्धता छा गयी। अभय आँखों से ओझल हो गया।

कुछ देर बाद हमें महसूस हुआ कि अभय घर में नहीं है। तहख़ाने में भी नहीं छुपा था। हमने एक-एक करके उसके सभी दोस्तों से सम्पर्क किया, अमरूनी मौसी के घर भी गये, लेकिन उसका कहीं कोई पता नहीं चला। हम उसे गलियों-सड़कों में ढूँढ़ते रहे, लेकिन उसका कुछ पता नहीं चला। वह लापता हो गया था।

रात देर हो गयी, और हम पुलिस थाने जा पहुँचे। पुलिस ने कहा, "वह अट्ठारह साल का है, वह कहीं भी जा सकता है। अगर वह दो दिन तक घर नहीं लौटता, तब हम रिपोर्ट दर्ज करेंगे।"

अन्ततः कार्तिक भैया ने राका को पुकारा, "आ राका!" और राका को लेकर अभय की खोज में निकल पड़े। रात एक बजे तक, वह अभय को ढूँढ़कर घर ले आए। कार्तिक भैया ने हमें कभी नहीं बताया कि वह अभय को कहाँ से लेकर आए थे। लेकिन इतना कहा, "राका ने उसे खोजा।" उस रात मैंने पहली बार अभय से शराब की गन्ध महसूस की।

क्या हक़ीक़त है, क्या कहानी है, हमें कुछ नहीं मालूम। अभय को सही-सलामत देखकर हम इतनी राहत में थे कि किसी और बात की परवाह ही नहीं की। वह हमारे सामने था, बस यही काफ़ी था। माँ-पिताजी ने भी उसे प्यार से गले से लगा लिया। हमने एक पल के लिए भी उसे अकेला नहीं छोड़ा। और राका ने तो उसे बिलकुल नहीं छोड़ा। अगर वह बाथरूम जाता, तो राका बाहर बैठकर पहरा देता।

पिताजी को अभय से उम्मीदें बहुत बड़ी थीं। वे चाहते थे कि अभय सीविल सर्विस, इंजीनियरिंग या बैंकिंग जैसी बड़ी नौकरी करे। लेकिन पिताजी का विश्वास अब लगभग टूट चुका था। "इसकी संगत यहाँ ठीक नहीं है, इसे जल्दी से कहीं बाहर भेजो। देहरादून में यह ठीक नहीं रहेगा। पता नहीं क्या गुल और खिलायेगा!" पिताजी निराश होकर कहते।

अभय बीएससी में फेल हो गया था और हम सभी निराश थे। अगले साल किसी तरह वह पास हुआ और गुरु राम राय कॉलेज में एमएससी गणित में एडमिशन लिया। मगर हमने महसूस किया कि वह कॉलेज नहीं जाता, घर में ही रहता था। जब उससे पूछा, तो उसने कहा, "एमएससी करके क्या करना है? मैं प्रतियोगी परीक्षा की तैयारी कर रहा हूँ।"

"तूने एमएससी में एडमिशन लिया और फिर भी कॉलेज नहीं जाता? घर में किसी को बताया भी नहीं!" पिताजी ग़ुस्से में बोले।

वह चुप रहा।

"निकल इस घर और इस शहर से..." पिताजी गुर्राए। उन्होंने जबरन उससे पॉलिटेक्निक डिप्लोमा कोर्स का फॉर्म भरवाया और उसे लखनऊ भेजने की तैयारी शुरू कर दी। पिताजी को डर था कि कहीं वह अपनी उम्र को बर्बाद न कर दे।

अभय चुपचाप ख़ामोश था। शायद वह जानता था कि जब हम अपनी ज़िन्दगी को नियन्त्रित नहीं कर सकते, तो फिर किसी और को यह ज़िम्मेदारी उठानी पड़ती है।

बाईस

राका पाँच साल का रहा होगा जब अभय पॉलिटेक्निक कोर्स के लिये लखनऊ जा रहा था। नई संस्था के ब्रोचर्स व बुकलेट्स पढ़ना, अपने यार-दोस्तों से मिलना...। अपने चिरपरिचत पुराने शहर और संगी-साथियों को छोड़ने का अगर उसे मलाल था तो नये शहर, नये परिवेश में जाकर अजनबियों के बीच जीवन शुरू करने का रोमांच भी था। माँ-पिताजी उसे भेजने की तैयारी में लगे थे। उसके लिये नये कपड़े बने, नया सूटकेस, नया बिस्तर, सभी कुछ उसके लिये नया ख़रीदा गया। माँ वात्सल्यमयी आँखों से जब-तब उसे निहारती। आँसू पोंछते हुये भावुक स्वर में कहती, "तीन साल के कोर्स के लिये यह जा रहा है। उसके बाद कहीं नौकरी करेगा। अब घर यह कभी-कभार ही आयेगा।"

माँ को रोते देख राका माँ के पैरों पर बैठ जाता। माँ को सहलाने लगता।

जिस दिन अभय रात नौ बजे की हावड़ा ट्रेन से लखनऊ जा रहा था, घर में ताला लगाकर हम सभी घर राका के भरोसे छोड़ रेलवे स्टेशन अभय को विदा करने चले गये।

प्लेटफ़ॉर्म पर गाड़ी की इन्तज़ारी में खड़े हम अभय के साथ अन्तिम क्षणों में होने वाले क़िस्से व चुहल कर रहे थे। उससे बार-बार लिपट रहे थे। माँ उसे हिदायतें देती जा रही थी कि अचानक हमने राका की आवाज़ सुनी। आगमन द्वार की तरफ़ हमारी नज़र उठी-वहाँ तैनात वर्दीधारी दो टिकट चैकर राका को दूर भगा रहे थे। राका जैसे उनसे जिरह कर रहा हो। एक रेलवे कर्मचारी डंडा लेकर भी उसकी तरफ़ बढ़ा। हम लपक कर आगमन द्वार की तरफ़ भागे। टिकट चैकरों से विनती की कि यह हमारा कुत्ता है। इसे मत मारिये। इसे हमारे साथ अन्दर प्लेटफ़ॉर्म में आने दीजिए। हम इसकी पूरी ज़िम्मेदारी लेते हैं। सिर्फ़ एक प्लेटफ़ॉर्म वाला छोटा सा रेलवे स्टेशन, उस वक़्त खाली सा ही था। जब माँ-पिताजी ने भी अनुरोध किया तो टिकट चैकर मान गया। राका को हमारे पास अन्दर आने दिया। राका अपने चारों पैरों को हवा में लहराते हुये भाग कर अभय के पास पहुँचा और उसके पैरों पर

लोटने लगा। अपने पिछले पैरों पर खड़ा होकर उसके गालों और बालों को चाटने लगा। अभय ने भी उसे ख़ूब प्यार किया। हम सभी के सामने यह कहने से भी नहीं झिझका, "राका, तुझे मैं वहाँ सबसे ज़्यादा मिस करूँगा।"

बहरहाल लखनऊ जाना और वहाँ नई ज़िन्दगी की शुरुआत करना अभय को अच्छा बदलाव लगा। अपनी पढ़ाई के प्रति भी वह सीरियस हो गया था। उसे महसूस हुआ कि नौकरी पाने के लिए प्रोफ़ेशनल डिग्री का होना आवश्यक है। उसके लखनऊ से पत्र आते रहते। हमें अपनी कैंपस लाइफ के बारे में बताता, हरेक पत्र में राका का भी जिक्र होता कि वह कैसा है।

अभय जब छुट्टियों में घर आया, तो हमसे ज़्यादा राका उसके पीछे-पीछे घूमता। वह जहाँ जाता, राका भी वहीं मौजूद रहता हो। एक दिन अभय खेतों में फसल का निरीक्षण करने गया, तो राका भी चुपचाप उसके पीछे हो लिया। हमारे खेत घर से क़रीब चालीस मिनट के पैदल रास्ते पर थे। एक गड़रिये किसान को फसल उगाने के लिए आधे पर दे रखे थे।

घर लौटते समय, जब अभय मुख्य सड़क पार करने लगा, तो उसने तेज़ी से आते ट्रक को नज़रअन्दाज कर दिया। राका भी उसकी नकल में–बिना देखे, उसके पीछे-पीछे भागा। लेकिन जब वह सड़क के बीचोंबीच पहुँचा, तो उस तेज़ रफ्तार ट्रक ने उसे कुचल दिया।

एक दर्दनाक चीख के साथ सब कुछ थम गया। अभय ने पलटकर देखा–जीता-जागता, उछलता-कूदता राका अब सड़क पर निर्जीव पड़ा था। ख़ून की बूँदें दूर-दूर तक बिखर गयी थीं। उसकी आँतें, जिगर, और न जाने कितने अंग सड़क पर फैल चुके थे। राका वहीं दम तोड़ चुका था।

अभय का ग़ुस्सा फूट पड़ा। उसने ट्रक वाले पर हमला कर दिया, लेकिन लोगों ने उसे किसी तरह सँभाला। किसी ने सांत्वना दी, "शुक्र मनाओ कि ट्रक ने तुम्हारे कुत्ते को कुचला, तुम्हें नहीं।" मगर अभय के लिए यह राहत की बात नहीं थी। वह ख़ुद को ही दोषी ठहराने लगा–अगर वह सतर्क होता, तो राका मरता नहीं।

हम चारों भाई-बहन फूट-फूटकर रो रहे थे। माँ-पिताजी की आँखें भी नम थीं। लेकिन हमने राका की लाश यूँ सड़क पर लावारिस नहीं छोड़ा। बगीचे से फूल तोड़े, उनके हार बनाए, और उसकी ढुलकी गर्दन में डाल दिए। माँ ने उसके माथे पर चंदन लगाया। फिर पिताजी और अभय ने एक चादर में उसकी लाश समेट कर लपेटी और साइकिल पर रखकर हमारे खेतों के पास बहती नहर के किनारे दफनाने निकल पड़े।

घर लौटकर माँ ने राका का बिछौना, उसके खाने के बर्तन, गले का पट्टा, जंजीर–सब कुछ आँगन में फेंकने के लिए रख दिया। पूरे घर में गंगाजल का छिड़काव किया। माँ ने हम सभी को नहाने के लिए कहा, मानो हमें इस शोक से शुद्ध होना था। जब तक हम एक-एक करके नहाये, पिताजी और अभय राका को दफना कर घर आ चुके थे।

अभय ने बताया कि जब वे राका की अन्तिम यात्रा पर जा रहे थे, तो गली के तीन कुत्ते भी उनके साथ हो लिए–जैसे वे भी उसे अन्तिम विदाई देने आए हों।

पिताजी ने थके हुए, मगर दृढ़ स्वर में कहा, "घर में अब कोई और कुत्ता नहीं।"

हम सभी अपनी ज़िन्दगी के एक ख़ास दौर में थे...हम भाई-बहन पढ़ाई में डूबे हुए, अपने-अपने करियर और सपनों की ऊँचाइयों को छूने की कोशिश कर रहे थे। पिताजी अपने कामकाज में व्यस्त थे–जवानी फिसल रही थी, बुढ़ापा तेज़ी से क़रीब आ रहा था। जो कुछ भी वे जोड़-बटोर सकते थे, उसमें पूरी मेहनत से लगे हुए थे।

रिटायरमेंट के क़रीब आते-आते उन्होंने ज़मीन-जायदाद के धंधे में हाथ आज़माना शुरू कर दिया। कभी मुनाफा, कभी घाटा–लेकिन यही दौर उनके लिए एक नई शुरुआत जैसा था, जैसे किसी बादशाह का पुनर्जागरण काल। इसी दौरान उन्होंने सबसे अधिक चल-अचल संपत्ति अर्जित की। घर के बगल में दूसरा मकान बनवाया। शहर से थोड़ा दूर, अजबपुर गाँव में दस बीघा ज़मीन ख़रीदी। राजपुर में पाँच बीघे का आम का बाग लिया। लोग अब उन्हें "भूस्वामी" और "लैंडलॉर्ड" कहने लगे। कुछ जलन के मारे यह भी आक्षेप लगाने लगे कि एक्साइज़ विभाग की मिलीभगत से उन्हें ये सब सम्भव हुआ।

हम भाई-बहन पिताजी के लिए कभी गर्व का कारण बनते, तो कभी अनजाने में चिन्ता और उलझन का। माँ, हमेशा की तरह, हमारे लिए खाना पकाने, घर की देखभाल और नई ज़िम्मेदारियों में व्यस्त रहतीं।

मगर राका को हम कभी भूले नहीं। उसकी स्फूर्ति, समझदारी और वफादारी हमें हमेशा याद रही। और जिस तरह वह मरा...वह दुःख दिल में टीसता रहा।

तेईस

एक-एक करके मेरे सभी भाई-बहन घर छोड़ते गये और हमारे भरे-पूरे, हँसते-खिलखिलाते, शोरगुल वाले परिवार में सदस्यों की संख्या सिकुड़ती गयी और एक स्तब्धता व्याप्त होने लगी। मिही के बाद यह पाण्डुलिपि मेरे हाथ लगी है। मैं देख रही हूँ कि इसके लिखने की शुरुआत उस दिन हुई, जिस दिन मैं पैदा हुई थी। यानी सोलह साल गुज़र गये और यह कथा पूरी नहीं हुई। न अभय भैया पूरा कर पाये, न मिही पूरी कर पाई। पता नहीं मुझसे भी यह कथा पूरी होती है कि नहीं। कोशिश करूँगी। वे बातें कहूँगी जो अभय और मिही ने नहीं कही। अपने पिता के जीवन के वे पक्ष खोलूँगी जो अभय और मिही नहीं खोल पाये। हाँ, मेरी यादों में गड़बड़ हो सकती है। और यह भी कहूँगी कि किसी उपन्यास को गढ़ते वक़्त कल्पनाशीलता का बहुत बड़ा हाथ होता है। कहा जाता है कि एक लेखक के मस्तिष्क में घटनाओं की एक विशेष छवि बनती है, और एक ही घटनाक्रम को अलग-अलग लेखक अलग-अलग तरीक़े से पिरो सकते हैं।

तो, कहाँ से शुरू करूँ? चलो अपनी पैदाइश को लेकर करती हूँ। जबसे पैदा हुई हूँ, एक़ अपराध-बोध, एक शर्मिन्दगी महसूस करती हूँ, उस ग़लती के लिये जो मैंने नहीं की।

"कितने भाई-बहन?"

"नौ!" जवाब देते हुये जुबान लड़खड़ा जाती है। मैं आठवीं सन्तान...लगातार तीन लड़कियाँ...रिश्तेदारों ने उपहास किया। बड़े भाई-बहनों ने मुँह बनाया। स्कूल में भी मज़ाक़ बनता। माँ-पिताजी को देख कर मेरे संगी-साथी कहते, "तेरे ग्रैंडपेरेंट्स हैं?"

उस दिन हमारी अंग्रेज़ी की अध्यापिका पढ़ाने के मूड में नहीं थी। हमसे यूँ ही बातचीत करने लगी, और सभी से भाई-बहनों की संख्या पूछने लगी।

जब मेरा नम्बर आया तो मैंने कहा-नौ।

"क्या कहा? कितने?"

"नौ", मैं आवाज़ ऊँची करते हुए बोली।

"नौ भाई-बहन, ओ बाप रे!"

मेरी सहेली संगीता टीचर से कहने लगी, "अपने आठ हैं, एक इसकी ताऊ जी की लड़की है।"

"आठ भी बहुत हुए...चार से अधिक बच्चों की कोई भी संख्या बहुत अधिक होती है," टीचर मुँह बिदकाते हुए बोली।

मेरा मुँह लटक गया। मेरी सहपाठी, आशा मेरा हाथ सहलाते हुए बोली, "मैं इकलौती हूँ। काश मेरे और भाई-बहन होते।"

हम जितने भी भाई-बहन हैं, सभी का अस्तित्व मेरे लिए महत्त्वपूर्ण है। वैसे हम नौ भाईबहन बिरले ही कभी एक साथ एक छत के नीचे रहे हों। जब तक मैं पैदा हुई मेरे दो बड़े भाई-बहन घर से जा चुके थे। कुछ समय बाद दो और ने घर को बाय-बाय कह दिया। मेरे बचपन में मेरे इर्द-गिर्द अभय, मिही, और दिव्या ही रहे, और हमारा प्यारा डॉगी राका।

बाहरी दुनिया को हमारा परिवार चाहे कितना ही विशाल लगे, हमारे घर का ढाँचा भले ही ऊलजुलूल लगे मगर हमने अपने घर के अन्दर ऐसा नहीं महसूस किया। हमारे घर में सभी कुछ बड़ा ही व्यवस्थित एवं सुनियोजित रहा। अनुशासन कायम रहा तो हर किसी को व्यक्तिगत स्वतन्त्रता भी रही। हम एक-दूसरे से ताक़त महसूस करते हैं। हमारे बीच एक सहयोग व सामंजस्य रहा। सबसे बड़ी बात हमें एक-दूसरे की कम्पनी में अत्यन्त आनन्द आता है।

हमारे बीच तर्क-विर्तक हुए, नोकझोंक हुई, विचारों का मतभेद हुआ मगर वीभत्स लड़ाई नहीं हुई। अगर एक क्रोध में भड़का तो दूसरा शान्त रहा। समय के साथ रिश्तों में दूरी आयी मगर कटुता नहीं पनपी। हमें एक-दूसरे से गिले-शिकवे हुए, मगर नफरत नहीं हुई। हमारे घर का वातावरण जीवन्त रहा। इसका श्रेय मैं कुछ हद तक अपने माता-पिता को दूँगी। मेरे पिता में अपनी ख़ूबियाँ हैं तो माँ में अपनी। वे एक-दूसरे के विकल्प नहीं, पूरक हैं। पिताजी बातूनी, माँ मूक। पिताजी व्यावहारिक, माँ सैद्धान्तिक। पिताजी में धार्मिक उदासीनता तो माँ अत्यन्त धर्मपरायण। माँ शालीनता की प्रतिमूर्ति तो पिता स्वेच्छाचारिता के प्रतिमान।

जब मैं पैदा हुई पिताजी पचास के और माँ चालीस की रही होंगी। मेरे जन्म के आठ सालों बाद तो पिताजी रिटायर भी हो गये थे। मगर मुझे अपने पिता इतने सबल व्यक्ति लगते कि ऐसा महसूस होता कि वे एक ठोस चट्टान हैं जिसके ऊपर हम सब खड़े हैं। कभी लगता कि वे एक ऐसे विशाल पक्षी है जिसके मजबूत पंखों तले

हम सभी सुरक्षित हैं। कभी लगता है कि वे एक वटवृक्ष है जिसकी शीतल छाँव में हमारा सम्पूर्ण परिवार सुखपूर्वक से रहता है।

माँ से हमें उतना प्यार नहीं मिला जितना मिलना चाहिए था। गृहकार्यों से उन्हें फुरसत ही नहीं मिलती थी; बागवानी का भी उन्हें बहुत शौक था। उनकी दुनिया वास्तव में अलग थी। और बाद-बाद में तो वह अध्यात्म में डूब गयी। मुझे एक तरह से मेरी बड़ी बहनों ने पाला। शायद माँ को बच्चों से विरक्तता हो गयी थी। माँ ख़ुद ही यह बात हमें बता चुकी थी कि वह अभय भैया के बाद और बच्चे नहीं चाहती थी। वह दून अस्पताल चली गयी थी अपनी फैलोपियन ट्यूब को सील करवाने। भारत सरकार ने परिवार नियोजन का एक अभियान छेड़ा हुआ था–जो औरतें अपना नसबन्दी आपरेशन करायेगी उन्हें पाँच लीटर का एक नया प्रेशर कुकर इनाम में मिलेगा। इस मुहिम ने कई औरतों को प्रेरित किया। जहाँ देखो औरतें इकट्ठी हो सरकार द्वारा चलाए परिवार नियोजन अभियान की चर्चा करतीं। मेरी माँ भी पड़ोस की औरतों–नेगी आंटी, बिष्ट आंटी और शर्मा आंटी के साथ बैठ कर गुफ्तगू करती। नेगी आंटी के तीन बच्चे थे, बिष्ट आंटी और शर्मा आंटी के चार-चार और मेरी माँ के पाँच। उन सभी के पर्याप्त बच्चे थे। वे अपना आपरेशन करा लेंगी, उन्होंने फ़ैसला लिया।

माँ उन औरतों के साथ दून अस्पताल पहुँच गयी। कई औरतें वहाँ आयी हुई थीं। माँ को कतार में घण्टों लगना पड़ा। उस दिन उनका रजिस्ट्रेशन हुआ तथा अन्य औपचारिकताएँ पूरी हुईं। यह भी उन्हें समझाया गया कि आपरेशन किस तरह से किया जाएगा और कैसे यह उन्हें गर्भाधान से रोकेगा। महिला नसबन्दी फैलोपियन ट्यूब को ब्लॉक करने की एक प्रक्रिया है। यह शुक्राणु एवं डिंब को परस्पर मिलने नहीं देता और गर्भधारण नहीं होने देता।

अगले रोज सुबह दस बजे का समय नियत हो गया आपरेशन के लिए। मगर रात में पिताजी अपनी पोस्टिंग वाली जगह से अचानक घर आ गये। पिताजी ने माँ को नसबन्दी आपरेशन के लिये बिल्कुल मना कर दिया, कहने लगे-होने दो जितने बच्चे होते हैं। दूसरे दिन दून अस्पताल जाते हुए पड़ोस की औरतों ने माँ को पुकारा : "गणेश-की-माँ! चलना नहीं?"

माँ घर से बाहर निकल कर बोली, "ये मुझे मना कर रहे हैं।"

वे औरतें माँ को उलाहना देते हुए बोलीं, "तुम्हारे हममें सबसे ज़्यादा बच्चे हैं। हमसे ज़्यादा तुम्हें ज़रूरत है नसबन्दी की।"

माँ किंकर्तव्यविमूढ़-सी ख़ामोश हो गयी। पिताजी की आज्ञा के बिना वह

कुछ भी नहीं कर पाती थी। वे तीनों औरतें माँ के बिना दून अस्पताल चली गयीं। आपरेशन कराके अस्पताल से घर लौटीं तो माँ को अस्पताल से मिला नया प्रेशर कुकर दिखाने आयीं। मेरी माँ काफ़ी देर तक उन औरतों के हाथों में थमे नये चमकते प्रेशर कुकरों को लालच भरी नज़र से ताक़ती रही, फिर बोली, "अच्छा है, इनाम भी ले लो और बच्चों से निजात भी पा लो।"

माँ की एक के बाद एक, तीन लड़कियाँ और पैदा हुईं—अभय भैया की जुबान में—नामुराद।

संजोग देखो, जिस दिन मैं पैदा हुई उसी दिन रिया दीदी का भी बेटा हुआ, मुझसे सिर्फ़ दो घण्टे छोटा। माँ-बेटी ने एक ही शहर मे अपने शिशुओं को जना। अभय भैया ने मुझे बताया कि दोनों बच्चों के जन्म में इतना अन्तर था—एक प्रतिष्ठित, सुसज्जित अस्पताल में जन्मा, दूसरा घर की एक अँधेरी कोठरी में। एक के जन्म में ख़ुशियाँ बिखरी तो दूसरे बच्चे के जन्म में मातम पसरा हुआ था। मगर आज अपने जन्म के सोलह साल बाद मैं नहीं समझती कि रिया दीदी का बेटा, बंटी मुझसे किसी भी मायने में बेहतर ज़िन्दगी जी रहा है। बल्कि मुझे दुःख होता है कि उसके मातापिता के बीच बिलकुल भी बनती नहीं।

बहरहाल, मैं अभी आठ साल की भी नहीं थी कि मेरे चार भतीजे-भतीजियाँ पैदा हो गये थे। मैं किसी की बुआ तो किसी की मौसी बन गयी थी। मुझे समझ में नहीं आता कि मैं परिवार में अपने को कहाँ फिट करूँ। उम्र में मैं अपने कुछ भाई-बहनों की अपेक्षा उनके बच्चों के ज़्यादा क़रीब हूँ। किन्तु मुझे मेरे बड़े भाई-बहन अपनी पीढ़ी का समझते हैं। वे मुझे प्यार करते हैं और रौब भी मारते हैं। और, मुझसे अपेक्षा रखते हैं कि मैं उनके जैसे विचार रखूँ। मैं उन्हें कैसे समझाऊँ कि मैं उनकी पीढ़ी की नहीं, उनके बच्चों की पीढ़ी की हूँ। आज के ज़माने की छोकरी हूँ। मैं उनके जैसी पुरानी सोच नहीं रख सकती। बड़ा मुश्किल है कि तुम आज की पीढ़ी के हो और एक पुरानी पीढ़ी का प्रतिनिधित्व करो। ख़ैर...।

माँ ने भले ही हमें उतना प्यार नहीं दिया, लेकिन उनके लिए सभी बच्चे बराबर रहें। पिताजी के प्यार में कोई कमी तो नहीं दिखी, लेकिन उन्होंने हमें यह आभास दिलवाया कि उनके लिए सभी बच्चे समान नहीं हैं। वे ख़ासकर अपने तीसरे पुत्र अभय को अधिक प्यार करते हैं। अभय उनके लिए ताक़त भी है और कमजोरी भी।

मैं यह नहीं कहूँगी कि मेरे पिता में सिर्फ़ ख़ूबियाँ ही ख़ूबियाँ हैं, उनमें बहुत सारे दोष भी हैं। मगर कभी-कभी किसी की उपलब्धियाँ उसके निजी दोषों से अधिक

महत्त्वपूर्ण हो जाती हैं, ख़ासकर जब वह किसी क्षेत्र में महानता को प्राप्त कर लेता है। हम भाई-बहनों ने अपने पिता की जीवनकथा लिखते हुए उनकी ख़ूबियों पर भी प्रकाश डाला और उनकी कमियों को भी उजागर किया।

मेरे पिता हिम्मत और साहस के साथ जिए। वे एक कर्मठ इन्सान हैं। मेरे पिता उस पीढ़ी का प्रतिनिधित्व करते हैं, जहाँ स्त्रियों और पुरुषों के कार्यक्षेत्र स्पष्ट रूप से बंटे रहते हैं। लेकिन हमने उन्हें हर प्रकार के काम करते हुए देखा–खाना पकाते, कपड़े धोते, झाड़ू-पोंछा लगाते, गाय-पालन करते, गोबर साफ़ करते, बागवानी करते, सौदा ख़रीदते, गेहूँ और अनाज बीनते, बच्चों की सुसु-पोटी साफ़ करते और उनके लंगोट बदलते।

घरेलू कामों के अलावा उनका एक सरकारी पद भी था। एक्साइज इंस्पेक्टर से असिस्टेंट कमिशनर तक उनका सफर रहा। एक नियमित नौकरी के अलावा, वे प्रॉपर्टी डीलिंग करते, लोगों को जीवनसाथी सुझाते, ट्यूशन पढ़ाते, और कभी-कभी इमरजेंसी में, जब लोगों को पेशेवर पण्डित नहीं मिलते, तो पिताजी उनके घरों में एक पुरोहित का भी दायित्व निभाते। वे कहते, पुरोहिती उनका खानदानी पेशा है।

हाँ, पिताजी के कुछ निर्णय इतने ग़लत हुए कि जिनके दुष्परिणामों से हम सभी पीड़ित हुए। कहते हैं लम्हों ने ग़लती की और सदियों ने सजा पाई...। विशेष रूप से, उन्होंने रिया दीदी की शादी क़ो लेकर जो आपाधापी और ग़लती की, उसका असर अब तक हम सभी पर है।

पर, मिही ने अपने लिए वर खोजने की ज़िम्मेदारी पिताजी पर नहीं डाली। वह हम सभी भाई-बहनों में सबसे अधिक महत्त्वाकांक्षी थी। पढ़ाई में अव्वल, उसने हम सभी से अलग विषय और डगर चुनी। हर कक्षा में फर्स्ट डिवीजन से पास होने के बाद, बाल संरक्षण में स्नातकोत्तर करने के बाद, उसने बाल अधिकारों के लिए काम कर रही दुनिया की अग्रणी संस्था, यूनिसेफ में सलाहकार के पद के लिए आवेदन किया। कई चरणों–आवेदन, लिखित परीक्षा, इन्टरव्यू, प्रशिक्षण काल–को सफलता से पार करते हुए, वह एक अन्तरराष्ट्रीय वातावरण में दुनिया के सबसे वंचित बच्चों के जीवन में स्थायी परिवर्तन लाने के लिए प्रतिबद्ध हो गयी।

दिल्ली उसका कार्यस्थल था। मगर वह अपने घर, शहर व देश से कहीं दूर क़िसी दूसरे ही लोक में बसना चाहती थी। जया दीदी का अमेरिकन जीवन उसे हमेशा प्रभावित करता था। उसने अपने लिये एक एन.आर.आई. पति, वह भी सजातीय, ढूँढ लिया, एक अख़बार के वैवाहिक विज्ञापन के माध्यम से। प्रभात

खण्डूरी यूके, इंग्लैड, नॉटिंघम का रहने वाला था।

सामान्यतः हमारे समाज में रिश्ते पक्के करने के तीन चरण होते हैं। पहले चरण में एक मध्यस्थ दोनों पार्टियों को एक-दूसरे से परिचित कराता है। जन्म कुंडली, लड़के-लड़की का प्रोफ़ाइल, फ़ोटो का आदान-प्रदान होता है, लड़के वाले लड़की को देखते हैं, लड़की वाले लड़के को देखते हैं। अपने स्तर पर बात करते हैं। पसन्द आने पर तीसरा एवं निर्णायक चरण लड़का-लड़की का परस्पर मिलना। परिवार की अगर प्रगतिशील सोच है, लड़के-लड़की की मिनी डेटिंग। अगर वे दोनों एक-दूसरे को पसन्द करले तो शादी पक्की।

मिही के सन्दर्भ में उल्टा हुआ। सबसे पहले लड़के और लड़की के बीच सम्पर्क हुआ। वह दोनों एक-दूसरे से मिले, मिनी डेटिंग की, एक-दूसरे को पसन्द किया, और अन्तत दोनों ने अपने-अपने अभिभावकों को अपनी पसन्द बता दी। अभिभावक दृश्य में सबसे अन्त में आये। उनका मिलना एक औपचारिकता भर थी। शादी उनकी भारत में, अपने शहर देहरादून में बड़ी धूम-धाम से हुई। बारात में अंग्रेज़ मित्र भी शामिल हुए।

शादी के बाद मिही इंग्लैंड जाने की तैयारी में अर्जियाँ, फ़ार्म, तरह-तरह के सर्टिफिकेट इकट्ठे करने में जुट गयी। कहती, यूनिसेफ जैसी एक अन्तरराष्ट्रीय संगठन में काम करने के लिए वह बहुत रोमांचित है। ख़ैर यह मिही की अपनी ज़िन्दगी है, उसके अपने फैसले हैं। हम उसे सिर्फ़ 'गुड लक' कहने के सिवाय कुछ नहीं कर सकते। हाँ, चार अध्याय लिख कर मिही ने यह पाण्डुलिपि मेरे हवाले कर दी। मैंने उससे पूछा भी कि वह इसे दिव्या को क्यों नहीं दे रही है। वह बोली, "दिव्या तो कहीं दो मिनट से अधिक टिकती नहीं। लिखने के लिये एक जगह जम कर बैठना पड़ता है।"

मुझे अपनी बहन का अपने पर यह भरोसा अच्छा लगा।

"इसका अन्त अच्छा सा लिखना–प्रभावशाली। और, अभय के लिखने का स्टाइल बरकरार रखना," उससे यह सुनकर मैंने पाण्डुलिपि थाम ली।

परिवार और माता-पिता भले समान रहे हों, लेकिन हम भाई-बहनों की परवरिश में काल एवं समाज में प्रचलित मान्यताओं का प्रभाव अवश्य पड़ा। मेरे बड़े होने तक देश और समाज काफ़ी कुछ बदल चुका था। हमारा घर भी कुछ मायनों में बहुत बदल गया। हमारा घर जहाँ एक कार्निवाल सा लगा रहता था जो हम भाई-बहनों की चुहलबाजियों से चहकता रहता था, वहाँ अब सन्नाटा व्याप्त हो गया। अब हम केवल तीन प्राणी घर में हैं–माँ, पिताजी और मैं। दिव्या, मुझसे

एकदम बड़ी बहन, भी पढ़ने के लिये दूसरे शहर चली गयी। गणेश, कार्तिक, रियांशी, गौरांगी तथा मिहिका शादी-शुदा, बाल-बच्चे वाले। मिहिका (मिही) अपने पति, प्रभात के साथ इंग्लैंड में बस गयी है, प्रवासी बन गयी है। हम उसे अपनी विदेशी बहन कहते हैं, उसकी वजह से हम भी विदेश से जुड़ गये। हमें यह देख कर अच्छा लगता है, उसने विदेश में अपने भारतीय और गढ़वाली रीति-रिवाजों को संजो कर रखा है।

हमारे विस्तृत परिवार में अब कुछ विशेष सदस्य हैं–तीन दामाद और दो बहुएँ। दामाद हैं–दामोदर, नवीन, और प्रभात। बहुएँ हैं–रंजना और विभा।

इसका हमें पूरा आभास है कि पिताजी के दामाद उन्हें उतना नहीं पसन्द करते जितना माँ को। उन्हें लगता है कि माँ अधिक स्पष्ट, निष्पक्ष और पारदर्शी हैं। दामोदर जीजाजी पिताजी के बारे में कहते हैं–"बड़ा रहस्यमय व्यक्तित्व है उनका।" वहीं, प्रभात जीजू, जो हमारे परिवार के सबसे अधिक सुलझे हुए और शिक्षित सदस्य हैं, पिताजी को एक अत्यधिक डोमिनेंट व्यक्ति के रूप में देखते हैं, जिन्होंने माँ को जीवनभर दबाकर रखा। उनका कहना है कि माँ ने पति के साथ समझौता करने के लिए ख़ामोश रहकर अपनी ज़िन्दगी बिताई और फिर एक उदासीन रवैया अपना लिया।

हम अपने पिताजी से बहुत प्यार करते हैं, लेकिन माँ से पूरी हमदर्दी है। एक दिन मुझे पता चला कि माँ को शादी में दिए गहने नानाजी ने दोहरागमन की रस्म के समय उनसे ले लिए थे और कभी वापस नहीं किए। यह सुनकर मेरा दिल माँ के लिए दुख से भर गया। बेचारी माँ! पहले तो पिता ने गहने निकाल लिए, फिर ससुराल में गाँव वालों के ताने सहने पड़े। जब मैंने माँ से इस बारे में पूछा, तो वह बोली, "इतनी पुरानी बात हो गयी, मैं अब उसे याद नहीं करना चाहती।"

"माँ, मैंने यह बात पिताजी और ताईजी से सुनी। मैं तुम्हारा नज़रिया जानना चाहती हूँ।"

"ख़बरदार! तुम लोग अपनी पढ़ाई पर ध्यान दो। इन बातों से तुम्हें क्या मतलब?" माँ चिल्लाते हुए चली गयी।

जहाँ पिताजी अपने जीवन की सभी बातें हमसे शेयर करते थे वहाँ माँ अक्सर ख़ामोश हो जाती थी।

बहरहाल कुछ लोग हमारे परिवार से जुड़े तो कुछ कटे भी। ताऊजी की लड़की जया दीदी जो कभी हमारे परिवार का एक अभिन्न अंग थीं, जिनके बिना हमारे परिवार की कल्पना नहीं की जा सकती थी, अब हमसे उतनी जुड़ी हुई नहीं हैं। एक

साइंटिस्ट पति की पत्नी और तीन बच्चों की माँ है वह। आजकल बॉस्टन, अमेरिका में रहती है। वहाँ एक काउंटी की लाइब्रेरी में लाइब्रेरियन हैं। अपने पति व बच्चों के अलावा वह अपने 'असली परिवार' की तरफ़ झुक गयी है। अपने पिता से तो उन्हें विशेष वास्ता कभी नहीं रहा मगर अपनी माँ और भाई के लिए वह काफ़ी कुछ करती है।

ताईजी औरं दीपक को उन्होंने अपने पास अमेरिका बुलाया। उन्हें न्यूयॉर्क, वाशिंगटन, नियाग्रा फॉल घुमाया। माँ ताईजी के लिए कहती है, जो पति के पास इलाहाबाद जाने के लिये तरसती रही, अमेरिका घूम आयी। इसे कहते हैं किस्मत!

माँ गुस्से में यह भी कहती हैं, "जया हमारे घर इतने साल रही, हमने उसे पढ़ाया-लिखाया, अपने बच्चों जैसा उसे प्यार किया। अब वह हमसे अधिक जुड़ी नहीं है। जब कभी भारत आती है, तो हमारे घर के बजाय अपने मामा के घर ठहरती है। हमारे घर तो बस फलाइंग विजिट देती है।" पिताजी कहते हैं, "वह जहाँ भी रहे, सुखी रहे।

सो यह है हमारा परिवार...हमारा संसार, 1979 में।

चौबीस

बात 1976 की है। मैं तब ग्यारह साल की थी। मैं सेवल गाँव, जहाँ मेरे पिता का जन्म हुआ और आरम्भिक जीवन बीता, जा रही थी–चाचाजी की लड़की मीना दीदी की शादी में। पिताजी का उस शादी में जाना यूँ भी ज़रूरी था कि चाचाजी जीवित नहीं थे तो पिता का दायित्व उन्हीं को ही निभाना था। पता नहीं किस उमंग में पिताजी ने मुझे और दिव्या को भी अपने संग चलने को कहा "देखना है गाँव-हमारी देवभूमि?"

हम सहर्ष तैयार हो गये। पहाड़ जाना हमें रोमांचित करने लगा।

तड़के सुबह हम देहरादून बस अड्डे से रोडवेज की बस से रवाना हुए, और आठ घण्टे का पहाड़ी सफर तय करते हुए शाम पाँच बजे तक गौचर पहुँचे। पिताजी हमारे लिए एक गाइड की भूमिका अदा कर रहे थे। हिमालयी पर्यावरण पर उन्होंने मुझे और दिव्या को बहुत सारी जानकारी दी। ऋषिकेश पहुँचते ही पहाड़ों के बीच घुमावदार मार्ग शुरू हो गया था। देवप्रयाग से जब बस गुज़री तो बस से उतर कर अलकनन्दा और भागीरथी नदियों का संगम दिखाया। दो भिन्न दिशाओं से, पहाड़ियों की ओट से बहती हुई नदियाँ-अलकनन्दा एवं भागीरथी यहाँ पर परस्पर विलय हो, एक संयुक्त धारा, गंगा कहलाने लगती है। संगम किनारे छोटे-मोटे ढाबे थे। हमने गर्म छोले और रबड़ी खाई। बहुत स्वादिष्ट लगे।

बस देवप्रयाग में कुछ देर ठहर कर आगे के लिए रवाना हुई। श्रीनगर होते हुए सीधे अलकनन्दा और मन्दाकिनी नदियों के संगमस्थल रुद्रप्रयाग में रुकी। यहाँ से हम अलकनन्दा के किनारे स्थित पहाड़ी कस्बे गौचर पहुँचे। पिताजी ने बताया कि इस पहाड़ी प्रदेश की सबसे समतल चट्टान पर गौचर स्थित है। हर साल यहाँ गौचर मेला लगता है। आसपास तथा मीलों दूर के गाँवों के लिये यह एक केन्द्र है, जहाँ बाज़ार, बस अड्डा, आर्मी तथा अन्य प्रमुख कार्यालय हैं। यहाँ हवाई पट्टी भी बन रही है। भविष्य में यहाँ एयरपोर्ट भी बन जाएगा। हम अलकनन्दा के तट पर गये। अलकनन्दा पहाड़ियों के मध्य अपना रास्ता बनाते हुए, पत्थरों, चट्टानों से टकराते

हुए एक धारा के रूप में नीचे की ओर बह रही थी। मैं उसके कभी न बाधित होने वाले गतिशील प्रवाह को निहारती रही।

"अलकनन्दा को अपने ख़ुद के स्रोत के अलावा कई सहायक नदियों से भी पानी मिलता है। इसकी सहयोगी नदियाँ अलग-अलग ग्लेशियर से निकलती हैं। पहाड़ों-जंगलों-मैदानों की एक लम्बी दूरी तय कर यह अन्ततः समुद्र में समाहित हो जाती है," पिताजी नदियों के बारे में बताते जाते।

"गौचर पहुँच गया तो मुझे लगता है, मैं अपने घर पहुँच गया," पिताजी मचलते हुए से बोले। कपड़े उतार कर अलकनन्दा में तैरने लगे। हम किनारे पर खड़े, हैरत से उन्हें नदी की लहरों में तैरते हुए देखते रहे–वे एक बहुत अच्छे तैराक थे।

गौचर से एक मील की दूरी पर हमारा ननिहाल नैल बसा था, जहाँ हमारे दो मामाओं का निवास था। वहाँ जाकर हम केदार मामा और भानु मामा से मिले। दोनों मामाओं ने हमारी ख़ूब खातिरदारी की। खाना हमने केदार मामाजी के घर खाया, सोये हम भानु मामाजी के घर। दोनों मामाओं का ग्रामीण निवास बृहत, सुखद व आरामदायक लगा। अगले दिन भी हम नैल में रहे। पिताजी शादी से सम्बन्धित कुछ सामान का आर्डर देने के लिए गौचर के बाज़ारों में घूमते रहे। हमने मामाजी के बच्चों के साथ नैल गाँव का पूरा भ्रमण किया। सर्पिल पगडण्डियाँ, हरियाली से भरे बाग-बगीचे और सुरम्य घाटियाँ हमारे लिए अजूबी थीं।

तीसरे रोज सुबह आठ बजे हमने अपने असली गन्तव्य के लिये कमर कसी। गौचर से सेवल तक की पदयात्रा के विषय में काफ़ी कुछ सुन चुके थे मगर उसकी दुरूहता का आभास तब हुआ जब हमने वह चढ़ाई चढ़नी शुरू की। आड़ी-तिरछी, संकरी और कहीं-कहीं अस्पष्ट पगडण्डियों पर चलते हुए हमने घने जंगलों और कलकल बहती जलधाराओं को पार किया। रास्ते में छोटे-छोटे गाँव मिले–पत्थर के घरों से सजे, सीढ़ीनुमा खेतों में पहाड़ी फसलें लहलहाती हुईं। ऊँचे देवदार-चीड़ के पेड़ मन्द हवा में झूम रहे, बुराँश और जीनिया के फूलों के कुंज रास्तों को रंगीन बना रहे। जंगलों के बीच कहीं जंगली जीवों की आहट सुनाई देती, तो कहीं ग्रामीण जीवन अपनी सादगी में बसा हुआ दिखता।

एक बिन्दु पर खड़े होकर पिताजी ने हमें हिमालय की ऊँची, बर्फ़ से ढकी चोटियाँ दिखाईं। कुछ क्षणों तक वे उन्हें निहारते रहे, फिर बोले, "मैंने कभी इन पहाड़ों से बर्फ़ पिघलते नहीं देखी।"

पिताजी के साथ उस पहाड़ी यात्रा में हमने न केवल बहुत कुछ देखा, बल्कि बहुत कुछ सीखा भी। बारिश, ठण्ड, पाला, बर्फ़, नदियों और गाड़-गदेरों में

अचानक आई बाढ़, भूस्खलन–ये सब पहाड़ों के लिए कोई नई बात नहीं। यहाँ का हर गाँववासी जानता है कि मकान बनाने से पहले पहाड़ी ज़मीन की स्थिति का आकलन कितना ज़रूरी है और वर्षा, ठण्ड, पाला, तथा बर्फ़ से बचने के लिए घर की संरचना कैसी होनी चाहिए।

उन्होंने इन पहाड़ों में विनाशकारी दुर्घटनाएँ अपनी आँखों से देखी हैं। कइयों ने प्राकृतिक प्रकोपों में अपने गाँवों को उजड़ते देखा है। वे जानते हैं कि पहाड़ अधिक जनसंख्या का बोझ सहन नहीं कर सकते–इसीलिए यहाँ के गाँव छोटे-छोटे होते हैं, प्रकृति की सीमाओं का सम्मान करते हुए।

पहाड़, ग्लेशियर, झरने, नदियाँ...ऐसे प्राकृतिक वातावरण में मैं पहली बार आई थी। मार्ग में पड़ते फलों से लदे पेड़ों से हम नारंगी, खुमानी, सेब तोड़ कर खाते चलते। मार्ग में कई जगह बैठ कर हम सुस्ताये। एक जगह झरने के पास बैठ कर हमने मामी जी के बाँधे गौथ (कुलथ की दाल) के परांठे खाए। झरने का ठण्डा पानी भी पिया। पिताजी ने हमें एक पहाड़ी गीत सुनाया। (हमारे पिताजी एक बहुत अच्छे गायक भी थे)।

चौंघर बग्वाली, हिवाली पखाँ,
बुड्यों की गाथा, पुरखौं की छां।
हवा मा सौगन्ध, फ्यूंली की बास,
नदी कूल बग्वाल, छन देई आकाश।
माटी की सौंध, चूल्हों की बात,
घरू में हँसण, बण मा बरसात।
घुघूती की बोली, सुरमा जैं गीत,
माँ जैं प्यारू, दगड्यों की प्रीत।
हे मेरी माटी, हे मेरो गौं,
कभ्यि नी भूलूँ, छ म्यारौं सौं।

(आँगन में दीवाली, सर्दियों की रात,
बुजुर्गों की बातें, पुरखों की छाँव।
हवा में सुगन्ध, फ्यूंली का वास,
नदी का किनारा, आकाश में चमक।
मिट्टी की ख़ुशबू, चूल्हों की बात,
घर में हँसी, जंगल में बरसात।

घुघूती की बोली, सुरीले से गीत,
माँ जैसा प्यार, अपनों की प्रीत।
हे मेरी धरती, हे मेरा गाँव,
कभी न भूलूँ, यही है मेरा प्रण।)

"पहाड़ों को अगर समझना है तो ट्रैकिंग करो," पिताजी बोलते गये और हम चलते गये। जब हम सेवल पहुँचे तो समुद्र तट से लगभग 1700 मीटर की ऊँचाई पर स्थित यह गाँव एक शिखर पर प्रतीत हुआ, दुनिया से कटा हुआ। पिताजी का पुश्तैनी घर देखकर मैं क्षुब्ध हो गयी कि पिताजी की परवरिश अपने दो भाइयों के साथ इतने छोटे घर में हुई। मेरे पिता इस जगह से आये हैं। यह है उनका अतीत! सहसा मुझे उन पर दया आने लगी। लगभग सौ साल पुराना अतिलघु घर, ज़र्जर अवस्था, नीचे एक दालान, एक कोठरी, दो रसोइयाँ। ऊपर पहली मंज़िल पर एक तिबारी (बरामदा)), एक जंगला और दो कमरे। बगल में सटा हुआ जयदत्त राड़ा, जिनसे रास्ते के पीछे हमारी खानदानी लड़ाई चल रही थी, का फैला हुआ घर हमारे सिमटे घर के समक्ष• विराट लग रहा था।

मैंने सुना था कि पहाड़ो में हुस्न होता है। अविचल, अडिग, स्वाभिमान से खड़े पहाड़ हरे-भरे, रमणीक और बड़े प्राणवान होते हैं। मगर मुझे यहाँ की सपाट चट्टानों और ऊँचे, निर्विकार पहाड़ों में कठोरता नज़र आई। यहाँ का भू-खण्ड हरा-भरा नहीं बंजर व पथरीला लगा। वनस्पति कंटीली लगी। घाटियों को देख कर डर लगा। ऊँच्चा-निस्सा डांड्यूँ मा, टेढ़ा-मेढ़ा बाँठों मा...जहाँ भी जाओ चढ़ाई चढ़ो या उतार उतरो...। सेवल की अपेक्षा माँ का गाँव नैल अधिक आधुनिक प्रतीत हुआ। बद्रीनाथ मोटरमार्ग के क़रीब होने से वहाँ घरों में बिजली थी, पानी था, शौचालय, और भी शहरी सुख-सुविधायें मौजूद थीं। वह गाँव अधिक रमणीक भी था। ढाल भी लदाँ-लदाँ–सरल-सौम्य।

सेवल मोटरमार्ग से बहुत दूर उतुंग पहाड़ों पर अवस्थित। यहाँ बिजली का न होना बहुत खला। शौच के लिये बाहर जंगलों में जाओ। पानी के लिये गधेरे या पंचायती डिग्गियाँ। जब पिताजी का बचपन यहाँ बीता होगा, कितना आदिम अवस्था मैं रहा होगा यह गाँव! एक सुकून की बात यह थी कि हवा में ताजगी थी जो हमें उस छोटी अवस्था में भी महसूस हुई, और हम जब-तब अपने नथुनों में ताजी हवा खींच कर भर लेते।

एक कमरा ताईजी का, एक कगरा चाचीज़ी का। एक रसोई ताईजी की और एक चाचीज़ी की। तिबारी, जंगला और दालान संयुक्त। सुनने में यह बँटवारा बड़ा

सुनियोजित लगता है, मगर ताईजी और चाचीज़ी के जीवन-स्तर और रहन-सहन में बुनियादी फ़र्क़ था। ताईजी के घर में मेज-कुर्सियाँ, दीवान, मोटे गद्दे, नरम-गरम रजाई- कंबल, मुलायम तौलिये। चाचीज़ी के कमरे में टूटे-फूटे बक्से, नीचे पुवाल पर बिछा एक बेहद ही गंदा बिस्तर, चीथड़े उड़ती रजाई। तौलिये के नाम पर एक गमछा। ताईजी की रसोई में घी की कमोली (लकड़ी का पात्र), रस और बिस्कुट के पैकेट, ताँबे, काँसे व पीतल के बर्तन। चाचीज़ी की रसोई में बर्तनों की न वह इफरात न गढ़ावट। अल्युमिनियम के बर्तन ही नज़र आए। खाने की सामग्री के नाम पर टेढ़े-मेढ़े डिब्बों में बस दो चार सूखे अनाज।

बहरहाल, जब हम दोपहर दो बजे सेवल पहुँचे तो उस बेतुके से घर में हमारे स्वागत के लिये कोई भी मौजूद नहीं था, जबकि उन्हें हमारे कार्यक्रम एवं गाँव पहुँचने की तिथि व समय की ख़बर दी जा चुकी थी। पड़ोसी जयदत्त राड़ा का परिवार ही हमारे स्वागत के लिये आगे बढ़ा। वे हमसे बोले, "अभी तो दोनों औरतें (ताई और चाची) यहीं पर मँडरा रही थीं। पता नहीं कहाँ गायब हो गयीं।" इतने में नीचे मझखोले की तुलसी वहाँ से गुज़री और हमें देख कर ठिठक कर बोली, "सत्यभामा भौजी ब्रह्मानन्द चाचाजी के चौक पर बैठी हैं।" हम तुलसी के साथ हो लिए और उसके साथ ब्रह्मानन्द दादाजी के चौक पर आ गये। ताईजी बड़े इत्मीनान से चटाई पर अपने दोनों पैर फैलाए बैठी थीं। ऐसा लग रहा था उन्होंने अभी-अभी स्नान किया है। उनके गीले बाल उनकी पीठ पर छितरे हुए थे। उनसे साबुन की सुगन्ध आ रही थी।

"ताईजी! ताईजी!" कहते हुए मैं और दिव्या उनकी तरफ़ लपके। अपने स्नेहमय आलिंगन में भर कर उन्होंने हमें चूमा। मगर वे उठीं नहीं। किसी ने उनसे कहा, "शिवा आया है, जाकर उसकी आवभगत करो।"

ताईजी फटाक से बोली, "मेरी लड़की की शादी में थोड़ी ही आया है। जिसकी बेटी की शादी में आया है वह करे उसका सत्कार।"

"ताईजी..." मैंने और दिव्या ने स्नेह से उनका हाथ खींचा।

ताईजी मुस्कुराते हुए उठ गयी और हमारे साथ घर लौटी। तब तक चाचीज़ी भी घर लौट आई थीं, और रसोई में हमारे खाने-पीने का इन्तज़ाम कर रही थीं। मीना दीदी भी घर लौट आई थी और पिताजी की गोदी में चढ़ी हुई बैठी थी। पिताजी बड़े दुलार से मीना दीदी से बात कर रहे थे। उस वक़्त हमें लगा कि पिताजी सिर्फ़ मीना दीदी के ही हैं, हमारे कुछ भी नहीं।

अपने पिता का यहाँ हमें दूसरा ही रूप नज़र आ रहा था। वे अपने पूरे मूड में–उन्मुक्त, सारा गाँव उनका कुटुंब। किसी को वे यहाँ चाचा सम्बोधित कर रहे थे, किसी को चाची तो किसी को भैजी। शिवा...शिवा...शिवा...लोग उन्हें उनके प्रथम नाम से पुकार रहे थे। हमने पिताजी को किसी से कहते सुना–"इस गाँव में आकर मैं फिर से बच्चा बन जाता हूँ। बचपन लौट आता है मेरा...।"

कुछ युवक-युवतियाँ, जिन्होंने पिताजी को पहले विशेष नहीं देखा था, अचरज से कहते, "ओह आप हैं वो शिवानन्द भैजी जो हमारे गाँव के पहले हाईस्कूल हैं

"और पहला ग्रेजुएट भी..." पिताजी हँसते हुए जोड़ते। वे पिताजी को अपार आदर के भाव से देखने लगते।

यह गाँव जानता था कि पिताजी क्या हैं। यह गाँव उनके संघर्षों एवं कामयाबियों का चशमदीद गवाह था। इस गाँव ने पिताजी को ग़रीबी से उठते देखा था। पूरा गाँव उनकी इज़्ज़त करता था। किसी के घर उनका नाश्ता होता, किसी के घर उनका दोपहर का भोजन तो किसी के घर शाम की चाय। देहरादून में पिताजी हमसे हिन्दी-अंग्रेज़ी में बात करते थे। मगर यहाँ वे हर किसी से अपनी गढ़वाली बोली में बात करते, वह भी एक विशिष्ट लय के साथ। उनके हाव-भाव, उठने-बैठने तथा हँसी-मज़ाक़ का तरीका बदल गया था, एक देहातीपन आ गया था। वे पूरे पहाड़ी बन गये थे।

हाँ, अपनी शहरी आदत से मजबूर जब वे वार्तालाप में अंग्रेज़ी शब्द–'ओह आई सी', 'थैंक्यू यू, प्लीज' वग़ैरह झाड़ते तो गाँव वाले हँस पड़ते। पिताजी भी हँस पड़ते-मुक्त हास-परिहास, खिलखिलाना; कितनी सारी बातें-गप्पें गाँव वालों के साथ! कभी-कभी जब मैं अपने पिता को दूर से देखती तो मेरे मन में उनके प्रति दया उमड़ती। न जाने क्यों मेरा मन उनके प्रति असीम करुणा से भर जाता। "माय पुवर डैड..." मैं मन ही मन कहती।

आये तो हम चाचीज़ी की लड़की के शादी में मगर मेहमान आख़िरकार ताईजी के ही बने। एक तो उनके पास चाचीज़ी जैसा अभाव नहीं था। सम्पन्नता थी, साधन थे और रुतबा भी था। दूसरा, पिताजी ताईजी से अधिक खुले हुए थे। भले ही उनसे उनकी बहस-बाज़ी या तर्क-वितर्क हो जाते,मगर उनसे उनकी दोस्ती भी थी, आख़िर वे बचपन से एक-दूसरे को जानते थे। ताईजी नौ साल की थी जब ताऊजी से शादी होकर इस परिवार से जुड़ी थी। एक तरह से पिताजी और ताईजी बचपन के साथी थे। बहुत कुछ उन्होंने परस्पर बाँटा-सहा था - विवाह-समारोह। दुःख-बीमारी, बच्चों के जन्म की ख़ुशियाँ, मृत्यु...।

ताईजी की पिताजी से गप्पें लगती, जो अक्सर बहस में बदल जाती-कभी न सुलझने वाले पारिवारिक मुद्दे उनके बीच उठ जाते। बहरहाल पिताजी का नाश्ता, भोजन सब ताईजी ही देखा करती। हम सोते भी ताईजी के कमरे में। हमारे आने से ताईजी और उनका बेटा दीपक दोनों नीचे रसोई से लगी कोठरी में सोने लगे थे। निरीह चाचीज़ी, पिताजी से सहमी दूर-दूर ही रहती। पिताजी और उनके बीच बातचीत भी बहुत कम हुआ करती।

मगर चाचीज़ी ने अपने दिल की बात मुझसे और दिव्या से कही, "तुम्हारे चाचा गुज़रे तो भी तुम्हारे पिताजी शहर से यहाँ आए। तुम्हारे चाचाजी की बरसी भी उन्होंने ही यहाँ आकर की। अब मेरी बेटी मीना की शादी में भी वे ही आये हैं। बड़े जेठ जी मेरे सुख-दुःख में कभी शरीक नहीं होते। मैं तुम्हारे पिताजी की बहुत शुक्रगुजार हूँ। मुझे लगता है मेरा इस दुनिया में कोई है। भगवान तुम्हारे पिताजी को सदैव सही-सलामत रखे। उन्हें लम्बी उमर दे..." कहते हुए चाचीज़ी की आँखे डबडबा गयी, हाथ श्रद्धा में जुड़ गये।

हमारे उदासीन प्रवृत्ति के ताऊजी इलाहाबाद से मीना दीदी की शादी में गाँव नहीं आए थे। मगर उन्होंने अपने दिवगंत भाई की एकमात्र लड़की की शादी में अपना योगदान-पाँच हज़ार रुपये-पिताजी को देहरादून भेज दिये थे। मीना दीदी के लिये शादी के कपड़े, थोड़ा बहुत दहेज, बरातियों की पिठाई (टीका) व भोज आदि का इन्तज़ाम पिताजी ने किया। मीना दीदी के लिये कुछ आभूषण चाचीज़ी ने अपने स्त्रोतों से बनवा दिए। पहले दिन ही पिताजी ने ताईजी को स्पष्ट बता दिया कि ताऊजी ने इलाहबाद से उन्हें मीना दीदी की शादी के लिये पाँच हज़ार रुपये भेजे हैं।

गाँव का कोई व्यक्ति जब पिताजी की प्रशंसा करता कि शिवा देखो अपनी भतीजी की शादी की पूरी जिम्मेवारी ले रहा है तो ताईजी से पिताजी की तारीफ सुनी नहीं जाती। वह एकदम से बोलती, "रुपये शिवा को दीपक के पिताजी ने इलाहाबाद से भेजे हैं। वह अपने बड़े भाई की क़ीमत पर प्रशंसा बटोर रहा है।"

ख़ैर हमारे गाँव पहुँचने के अगले रोज ही फूल देई (फूल संक्रान्ति) हमारे गढ़वाल में मनाया जाने वाला एक बहुत प्यारा त्योहार आया। मैं और दिव्या गाँव के बच्चों की टोली में सम्मिलित हो गये। सुबह-सुबह हमने बसन्त ऋतु के फूल चुन-चुन कर टोकरियों में भरे और लोगों की देहरी पर फूल-फूल माई के गीतों के साथ फूल बरसाए। बदले में हमें घरों से पकवान और खाने-पीने का सामान मिला। हमें शहर से आया देख गाँववासी हमारी टोकरियों में अतिरिक्त पकवान व कच्चा अनाज डाल देते। हमें इतना सारा अनाज इकठ्ठा करते देख ताईजी और चाचीज़ी

ख़ुश। पिताजी मंत्रमुग्ध से हमें गाँव के बच्चों के साथ यूँ सहजता से हिलते-मिलते देखते रहते। पूरा दिन हमारा बच्चों के साथ खेलते-खाते बीत जाता।

मगर अगला दिन, शादी की एक दिन पूर्व की संध्या...ओह...आहा...। सुबह से ही हलचल मची थी। दस बजे तक चार डोटियाल (पहाड़ी कुली) गौचर में पिताजी का ऑर्डर किया हुआ सामान अपनी पीठ पर लादे हमारे चौक पर पहुँच गये। पसीने से लथपथ। कह रहे थे कि प्रान्तः चार बजे से उन्होंने चढ़ाई नापनी शुरू की थी। यह देख कर अच्छा लगा कि ताईजी और चाचीज़ी ने उन्हें ख़ूब खिलाया-पिलाया। पिताजी ने उन्हें अच्छी टिप दी, जो उन्होंने अपने माथे पर छुआ कर अपनी जेब में रख ली।

दिन भर हमारे चौक पर पहाड़ी पकवान अरसे-रोट बनते रहे, जिनकी सौंधी महक पूरे घर में रात तक बिखरी रही। चौक पर लगी रंग-बिरंगी झंडियाँ और बुरांश-गेंदे के फूलों की लड़ियाँ अंधकार में भी चमक रही थी। सायं सात बजे पिताजी शौच के लिये बाहर जंगल में गये। एक-डेढ़ घण्टे बाद वापस आये तो कुछ बड़बड़ा रहे थे। मगर किस पर? हमें समझ में नहीं आ रहा था। वे शून्य में ताक़ते हुए किसी पर कस कर चिल्ला रहे थे। कहे जा रहे थे–"मत आ मेरे पीछे...यहाँ से जा...भाग यहाँ से...।"

हम हैरान...वे किस पर चिल्ला रहे? किसे कह रहे कि उनके पीछे ना आए। उनके पीछे तो कोई भी नहीं...।

वे जंगले में बिछे दन (कालीन) पर बैठ गये और ताईजी को बताने लगे कि शौच के लिये वे जंगल में थोड़ा दूर ही निकल गये। और जब गधेरे (छोटी पहाड़ी नदी) में हाथ-मुँह धो रहे थे तो 'वह' वहाँ प्रकट हो गया। पूछने लगा, 'कर सकोगे मेरी बेटी का कन्यादान?'

"देखो, वह फिर आ गया...देखो वह फिर आ गया..." चीखते हुए पिताजी अपना जूता उठा कर भागे, जीना उतर कर चौक पार कर भागे किसी के पीछे। किसके पीछे? हम स्तब्ध। हैरान। कुछ भी समझ में नहीं आ रहा। हम किसी को भी नहीं देख रहे। वहाँ सिर्फ़ ताईजी, दीपक, मैं और दिव्या। चाचीज़ी अपने कमरे की दहलीज पर बैठी रोने लगीं। मीना दीदी अपनी सखियों के साथ किसी के घर गयी हुई थी। उनकी शादी हो रही थी। किसी न किसी के घर उनकी सखियों का जमघट लगता। वे मिलकर हँसी-ठिठोली करती, विवाह के मंगल गीत गाया करती।

पिताजी के इस रूप को देख कर मैं और दिव्या बुरी तरह डर गये। थर-थर काँपने लगे। दीपक भैया की गोदी में हमने अपना मुँह छुपा लिया। "पिताजी को

क्या हो गया?, दाँत किटकिटाते हुए हमने पूछा। दीपक भैया बोले, "चाचा-भूत आए हैं।"

"चाचा-भूत?"

"देवा चाचा की आत्मा आई है," वे बोले।

आत्मा...भूत...प्रेतात्मा...यह सब क्या बातें हो रही है? हमें कुछ समझ नहीं आ रहा।

ताईजी नीचे चूल्हे से तवे में गर्म-गर्म अंगारे लेकर आई। पिताजी की तरफ़ "बढ़ाते हुए बोली, "वह जूते से नहीं भागेगा। अंगारे बरसाओ उस भूत पर।"

लाल गर्म दहकते अंगारे पिताजी अपने नंगे हाथों से उठाकर किसी अदृश्य छाया पर बरसाने लगे, साथ ही कुछ बुदबुदाते–अस्पष्ट, अस्फुटित शब्द। क्रोध व उत्तेजना में उनकी आँखें और चेहरा लाल। साँसों का स्पंदन तेज।

मुझे और दिव्या को यह फ़िक्र कि कहीं गर्म कोयलों से पिताजी का हाथ न जल जाए। एक अलग ही छवि हमें अपने पिता की उस दिन देखने को मिली। हम भयभीत दीपक भैया से चिपके हुए बैठे थे। अंगारे बरसाने के बाद पिताजी पस्त होकर नीचे दन पर बैठ गये–बहुत थके हुए, विवर्ण। ताईजी ने पिताजी को खाने के लिये पूछा। उन्होंने मना कर दिया। ताईजी बोली, "अच्छा तो अन्दर कमरे में सो लो। यहाँ बाहर ठण्ड भी बढ़ रही है। अन्दर आराम कर लो। कल शादी है... व्यस्तता रहेगी।"

पिताजी चुपचाप उठ गये। ताईजी उन्हें लेकर कमरे में चली गयी। हम भी पीछे हो लिए। कमरे का किवाड़ बन्द कर दिया गया। पिताजी का सिर दर्द होने लगा था। ताईजी ने उनके सिर पर तेल लगाकर कुछ देर उनका सिर दबाया, फिर एक कपड़े से कस कर उनका सिर बाँध दिया। पिताजी बन्द दरवाज़े की तरफ़ इशारा करते हुए बोले, "वह फिर आ रहा है। दरवाज़े से भीतर चला आ रहा है...।"

अब ताईजी भी उस अदृश्य छाया पर डपटीं, "जाओ यहाँ से। हम हैं यहाँ तुम्हारी बेटी की शादी के लिए...। तुम्हारे बड़े भाई ने इलाहाबाद से पाँच हज़ार रुपये भेजे हैं। दूसरा भाई देहरादून से यहाँ आ गया है शादी का सारा इन्तज़ाम करने। तुम्हारी यहाँ ज़रूरत नहीं, तुम अपने लोक में वापस जाओ...।"

"वह वापस नहीं जा रहा। यहीं खड़ा है," पिताजी बच्चों की तरह शिकायती लहजे में अपनी भाभी से बोले।

ताईजी कुछ मनन करते हुए पिताजी से बोली, "चलो ऊपर। वो ही तुम्हारी रक्षा करेंगे।"

पिताजी चुपचाप उठ गये। ताईजी पिताजी को कहाँ चलने को कह रही? हम हतप्रभ खड़े सब देख रहे थे।

ताईजी ने कमरे के एक कोने पर छत से कुछ खींचा और एक मोटी रस्सी की सीढ़ियाँ नीचे झूलने लगी। हमने ऊपर देखा तो एक चौकोर खाना नज़र आया। ताई जी के कमरे के ऊपर दुछत्ती भी है, मुझे और दिव्या को उस दिन पता चला। रस्सी की सीढ़ियों पर पैर जमाते हुए हम सभी ऊपर आए। घुप्प अँधेरा। ताईजी ने एक दीया जलाया तो मद्धिम प्रकाश हुआ। पुरखों का कुछ पुराना सामान एक इतिहास बयाँ करता हुआ दुछत्ती में संगृहीत। एक किनारे चौकी पर विराजमान हमारे कुलदेवता नरसिंह भगवान की बड़ी और काली मूर्ति, आसपास पूजा सामग्री। जिस वस्तु पर मेरी नज़र टिकी, वह एक औजार था, नरसिहं भगवान की प्रतिमा के आगे खड़ा एक खड्ग, लाल धागों से बँधा।

चौकी के सामने बिछी कालीन पर ताईजी पिताजी को लेकर बैठ गयी। चाकू पर अपने दोनों हाथ धर, आँखे मूँद ताईजी मन ही मन कुछ पल प्रार्थना करती रहीं। फिर चाकू उठा कर पिताजी के बदन में जगह जगह स्पर्श किया। हम भयभीत कि चाकू की धार पिताजी को कहीं लग न जाये। ताईजी ने पिताजी से भगवान नरसिंह की प्रतिमा के पैर छुआए। चन्दन पिसवाया। भगवान नरसिंह पर लगवाया। पिताजी के माथे पर भी चन्दन पोता। पिताजी से भूत भगाने के मन्त्र बुदबुदवाने लगी। पिताजी बिलकुल वैसा कर रहे जैसा ताईजी उन्हें निर्देश दे रही। हमारे पिताजी जैसे एक शिक्षित, नौकरी-पेशा, बड़े सम्मानीय आदमी का ताईजी जैसी गाँव की एक अनपढ़ स्त्री का आदेश मानना हमको गवारा नहीं हो रहा था।

"भाभीजी, वह यहाँ भी आ गया है..." पिताजी बच्चों की सी आवाज़ में बोले। "वहाँ खड़ा है..." हमने उस कोने की तरफ़ देखा जहाँ पिताजी संकेत कर रहे थे–वहाँ कोई नहीं।

"वह पिचाछ है। मत देखो उसकी ओर। यहाँ नरसिंह भगवान पर ध्यान लगाओ," ताईजी पिताजी पर कड़की।

पिताजी ने अपना चेहरा अपने घुटनों पर गढ़ा दिया–आत्मसमर्पण की मुद्रा में।

मुझे लगा कि यहाँ आकर पिताजी एक अलग ही इन्सान बन गये हैं। शहर में हमारे घर कभी भूत-पिचाश की कोई बात नहीं होती। वहाँ पिताजी को कभी कोई भूत नहीं दिखता। यहाँ उनके साथ ऐसा क्यों हो रहा है? मेरा मन हुआ पिताजी को लेकर उस गाँव से जितनी जल्दी हो सके देहरादून चली जाऊँ। मुझे घबराहट होने लगी कि कहीं पिताजी को यहाँ कुछ हो न जाये।

अपने कुलदेवता को पूज कर हम दुछत्ती से नीचे उतर आये। ताईजी ने पिताजी को बिस्तर पर बैठा दिया। दीपक भैया से चिन्तित स्वर में बोली, "दीपू, अब क्या होलू?" अगर तेरे चाचा को देवा की प्रेतछाया दिखनी बन्द नहीं हुई तो कल सुबह सबसे पहले सिदोली गाँव से बक्या (ओझा) को बुलाना पड़ेगा तेरे चाचा को झड़वाने के लिए।"

"नहीं!" मेरे और दिव्या के कंठ से एकदम से निकला। हालाँकि हम दोनों उस समय अबोध बालिकाएँ थी मगर हमें इतना भान अवश्य था कि कोई ओझा पिताजी की हालत और ख़राब कर देगा। उन्हें और पगला देगा।

दिव्या मुझसे साढ़े तीन वर्ष बड़ी और मुझसे कहीं अधिक साहसी थी। वह सुस्त पड़े पिताजी के सामने उँगलियाँ नचाते हुए बोली, "हे...पापा...कहाँ हो आप?"

पिताजी ने उसे अजीब नज़रों से देखा।

हम दोनों झट से उनके अगल-बगल बैठ गये और उन्हें सहलाने लगे। दिव्या ने फिर से अपनी उँगलियाँ उनकी आँखों के सामने नचाईं, "पिताजी, आपको भ्रम हो रहा है...यहाँ चाचा का भूत नहीं है। यहाँ हम हैं। मैं और इति... देखिए हमें... देखिए हमारी तरफ़।" उसने पिताजी के दोनों गालों को अपने हाथों में थाम लिया।

पिताजी जैसे किसी सपने से जागे। उन्होंने विस्फारित आँखों से मुझे और दिव्या को देखा और फिर अचानक रोने लगे।

"ऊँ...नहीं, पापा..." हम उन्हें पुचकारते रहे, उनका ध्यान बटाने की कोशिश करने लगे। "अभय भैया को याद करिए...अभय इस समय क्या कर रहा होगा?"

पिताजी कहीं दूर खोए-से बुदबुदाए, "फुटबॉल खेल रहा होगा..."

"नहीं, अभी तो रात बहुत हो गयी है। फुटबॉल नहीं खेल रहा होगा। वह अब तक घर आ चुका होगा, पढ़ रहा होगा या फिर सो गया होगा।"

हम उन्हें उनके दोस्तों की याद दिलाने लगे, ताकि उनका ध्यान और भटके। "यादव अंकल क्या कर रहे होंगे?"

धीरे-धीरे, हम पिताजी को उस गाँव के परिवेश से बहुत दूर, बहुत दूर ले गये, जहाँ एक दूसरी ही दुनिया थी, जहाँ अलग-अलग लोग बसते थे।

"ओबराय अंकल...फिरोज अंकल...एजेंट यशपाल चोपड़ा..."

कुछ ही देर में, पिताजी हमारे बीच, हमारा हाथ थामे, किसी नन्हे बालक की तरह गहरी नींद में सो गये। उनकी आँख लगते देख ताईजी और दीपक भैया नीचे, रसोईघर से लगे कमरे में सोने चले गये।

सुबह जब मेरी नींद खुली तो पिताजी को सामान्य देखा। बड़ी राहत मिली। पिताजी को सामान्य देख ताईजी मुझसे और दिव्या से तंज से बोली, "तुम्हारे पिताजी वाकई अलकनन्दा सुत हैं। उनके वेग और बहाव का कोई ठौर नहीं। तुम बेटियाँ ही अपने पिता का वेग सम्भाल सकती हो। कल तुम दोनों ने उनके सामने से चाचा-भूत भगा दिया," कह कर ताईजी खी-खी हँसने लगी। हम भी उनके साथ हँसने लगे। जो बात रात के अँधेरे में हमें दहशत से भर रही थी, वही अब सुबह के उजाले में हास्यास्पद लग रही थी।

ख़ैर आज शादी का दिन था। जश्न का उल्लास सहसा वातावरण में छा गया। शामियाना टँगा हुआ। जगह-जगह रंगबिरंगी झंडियाँ व फूलों की लड़ियाँ सजी हुईं। पहाड़ी नगाड़ों का सुमधुर परंपरागत नाद। हर कोई उन्मुक्त। दूर-दराज गाँव से कई मेहमान शादी में आए। नैल से मेरे दोनों मामा भी आए।

मुझे आभास हुआ कि गाँव में काम सामूहिक संसाधनों से सम्पन होते हैं। अकेला आदमी अपने दम पर यहाँ कुछ हासिल नहीं कर सकता। संयुक्त प्रयासों से ही यहाँ कोई कार्य सम्भव है। खेती, शादी का जश्न, गीत-गाने सब सामूहिक आयोजन है। मीना दीदी केवल चाचीज़ी की ही नहीं, पूरे गाँव की बेटी लग रही थी। वह पहाड़ी दुल्हन बनी-नाक में बड़ी सी नथ हिल रही, सिर पर सुन्दर सा पिछौड़ा लहरा रहा। सारा गाँव जुटा था। विवाह के कई स्थल थे। किसी के आँगन में मंगल स्नान हो रहा, तो किसी के आँगन में बारात का स्वागत। किसी के आँगन में भोज की व्यवस्था तो किसी के आँगन पर फेरे। एक बात मैंने और देखी...पिताजी गाँव के आदमियों को चुप-चुप शराब की बोतलें बाँट रहे थे। वे काफ़ी बोतलें देहरादून से अपने साथ लेकर चले थे। कुछ पुरुष पिताजी के शुक्रगुजार हो रहे थे–ओ शिवा, आज क्या पिला दिया। कितनी अच्छी दारू! क्या विलायती है?

"नहीं चाचा, देशी है।"

दिव्या मुझसे बोली, "गाँव के कई पुरुष नशाखोरी करते हैं।"

बेटी की शादी में रस्म के लिये जहाँ-जहाँ चाचाजी को खड़ा होना था वहाँ पिताजी खड़े हुए–अतिथियों का स्वागत, बारात का सत्कार, वर की पूजा, कन्यादान...। विदा के समय मीना दीदी पिताजी से चिपक कर फूट-फूट कर रोई। पिताजी भी रोये। यहाँ गाँव में पहली बार हम अपने पिताजी को रोते हुए देख रहे थे।

मीना दीदी की शादी बड़े धूमधाम से सम्पन्न हुई। लोगों के बीच यह खुसुर-पुसुर भी रही–"कल शिवा ने अपने मरे भाई को देखा। वह पूछ रहा था–कर सकोगे मेरी बेटी का कन्यादान...।"

"हे राम! वह इस फ़िक्र में गया–मेरी लड़की का क्या होगा?अकाल मृत्यु, अतृप्त तृषा, उसकी आत्मा ब्रह्मांड में भटक रही है।"

बहरहाल पिताजी ने सभी ग्रामवासियों को बहुत अच्छा भोजन खिलाया। सब उनके कायल हो रहे थे कि जो तरकारियाँ और मिष्ठान्न गाँव वालों ने पहले कभी नहीं चखे, पिताजी ने उन्हें उनका स्वाद करवा दिया। पिताजी को शायद यह अवसर अपनी पैतृक भूमि के लोगों को अपनी तरफ़ से दावत देने का भी लगा।

मीना दीदी की शादी के बाद हमने ताईजी, चाचीज़ी, सभी गाँववासियों से विदा ली। दीपक भैया हमें गाँव की सीमा तक छोड़ने आए। हम चढ़ाई उतरते जा रहे थे। जिस मोड़ से गाँव दिखना बन्द होता था, पिताजी ने रुक कर अपने गाँव की तरफ़ अपना शीश झुकाया, अपना हाथ लहराया। पिताजी की देखा-देखी हमने भी अपने गाँव की तरफ़ हाथ हिलाया–गुडबाय सेवल!

पहाड़ी रास्तों से गुज़रते हुए हम देहरादून लौट आए। चाचाजी की प्रेतछाया पिताजी को फिर कभी नहीं दिखी। भूत-भात की फिर कोई बात ही नहीं उठी। वह बात मेरे मस्तिष्क में हमेशा अंकित रही। थोड़ी बड़ी हुई तो मनन करने लगी। आत्मा...यह शब्द आधुनिक युग में कानों को कितना अजीब लगता है। उस दिन पिताजी क्या वास्तव में चाचा-भूत से बात कर रहे थे। अपने भाई की प्रेतछाया क्या वाकई उन्हें दिखी? मेरे पिताजी तो इतने पूजा-पाठ वाले भी नहीं हैं। भगवान के अस्तित्व में विश्वास नहीं करते, भूत में कैसे करेंगे। वे नाटक भी नहीं कर सकते, ऐसा मेरे पिता का व्यक्तित्व नहीं।

तो फिर वह क्या था?

काफ़ी सोच-समझ व मनन कर मैं इस निष्कर्ष पर पहुँची–मेरे पिता का जो जीवन इतिहास है, उसमें पता नहीं क्या-क्या दबा-लुका हुआ है। मनुष्य के समूचे अस्तित्व में एक बड़ा हिस्सा उसके अतीत का होता है जो निषेचन से शुरू हो जाता है। अपने पुराने परिवेश में वह सतह पर आ जाता है। एक दिन बाद मीना दीदी की शादी थी। पिताजी शायद लगातार अपने मृत भाई के विषय में सोच रहे थे, और वह उनकी कल्पना में उनके सम्मुख साकार हो गया। 'कर सकोगे मेरी बेटी का कन्यादान?' यह प्रश्न चाचा-भूत नहीं, शायद पिताजी का ख़ुद का अन्त:करण उनसे पूछ रहा था।

ख़ैर मैंने और दिव्या ने देहरादून आकर यह बात माँ को बताई थी। माँ ने हैरत से पिताजी से पूछा, "क्या ये बच्चे सही कह रहे हैं?"

पिताजी ने प्रश्नात्मक दृष्टि से माँ को देखा।

"तुम्हें क्या सेवल में देवा की आत्मा...?"

पिताजी कहीं खो से गये। हाथ हिलाते हुए बोले, "मुझे कुछ याद नहीं।"

हमने यह बात जब गौरी दीदी से कही तो वह रहस्यमय ढंग से बोली, "हमारे पिताजी प्रेतछाया देखा करते हैं। मैंने कितनी बार पिताजी को हवा में किसी से बात करते हुए देखा है।"

"वे अपने आप से बात करते होंगे," मैं सोचते हुए बोली।

"सिज़ोफ्रेनिया–मतिभ्रम का जाल, जिसमें वास्तविकता और कल्पना की सीमाएँ धुंधली पड़ जाती हैं," दिव्या ने गम्भीर स्वर में जोड़ा। "एक प्रभावशाली और मानसिक रूप से स्थिर दिखने वाला व्यक्ति भी कभी-कभी इस अवस्था में फंस सकता है। हो सकता है कि पिताजी को किसी मनोवैज्ञानिक दबाव ने इस मतिभ्रम की स्थिति में पहुँचा दिया हो। उनकी स्मृति में दबी किसी गहरी पीड़ा ने इस प्रेतछाया को जन्म दिया हो।"

वह चाचा-भूत क्या था? क्या पिताजी वास्तव में मतिभ्रम के शिकार थे, या यह केवल उनके अवचेतन मन की कोई अनकही पीड़ा थी? ये सवाल मेरे मस्तिष्क में बिना किसी ठोस जवाब के मंडराते रहे।

पच्चीस

मैंने पिताजी को अपने पहाड़ विशेष अवसरों पर ही जाते हुए देखा। धीरे-धीरे वह भी छूट गया था। जहाँ तक मुझे याद है मैंने पिताजी को गाँव पहली बार चाचाजी की मृत्यु पर जाते हुए देखा था। एक वर्ष बाद चाचाजी की बरसी पर और फिर पाँच साल बाद चाचाजी की लड़की मीना दीदी की शादी पर। फिर जब पड़ोसी जयदत्त राड़ा ने दीवार रख कर हमारा रास्ता बन्द करने की हिमाकत की। मेरे पड़दादा के ज़माने से रह-रह कर उसका परिवार दीवार खड़ी कर हमारा रास्ता बन्द करने की चेष्टा कर रहा था।

दीपक भैया का गाँव से पिताजी के लिये टेलीग्राम आया। सिर्फ़ एक वाक्य : द नेबर इज पुटिंग वाल।

पड़ोसी दीवार खड़ी कर रहा, इसका मतलब वह हमारा रास्ता बन्द कर रहा है। उसका कहना था कि हमारी पहली मंज़िल पर जाती सीढ़ियाँ उसके आँगन पर बनी हैं। हम लोग अपनी सीढ़ियाँ वहाँ से हटा कर दूसरी तरफ़ करे। इसमें रुपये-पैसे जितने लगते वो तो लगते ही मगर हमारे घर की पूरी बनावट भी ख़राब हो जाती। पिताजी का कहना, हमारा घर उसके घर से पहले का बना है। घर के लिये रास्ते का होना एक जायज़ अधिकार है।

पिताजी गाँव जाने की तैयारी करने लगे। माँ बड़बड़ाई, "रहता तो वहाँ कोई और है और सिरदर्दी हम लें। दीपक क्यों नहीं अपने पिताजी को ऐसे तार भेजता है? तुम्हें क्यों भेजता है? तुमने ज़िन्दगी भर के लिये क्या उनका ठेका ले रखा है?"

पिताजी बोले, "वहाँ कोई भी रह रहा हो, वह मेरे दादाजी का बनाया घर है और उसकी हिफ़ाजत करना उनके वंशजों का दायित्व है। मेरी विधवा माँ ने किसी को दीवार नहीं रखने दी। हम तो पुरुष हैं। मेरे जीते जी जयदत्त राड़ा दीवार रख कर हमारा रास्ता बन्द नहीं कर सकता। अगर इतना भी हम न कर पाए तो लानत है हम पर। फिर मेरे अलावा कौन है उससे लड़ने वाला! वहाँ दो अबलाएँ...। दीपक तो अभी बच्चा ही है। भाईसाहब से मैं कुछ नहीं कर सकता। भाईसाहब के मेरे ऊपर काफ़ी कर्ज़े हैं।"

माँ की बड़बड़ाहट चालू रही, "न कभी वहाँ से कोई दाल आती है, न कोई और अनाज। सिर्फ़ तार और चिट्ठियाँ ही आती हैं जब वे मुसीबत में होते हैं।"

माँ के दोनों कन्धे झकझोरते हुये पिताजी बोले, "पूरी दुनिया को पाकर क्या कर लूँगा जब अपनी ही आत्मा खो दूँगा। मुझे नहीं चाहिँये वहाँ से कुछ। कुछ काम मैं अपनी आत्मा की सन्तुष्टि के लिये करता हूँ।"

पिताजी सेवल के लिये रवाना हो गये।

जयदत्त राड़ा एक मोटी व ऊँची दीवार रख रहा था। चार-पाँच मिस्त्री वहाँ काम पर लगे थे। पिताजी का ख़ून खौल गया। वह स्लेटी पत्थरों की मोटी-ऊँची दीवार हमारे लघु घर को ढक रही थी। पहले जैसे ही घर के आँगन पर क़दम रखो, घर पूरा नज़र आता था। इस घर की सबसे बड़ी ख़ूबसूरती यह थी कि इसके आगे एक फैला हुआ आँगन, उससे लगा नारंगी का बगीचा, बगीचे के पार गहरी घाटी, उसके पार पहाड़, पहाड़ों से गिरता झरना। पूरे घर के आगे कोई इमारत नहीं एक विस्तृत फैलाव, खुली प्रकृति। बगल में जयदत्त राड़ा के घर के आगे एक दालान था जिसे वह अपना बताता था। और हमारे आँगन पर भी अपना हक जमाता था।

ग़ुस्से में भरे होने के बावजूद पिताजी ने पहले जयदत्त से शिष्टता से बात की। उसे हौले से कहा कि वह उनके घर के सामने से दीवार हटाए। उनका रास्ता न रोके।

"दीवार बिल्कुल नहीं हटेगी," वह बोला। "हम अपने चौक पर दीवार रख रहे हैं। गाय-भैंसे घर में घुस आती हैं।"

"यह दीवार हमारे घर को ढक रही है। हमारे घर का रास्ता बन्द कर रही है," पिताजी ने तर्क किया।

"तुम्हारे घर का रास्ता हमारी ज़मीन से जाता है। तुम अपने घर का रास्ता बदलो," जयदत्त ने दलील दी।

पिताजी को जयदत्त के रुख से लग गया कि वह ऐसे नहीं मानेगा। उन्हें अपनी माँ का ध्यान आ गया। जब जयदत्त के पिता दीवार चिनवा रहे थे वह आगे लेट गयी थी और ललकारते हुये जयदत्त के पिता से बोली थी, "हिम्मत है तो मेरे ऊपर से दीवार चिनवाओ।"

मिस्त्रियों ने तसला, फावड़ा सब नीचे रख दिया और कहा कि वे विवादित जगह पर काम नहीं करेंगे

जयदत्त के पिता को अपनी बनी आधी दीवार गिरानी पड़ी थी।

न तो जमाना ही अब वह था और न ही शिवा एक औरत था। जैसे ही पिताजी

खड़ी होती दीवार के आगे लेटे जयदत्त के चार मुस्टंडे लड़के पिताजी पर चील की तरह झपट पड़े। पिताजी कहाँ उन धाकड़ पहलवानों से मुकाबला कर पाते! मिस्त्री और मजदूर भी भद्दी हँसी हँसने लगे।

ताईजी अपने लड़के को पकड़े अन्दर अपने घर में बैठी रही। उन्होंने दीपक को भी मना कर दिया बाहर जाकर पिताजी की मदद करने से।

चाचीज़ी ने जब पिताजी को पिटते देखा और यह भी देखा कि दीपक अपने चाचा को बचाने नहीं आ रहा है तो वह मल्खू दादाजी के घर भागी, उनके लड़कों को बुलाने के लिए। पिताज़ी के सबसे बड़े शुभचिन्तक ब्रह्मानन्द दादाजी का देहान्त हो गया था। उनके दोनों पुत्र गाँव से पलायन कर शहर बस गये थे। सो मल्खू दादाजी के लड़के ही गाँव में अब पिताजी के सबसे क़रीबी रिश्तेदार थे। उनके रहते हुए पिताजी पर यूँ हमला हो जाना उन पर भी आघात था।

वे दहाड़ते हुए आए और राड़ा लड़कों पर प्रहार कर दिया। पिताजी के रक्षा कवच बन कर उन्होंने उन्हें पिटने से बचाया। पिताजी, जो मल्खू दादाजी के परिवार को कभी कोई अहमियत नहीं देते थे, सहसा उनके प्रति कृतज्ञता से भर गये।

इतना ही नहीं, मल्खू दादाजी के लड़कों ने गाँव के अपनी बिरादरी के लोगों को भी गुहार लगाई। कास्ट सिस्टम गाँव में बड़ा तगड़ा होता है। उस गाँव में ब्राह्मण जाति के परिवार राजपूत जाति की तुलना में अधिक और प्रमुख थे। और जो चार डोम परिवार थे, वे भी ब्राह्मणों से साथ हो गये। देखते ही देखते सारा गाँव दो हिस्सों में विभक्त हो गया। जयदत्त राड़ा पर हमारे पक्ष के लोग हावी हो गये। उन्होंने एक-एक ईंट निकाल कर उसकी बनती दीवार की चिन्दी-चिन्दी कर दी।

जयदत्त राड़ा क्रोध से पागल हुए जा रहा था। वह पिताजी को ललकार रहा था कि एक दिन वह दीवार पूरी खड़ी करके दिखायेगा, आज नहीं तो कल सही, इस पीढ़ी में न सही तो अगली पीढ़ी में। उसके पास धन की कमी नहीं।

पिताजी भी रोष से भरे थे। मगर एक वे पढ़े-लिखे इन्सान थे। उन्हें मालूम था कि यह लड़ाई हाथापाई से नहीं क़ानूनी तौर पर सुलझनी चाहिये। वह यह पुश्तैनी लड़ाई अपने जीते जी ख़त्म कर देना चाहते थे, ताकि अगली पीढ़ी में हस्तान्तरित न हो। जो लड़ाई उनके दादा जी नहीं सुलझा पाए, उनकी माँ नहीं सुलझा पायी, उन्होंने सोचा वे ख़ुद इसे हमेशा के लिए निपटा देंगे। उन्होंने जयदत्त राड़ा को अदालत की धमकी दी कि वे उसे कोर्ट में घसीटेंगे। फ़ौजदारी का मुक़दमा भी दायर करेंगे।

"मैं तुझे छोडूँगा नहीं।" कह कर दूसरे दिन पिताजी कर्णप्रयाग चले गये, जहाँ

तहसील थी। वहाँ अदालत में जयदत्त राड़ा पर मुक़दमा दायर कर दिया। रुपये पैसों कि परवाह किये बगैर कर्णप्रयाग कोर्ट का एक लोकप्रिय व महँगा वकील राजेन्द्र डिमरी कर लिया।

दो महीने उपरान्त जब अगली पेशी पड़ी तो पिताजी देहरादून से फिर कोर्ट में हाज़िरी देने कर्णप्रयाग रवाना हुए। दीपक को भी सेवल से आने को कहा था। पटवारी से कुछ आवश्यक काग़ज़ात बनवा कर लाने को भी कहा था। मगर दीपक कर्णप्रयाग पेशी पर नहीं आया, न ही वे काग़ज़ात आये। पड़ोसी जयदत्त राड़ा अपने बेटे के साथ कोर्ट में ज़रूर हाज़िर हुआ। पिताजी को वहाँ अकेले आया देख दोनों बाप-बेटे ने अट्टहास लगाया।

कोर्ट में अगली तारीख की अर्जी दे कर पिताजी तुरन्त कर्णप्रयाग से बस पकड़ कर गौचर आए और चढ़ाई चढ़ कर अपने सेवल गाँव। वहाँ दीपक से पूछा कि वह काग़ज़ात लेकर पेशी में क्यों नहीं हाज़िर हुआ। दीपक की तरफ़ से ताईजी ने जवाब दिया, "हमें अपने बगल के पड़ोसी के साथ मुक़दमेबाज़ी नहीं करनी। तुम शहर रहते हो। तुम्हारे भाई भी इलाहाबाद से यहाँ यदा-कदा ही आते हैं। पड़ोसी से कोट-कचहरी की दुश्मनी हमें मोल नहीं लेनी"।

"भाभी यह मुक़दमा अब हटेगा नहीं। इस राड़ा को सबक सिखाना है। यह रास्ते की लड़ाई हमेशा के लिए बन्द करनी है," पिताजी बोले।

"शिवा, मुक़दमा वापस लो। कितनी बार कह दिया हमें नहीं लड़ना पड़ोसी के साथ मुक़दमा।"

"मैं इतनी दूर से कर्णप्रयाग पेशी में आ रहा हूँ। अपने पैसे ख़र्च कर रहा हूँ। आपको परेशानी क्या है?" पिताजी बोले।

"वह ज़्यादा ताक़तवर है। हम पर कभी भी हमला कर सकता है। तुम्हारा क्या तुम तो शहर में रहते हो," ताईजी ने अपना तर्क दिया।

दीपक जो सारा संवाद चुपचाप सुन रहा था, सहसा बोला, "चाचाजी, माँ सही कह रही है। आप मुक़दमा वापस ले लीजिए।"

पिताजी ने एक जोर का तमाचा दीपक के गाल पर रसीद कर दिया। भभक कर बोले, "तो क्यों मुझे तार किया? रखने देते उस हरामजादे को दीवार।"

ताईजी ने हतप्रभ एक पल पिताजी को देखा, फिर दीपक के गाल को, जहाँ पिताजी की हथेली का छाप पड़ गया था। तुरन्त उठ कर ताईजी ने अपने बेटे को अपनी बाँहों में भर लिया। उसका गाल सहलाते हुए पिताजी पर बिफरी, "अपने लड़कों को तुम्हारी चूँ तक कहने की हिम्मत नहीं है, यहाँ मेरे बेटे को पीट रहे हो।

चले जाओ यहाँ से अपने घर देहरादून। तुम्हारा यहाँ कोई काम नहीं। हम ख़ुद निपट लेंगे अपनी परेशानियाँ से।"

दीपक जोकि अब तक एक लम्बा-तगड़ा मर्द बन चुका था, अपनी माँ के वात्सल्यमय आलिंगन से परे हटते हुए एक परिपक्व अन्दाज़ में पिताजी से बोला, "चाचाजी, भले ही तार भेज कर मैंने आपको दीवार की सूचना दी। मगर अब मैं सोचता हूँ कि माँ सही कह रही है। आप देहरादून बसे हैं, पिताजी इलाहाबाद। मैं भी इस गाँव में ज़्यादा टिकने वाला नहीं हूँ। जया दीदी मेरा अमेरिका में बसाने का जुगाड़ कर रही है। छोटी चाची भी अब अधिकतर अपनी बेटी के पास रहती है। क्यों हम कोर्ट-कचहरी के चक्करों में पड़े। इस घर में रखा ही क्या है?"

पिताजी का मन एकाएक गहरे विषाद से भर गया। उन्होंने अपने उस घर को, जहाँ उनका जन्म हुआ था और बचपन बीता था, निहारा। वास्तव में इस घर का वजूद इसलिए है कि सत्यभामा और दीपक ने इसे सँजो कर रखा है। वे यहाँ रह रहे हैं। अगर वे यहाँ न रहें तो यह घर उजाड़ हो जायेगा, या फिर बिक जायेगा! सहसा ऐसे विचार उन्हें उद्धेलित कर गये। उनकी कल्पना में उनकी माँ और तीनों भाइयों की छवि साकार हो गयी। माँ खाना पका रही है, वे तीनों भाई खा रहे हैं... तीनों भाई आपस में खेल रहे, लड़ रहे। माँ उन्हें डपट रही। माँ गौशाला से दूध दुह कर ला रही। धान कूट रही।

"देहरादून से कर्णप्रयाग बार-बार पेशी में आना आपके लिए सरल न होगा, चाचाजी," दीपक ने उन्हें यादों के गह्वर से बाहर निकला। "अब आप इतने जवान नहीं रहे। सीनियर सिटीजन हो गये हैं।"

"सीनियर सिटीजन! ऊँह!" पिताजी बुदबुदाए।

हताश होकर पिताजी को पड़ोसी जयदत्त राड़ा पर दायर किया अपना मुक़दमा वापस लेना पड़ा। पिताजी के प्रयत्नों से इतना असर अवश्य हुआ कि उसकी दीवार खड़ी ज़रूर हुई पर हमारा रास्ता नहीं रोक पाई। जहाँ से हमारी सीढ़ियाँ ऊपर जाती थीं, उससे पहले ही उन्होंने दीवार मोड़ ली।

मगर इस घटना के बाद कई महीनों तक सेवल गाँव से हर हफ्ते एक पत्र पिताजी के लिये आता रहा। पूरा पत्र सिर्फ़ एक वाक्य से भरा रहता—

शिवानन्द गू खाता है। शिवानन्द गू खाता है। शिवानन्द गू खाता है...

पिताजी कभी समझ नहीं पाए कि वह पत्र उनका भतीजा उन्हें लिखता था या पड़ोसी जयदत्त या फिर कोई और...

छब्बीस

जैसे-जैसे हमारे परिवार के आकार में वृद्धि हुई पिताजी के लिये यह सम्भव न हो सका कि वे अपनी हर पोस्टिंग में अपना पूरा परिवार उठा कर चलते। वे माँ की क्षमता भी समझते थे कि वह अकेले सभी बच्चों की परवरिश नहीं कर सकती। सो, पिताजी की हर पोस्टिंग में हमारा परिवार बँट जाता। कुछ बच्चे माँ के साथ देहरादून में रह जाते और कुछ पिताजी के साथ उनकी नई पोस्टिंग पर चले जाते। उस समय पिताजी की पोस्टिंग बनारस हुई थी। वे अभी-अभी रिया दीदी की शादी से निपटे थे। संयोग से रिया दीदी का ससुराल भी बनारस में था।

पिताजी के साथ गौरी और अभय चले गये। कार्तिक, जया, मिही, और दिव्या माँ के साथ देहरादून में ही रहे। कार्तिक को माँ के साथ यूँ भी देहरादून रहना पड़ता था क्योंकि एक पुरुष का घर में रहना अनिवार्य था। माँ बाहर-भीतर के सारे काम अकेले नहीं कर सकती थी।

बनारस में कुछ कारण वश पिताजी को तुरन्त सरकारी आवास नहीं मिल पाया। उन्हें किराये का घर खोजना पड़ा। महमूरगंज में एक मकान मिला। मकान मालकिन एक ख़ूबसूरत जवान विधवा थी जिसकी एक दस-बारह साल की बेटी थी। वह पिताजी का कुछ ज़्यादा ही ख्याल रखने लगी। गौरी व अभय की वह सरंक्षिका जैसी बन गयी। पिताजी की अनुपस्थिति में उन पर नज़र रखती, उनका ख्याल करती। जब-तब उन्हें खाना पका कर दे देती। पिताजी की वह बहुत बड़ी मददगार साबित हुई। गौरी और अभय भी ख़ुश। वह औरत गौरी व अभय की मिश्रा आंटी बन गयी। उसकी बेटी गौरी की सहेली।

हमारे हरफनमौला भानु मामाजी, जो अब तक कुँवारे थे और एक शहर से दूसरे शहर भटकते रहते थे, इस बार बनारस में पिताजी के पास आ पहुँचे। उनकी नज़रें वही देख रही थीं जो बच्चे समझ नहीं पा रहे थे।

मकान मालकिन गौरी और अभय का ध्यान तो रख रही थी, लेकिन उसकी दृष्टि पिताजी पर कुछ और ही कह रही थी–एक कामुक झुकाव। उधर, पिताजी

भी उसकी ओर खिंचते जा रहे थे, यहाँ तक कि वे उसकी बेटी को महँगे उपहार देने लगे।

चार-पाँच दिन बनारस में रहकर मामाजी सब समझ गये। उन्हें तो वहाँ से अयोध्या, बड़े मामाजी के पास जाना था, मगर वे सीधा देहरादून लौट आये। माँ से बोले, "दीदी, यहाँ मत बैठो। पति के पास जाओ। वहाँ वे दूसरी औरत के चंगुल में फँस रहे हैं।"

माँ सकते में आ गयी। क्या करे? घर कैसे छोड़े? काशीराम मौसा जी की हाल में ही देहरादून पोस्टिंग हुई थी। सो सौमाली मौसी का परिवार भी देहरादून आ गया था। अमरूनी मौसी पहले से ही देहरादून में विराजमान थी, वह भी हमारे पड़ोस में। अपनी दो बहनों को शहर में पा माँ बेहद ख़ुश थी।

अपनी बहनों से कहकर कि वे उनके घर का ख़याल रखे, माँ मिही और दिव्या के साथ बनारस आ गयी। कार्तिक और जया को देहरादून ही छोड़ दिया, क्योंकि दोनों वहाँ कॉलेज में पढ़ रहे थे।

बनारस पहुँचते ही माँ ने पिताजी को घर बदलने को कहा, जो पिताजी को मानना पड़ा। महमूरगंज के दूसरे छोर सिविल लाइन चले गये–मिश्रा आंटी के घर से बहुत दूर। माँ उन दिनों बहुत अधिक तनाव में थी। रिया दीदी की शादी की भागदौड़ और बाद के झमेले। जबसे रिया दीदी की शादी हुई, उनकी अपने पति से बन नहीं रही थी। यह तनाव अलग था। देहरादून मकान की देखभाल! माँ फिर से गर्भवती-आठवीं सन्तान गर्भ में। रिया दीदी भी गर्भवती। माँ-बेटी की ड्यू-डेट में विशेष अन्तर भी नहीं। जबसे माँ बनारस पहुँची रिया दीदी भी मायके आ गयी। उन्हें ससुराल में रहना वैसे ही पसन्द नहीं था। माँ ख़ुद को भुला कर रिया दीदी की देखभाल करती कि उनकी बेटी गर्भ से है। पहली बार माँ बन रही है। परन्तु, जब माँ-बेटी के प्रसव का समय क़रीब आया, तो माँ के दिल में एक अजीब सी बेचैनी महसूस होने लगी। उन्हें यह लगने लगा कि शायद बच्चा जल्दी ही आयेगा। माँ ने रिया दीदी से कहा, "तू अपने ससुराल जा, यहाँ तुझे कौन देखेगा? मेरी ख़ुद की हालत ठीक नहीं।"

एक दोपहर रिक्शे में बैठा कर माँ ने रिया दीदी को उनके ससुराल पहुँचा दिया।

ख़ैर एक हफ्ते बाद ही मैं पैदा हो गयी। होना तो मुझे एक महीने बाद था मगर मैं नामुराद, अभय भैया की भाषा में, जल्दी इस दुनिया में आ गयी। कई कारण हो सकते हैं इसके। माँ चालीस की हो चुकी थी। इस बार उन्होंने गर्भावस्था में सामान्य

से बहुत कम वज़न हासिल किया था। तनावों से अलग गुज़र रही थी।

मेरा वज़न मात्र एक किलो। मगर सबसे अचरज की बात यह थी कि मेरा सिर इतना पिचका हुआ था कि वह दो सिर जैसा दिखने लगा। मुझे देखकर सभी लोग हैरान रह गये। दाई, जो माँ की डिलीवरी करवाने आयी थी और जिसने अब तक कितने ही बच्चों को जन्म के समय बाहर खींचा था, मुझे देखकर बोली, "अद्भुत बच्चा! दो सिर वाला। पर पता नहीं कि यह बच पायेगा या नहीं।"

प्रसूति एवं स्त्री रोग विशेषज्ञ को घर बुलाया गया। महिला डॉक्टर ने मेरा सिर दबा-दबा कर दो सिर का एक तो कर दिया मगर पिताजी से बोली, "कम वज़न के नवजात शिशुओं में गम्भीर स्वास्थ्य समस्यायें हो सकती हैं। विकलांगता और मृत्यु तक का भय रहता है। बच्ची का ख्याल रखिएगा।"

लेडी डॉक्टर ने घर में अपनी विजिट की इतनी ज़्यादा फीस ली थी कि मेरे बड़े भाई-बहनों ने कई बार मुझे वह रकम सुनाई।

बहरहाल मेरे बचने के आसार नहीं थे। माँ की हालत भी बहुत ख़राब हो गयी थी। पिताजी ने माँ से कहा कि वह दूसरे कमरे में जाकर आराम करे, शिशु को वे देख लेंगे। माँ दूसरे कमरे में आराम करने चली गयी। पिताजी उस कमरे में जहाँ मैं पैदा हुई थी बैठ कर मुझे देखने लगे। कहा जाता है कि मेरी साँसों का स्पन्दन ठीक नहीं था। ऐसा लग रहा था कि मुझे साँस लेते हुये कठिनाई हो रही है। एक पल तो पिताजी को लगा मैं मरने वाली हूँ। उन्होंने मुझे नीचे ज़मीन पर लेटा दिया कि अब मरती हूँ, तब मरती हूँ। वे सवेरा होने का इन्तज़ार करने लगे। सोचने लगे कि बनारस में कौन से ऐसे मरघट हैं, जहाँ मरे हुये बच्चों को दफनाते हैं।

माँ जजकी में थी, कमज़ोर थी। मगर माँ का दिल...। रह-रह कर अपने बिस्तर से उठकर मेरे पास आती, मेरी साँस व नब्ज टटोलती। जब सुबह चार बजे तक मेरी साँस चलती रही तो वह पिताजी, जो ऊँघने लगे थे, से बोली, "सुनो...बच्ची अभी भी ज़िन्दा है।"

"बच्ची अभी तक ज़िन्दा है..." पिताजी बुदबुदाये घड़ी में समय देखते हुए। "अगर बच्ची ने सारी रात काट दी तो वह अपनी पूरी ज़िन्दगी काटेगी।" पिताजी एक विश्वास से बोले। उन्होंने कमर कस ली मुझे बचाने के लिए। सुबह पाँच बजे से ही उन्होंने शहर के नामी बाल विशेषज्ञों की खोज शुरू कर दी। दफ्तर से छुट्टी ले ली। रुपये-पैसों की परवाह न करते हुए वे मुझे शहर के सबसे मशहूर बाल विशेषज्ञ डॉक्टर निरंजन गर्ग की क्लीनिक में ले गये।

माँ-पिताजी ने सभी मसले भुला कर अपना समस्त ध्यान मुझ पर केन्द्रित कर दिया। कहा जाता है कि मुझ में इतनी भी ताक़त नहीं थी कि माँ का दूध चूस सकूँ। माँ के स्तनों से दूध एक कटोरी में निकाल कर, रूई की फाहे से सोख कर मेरे मुख में निचोड़ा जाता था। लोगों ने माँ-पिताजी को उलाहना दी कि क्या इतनी मेहनत कर रहे हो इस बच्ची को बचाने में। भगवान की कृपा से उनके इतने सारे बच्चे हैं।

पिताजी बोले, "कुछ नैतिकता होती है। जब एक शिशु पैदा होता है तो उसमें एक पूरा जीवन होता है। हमें सभी क़दम उठाने है अपने इस शिशु के जीवन की रक्षा के लिए।"

डॉक्टर गर्ग की अचूक औषधियों, माता-पिता की समर्पित देखभाल, और अपनी किस्मत से मैं 'नामुराद' बच गयी। जिस दिन डॉक्टर गर्ग ने माँ-पिताजी को आश्वस्त किया कि अब मेरे सिर से मौत का साया हट चुका है, वे मुझे लेकर ख़ुशी-ख़ुशी घर लौटे। मुझे अंगड़ाई लेते देख, दूध पीते देख, अपने नन्हे हाथ-पैर हिलाते देख वे एक-दूसरे का हाथ थाम ख़ूब हँसे। उनके आठ बच्चे पैदा हुये और सब के सब जीवित। उस दौर में, जब लगभग हर परिवार किसी न किसी नवजात को खोने का दर्द झेलता था, हमारी यह कहानी किसी चमत्कार से कम नहीं थी। माँ-पिताजी इसे अपनी उपलब्धि मानते थे।

"यह बच्चा अब हमारा आख़िरी बच्चा। अब और बच्चे नहीं," माँ सहसा पिताजी से बोली।

पिताजी ने सहमति में गर्दन हिलाई।

"इतिश्री!"

"इति!"

और मेरा नामकरण हो गया।

आज मेरा सत्रहवाँ जन्मदिन है। एक बूढ़ी औरत, जिसे पहले मैंने कभी नहीं देखा था, हमारे घर आई। आते ही माँ से ऐसे बात करने लगी जैसे जाने कब से उन्हें जानती हो। उनकी बातचीत में मुझे पता चला कि वह बनारस में हमारी पड़ोसन थी जिस दरमियान पिताजी की वहाँ पोस्टिंग रही थी। माँ ने मुझे उनसे मिलाते हुये बताया, "यह इति...वही जो बनारस में पैदा हुई थी।"

उन्होंने भरपूर मुझे निहारा, सिर से पाँव तक। सहसा वह भावुक हो मुझसे लिपट कर रोने लगी। मैं अचकचा गयी। बुत की तरह खड़ी रही। वह मुझे चूमते

हुए अविश्वास से बुदबुदाई, "यह वही है, दुर्बल बच्ची...। इतनी बड़ी हो गयी!" हम कैसा अनर्थ कहते थे तुझे, वदा, कि न कर मेहनत इस बच्ची को बचाने के लिये। यह बच्ची कितनी बड़ी और खुबसूरत हो गयी! सबका विधाता होता है। हर बच्चा एक वरदान होता है।"

आज मैं सभी बहनों में सबसे लम्बी, सबसे स्मार्ट, हृष्टपुष्ट। अपने हम उम्र भतीजे-भतीजियों की कूल आंटी हूँ। मेरी बहनें यह पढ़ेगीं तो मुझे पीट देंगी, कहेंगी –'बड़ी बनती हैं अपने आप को!' भाई मेरे हँसेंगे। दामोदर जीजाजी अभी भी मुझसे मज़ाक़ करते हैं कि मुझे उनके बेटे बंटी से एक माह बाद पैदा होना था मगर मौसी भांजे से पहले आ गयी।

मैं और बंटी...हम हमउम्र मगर अलग-अलग पीढ़ी के! उसके जन्म ने मुझे मेरे जन्म के तत्काल बाद ही एक पीढ़ी पहले का–बुड्ढा-बना दिया। हम एक ही राशि के। एक ही क्लास में पढ़ते हैं मगर वह बनारस में रहता है और मैं देहरादून में। हरेक गर्मियों की छुट्टियों में जब रिया दीदी अपने दोनों बेटों के साथ देहरादून आती हैं तो उनके दोनों लड़के मेरे हमजौली बन जाते हैं। हम एक साथ खेलते हैं, पिक्चरें देखते हैं, मसूरी घूमने जाते हैं। बड़े शरारती लड़के हैं। बदमाश! मुझे लड़की जान कभी-कभी धमकाते हैं। मुझे उनसे पिटते देख माँ नाराज हो जाती है। रिया दीदी पर आरोप लगाने लगती हैं कि वह अपने बेटों को कोई तमीज नहीं सिखा रही। बच्चों का शरारती होना एक बात है पर बदतमीज होना...।

"यह भी कोई कम नहीं है," रिया दीदी अपने लड़कों का बचाव करते हुए मेरे लिए कहती। ऐसे क्षणों में माँ और रिया दीदी माँ-बेटी न रह कर दो औरतें बन जातीं, जो अपनी-अपनी औलाद के लिए एक-दूसरे से झगड़ रही होतीं।

माँ को जब कुछ नहीं सूझता तो वह तर्क किया करती, "रिया, इति तेरे बच्चों की मौसी है।"

रिया दीदी भी रिश्ते की इस गरिमा को समझती, और ख़ामोश हो जाती। अपने लड़कों को फटकारती, "बंटी और बब्लू मौसी से झगड़ा नहीं करते।"

बंटी-बब्लू हास्य की मुद्रा में मेरे सामने हाथ जोड़ने लगते, व्यंग्य भरे स्वर में कहते–"हमसे ग़लती हो गयी। हमें माफ़ कर दो मौसी जी!"

फिर एक क्षण बाद मेरे बाल खींच कर भाग जाते।

परन्तु अपने घर में उन्होंने मुझे पूरा मान-सम्मान दिया। मेरा एक बार वाराणसी जाना हुआ था। मैं अपनी जन्मस्थली देखना चाहती थी। मैं चौदह साल की थी

तब। बंटी और बब्लू मेरी वाराणसी विजिट को लेकर बहुत उत्साहित थे। मेरा पूरा ख्याल रखते, मुझे शहर घुमाते, गंगा तट पर ले जाते, नौका सैर करवाते, बनारसी मिठाई और अन्य पकवान खिलाते। रिया दीदी को सास-ससुर के साथ एक सयुंक्त परिवार में रहते हुए देख रही थी। बहुत ही अजीबोग़रीब माहौल था वहाँ। रिया दीदी की किसी से भी नहीं बन रही थी–न अपने सास-ससुर से, न अपने पति से, और बेटे भी उनके पक्ष में नहीं। रसोई में सारा प्रभुत्व दीदी की सास का था। दीदी अपने खाने-पीने के लिए भी उनकी मोहताज। इसमें कोई संदेह नहीं कि सास रसोई को बड़े सँजो कर रखती थी, मगर कोई बर्तनों, साग-सब्जियों और सूखे अनाजों से भी इतना मोह कर सकता है, यह मैंने पहली बार जाना।

मैंने अपने हमउम्र बंटी और बब्लू को बहुत बार कहा कि उनकी माँ के साथ नाइंसाफ़ी हो रही है। उन्हें एक पत्नी का हक नहीं मिल रहा है। लेकिन उन्हें अपनी माँ में ही कमियाँ नज़र आती थी। मैंने महसूस किया हम सभी इन्सानों की आँखें एक जैसा नहीं देखती। मेरी आखें कुछ और देख रही थीं और उनकी आँखें कुछ और देखती थीं। ख़ैर...इन विपरीत परिस्थितियों में जो मैंने गौर किया–रिया दीदी घर के सारे कामकाजों के साथ टीचर ट्रेनिंग कोर्स कर रही थी। शादी के वक़्त वे सिर्फ़ हाईस्कूल पास थी। शादी के बाद उन्होंने इंटरमीडिएट किया, बी.ए. किया, और अब अध्यापिका बनने का प्रोफ़ेशनल कोर्स कर रही थी।

उस समय तो मुझे ऐसा बिल्कुल नहीं लगा था कि दीदी कभी नौकरी भी करेगी। न तो हालात थे और न ही ऐसी कोई ज़रूरत दिखती थी। आख़िर कौन अपने बच्चों को छोड़ कर दूर पहाड़ों में नौकरी करने जायेगा! लेकिन शायद हम उनकी कठिनाइयों को समझ नहीं सके।

टिहरी गढ़वाल के मार्ग में पड़ने वाले एक पहाड़ी गाँव जाजल के सरकारी स्कूल में दीदी को अध्यापिका पद का नियुक्ति पत्र प्राप्त हुआ और दीदी पूर्वी उत्तर प्रदेश के पुराने शहर वाराणसी से उत्तर के पहाड़ी अंचल में पहाड़ियों और नदियों से आवेष्टित गढ़वाल में नौकरी करने चल दी!

मैं देहरादून से जाजल, दीदी के पास कई दफा गयी। एक कमरे का निवास दीदी का, सामने बहती पहाड़ी नदी। चारों तरफ़ खड़े पहाड़। रात में जब सोते थे तो नदी का नाद मन में हिलौरे पैदा करता था। शौच के लिए बाहर जंगल में जाओ। आसपास ग्रामीण लोग! मैं हैरत में। दीदी तो कभी पहाड़ रही नहीं और पहाड़ी गाँव में नौकरी कर रही! "दीदी, क्या आपको वहाँ इतनी परेशानी थी कि आपने यह ज़िन्दगी चुनी?" मैंने उनसे पूछा।

"तेरे जीजाजी एक-एक पैसे के लिए मुझे तरसा देते थे। जिसके पास पैसा नहीं है तो हम समझ सकते हैं। उनकी तो अच्छी-ख़ासी तनखाह है, फिर भी मुझे चवन्नी तक देने में उनकी जान खिसक जाती है।"

जब तक मैं छोटी थी दीदी मुझसे विशेष बातें नहीं करती थी, मगर जहाँ मैं सोलह-सत्रह की हुई, दीदी मुझसे बहुत बातें करने लगी। वे घर की सबसे बड़ी बेटी और मैं सबसे छोटी! मैंने जाजल में एक कमरे के निवास में दीदी के साथ काफ़ी आत्मीय क्षण बिताएँ। मैं उनके साथ उनके स्कूल भी जाती थी, बच्चों को पढ़ाने। बच्चों का स्तर बेहद अफसोसजनक था। दीदी ने मुझे बताया कि पहाड़ी ग्रामों में शिक्षा विभाग में किस हद तक धाँधलेबाज़ी है। सरकार की तरफ़ से बच्चों के लिए काफ़ी सुविधाएँ हैं–टाटपट्टी, कॉपी-किताबें, पुष्टाहार। मगर बीच के लोग ही सब हड़प जाते हैं, बच्चों तक ये सुविधाएँ पहुँचती ही नहीं हैं। दीदी ने इस अन्याय के ख़िलाफ़ जब आवाज़ उठाई तो उनके स्कूल के लोग ही उनसे नाराज हो गये, सबसे अधिक उनके स्कूल का हेड मास्टर। दीदी ने ग्रामवासियों को भी कहा कि सरकार द्वारा बच्चों को दी गयी सुविधायें बच्चों तक नहीं पहुँच रही हैं, वे अपनी आवाज़ उठाये,विरोध करें। किन्तु लाचार ग्रामवासी अपनी दैनिक दिनचर्या में इतने अधिक मशगूल कि उन्हें कोई प्रतिरोध करने की फुरसत ही नहीं।

बहरहाल दीदी ने मुझे पहाड़ी ग्रामीण जीवन के बारे में भी बहुत कुछ बताया। वहाँ का लोक व्यवहार, परम्पराएँ, रीति-रिवाज, मानसिकता, संघर्ष। पास-पड़ोस के लोग उन्हें 'मास्टरनी जी' पुकारते थे। लड़कियाँ-औरतें उनके पास सिलाई-बुनाई सीखने आतीं। दीदी ने अपने पास एक सिलाई मशीन रखी थी। गाँव की औरतों के ब्लाउज-पेटीकोट, सलवार-कमीज सिलती थी। वे ग़रीब, ग्रामीण लोग दीदी को पैसे तो क्या पकड़ा पाते, हाँ घर का बना शुद्ध घी और सब्जियाँ ज़रूर पकड़ा देते। कभी कभी भोजन पका कर उन्हें दे देते।

पहाड़ों के ऊँचे-नीचे रास्तों में चलते हुए, कमरे में बिस्तर पर आमने-सामने बैठे हुए दीदी ने मुझसे बहुत कुछ शेयर किया। मुझे बताया कि शादी से पहले भी उनका जीवन संघर्षमय था।

"तेरा और दिव्या का बचपन हम बड़े भाई-बहनों से अच्छा बीत रहा है," दीदी बोली। "हमारे समय में तो पिताजी अपनी नौकरी और ज़मीन के ख़रीद-फरोख्त में व्यस्त रहते। घर में माँ का हर दो-तीन साल में एक बच्चा हो जाता। माँ बच्चों की ढंग से देखभाल भी नहीं कर पाती थी। मुझे अपने छोटे भाई-बहन को पालना पड़ा। बहुत छोटी उम्र से मैंने खाना पकाना शुरू कर दिया था। घर का काम करके स्कूल

जाती, स्कूल से आकर फिर घर के कामों में लग जाती। जाड़ों में सभी भाई-बहनों के लिए मैं स्वेटर-टोपी बुना करती।"

"जया दीदी भी तो थी।"

"हूँ...जया की वजह से थोड़ी बहुत मदद थी। मगर वह उतनी ज़िम्मेदारी नहीं लेती थी, जितनी मुझे लेनी पड़ती थी। उसका मन हुआ वह काम करती थी, नहीं हुआ तो नहीं करती थी।"

कइयों की किस्मत में भगवान ख़ुशियाँ नहीं देता। सब कुछ होते हुए भी दीदी का जीवन कितना रीता था! मेरा मन दीदी के प्रति संवेदना से भर गया। लेकिन मुझे उनसे जबरदस्त प्रेरणा भी मिली।

उन्हीं पलों में दीदी ने मुझे पिताजी के विषय में भी बताया कि कैसे बनारस में उनकी विधवा मकान मालकिन उन पर डोरे डालने लगी थी, और पिताजी भी उसकी तरफ़...।

"अगर उस जवान विधवा औरत की दूसरी शादी हो चुकी होती तो वह दूसरे पुरुषों पर नज़र नहीं रखती," मैंने तर्क किया।

"हमारे समाज में लड़की होना पाप है," दीदी सिहरते हुए बोली। "समस्याएँ लड़कों के साथ भी होती हैं, मगर लड़कियों के साथ समस्याएँ बुनियादी हकों को लेकर होती हैं, इसलिए लोग लड़की का पैदा होना पसन्द नहीं करते।"

"आपके तो दोनों बेटे हैं।"

दीदी कुछ सोचते हुए बोली, "काश बंटी और बब्लू में से एक बेटी होती! जैसे तू मेरे साथ बातें करती हैं, मुझे समझती है, वे ऐसा नहीं करते।"

सत्ताईस

हम भाई-बहन जब बड़े हुए तो घर में शादियों का दौर शुरू हुआ। हालाँकि मेरे जन्म और होश सँभालने तक परिवार में कई शादियाँ निपट चुकी थीं। मैंने अपने बड़े भाई-बहनों को शादीशुदा, बाल-बच्चों के साथ व्यस्त देखा। कई बार मुझे लगता कि उन्हें अपने छोटे भाई-बहनों की तरफ़ देखने की फुरसत भी नहीं है।

एक बात कहती हूँ हर शादी में हमारे घर में हंगामा मचा। किसी के भी जीवनसाथी को परिवार से पूर्ण समर्थन नहीं मिला। शादी की योजना प्रक्रिया में कई पहलू-पैसा, असहमति, वर-वधू की योग्यता, परिवारों की गतिशीलता–को लेकर बबाल मचता। लाखों लोग अपनी शादी का सपना देखते हैं। क्या वे शादी के साथ आने वाले तनावों एवं संघर्षों के बारे में भी सोचते हैं?

सभी शादियों का उल्लेख करना तो सम्भव नहीं है। मगर अपने परिवार की एक शादी का जिक्र करना चाहूँगी...। दीपक भैया की शादी...। हालाँकि हमारे यहाँ कुछ विवाह बड़े शानदार हुए और समारोह में विदेश से भी लोग सम्मिलित हए। मगर यहाँ मेरा मन ताऊजी के लड़के दीपक की शादी का जिक्र करने कर रहा है। न जाने क्यों वह शादी मेरी यादों में दर्ज़ हैं। शायद उसमें हंगामा भी सबसे ज़्यादा मचा।

ताऊजी उन दिनों हमारे घर आये हुए थे। पिताजी ताऊजी से बोले, "भाई साहब, दीपक के लिये प्रियंवदा के चाचा अपने सबसे छोटे भाई की लड़की के लिये कह रहे हैं।"

"उस घर में दो रिश्ते पहले से ही हो गये। अब वहाँ और रिश्ता नहीं," ताऊजी ने अपना फ़ैसला सुनाया।

"भाई साहब वह चंदनी की सबसे छोटी लड़की है। चंदनी-भाट गाँव के भट्ट जी की लड़की, जहाँ मेरा रिश्ता टूट गया था।"

हठात् ताऊजी ने अपने भाई को ताका। दोनों भाई मुस्कुरा दिए।

रूमा माँ के सबसे छोटे चाचा, जिन्हें वह छोटू चाचा कहती थी, की लड़की

थी। रूमा का जन्म नैल गाँव में हुआ था, मगर परवरिश मसूरी अपने ताऊजी के घर में हुई थी।

जैसा सभी को आभास था–तांईजी ने रूमा से अपने बेटे का रिश्ता करने से साफ़ मना कर दिया। दो कारण थे उनके इंकार के–एक तो वे अब नैल गाँव से कोई रिश्ता नहीं जोड़ना चाहती थी। दूसरा, लड़की दीपक से उम्र में थोड़ी बड़ी थी।

मगर ताईजी की नहीं चली। फ़ैसला लेने वाले ताऊजी और दीपक थे। दोनों वहाँ रिश्ता करने के लिए उत्सुक थे। वे देख रहे थे कि रूमा सुन्दर व स्मार्ट होने के साथ-साथ पढ़ी-लिखी है। दीपक ने बारहवीं के बाद आई.टी.आई. किया हुआ था और विद्युत विभाग में पहाड़ी ग्रामों में बिजली मीटर रीडिंग का काम करता था। रूमा से बेहतर लड़की उसे कहाँ मिल सकती थी!

बहरहाल रूमा को लेकर उसके ताऊजी, (हमारी माँ के चाचाजी) मसूरी से हमारे घर आए। गाँव से रूमा के पिता भी हमारे घर पहुँचे। ताऊजी पहले से ही हमारे घर पधारे हुए थे। दीपक और रूमा ने एक-दूसरे को बस फ़ोटो में ही देखा। उनका साक्षात परिचय नहीं हुआ। दो परिवारों के अभिभावकों के बीच बात हो गयी। लड़का-लड़की के एक-दूसरे को देखे बगैर ही रिश्ता पक्का हो गया। शादी की तारीख भी तय हो गयी–दो माह उपरान्त 25 जून। यह भी तय हो गया कि शादी देहरादून से होगी। विवाह स्थल बन्नू स्कूल का प्रागंण। रूमा हमारे घर ही ठहर गयी और बाकी सभी लोग अपने-अपने ठिकानों पर चले गये।

रिश्ते के नाते वह माँ-पिताजी को दीदी-जीजाजी सम्बोधित करती थी और हम उसे मौसी पुकारते थे। साली-जीजा का रिश्ता होने से पिताजी और रूमा के बीच हँसी-मज़ाक़ व चुहलबाज़ी हो जाती। हम भाई-बहन यह महसूस कर रहे थे कि रूमा दीपक से शादी करने की बिल्कुल भी इच्छुक नहीं है। यह जायज भी था। हमारी नज़रों में भी रूमा दीपक से कहीं अधिक प्रतिभावान थी, मसूरी में परवरिश होने से उसके व्यक्तित्व में एक शहरीकरण था। स्कूल में वह स्पोर्ट चैम्पियन भी रह चुकी थी। दीपक के व्यक्तित्व में एक ग्रामीण टच था। रूमा मुँह बनाते हुए पिताजी से कहती, "मुझे आपके भतीजे से शादी नहीं करनी। वह एक गँवार गांव का रहने वाला है। कॉलेज भी नहीं गया कभी पढ़ने।" पिताजी सब सुना-अनसुना कर देते।

एक दिन मेरे बड़े भाई-बहनों ने माँ-पिताजी से पूछा : "यह शादी है या नौटंकी! अगर रूमा दीपक से शादी नहीं करना चाहती तो क्यों उससे जोर-जबरदस्ती की जा रही है?"

माँ तो हमेशा की तरह उदासीन रही। पिताजी बोले : "एवरीथिंग इज फेयर

इन लव, वार एंड मैरिज (प्यार, लड़ाई और विवाह में सब कुछ जायज होता है)। सभी विवाह इसी तरह ही होते है, नब्बे प्रतिशत मामलों में बाद में सब कुछ ठीक हो जाता है।"

डेढ़ महीने तक रूमा हमारे घर में एक अभिन्न सदस्य बन कर रही। मगर जैसे ही दिन खिसके और शादी का दिन क़रीब आया तो माँ अपनी चचेरी बहन से कहने लगी कि अब वह हमारे घर से चली जाए। दुल्हन पहले से ही ससुराल में नहीं रहनी चाहिए। रूमा के मामाजी देहरादून के स्थानीय निवासी थे। माँ ने स्वयं रूमा को शादी से दो दिन पूर्व उसके मामाजी के घर पहुँचा दिया।

रूमा के हमारे घर से जाने के बाद, शाम से ही लोग शादी के लिये पहुँचने लगे और शादी से एक दिन पूर्व हमारा घर खचाखच भर गया। उत्सव का नायक दीपक पहुँच गया, नायक के पिता ताऊ जी इलाहाबाद से आ गये। रिया दीदी व गौरी दीदी बच्चों सहित, गणेश भैया अपने पूरे परिवार सहित घर पहुँच गये। और तो और बॉस्टन से जया दीदी भी अपने एकमात्र भाई की शादी में सम्मिलित होने के लिए पहुँच गयी। रिया दीदी और जया दीदी की तो जोड़ी बन गयी। कभी न ख़त्म होनी वाली उनकी गप्पें!

अब इन्तज़ार था तो सिर्फ़ ताईजी का जिन्हें सेवल गाँव से आना था। उनका बेसब्री से इन्तज़ार हो रहा था। आख़िर वे दूल्हे की माँ थी।

इतने सारे लोग घर में...। रात में जब सोते तो कमरों, बरामदे, आँगन व छत सभी जगह सोये हुए लोग नज़र आते। गर्मियों के दिन थे। उस साल इतनी गर्मी पड़ी कि सारे जलस्त्रोत सूख गये घर में पानी की जबर्दस्त किल्लत हो गयी। दूसरे दिन दीपक की शादी। हमारे घर बारात सजनी थी और विवाह स्थल जाना था। मगर पानी के अभाव ने बेहाल कर रखा था। अभय भइया ने हम बच्चों की फ़ौज को निर्देश दिया कि गली के छोर पर लगे नगरपालिका के नल से पानी ढोकर हम अपने घर के सभी बर्तन, विशेषकर दो बड़े ड्रम पानी से भर दे। बदले में वे हमें आइसक्रीम खिलाएँगे। घर में जितने भी बच्चे-मैं, दिव्या, बंटी और बब्लू-जो इस लायक थे जो सड़क के नल से पानी ढो सकते थे, ढोने में लगे थे–बाल्टियों से, ठेकियों से, डिब्बों से।

जब हम सड़क के नल से पानी भर रहे थे, तो हमें एक तांगा नज़र आया जिसमें ताईजी सवार थीं। हम ताईजी को देख कर चहक गये, क्योंकि हम जानते थे कि घर में ताईजी का कितनी बेसब्री से इन्तज़ार हो रहा है।

"ताईजी! ताईजी!" कह कर हम तांगे की तरफ़ लपके। ताईजी यात्रा से पस्त हो रखी थीं। तांगे वाले को सही तरह अपना गंतव्य बता नहीं पा रही थी। गाँव का एक जवान लड़का उनके साथ था। मगर वह भी भरमाया हुआ था। शायद पहली बार शहर आ रहा था। हमें देख ताँगे वाले ने हमसे ही पूछा, "बेटा कहाँ हैं तुम्हारा घर? तुम्हारी ताईजी नहीं बता पा रही है।"

हमने अपने घर जाने वाली गली की तरफ़ इशारा कर दिया और तांगा हमारी गली की तरफ़ मुड़ गया। ताईजी जो भ्रम में थीँ, कुछ समझते हुए हरकत में आ गयीं।

"तांगा मोड़ो। मोड़ो तांगा। मुझे इधर नहीं जाना," उन्होंने तांगे वाले को निर्देश दिया।

"क्यों बच्चों, तुम्हारा घर किधर है?" तांगे वाले ने एक बार पुनः हमसे पुष्टि करवाई।

हमने अपने घर की तरफ़ इशारा कर दिया।

"सही तो जा रहा हूँ," तांगे वाला झुँझलाया।

"बच्चों की क्यों सुन रहे हो? मुझे उनके घर नहीं जाना। वह मेरे देवर का घर है। मुझे अपने भाई के घर जाना है। मेरे भाई का घर उधर है, उस गली में। मोड़ों तांगा, मोड़ो," ताईजी अपनी गढ़वाली लय के साथ तांगे वाले पर गुर्रायीं।

मुरली मामाजी और हमारे घर की गलियाँ एक-दूसरे के सीध में थीं और जहाँ वे गलियां मिलती थीं वहीं पर नगरपालिका का एक नल था, जहाँ हम पानी भर रहे थे। तांगा हमारे घर की तरफ़ पूरा मुड़ चुका था। मगर ताईजी ने तांगा फिर मुड़वाया, अपने भाई के घर के लिए। हमने ही अन्ततः तांगे वाले को मुरली मामाजी के घर तक पहुँचाया।

हम बच्चे बड़ों की मानसिकता को क्या समझे? घर आकर हमनें हर्षपूर्वक घोषणा की कि ताईजी पहुँच गयी है। घर में सभी ख़ुश हुए, विशेषकर पिताजी। पिताजी उनका स्वागत करने के लिए तुरन्त गेट की तरफ़ लपके।

"ताईजी यहाँ नहीं, मुरली मामाजी के यहाँ गयी हैं," हमने बताया।

माँ-पिताजी के चेहरे पर झलकी निराशा हमने स्पष्ट महसूस की। वे सोच में पड़ गये।

ख़ैर अगले दिन शादी थी जिसकी शुरुआत मंगल स्नान की रस्म से होनी थी। आँगन में दीपक को एक चौकी पर बैठा दिया गया, इर्दगिर्द पारिवारिक लोग। पण्डित पूजा सामग्री सहित पूरी तैयारी में। परिवार की विवाहित-सधवा औरतें पीली साड़ी और सुनहरी नथ पहने वर को हल्दी लगाने के लिए बेकरार थीं। दस्तूर के

अनुसार लड़के की माता सबसे पहले अपने पुत्र को हल्दी लगाती है, बाद में अन्य औरतें। किन्तु ताईजी पहुँची नहीं। सब उनका इन्तज़ार कर रहें थे। रस्म का मुहूर्त निकला जा रहा और पण्डित जी को कहीं और भी पूजा करने जाना था।

पिताजी ने यकायक घोषणा की : "गणेश-की-माँ, तुम शुरुआत करो।"

"मैं? माँ अचकचा गयी। "भामा दीदी को आ जाने दो।"

"बहुत इन्तज़ार हो गया। पण्डित जी, रस्म आरम्भ करिए।"

पण्डित जी जैसे इसी का इन्तज़ार कर रहे हों। माँ से तर्क करते हुए बोले, "चाची, बुआ, मौसी...सब माँ समान होती है। कोई भी रस्म की शुरुआत कर सकता है।"

ताऊजी, दीपक और जया दीदी सब सामने थे। कोई कुछ न बोला। माँ ने अपने सिर पर लाल चुनरी ओढ़ी। शहनाई बजी, शंख का नाद हुआ। पण्डित जी ने घंटी बजाई और मंत्रोच्चारण के साथ दीपक पर हल्दी का लेप लगना शुरू हो गया।

माँ के बाद परिवार की अन्य विवाहित औरतें एक-एक करके दीपक पर हल्दी लगाने लगी। गढ़वाली माँगल लगे, हँसी-मज़ाक़ हुआ, कहकहे गूँजे और दीपक हल्दी से पुत गया।

ताईजी तब पधारीं जब मंगल स्नान की रस्म पूरी हो गयी और दीपक नहा-धो कर तैयार हो गया। उनके साथ उनके भाई-भाभी, यानी मुरली मामाजी और अमरूनी मौसी भी थे।

पिताजी ने मुरली मामाजी और अमरूनी मौसी का स्वागत किया मगर ताईजी से कोई बात नहीं की। उन्हें पूरा नज़रंदाज किया। माँ ने ताईजी को देखते ही उलाहना दी, "ए दीदी, तू अब आ रही है?" ताईजी की तरफ़ से अमरूनी मौसी ने जवाब दिया, "दीदी की तबियत ठीक नहीं। पहाड़ी रस्ते में इनकी तबियत बिगड़ गयी...। बिस्तर से उठ ही नहीं पाई। बहुत देर से उठी। जैसे उठी, मैं इन्हें लेकर आ गयी।"

हामी भरते हुए ताईजी ने अपना चेहरा और भी बीमारों जैसा बना दिया।

"तेरे लड़के की शादी यहाँ से और तू सिर्फ़ एक दिन पहले पहुँच रही है, और जा भी रही है अपने भाई के घर?" माँ ने फिर अपना रोष प्रकट किया।

साँस भरते हुए ताईजी बोली, "अरे भुली तू नहीं समझेगी। छोड़...इस बहस को।" सामने नहाये-धोए खड़े अपने बेटे को देख कर बोली, "कौन सा तुम लोगों ने मेरा इन्तज़ार किया? माँ की अहमियत ही क्या हैं? ये नैनवालों की लड़कियाँ कब मेरा पीछा छोड़ेंगी...?"

माँ और अमरूनी मौसी सकपका गये। माँ कुछ बोलने को हुई कि अमरुनी मौसी ने माँ को चुप रहने का इशारा किया। ताईजी माँ और अमरूनी मौसी को छोड़ अपने बेटे की तरफ़ बढ़ी। उसकी बलैया ली। उसे ढेर सारा आशीर्वाद दिया। दीपक और जया दीदी अपनी माँ से बड़ी आत्मीयता से मिले। ताईजी की आँखें छलक गयीं।

सभी से मेल-मिलाप कर ताईजी घर की टोह लेने लगी। उनकी निगाहें किसी को खोज रही थी। हमसे पूछा, बेटा तुम्हारे ताऊजी कहाँ हैं?"

"पीछे, बगीचे में बैठे हुए," मैंने जवाब दिया

ताईजी ने अपनी साड़ी का पल्ला ठीक किया। अपने को दर्पण में निहारा। अपने रूप से आश्वस्त होकर पीछे के आँगन में चली गयी। ताऊजी पेड़ों की छाँव में एक आराम कुर्सी पर अकेले बैठे हुए–शादी की गहमागहमी से दूर, ज़माने से कटे हुए।"

ताईजी ने गला खँखार कर अपनी उपस्थिति का उन्हें भान कराने की कोशिश की।

मगर ताऊजी अपनी ही दुनिया में लीन।

"ए, जी, मैं आ गयी हूँ...कैसे हो?" ताईजी ने प्रेमपूर्वक उनसे पूछा।

ताऊजी ने गर्दन मोड़ कर ताईजी की तरफ़ देखा। "क्यों आई यहाँ?" ताऊजी ने तीखी आवाज़ में पूछा।

"अला...कैसी बात करते हो?" ताईजी का मुँह लटक गया।

"क्या ज़रूरत थी अब यहाँ आने की? अपने भाई के घर ही क्यों नही पड़ी रही?"

"नाराज क्यों हो रहे हो? अपने भाई के घर नहीं जाऊँगी तो कहाँ जाऊँगी? आप भी तो हमेशा अपने भाई के ही घर टिकते हो," ताईजी ने तर्क किया।

"अरे बेवकूफ औरत! इस घर से हमारे बेटे की शादी हो रही है, यहाँ से बारात जा रही है," ताऊजी दाँत पीसते हुए बोले।

"कान खोल कर सुन लो तुम...चाहे कहीं से मेरे बेटे की शादी हो, अगर मैं देहरादून आऊँगी तो सबसे पहले अपने भाई के घर जाऊँगी। कोई माई का लाल नहीं रोक सकता मुझे अपने भाई के घर जाने से!" ताईजी उत्तेजित स्वर में बोली।

"अपना भाई इतना प्यारा है, तो अपने भाई के घर से क्यों नहीं की अपने बेटे की शादी? नीच औरत।"

"अगर मुझे यह हक होता तो अपने हिसाब से अपनी पसन्द की लड़की से, अपने पसन्द के मण्डप पर उसकी शादी करवाती। कितनी बार मैंने कहा कि मुझे उन नैल गाँव के नैनवालों के घर अब कोई रिश्ता नहीं जोड़ना। देवरानी वहाँ से, भावज वहाँ से, और अब बहू भी उसी घर से। क्या और घर नहीं है संसार में? दुनिया की क्या सभी लड़कियाँ मरखप गयी हैं...? "

अब तक माँ-पिताजी भी दृश्य में पहुँच गये थे। ख़ामोश, मुँह लटकाए पति-पत्नी के बीच चलती तकरार सुन रहे थे।

उन्हें देखते हुए ताईजी बोली, "पता नहीं किस जन्म का डाँड देना है मैंने इन नैनवालों का? रिश्तों का कॉकटेल बन रहा है यहाँ।"

"कॉकटेल!" हम भाई-बहन कुहके।

"फोरेन रिटर्न है, तुम्हारी ताईजी," ताईजी हमें देखते हुए गर्व से बोलीं।

अभय भैया ताली पीटने लगा। जबसे ताईजी अमेरिका हो आई थी, अंग्रेज़ी के कुछ-कुछ शब्द बोलने लगी थी।

माँ हल्के मगर दृढ़ स्वर में ताईजी से बोली, "दीदी, आप नैनवालों की लड़कियों से इसलिये शादी नहीं कर रहे कि वे नैनवालों की लड़कियाँ हैं, बल्कि इसलिये कि वे क़ाबिल और योग्य लड़कियाँ हैं। अगर मेरे दिल से पूछा जाए तो मैं भी इस रिश्ते के पक्ष में बहुत नहीं थी, क्योंकि रूमा दीपक से कहीं अधिक योग्य है।"

"वदा, तेरी हिम्मत कैसे हो गयी मेरे दीपक को अयोग्य बताने की...?" ताईजी गरजीं, गुस्से से उनके नथुने फूलने लगे। "अगर वह इतनी क़ाबिल है तो क्यों नहीं हुई उसकी अब तक शादी? एक बुढ़िया ला रहे हो मेरे बेटे के लिए। पता नहीं बच्चे भी हो पाएँगे या नहीं...।"

"भाभी जी, लड़की को केवल अठ्ठाइसवाँ साल लगा है। महिलाओं के पचास साल तक बच्चे हो सकते हैं," पिताजी ने तर्क किया।

एक तल्ख मुस्कुराहट के साथ ताईजी बोली, "अच्छा! किस पचास साल की महिला का बच्चा होते सुना तुमने?"

"यहाँ अपने घर में मेरी धर्मपत्नी के।"

सभी हतप्रभ। "वदा पचास की तो नहीं थी जब इति पैदा हुई," ताईजी बोली। "क्यों वदा?" ताईजी ने माँ से पुष्टि चाही।

माँ ने सहमति में गर्दन हिलाई।

"और इति के बाद जो तुमने तीन गर्भपात करवाए? आख़िरी गर्भ जब तुमने

धारण किया था तुम पूरे पचास की थी," पिताजी माँ से बोले।

माँ ने अपनी आँखें मूँद लीं–एक गहरी पीड़ा का भाव उनके चेहरे पर उभर आया, जैसे प्रजनन उनके लिए वरदान नहीं अभिशाप रहा।

"तो इति, इति नहीं थी..." ताईजी मुस्कुराते हुए बोलीं।

मेरे बाद माँ तीन बार और प्रेगनेंट हुई और उन्होंने तीन एबॉर्शन करवाए। यह कम से कम मेरे लिये एक ख़बर थी।

"तुम्हारी तो शिवा हर बात निराली है," ताईजी ने अपनी बडबड़ाहट चालू की। "हम तुम्हारी बराबरी नहीं कर सकते। मेरे बेटे की तो किस्मत फूट रही है। मेरे घर के लड़कों ने ठेका ले रखा इन नैनवालों की लड़कियों को सुहागिन बनाने का।"

"भामा दीदी, जुबान सँभाल कर बात करिये," माँ कड़कदार आवाज़ में बोली।

तकरार को औरतों के बीच हस्तांतरित देख दोनों भाई डर गये। पिताजी ताईजी से बोले, "भाभीजी, आपका गुनहगार मैं हूँ। मुझ पर चिल्लाइए।"

"किस-किस बात के लिए चिल्लाऊँ तुम पर, अलकनन्दा सुत! हा...। तुम हमारे परिवार के नायक भी हो और खलनायक भी। छोड़ो..." कहते हुए ताईजी पाँव पटकते हुए चली गयी।

हमारी उम्र कम थी मगर हम अपने घर में चलते इस नाटक से भयभीत हो रहे थे। यह शादी है या युद्ध?

ख़ैर सायं सात बजे दीपक की बारात हमारे घर में सजी। दीपक दूल्हा बना। हम सब भी बन-सवँर कर तैयार हो गये और बारात विवाह स्थल, बन्नू स्कूल की तरफ़ निकल गयी। हमारा परिवार और अमरूनी मौसी का परिवार बाराती थे। केवल माँ और ताईजी बारात में शामिल नहीं हुईं। विधि-विधान से दीपक और रूमा की शादी संपन्न हो गयी। रूमा के नानाजी, यानी चन्दनी के बूढ़े पिता, भी भाट गाँव से अपनी नातिन की शादी में सम्मिलित होने आये थे। पिताजी उन्हें सुनाने से बाज नहीं आये। उनके क़रीब गये। उन्हें अभिवादन करते हुए बोले, "भट्ट जी, नमस्कार। मैं दूल्हे का चाचा! दरिद्रनारायण शिवानन्द। एक दिन आपने मुझे ठुकरा दिया था। देखिये समय का फेर...आज मैं आपके द्वार पर ससम्मान आया हूँ, आपके घर की बेटी को अपने परिवार की बहू बनाने।"

वे बुजुर्ग खिसिया कर रह गये। शर्मिंदगी में अपने दोनों हाथ जोड़ने लगे। पिताजी का इस अवसर पर उन लाचार बुजुर्ग को ऐसा सुनाना, उनका अपमान करना हम किसी भी भाई-बहन को पसन्द नहीं आया। यह एक विवाह है, दो परिवारों का प्यार भरा मिलन है। इसमें किसी प्रतिशोध या प्रतिकार की गुंजाइश नहीं।

गणेश भैया ने पिताजी को एक तरफ़ ले जाकर बहुत डाँटा। लेकिन हमारी प्रतिक्रिया की उन्हें कोई चिन्ता नहीं थी। पिताजी के चेहरे पर एक मुस्कान थी, आँखों में गर्व और मन में गहरी आत्म संतुष्टि।

अगले रोज तड़के सुबह विदाई की रस्म हुई और रूमा दुल्हन बन हमारे घर आ गयी। ताईजी द्वार पर आरती का थाल थामे दुल्हन के स्वागत के लिए खड़ी थी। बहू को देख कर पता नहीं किन उद्गारों से भर गयी। बहू को उन्होंने अपने दामन में स्नेह से भींच लिया। उसका प्यारा मुखड़ा अपनी हथेलियों में लेते हुए बोली, "और चाहे जो कुछ हो, मगर नैनवालों की लड़कियाँ गजब की सुन्दर हैं। ऐसे ही नहीं रीझे मेरे परिवार के लड़के उन पर।"

माँ की ओर उन्मुख हो, अपनी बाँहें फैलाते हुए ताईजी बोली, "आ वदा... गले मिल। पता नहीं किस जन्म का रिश्ता बँधा है मेरा तेरे साथ? मेरे परिवार के सारे लड़के तेरे परिवार की लड़कियों से ब्याह कर रहे हैं। मेरा अगर कोई और बेटा होता तो उसके लिए भी लड़की तेरे परिवार से ही लाती..." कह कर ताईजी बेसाख्ता हँस पड़ी। माँ मुस्कुराते हुए उनके गले लग गयी।

अगली सुबह, वे सब सेवल के लिए रवाना हो रहे थे। बीती नाराजगियों और शिकवों को पीछे छोड़, ताऊजी, ताईजी, दीपक और रूमा अब एक सच्चे परिवार की तरह लग रहे थे–एकजुट, सहयोगी और उत्साहित। उनके बीच एक टीमवर्क चल रहा था। पैकिंग, आगे के कार्यक्रम की तैयारियाँ, और अनगिनत चर्चाएँ–सब कुछ एक समन्वित लय में।

रूमा की आँखों में एक नई चमक थी, एक सुखद संतोष झलक रहा था। अपनी सुहागरात के बाद वह पुलकित दिख रही थी–या तो उसने हालात को पूरी तरह अपना लिया था, या फिर दीपक ने अपने प्रेम और व्यवहार से उसे प्रभावित कर दिया था। वे दोनों अलग-अलग दुनिया में पले-बढ़े, अब एक नई दुनिया बसाने के लिए एक साथ आ गये थे।

वे सभी एक-दूसरे से ख़ुश लग रहे थे। हम कहीं न कहीं अलग-थलग महसूस कर रहे थे। अब उनका काफिला गाँव की ओर बढ़ रहा था, जहाँ पूरे गाँव के लिए शादी का भोज आयोजित किया जाना था। ताईजी उत्साह से बोली, "वहाँ तारा और मीना हमारा इन्तज़ार कर रहे हैं। शादी का असली जश्न तो गाँव में होगा।"

"तो यहाँ सिर्फ़ फ़िल्म का टेलर हुआ है?" अभय भैया मज़ाक़ करते हुए बोला।

रिया दीदी माँ से बोली, "रूमा अब ख़ुश लग रही है।"

माँ कुछ सोचते हुए बोली, "बेटा, रिश्तों की नींव प्यार, सम्मान और विश्वास पर टिकी होती है। लड़कियों की अपेक्षाएँ बहुत बड़ी नहीं होतीं...जब उन्हें सच्चा प्रेम और सम्मान मिलता है, तो वे खिल उठती हैं। यदि पति अपनी पत्नी से सच्चा प्रेम करे और पत्नी अपने पति का सम्मान, तो उनका वैवाहिक जीवन सुखी और सफल हो जाता है।"

अट्ठाईस

डॉक्टर गौतम घोष की उम्र जैसे-जैसे ढल रही थी वैसे-वैसे पिताजी की व्यग्रता बढ़ती जा रही थी। अपने बड़े भाई से कहे जा रहे थे कि वे डॉ घोष से अपना हिस्सा माँग लें और उनसे अलग घर लें। वे ज़िन्दगी भर डॉक्टर साहब के साथ रहे, उनके परिवार की सेवा की है। जो कुछ उनका हक बनता है उसे लेकर उस परिवार से अब अलग हों। सरकारी या प्राइवेट नौकरी में भी रिटायरमेंट की उम्र होती है। लोगों को रिटायरमेंट फण्ड मिलता है, पेंशन लगती है। वे भी उनके घर से रिटायरमेंट ले लें। डॉक्टर साहब की तीनों लड़कियों की शादी हो चुकी थी, उच्च पदाधिकारियों से। डॉक्टर साहब काफ़ी बूढ़े हो चले थे।

डॉक्टर घोष और ताऊजी का रिश्ता कभी समझ में नहीं आया। मैं मानती हूँ कि उनकी जीवन-परिस्थितियाँ ऐसी थीं कि दोनों को एक-दूसरे का सहारा मिला। विधुर, तीन बेटियों के अकेले पिता को किसी साथी की ज़रूरत थी। दौलत-शोहरत होने के बावजूद वे जीवन के कई पहलुओं में एक अनकही कमी महसूस करते थे। ताऊजी उनके लिए एक युवा, भरोसेमन्द साथी बने, जबकि डॉक्टर घोष ने एक ग़रीब परिवार के इस युवक को जीवन की नई दिशा दी। वे दोनों एक-दूसरे पर निर्भर होते गये।

समाज में अटकलें भी उठीं–क्या उनके रिश्ते में कोई गहरी, असामान्य निकटता थी? यह भी सत्य है कि ऐसे सम्बन्ध हमेशा से समाज में मौजूद रहे हैं, भले ही लोग उन्हें खुलकर स्वीकार करने से कतराते रहे हों। मन में कई सवाल उभरते हैं–आख़िर डॉक्टर घोष ने पत्नी के असामयिक निधन के बाद दूसरी शादी क्यों नहीं की? ताऊजी का अपनी पत्नी से इतना अलगाव क्यों रहा?

ख़ैर, ठोस प्रमाण के बिना इस विषय पर मैं और कुछ कहना उचित नहीं समझती। मेरे लिए यह रिश्ता उनके आपसी विश्वास और आत्मीयता का प्रतीक है, और मैं उनके रिश्ते को किसी विशेष संबोधन के बंधन में नहीं बाँधना चाहती।

ताऊजी की जिस बात ने मुझे सबसे अधिक प्रभावित किया, वह उनका प्रगतिशील और संवेदनशील दृष्टिकोण। उन्होंने अपनी पुत्रवधू रूमा को टीचर ट्रेनिंग के लिए प्रेरित किया। जब रूमा भाभी के लिए गोपेश्वर के टीचिंग स्कूल में दाखिला लेने का समय आया, तो उनके सामने सबसे बड़ी दुविधा यह थी कि अपनी नन्ही बेटी मिष्टी को छोड़कर कैसे जायें।

ताऊजी ने आश्वासन दिया कि वे ख़ुद गाँव आकर मिष्टी की देखभाल करेंगे। वादा निभाते हुए, वे न केवल गाँव पहुँचे बल्कि रूमा भाभी के लिए बीटीसी ट्रेनिंग की चार सफ़ेद साड़ियाँ भी लेकर आए। उन्होंने ताईजी से कहा कि वे घर और खेती-बाड़ी सँभालें, मिष्टी की पूरी ज़िम्मेदारी वे उठाएँगे। पूरे साल उन्होंने अपनी दो साल की पोती की हर तरह से देखभाल की–उसे नहलाना, खिलाना, कपड़े धोना और हर छोटी-बड़ी ज़रूरत का ध्यान रखना।

जब रूमा भाभी ने सफलतापूर्वक अपनी ट्रेनिंग पूरी कर ली और अपने ही गाँव के स्कूल में अध्यापिका की नौकरी पा ली, तो ताऊजी इलाहाबाद लौट गये। इसके बाद, वे कभी गाँव नहीं आए। पूरे दस वर्षों तक उनकी गाँव से अनुपस्थिति एक गहरी छाप छोड़ गयी।

इधर पिताजी ताऊजी से लगातार कहते जा रहें थे कि वे डॉ. घोष से अपना रिटायरमेंट फंड लेकर उनके घर से अलग हटें। ताऊजी पिताजी से कहा करते, "डॉक्टर साहब, ख़ुद ही मुझे देंगे। मुझे माँगने की ज़रूरत नहीं।"

फिर एक रात डॉक्टर घोष सोये और कभी नहीं उठे। नींद में ही चल बसे, बिना कुछ बोले, ताऊजी को बिना कुछ दिये। अपनी लड़कियों से बस ताऊजी के लिये इतना कह गये थे, "इसने हमारा बहुत साथ निभाया है। इसका ध्यान रखना।"

अपने पिता की मौत के बाद डॉक्टर घोष की लड़कियाँ अपने हिसाब से अपने पिता की चल-अचल संपत्ति का परस्पर बँटवारा करने लगीं, बेचने भी लगीं। डॉक्टर साहब का अस्पताल शहर के तीन डॉक्टरों ने मिल कर ख़रीद लिया। बहनों के बीच विचार-विमर्श हुआ और हवेली में सबसे बड़ी लड़की रहने लगी। डॉ गौतम घोष मरने से पहले इतना ताऊजी के लिये कर गये थे कि हवेली की चहारदीवारी के अन्दर, एक तरफ़ उनके लिये एक वन-रूम सेट बना दिया था, ताकि वे वहाँ स्वतन्त्र रूप से रह सकें। ताऊजी के पल्ले सिर्फ़ वह वन-रूम सेट ही आया। बाकी डॉक्टर साहब की लड़कियों ने बड़े नम्र भाव से कहा, "काका, आप हमारे लिये पिता समान हो। हम आपकी बहुत इज्जत करते हैं। हम आपकी पूरी देखभाल करेंगे।" ताऊजी की स्थिति ज्यों की त्यों बनी रही। पहले डॉक्टर साहब के अधीन

और उनके बाद उनकी लड़कियों की कृपा पर। उनसे चतुर मार्या निकली। वह डॉक्टर साहब से बीस लाख रुपये ऐंठ उनसे पहले ही जुदा हो गयी थी।

पिताजी ताऊजी को धिक्कारते कि अब तो डॉक्टर साहब परलोक सिधार गये। वे उस बंगाली परिवार का त्याग करें। उन्हें भला क्या कमी है! अपने बीवी-बच्चे हैं, नाती-पोते हैं, भाई-बन्धु हैं। उन्हें डॉक्टर घोष की लड़कियों की सेवा-सुश्रूषा की आवश्यकता नहीं। उन्होंने ताऊजी से यहाँ तक कहा कि अगर वे गाँव नहीं रह सकते तो हमारे घर देहरादून आकर रहें। पिताजी उन्हें शहर की सारी सुविधायें देंगे। डॉक्टर घोष की तेरहवीं निपट जाने के बाद ताऊजी हमारे पास देहरादून अवश्य आयें।

ताऊजी जब भी हमारे घर आते, हम देखते पिताजी बड़ी श्रद्धा से अपने भाई का अपने घर में आतिथ्य करते। रोज़ शाम अपने हाथों से उनका बिस्तर लगाते, सुबह उठाते। अपने हाथों से उन्हें मॉर्निंग-टी देते। ताऊजी खाने के लिये उठते तो पिताजी उनका हाथ धुलाने के लिए पानी का लोटा थामे खड़े हो जाते। वे हमसे या माँ से जरा भी अपेक्षा नहीं करते कि हम ताऊजी लिए कुछ करें। वे स्वयं ही अपने भाई की सेवा-टहल करते। ताऊजी बाहर के बरामदे में या फिर आँगन में अपना अधिकांश समय बिताया करते। बैठकखाने में रोज रात में उनका बिस्तर लगता, सुबह हट जाता। इसके अतिरिक्त वे ज़्यादा से ज़्यादा कॉमनरूम में आ जाते। घर के अन्य कक्षों में वे नहीं घुसा करते। वे बेहद बच-बच कर, एक अतिथि की भाँति हमारे घर रहा करते। इसमें अविश्वास की कोई वजह नहीं कि माँ से उनका सामना हुये तीन-चार दिन निकल जाते हों।

ताऊजी मुझे हर वक़्त उदास-उद्भ्रान्त दिखते, जैसे भीड़ में भी अकेले हो। सूनेपन को लिए उनकी आँखें उनके अन्तर की किसी हीन भावना या लाचारी को ऐसे उजागर करतीं जैसे धुआँ आग के वजूद को। डॉक्टर साहब के यहाँ एक ऐशो-आराम वाली ज़िन्दगी बिताने को बावजूद उनके चेहरे पर हर समय पराजय के भाव रहते। वे मुझे नितान्त अकेले लगते, और ऐसा लगता उन्हें किसी की ज़रूरत भी नहीं।

दोनों भाई एक-दूसरे से बिल्कुल अलग थे–पिताजी वाचाल, व्यावहारिक और प्रफुल्लचित्त, जबकि ताऊजी शान्त, सैद्धान्तिक और निरीह। यहाँ तक कि शारीरिक बनावट में भी भिन्नता थी–पिताजी छोटे कद के, गोरे और गरिमामय व्यक्तित्व के स्वामी थे, जबकि ताऊजी लम्बे और साँवले थे। लोग कहते थे कि अभय को अपना

कद और साँवला रंग ताऊजी से मिला है।

बहरहाल ताऊजी को हमारे घर में रहना रास नहीं आया। शायद उन्हें लगा कि वे अपने भाई पर बोझ बन रहे हैं, या फिर वे बंगाली परिवार को मिस करने लगे थे। तीन हफ्ते हमारे घर व्यतीत कर ताऊजी इलाहाबाद लौट गये। अस्पताल तो दूसरे डॉक्टरों का हो गया था। डॉक्टर साहब की लड़कियों ने उनके लिए उनके कमरे के आगे बने बरामदे में एक छोटी सी डिस्पेंसरी खोल दी। उसे दवाइयों के साथ कुछेक मेडिकल उपकरणों से सजा दिया। इस बीच पिताजी माँ के साथ फिर से इलाहाबाद गये थे–ताऊजी से मिलने के अतिरिक्त उनका मकसद महाकुंभ में भी जाना था। उन्होंने आस्था और श्रद्धा के प्रतीक संगम में पवित्र डुबकी लगाई और ताऊजी के साथ आत्मीय समय भी बिताया। लौट कर उन्होंने हमें ताऊजी के जीवन के बारे में विस्तार से बताया : रोज सुबह आठ से ग्यारह और शाम चार से सात बजे तक ताऊजी अपनी डिस्पेंसरी में बैठते थे। मरीज़ आ ही जाते- इंजेक्शन लगाने या ब्लडप्रेशर नपवाने या फिर मरहमपट्टी करवाने। उससे उनकी थोड़ी बहुत आमदनी हो जाती। खाना उनके लिए उनके कमरे में ही हवेली से आ जाता। बाकी इधर-उधर सैर-सपाटे के लिये उन्हें कार की सहूलियत थी। उनके कपड़े धुलकर इस्त्री होकर उनके कक्ष में पहुँच जाते। अपने मेहमानों की आवभगत के लिये उन्हें हवेली की बैठक या फिर गेस्टरूम इस्तेमाल करने की इजाजत थी। बंगाली पहनावे के कपड़े और ज़रूरत की चीज़ें उनके लिये बाज़ार से आ जातीं।

अभय जब लखनऊ से पॉलिटेक्निक कोर्स कर रहा था तो उसका इलाहाबाद ताऊजी के पास तीन-चार बार जाना हुआ। हमें वहाँ के हालचाल बताता। कहता कि अब तो डॉक्टर साहब की लड़कियाँ अपने पतियों और सन्तानों के साथ वहाँ छाई रहती हैं। उन्हीं का वहाँ रुतबा है। ठाटबाट व ऐशोआराम के बावजूद ताऊजी वहाँ ख़ुद को उपेक्षित महसूस करते हैं। वह जब भी उनसे मिलने वहाँ गया, ताऊजी गदगद हुए। फख्र से सभी को उसका परिचय देते–"मेरा भतीजा!"

"डॉ. घोष के परिवार से ताऊजी का रिश्ता क्या है?" मैंने एक दिन अभय से पूछा।

अभय कुछ सोचते हुए बोला, "डॉ. घोष का परिवार ताऊजी का 'एडोप्टड परिवार' है। ताऊजी उस परिवार को नहीं छोड़ सकते। हमसे अधिक वे ताऊजी के अपने हैं।"

डॉक्टर घोष की मशहूर हवेली में क़दम रखने का मुझे भी सौभाग्य प्राप्त हुआ। उस समय ताऊजी वहाँ नहीं थे; वे चंडीगढ़ में थे। लेकिन हवेली विशाल गलियारे,

दीवारों पर जड़ी पुरानी तस्वीरें एवं कलाकृतियाँ, झरोखों से छन कर आती धूप, पुरानी लकड़ी की अद्‌भुत नक्काशी, कमरों में पसरी ख़ामोशी, और वहाँ का कुछ रहस्यमय-सा वातावरण–इन सबके बीच ताऊजी के जीवन का अन्दाज़ और डॉ. घोष से उनकी आत्मीयता की सुनी-अनसुनी दास्ताँ जीवित हो गयी। ताऊजी हवेली के गलियारों में टहल रहे हैं...डॉ. घोष के साथ शतरंज की बाज़ी में उलझे हैं..उनकी बेटियों के साथ खिलखिलाते हुए पकड़म-पकड़ाई खेल रहे हैं...सब मेरी कल्पना में साकार हो गया। हवेली की हर दीवार, हर झरोखा, और हर कोना ताऊजी और डॉ. घोष की दोस्ती की अनकही कहानियों को अपने भीतर समेटे हुए था।

ताऊजी का स्वास्थ्य डगमगाने लगा था। डॉ. घोष की तीसरी बेटी, सिबंती, जो उनसे सबसे अधिक जुड़ी हुई थी, ताऊजी को अपने साथ चण्डीगढ़ ले गयी। वहाँ उसका पति कमिशनर था। ताऊजी सिबंती और उसके पति सुदीप्तो सेन के साथ रहने लगे। अपने जीवन का अन्तिम समय ताऊजी ने डॉक्टर साहब की तीसरी कन्या सिबंती के साथ काटा। जब उनकी हालत गम्भीर हो गयी तो कमिशनर साहब ने टेलीग्राम द्वारा उनकी अस्वस्थता की ख़बर सेवल भी दी और पिताजी को देहरादून भी पहुँचायी। दीपक भाई गाँव से सीधे चण्डीगढ़ पहुँचे। पिताजी ने मुरली मामाजी से कहा कि वे उनके साथ चण्डीगढ़ चले। मुरली मामाजी ने ख़ुद अपनी अस्वस्थता का बहाना बना दिया।

पिताजी ने मुरली मामाजी पर दबाव डाला कि विश्वानन्द उनकी एकमात्र बहन का पति है, उनके जीजाजी हैं, बीमार है। लेकिन मुरली मामाजी पर कोई दबाव नहीं पड़ा। पिताजी के आग्रह करने पर बोले कि अगर उन्हें कोई साथ चाहिये तो वे अपने बेटे मुकुल को उनके साथ भेज देंगे, मगर वह ख़ुद नहीं जाएँगे। पिताजी को आभास हुआ मुरली मामाजी कभी पिताजी की कोई बात टालते नहीं थे। इसका मतलब वे अपने बहनोई, विश्वानन्द से मन ही मन नफरत करते हैं। उनकी बहन उनके साथ एक परित्यक्ता बन कर रही, यह शिकायत मुरली मामाजी को है तो कोई हैरानी की बात भी नहीं। ख़ैर, पिताजी मुकुल के साथ चण्डीगढ़ के लिए रवाना हो गये ।

कमिशनर साहब का निवास बहुत ही विशाल था। साथ में सरकारी ठाटबाट। ताऊजी मृत्यु-शैया पर पड़े थे। डा गौतम घोष की तीनों लड़कियाँ वहाँ मौजूद थीं। दीपक पहले से ही वहाँ पहुँचा हुआ था। पिताजी के चण्डीगढ़ पहुँचने के चंद मिनटों बाद ताऊजी ने दम तोड़ दिया। इसकी भी गारन्टी नहीं वे पिताजी को पहचाने कि नहीं। उनकी मृत्यु पर दीपक सुबक पड़ा, मगर पिताजी अपना आपा खो बैठे। बंगाली परिवार को उन्होंने ढेरों गालियाँ बकीं। पता नहीं क्या-क्या जज़्बात

सतह पर आ गये। "तुम अमीरों ने हम ग़रीब भाइयों की बेबसी का लाभ उठाया। हमसे हमारा बड़ा भाई छीना। एक पत्नी से उसका पति छीना और बच्चों से उनका पिता। "गालियाँ सुनाते-सुनाते, बंगाली परिवार को अनाप-शनाप बकते-बकते वे ज़मीन पर ढुलक कर एक छोटे घायल पक्षी की तरह विलाप रोने लगे। 'विश्वा! मेरा भाई इस संसार से चला गया!'–कह-कह कर वे विलाप करते रहे। अचानक उनका हृदय अपने भाई के प्रति वेदना से भर गया। क्या थी उनके भाई की ज़िन्दगी! 'तुम्हारे भाई ने तुम्हारी खातिर अपनी ज़िन्दगी डॉक्टर साहब के यहाँ गिरवी रखी।' भाभी सत्यभामा सही कहती है। अपने भाई के वे बहुत ऋणी हैं। उनके बलिदानों को उन्होंने कभी खुले दिल से स्वीकारा भी नहीं।

पिताजी ने कमिशनर साहब के घर का जल तक ग्रहण नहीं किया। वे वहाँ एक होटल में टिके। पिताजी के क्रोध व नाराज़गी पर डॉक्टर साहब के घर के सभी सदस्य मूक रहे। मगर उन्होंने ताऊ जी के प्रति अपनी अन्तिम ज़िम्मेदारी बड़ी शालीनता से निभायी।

ताऊजी को अपने परिवार का एक अभिन्न सदस्य मानते हुये डॉक्टर साहब की लड़कियों ने रीतिपूर्वक उनका दाह संस्कार किया। पिताजी, दीपक, मुकुल, डॉक्टर साहब की पुत्रियाँ, दामाद तथा नातियों के अलावा शहर के कई प्रतिष्ठित लोग ताऊजी के अन्तिम संस्कार में सम्मिलित हुए। क्रिया-कर्म विधि-विधान से सम्पन्न हुआ। ताऊजी के घर वालों की सन्तुष्टि के लिये उनकी जन्म भूमि सेवल गाँव में अपने गढ़वाली विधि-विधान से क्रियाकर्म करने तथा गाँव वालों को ब्रह्म भोज खिलाने के लिये डॉक्टर साहब के परिवार ने दीपक को अलग से रुपये दिये। इलाहाबाद स्थित ताऊजी का वन-रूम सेट भी दीपक के हवाले कर दिया कि वह जो चाहे, इसका करे।

पिताजी मुकुल के साथ ताऊजी के दाह संस्कार के बाद चण्डीगढ़ से तुरन्त देहरादून लौट आये। दीपक ताऊजी की अस्थियों की हाँडी लेकर दो दिन बाद पहुँचा। एक दिन तक वह हाँडी हमारे बरामदे की एक खूँटी से टँगी रही। अगले रोज सुबह-सुबह पिताजी, दीपक, मुरली मामाजी और कार्तिक हरिद्वार के लिये रवाना हो गये गंगा में ताऊजी की अस्थियाँ विसर्जित करने। पिताजी ने बड़ी सहजता से खूँटे से हाँडी निकाली। कार्तिक ने हमें बताया कि देहरादून से हरिद्वार की पूरी कार यात्रा के दौरान उन्होंने हाँडी कस कर अपने हाथों में पकड़ी रखी जैसे यह दुःख केवल उनका अपना है जिसे वे किसी के साथ बाँटना नहीं चाहते।

पिताजी के हरिद्वार से घर लौटने पर माँ सेवल गाँव रवाना हुई, ताईजी को

सान्त्वना देने के लिए। ताईजी माँ से लिपट कर बहुत रोई। "वदा...वे चले गये...। मैंने न उनका जीवन देखा, न ही उनकी मृत्यु देखी। उन्होंने मौक़ा ही नहीं दिया।"

ताऊजी कुल छिहत्तर सालों तक जिये। उनकी मृत्यु के साथ ही हमारे जीवन से डॉक्टर गौतम घोष, बंगाली परिवार का एक तरह से अस्तित्व ओझल हो गया। लेकिन वह हमारे परिवार के इतिहास का एक लम्बा अध्याय ज़रूर बन गया–टीस भरा।

उनतीस

अभय हमारे पूरे परिवार की धुरी था। उसकी उम्र, लिंग, कद-काठी, भाई-बहनों में उसका क्रमांक-सब बातें मिलकर उसका हमारे परिवार में एक विशेष स्थान बनाता था। हम सभी भाई-बहन गोरे रंग के, वह साँवला। हम मध्यम कद के, वह लम्बा। बचपन में तो वह कोई ख़ास नहीं दिखता था लेकिन किशोरावस्था में जब वह जवान होना शुरू हुआ, उसके शरीर ने अपनी पूरी लम्बाई पकड़ी, कन्धे प्रशस्त हुए, आवाज़ भारी, ग्रीवा में एडमस् अप्पल निकला, दाढ़ी-मूँछें उगीं तो उसका रूप एकदम निखर गया। वह बहुत मनोहर, सुन्दर छवि का युवक हो गया। जब कभी वह छुट्टियों में घर आता, हमारी सहेलियाँ उसे देखतीं तो कहना न होगा कि वे उस पर मुग्ध हो जातीं। हमसे कहतीं, "हाय तुम्हारा भाई कितना हेंडसम है!"

यह बात घर में सभी को मालूम थी कि जब अभय अट्ठारह-उन्नीस का था तो एक गुमनाम लड़की अभय को लव लेटर भेजती थी। "लड़कियाँ मुझ पर मरती है," अभय इतराते हुए हमसे बोला था। वे प्रेम पत्र उसने हमें पढ़वाये भी थे।

"अभे, सच कहूँ, तुम मेरे जीवन का आधार,
सबसे प्यारे, दिल में बसे, सबसे ख़ास यार।
तुमसे ये दुनिया रंगीन, तुमसे है बेहद प्यार,
सुन्दर स्वप्न हो मेरे, सबसे क़रीब, कहती हूँ बार-बार।।"

"मैं इक काग़ज़ का टुकड़ा, लिख दो इस पर अपना दुखड़ा।
लिख दो नाम अपना, या फिर अपना जवाब छोड़ दो"

'दूरी हो, दर्द हो, झगड़े हों या मतभेद–कुछ भी हमारे रिश्ते को नहीं तोड़ सकता। हम सबसे अच्छे दोस्त और सबसे गहरे प्रेमी। आई लव यू।'

'अभे, तुम मेरी दुनिया गोल कर देते हो है। दुनिया मेरी स्थिर कर देते हो। मेरा जीवन जीने लायक बनाते हो। एक नेक व्यक्ति बनाते हो मुझे! तुम मेरे हीरो!'

रोमांटिक एडवन्चर्स रहस्यमय वातावरण में होते हैं लेकिन अभय ने ये पत्र हमारे घर में सार्वज़निक कर रखे थे। कोई भी पढ़ सक़ता था। हम सभी अचरज में

कि कौन लड़की ये रोमानी पत्र अभय को लिख रही है। कहाँ रहती है वह? क्या करती है? बाद में हमें पता चला कि वह लड़की और कोई नहीं हमारी पड़ोसन मोट्टू, उर्फ़ सुकन्या है। उन पत्रों के रचनाकार का पता चलते ही हमारे लिए उन पत्रों की अहमियत कम हो गयी थी।

वह छोकरी! चौदह-पन्द्रह साल की। हमारे पड़ोसी नेगी जी के मकान में किराये में उसका परिवार दो सालों के लिये आया था। बाद में उसके पिता ने हमारे घर से दूर धर्मपुर मोहल्ले में अपना मकान बना लिया था।

सुकन्या ने ख़ुद ही अभय से इस रहस्य का खुलासा किया कि पत्र वह उसे भेजा करती है। सुकन्या का इस तरह से अभय को बेनामी प्रेम पत्र लिखना हम में से किसी को पसन्द नहीं आया, अभय को भी नहीं। मेरे परिवार ने इसे किशोर आयु का अल्हड़पन मानकर उसकी इस हरकत को नज़रंदाज कर दिया। अभय भी घर से दूर लखनऊ चला गया आगे की पढ़ाई के लिए।

घर से पढ़ाई के लिये लखनऊ जाने के बाद अभय अपने जीवन के प्रति गम्भीर हो गया था। हिप्पी से पढ़ाकू बन गया था। उसने जी लगा कर पढ़ा, साथ ही ए.आई.आई.एम. के पेपर्स पास करने की तैयारी करने लगा जो इंजीनियरिंग की डिगरी प्राप्त करने के लिये एक करियर पथ था। तीन वर्षीय पॉलिटेक्निक डिप्लोमा कोर्स इलेक्ट्रिकल ब्रांच में बहुत अच्छे अंकों से उत्तीर्ण किया, उसने टॉप किया। साथ ही अब नौकरी का प्रश्न। गढ़वाल के तिलवाड़ा नामक एक पहाड़ी कस्बे में उसे एक विद्युत विभाग में नौकरी मिल गयी। छोटी-सी जगह, छोटा- सा कार्यालय, मामूली-सा वेतन।

अपने करियर के प्रथम सात महीने तिलवाड़ा में बिता कर एक दिन उसने अपना बोरिया-बिस्तर समेटा और अकस्मात देहरादून घर में प्रकट हो गया। हम हैरत में। वह हँसते हुये बोला कि उसे मध्य प्रदेश हाईडल डिपार्टमेन्ट में जूनियर इंजीनियर की नौकरी मिल गयी है।

मध्यप्रदेश हाईडल विभाग मतलब उसे हमेशा मध्य प्रदेश राज्य में ही रहना पड़ेगा, घर से दूर। पिताजी ने मुँह बनाया। वे बोले कि वह उत्तरप्रदेश राज्य में नौकरी खोजे, ज़िन्दगी मध्यप्रदेश राज्य में बिताने की न सोचे। मगर वह बहुत ख़ुश था कि वह अब अपने पैरों पर ढंग से खड़े होने जा रहा है। एम.पी. हाईडल एक बहुत बड़ा बिजली विभाग है। पिताजी से बोला कि दूरियाँ आजकल घट रही है। अच्छी-अच्छी, तेज रफ्तार से चलने वाली रेलगाड़ियाँ आ गयी हैं। घण्टों में ही कहाँ से कहाँ पहुँच सकते हैं।

बहरहाल उसकी ख़ुशी में हम भी शरीक हो गये। हमने उससे दावत माँगी और उसने हमें मिठाई व समोसे खिलाए। दिग्विजय टाकीज में हेमामालिनी और धमेन्द्र की एक फ़िल्म दिखाई। हमने उसे एक उपहार दिया। बड़े प्रसन्नचित्त भाव से हम सभी ने उसे देहरादून रेलवे स्टेशन पर विदा किया। वह इन्दौर जा रहा था, जॉइनिंग उसकी इन्दौर में थी। इन्दौर में जॉइनिंग के तुरन्त बाद वह नीमच गया ट्रेनिंग के लिए।

एक वर्ष के ट्रेनिंग पीरियड के बाद उसकी रतलाम बतौर जूनियर इंजीनियर पोस्टिंग हो गयी। इस दरमियान वह देहरादून तीन बार आया। मैंने उसे पाण्डुलिपि दिखाई। जो कथा उसने लिखनी शुरू की थी–अलकनन्दासुत। मैं उससे बोली, "आप इसे पूरा न कर पाये। मिही ने चार अध्याय लिखकर छोड़ दिये। अब मैंने लिखना शुरू किया है।"

वह कुछ सोचता हुआ बोला, "लेखन मेरा शौक़ था और धन कमाना महत्त्वाकांक्षा। जो आनन्द शौक देता है वह धन नहीं देता। इसलिए लेखन की बलि चढ़ गयी।" एक खीज के साथ बोला, "पर महत्त्वाकांक्षा भी पूरी नहीं हुई।"

"कौन सी महत्त्वाकांक्षा?"

"पैसा।"

"आप पैसा-पैसा क्या करते हो? आप नौकरी कर रहें हो। अपने पैरों पर खड़े हैं," मैं उससे बोली।

"मगर हर समय पैसों की तंगी महसूस होती है," अभय ने लम्बी साँस लेते हुए कहा। "जब स्टूडेंट था, तब भी एक ढंग की शर्ट ख़रीदने के लिए तरस जाता था। पिताजी के पास पैसे तो थे, मगर ज़िम्मेदारियाँ भी कम नहीं थीं। उनसे कपड़ों के लिए पैसे माँगने में झिझक होती थी, और अगर माँग भी लेता, तो टाल जाते–'तुम्हारे पास पहले से ही बहुत कपड़े हैं!'"

उसकी आँखों में बीते दिनों की झलक थी। फिर धीरे से मुस्कुराया, "आज भी कोई स्टाइलिश शर्ट ख़रीदनी हो, तो दस बार सोचना पड़ता है। जूनियर इंजीनियर की तनख्वाह मामूली होती है। ये जो लोग अमीर दिखते हैं, असल में सब घूसखोर हैं।"

मैंने हल्के-से चुटकी ली, "तो क्या आप टाटा, बिड़ला, अंबानी बनना चाहते हो?"

"नहीं, मगर..." वह थोड़ा अटका।

मैंने जानबूझकर रहस्यभरी आवाज़ में कहा, "पैसे कमाने के और भी तरीक़े हैं..."

अभय ने हैरानी से मेरी तरफ़ देखा, "क्या मतलब?"

मैंने उसकी आँखों में झाँकते हुए शरारती अन्दाज़ में फुसफुसाया, "स्मगलर बन जाइए!"

वह ठहाका मारकर हँस पड़ा, "कब से तू इतनी सयानी हो गयी?" कहकर उसने हमेशा की तरह मुझे गर्दन और पैरों से पकड़कर हवा में उछालना चाहा। लेकिन मुझे उठाते ही वह ख़ुद धड़ाम से ज़मीन पर गिर पड़ा। मैं ज़ोर से हँसने लगी।

वह उठते हुए झेंपकर बोला, "बहुत भारी हो गयी तू!" फिर एक पल ठहरकर मुझे सिर से पाँव तक देखते हुए आश्चर्य से पूछा, "कब हुई तू इतनी बड़ी?"

अभय ने मुझे सराहा कि मैं उसके द्वारा प्रारम्भ किये इस कार्य को आगे बढ़ा रही हूँ। मेरे लिखे कुछ पृष्ठों को उसने पढ़ा। कहा कि मैं अच्छा लिख रही हूँ। कहा, "अन्त प्रभावशाली होना चाहिए। अन्तिम अध्याय ही पाठकों पर सबसे अधिक प्रभाव छोड़ता है। उसने उपन्यास प्रकाशन के लिये कुछ प्रकाशन भी सुझाये- ज्ञानपीठ, वाणी, किताबघर, और राधाकृष्ण। उसके बाद अपनी हर चिठ्ठी में वह पूछा करता कि पाण्डुलिपि में काम कैसा चल रहा है। कितनी आगे बढ़ी है। यह कथा पूरी होनी चाहिए।

सत्ताईस-अट्ठाईस साल में हमारे समाज में अधिकतर लड़कों का ब्याह हो जाता है। वह उनतीस का हो गया था। करियर भी उसका कुछ बन-सा गया था। अब अगला पड़ाव शादी का ही था। शादी करके गृहस्थी बसाओ, बच्चे पैदा करो, उन्हें बड़ा करो यही तो है ज़िन्दगी का ताना-बाना। उसकी शादी की बात चलने लगी। इधर-उधर लड़कियाँ देखी जाने लगीं।

दो-तीन लड़कियाँ हमने अभय के लिए देखी पर कोई जँची नहीं। बात हमारे स्तर पर ही ख़त्म हो गयी। अभय तक पहुँची ही नहीं। कुछ लड़कियाँ और परिवार हमें भाये मगर उन्होंने अभय को रिजेक्ट कर दिया कि वह आईआईटी जैसे संस्थान का इंजीनियर नहीं है। पॉलिटेक्निक का एक जूनियर इंजीनियर है।

बहरहाल दो-तीन लड़कियों के देखने-दिखाने और रिजेक्शन के बाद अभय ने स्वयं एक लड़की सुझाई, "मोटु से ही शादी कर लेता हूँ"।

"मोटु?" हम चौंके।

सुकन्या अभय पर डोरे डालती थी, यह हम सभी जानते थे। मगर अभय भी उसे लेकर सीरियस है, दोनों के बीच किस हद तक रोमानी आत्मीयता है, इसकी भनक हमें नहीं थी। हैरत हमें इस बात को लेकर थी कि अभय एक फ़िल्म स्टार जैसी छवि का पुरुष सुकन्या जैसी साधारण, मोटी लड़की से शादी करना चाहता है।

वैसे चेहरा उसका सुन्दर था। चेहरे के नीचे सारा बदन गदराया था। हम उसे मज़ाक़ में मोटु पुकारते थे।

पिताजी ने भी मखौल बनाया, "जब दिल आया गधी पर तो परी का क्या करे।"

ख़ैर पिताजी ने बड़े धैर्य और परिपक्वता से काम लिया। अभय से पूछा कि क्या वह वाकई सुकन्या को लेकर सीरियस है, उसके साथ ज़िन्दगी गुजारना चाहता है। सहर्ष सहमति में गर्दन हिलाते हुए अभय ने जोर की हामी भरी। अभय की पसन्द देखते हुए पिताजी सुकन्या के घर जाकर उसके माता-पिता से मिले। यादव दम्पति, सुकन्या के माता-पिता, हमारे सम्पन्न, भरे-पूरे तथा उच्च कुल से रिश्ता आया देख चहक गये। और इस तरह से वह लड़की जिसे हम बचपन से जानते थे और जिसे हम मोटु कह कर चिढ़ाते थे, अभय के लिए चुन ली गयी।

अभय और सुकन्या की सगाई हो गयी। मेरे माता-पिता ने इस बात की भी परवाह नहीं की सुकन्या हमारी तरह गढ़वाली ब्राह्मण नहीं है, वह मेरठ की जाट समुदाय की–जटनी-है। हमारे कई रिश्तेदारों एवं परिचितों ने इस पर आश्चर्य व्यक्त किया तो कइयों ने एतराज। पिताजी से बोले कि वे एक ग़लत उदाहरण प्रस्तुत कर रहे हैं। अपनी ब्राह्मण बिरादरी से बाहर एक जाट बिरादरी में रिश्ता कर रहे हैं।

पिताजी बोले, "आन्दोलन घर से ही शुरू होते हैं।"

दरअसल अपने दो बच्चों की अरेंज्ड मैरिज कर पिताजी उनकी ज़िन्दगी से खिलवाड़ कर चुके थे। सोचा होगा कि अब जो बच्चा जिसको अपना जीवन साथी चुन रहा है, उनकी भलाई इसी में है कि उसे चुपचाप स्वीकार कर लें।

धीरे-धीरे हमें इसका आभास हो रहा था कि सुकन्या व अभय वाकई एक-दूसरे को बेहद पसन्द करते हैं। उन्हें देख कर हम सभी को लगता–मेड फार ईच अदर। उनका खुलेआम मिलना-जुलना, एक-दूसरे को मीठे पत्र लिखने का सिलसिला शुरू हो गया। अभय सुकन्या के साथ ज़िन्दगी की रोमानियत में डूब गया।

वैसे हम भाई-बहन एक-दूसरे की निजी ज़िन्दगी का पूरा सम्मान करते थे, मगर एक बार मैंने अभय को कुरेद ही लिया।

"कैसे आप उस मोटु को लेकर सीरियस हुए?"

अभय ने हठात् मेरी तरफ़ देखा।

"सॉरी।" मैं झिझक गयी। "मेरा मतलब सुकन्या ।"

आख़िरकार मोटु अब अभय की मंगेतर थी। और, मेरी होने वाली भाभी।

"सुकन्या रुकी नहीं," अभय कुछ सोचते हुए बोला। "उसका मुझे खत लिखने का सिलसिला चलता रहा। अन्तर केवल यह था कि, पहले बेनामी पत्र आते थे, अब अपने पूरे नाम के साथ–सुकन्या यादव। जब मैं लखनऊ चला गया, वह वहाँ के पते

पर मुझे पत्र भेजने लगी। हमारे बीच की पहचान एक विश्वास में बदलती गयी। एक प्रकार का अपनापन व्यापने लगा। मैंने देखा कि मैं उसके खतों का इन्तज़ार कर रहा हूँ। जैसे-जैसे उसकी उम्र बढती गयी, उसके पत्रों की भाषा, शैली और अन्दाज़ भी बदलता गया। पत्रों से उसकी परिपक्वता व गम्भीरता झलकने लगी। उसके व्यक्तित्व में एक ठहराव आता गया। मुझे वह अच्छी लगने लगी–बहुत अच्छी।"

अभय ने उसके पत्र हमें पढ़वाने बन्द कर दिये थे। वे उसकी पर्सनल प्रोपर्टी बन चुके थे। जब अभय से उसकी सगाई हुई तो वह साइकोलॉजी में एम.ए. कर रही थी और मनोचिकित्सक बनना चाहती थी। उसका बड़ा भाई प्रागुन अपने मास्टर कोर्स के बाद एक तेल कम्पनी में बतौर आफ़िसर नियुक्त हो गया था। उनका परिवार हमारी तरह एक ठोस परिवार तो नहीं मगर समाज में एक उठता परिवार था।

"वह मुझे अच्छी लगने लगी," अभय ने दोहराया। "वह मेरी गर्ल और मैं उसका बॉय बन गया।"

मुझे याद है वह दिन...अभय देहरादून आया हुआ था और शाम को सुकन्या से मिलने जा रहा था। उसने एक मेरून रंग का शॉल उसके लिये ख़रीदा था, बहुत प्यारा सा, किनारों पर बेलबूटों की महीन कढ़ाई। कितनी देर तक वह उस शॉल को एक काग़ज़ में लपेट कर एक अच्छा सा गिफ्ट पैक बनाता रहा। गिफ्ट पैक साइकिल के पीछे कैरियर में लगा वह मस्ती से सुकन्या से मिलने चला गया।

तीन-चार घण्टों में वापस आया तो बेहद ख़ुश नज़र आ रहा था। बाहर बारिश हो रही थी जो मौसम को और भी हसीन बना रही थी। "कैसा लगा सुकन्या को शॉल?" मैने पूछा।

वह मुस्कुरा दिया। "बहुत अच्छा लगा," कहकर वह कहीं खो गया, शायद सुकन्या की यादों में।

थोड़ी देर में बोला, "हम दोनों ने आज एक-दूसरे को गाना सुनाया। उसने मुझे उमराव जान का गाना सुनाया–दिल चीज़ क्या आप मेरी जान लीजिए। और मैंने उसे सुनाया-सारंगा तेरी याद में।" फिर अपनी सगाई की अँगूठी को चूमते हुये बोला, "ज़िन्दगी बहुत ही ख़ूबसूरत है। लाइफ इज ए बिलिस। हा...मेरी भी अब एक लव लाइफ है।" अगले ही पल गुनगुनाने लगा–तुम्हें अपना बना बैठे, जो होगा देखा जाएगा...।

मुझे हँसी आ गयी। उसे उसकी 'मोटु' की यादों के साथ अकेले छोड़ मैं बाहर आ गयी।

वह अब उसकी सपनों की रानी थी...।

तीस

आज जब मैं उन क्षणों के बारे में सोचती हूँ तो रो पड़ती हूँ। वह याद मेरे दिल में एक गहरी टीस पैदा करती है। ज़िन्दगी के कुछ लम्हें ऐसे होते हैं जो कड़वी यादें बन कर रह जाते हैं। कितना ख़ुश था वह अपने भावी जीवन को लेकर! कितनी बातें वह हमसे किया करता था अपने भविष्य को लेकर! कार्तिक की पत्नी विभा उसकी हमउम्र, उसकी मित्र जैसी थी। उससे पूछता, "भाभीजी, एक गृहस्थी चलाने में महीने में कितने हज़ार लगते हैं? शादी के बाद तीन सालों तक मैं फैमिली प्लानिंग करूँगा। और सिर्फ़ एक बच्चा पैदा करूँगा। हम अपने देश के कुछ और नहीं कर सकते तो कम से कम अपनी तरफ़ से जनसंख्या वृद्धि तो न करें।"

वैसे मेरे सभी शादीशुदा भाई-बहनों के दो ही बच्चे थे। जो ग़लती हमारे पूर्वज कर गये, देश की जनसंख्या को इतना विशाल कर गये उससे हमारी पीढ़ी पर यह दबाव स्वत: ही पड़ गया कि कम बच्चे पैदा करके हम देश की जनसंख्या को थोड़ा नियंत्रित करें।

ख़ैर अभय हमसे कहता, "सुकन्या पेंटिंग बहुत अच्छी करती है–लुभावनी डिजाइनों की। वह पेंटिंग करेगी और मैं सन्डे मार्केट में उसकी पेंटिंग बेचूँगा- एक्स्टरा इनकम होगी।"

कितनी योजनाएँ! कितने सपने! मगर क्या वे सब सच हुए?

वह सुबह मुझे अच्छे से याद है...जाड़ों की तीखी ठण्ड...सुबह के छह बज रहे...मैं गर्म शॉल ओढ़े कॉमनरूम में स्टडी टेबल पर बैठे पढ़ रही थी। मैं तब अट्ठारह साल की थी। बी.एससी, फर्स्ट इयर में। उस दिन आर्गेनिक कैमिस्ट्री का टेस्ट...। यादव जी, अभय के भावी ससुर जी हमारे घर पधारे। सबसे पहले मैंने ही उन्हें देखा। यादव जी इतनी सुबह-सुबह हमारे घर पर? उनके चेहरे पर पसरे भाव से मैं सहम गयी। मेरे पेट में मरोड़े उठने लगे। ठिठुराहट बढ़ गयी।

"पिताजी कहाँ है?" उन्होंने मुझसे पूछा।

पिताजी अन्दर के कमरे में थे। कुछ सँभाल रहे थे। मैं उनके पास गयी, "पिताजी यादव जी आये हैं।"

"सुकन्या के पिताजी?"

"हाँ", मैं बोली।

पिताजी सोच में पड़ गये कि वे हमारे घर...वह भी इतनी सुबह-सुबह...! वे कॉमनरूम में आए।

"नमस्कार यादव जी।"

यादव जी ने पिताजी की नमस्ते भी नहीं ली। शब्दों को जमाते हुये बोले, "रतलाम से फोन आया कि अभय की तबियत बहुत ख़राब है। "

यादव जी टेलीफोन एक्सचेंज में क्लर्क थे। उनका घर, दफ्तर टेलीफोन से लैस था...। अभय को भी जब-तब फोन कर लिया करते थे।

"अभय की तबियत ख़राब...किसका फोन आया आपके पास?" पिताजी का प्रश्न

"अभय के एक करिन्दकर नामक सहकर्ता का...। वह बता रहा था कि कल रात उसके पेट में कस कर दर्द उठा, उल्टियाँ हुई। अपेन्डिक्स बढ़ा हुआ। उसे आपरेशन की ज़रूरत है।"

घर में आपाधापी...व्यग्रता...पैकिंग...ट्रेन टिकट...शुरू हो गया। कौन रतलाम जाएगा? कैसे जाएगा...?

यादव जी के जाने के बाद रतलाम, अभय के आफ़िस से टेलीग्राम भी आ गया : "अभय इज सीरियस।"

बम्बई एक्सप्रेस रतलाम होकर जाती है। उस ट्रेन में टिकट बुक करो। नहीं, वह ट्रेन बहुत स्लो है, दिल्ली टैक्सी से जाओ और वहाँ से फास्ट ट्रेन पकड़ो... दिल्ली से फ्लाइट पकड़ो। मगर रतलाम एयरपोर्ट नहीं है। कई बातें...कई सुझाव...।

पिताजी अपनी गहरी सोच में। यह ख़बर सुनकर उनके दिल में कुछ गहरा मचल गया था। माँ से कहने लगे, "गणेश-की-माँ, मुझे नहीं लगता कि हमारा बच्चा हाथ आएगा...।"

"इतना अशुभ मत बोलो, गणेश-के-पिताजी," माँ उत्तेजना में पिताजी से बोली।

"अपेन्डिक्स का आपरेशन कोई जानलेवा थोड़े न होता है," हमने भी स्वर मिलाया।

माँ के कपड़े बँधने लगे। पिताजी के कपड़े बँधने लगे। मगर अन्त में विवेक

से काम लिया कि यह भावनाओं में बहने का समय नहीं है। प्रैक्टिकल बनो। अन्त में यह तय किया गया कि घर से किसी को जल्द से जल्द रतलाम पहुँचना ज़रूरी है। अभी कार्तिक व सुकन्या का भाई प्रागुन रतलाम जाएँगे। दोनों जवान आदमी हैं। कैसे भी चले जाएँगे, कैसे भी वहाँ रह लेंगे। वहाँ पता नहीं कैसी व्यवस्था है। कार्तिक ने कहा कि बाद में वह सूचित करेगा फिर माँ-पिताजी सब वहाँ आ जाना। आपरेशन के बाद वह अभय को देहरादून भी ला सकता है। पिताजी अड़सठ साल के, हाल में प्रोस्टेट ग्लेन्ड के एक जटिल आपरेशन से गुज़रे थे।

कार्तिक व प्रागुन रतलाम के लिये रवाना हो गये। पीछे हम अभय की स्वास्थ्य की मनोकामना करने लगे। माँ अपने पूजा-पाठ में और लिप्त हो गयी। पिताजी कहने लगे कि अभय जब आपरेशन के बाद देहरादून आयेगा तो वे उसे रतलाम नहीं भेजेंगे। उससे कहेंगे कि यहीं कहीं आसपास नौकरी खोजे।

कार्तिक और प्रागुन जितनी जल्दी रतलाम पहुँच सकते थे, वे पहुँचे। यातायात साधन-बस, टैक्सी तथा ट्रेन–हर किस्म की उनको ज़रूरत पड़ी। उन्होंने देहरादून से दिल्ली के लिये टैक्सी ली, 235 किमी की दूरी तय की। वहाँ से बम्बई एक्सप्रेस से रतलाम–633 किमी की दूरी पर। मगर शाम सात बजे जैसे ही रतलाम रेलवे स्टेशन पर उतरे, स्टेशन पर घोषणा हो रही थी कि अभय गैरोला के घर वाले सीधे इन्दौर मेडिकल कॉलेज के लिये रवाना हों।

कार्तिक व प्रागुन चकराए। सूचना कार्यालय पर जाकर पूरी जानकारी हासिल की कि अभय को रतलाम जिला अस्पताल से इन्दौर मेडिकल कॉलेज शिफ्ट कर दिया गया है। कार्तिक और प्रागुन को अब इन्दौर जाना था–136 किमी दूर। उन्होंने टैक्सी ली। मौसम ख़राब था, सायक्लोन क़ी वजह से टैक्सी को साढ़े चार के बजाय सात घन्टे इन्दौर मेडिकल कॉलेज पहुँचने में लगे।

***

महात्मा गाँधी मैमोरियल मेडिकल कॉलेज के कम्पाउंड में उन्होंने प्रवेश किया। अस्पताल का दृश्य-एम्बुलेंस, स्ट्रेचर, श्वेत कोटधारी चिकित्सक, मरीज़, डिस्पेंसरी आदि नज़र आने लगे। सूचना काउन्टर की तरफ़ बढ़े। सूचना काउन्टर पर अभय के लिये पूछा तो वहाँ बैठा व्यक्ति उछल गया, "अरे आप उनके घर वाले...! पहुँच गये यहाँ! कब से आपकी इन्तज़ारी हो रही है। अभय गैरोला सेकिण्ड फ्लोर आईसीयू में है।"

कार्तिक और प्रागुन सीढ़ियाँ चढ़ कर दूसरी मंज़िल पर आ गये। लम्बे गलियारे

पर क्रम से दरवाजों पर लगे साइन बोर्ड पढ़ते हुये आईसीयू के दरवाज़े पर आए। एक दरवाज़े पर काले बोल्ड अक्षरों में लिखा हुआ–इंटेसिव केयर यूनिट। एक सिहरन सी उनके बदन में दौड़ गयी।

"गॉड प्लीज!" प्रागुन बुदबुदाया।

"हे भगवान...अभय सही-सलामत हो," कार्तिक बोला।

उसके ऑफ़िस का एक साथी आईसीयू के बाहर एक बेंच पर बैठा था। आगुन्तकों को देख कर उसने अनुमान लगा लिया कि वे कौन हो सकते हैं। वह उठ खड़ा हुआ।

"आप...अभय के घर वाले...?"

"हाँ, ये अभय के बड़े भाई हैं और मैं अभय की होने वाली पत्नी का भाई," प्रागुन ने परिचय दिया।

"नमस्ते।"

"नमस्ते।"

"कब से यहाँ आपकी इन्तज़ारी हो रही है...। मैं लोचन करिन्दकर हूँ। अभय के ही विभाग में काम करता हूँ। हमारे बॉस पंकज सिन्हा और सहायक इंजीनियर गोपाल शर्मा भी यहीं थे। इस समय वे थोड़ा आराम करने चले गये हैं। रात भर जगे थे।"

"अभय?"

"अभी सो रहा है।"

"हम अन्दर जा सकते हैं?" लोचन करिन्दकर ने आईसीयू की नर्स से पूछा। कुछ सोचते हुए नर्स ने सहमति देदी। कार्तिक और प्रागुण ने भगवान को हाथ जोड़े। सहमते हुये उन्होंने आईसीयू में क़दम रखा, पीछे-पीछे करिन्दकर। सामने एक ऊँचे सफ़ेद बेड पर अभय अचेत लेटा हुआ। ख़ून उसे चढ़ रहा। कैथिटर लगा हुआ।

लोचन करिन्दकर नीचे झुक कर अभय से कहने लगा, "अभय, देखो देहरादून से तुम्हारे भइया आये हैं।

"अभय! अभय!" कार्तिक ने भी पुकारा। अभय अपनी आँखे खोलता, और फिर बन्द कर लेता। वह बेहोशी की हालत में था।

"इसे सोने दो," कह कर वे सभी बाहर कॉरिडोर में आ गये। लोचन करिंदकर कार्तिक और प्रागुण को अभय की हालत का ब्योरा देने लगा।

"पेटदर्द! शुरुआत पेट दर्द से हुई। छह तारीख दिन में अभय को ऑफ़िस में अचानक पेट दर्द उठा और वह जल्दी घर चला गया।"

प्रागुन गणना करते हुए बोला, "छह तारीख दोपहर, और आज दस तारीख है...। मतलब तीन रोज पहले।"

"हाँ। घर जाकर अभय ने हाजमोला की गोलियाँ खाई। अजवाइन का पानी पिंया मगर पेट दर्द बढ़ता गया। बाद में उसे उल्टियाँ आने लगी। जब उसका पेट दर्द असहनीय हो गया तो उसने अपने पड़ोस में रह रहे हमारे डिपार्टमेंट के सीनियर क्लर्क किदवई जी को उठाया। उन्होंने आकर कुछ घरेलू उपचार किए–नाल उतारने जैसे। मगर पेट दर्द नहीं थमा और उल्टियाँ नहीं रुकी। ऐसी स्थिति आई कि अभय दर्द के मारे बिस्तर पर उछलने लगा। फिर ऑफ़िस की जीप का इन्तज़ाम कर सुबह तीन बजे अभय को रतलाम जिला अस्पताल भर्ती करा दिया गया। उन्होंने सोचा कि कोई आम गैस्ट्रिक परेशानी है। रविवार था। कई डॉक्टर्स काम पर नहीं थे।शाम तक जब अभय की हाल और बिगड़ गयी और उसका ब्लडप्रेशर बहुत गिर गया तो उन्होंने एक्सरे किया।"

एक क्षण रुक कर लोचन करिन्दकर ने फिर कहना शुरू किया, "इंटस्टाइन ट्विस्ट–आँत ऐंठ गयी थी। ऑपरेशन की ज़रूरत थी किन्तु रतलाम के डॉक्टर्स ने कहा कि ब्लडप्रेशर गिरने से केस जटिल हो गया है। इन्दौर मेडिकल कॉलेज ले जाने को कहा। हम अभय को रतलाम से इन्दौर ले आये। यहाँ पहुँचते ही अभय की गैस्ट्रोइंटस्टाइनल सर्जरी हुई। सर्जन ने सात-आठ इंच आँत काट दी है।"

"इंटस्टाइन ट्विस्ट!" कार्तिक ने आश्चर्य प्रकट किया। हम तो सोच रहे थे कि आपरेशन अपेंडिक्स का हुआ है।"

"हाँ, अपेन्डिक्स भी निकाल दिया है। वह भी बढ़ गया था। आपरेशन कामयाब रहा। डॉक्टर कह रहे हैं कि खतरे की कोई बात नहीं। वह हम सबको पहचान भी चुका है।"

"कब हुआ ऑपरेशन?"

"एक घन्टे पहले ही आपरेशन थियेटर से बाहर निकला है। होश में आ चुका है। बस अभी थोड़े सिडेशन में है।"

कार्तिक ने सर्जन से बात की, पूछा कि अभय कुछ बात क्यों नहीं कर रहा है। सर्जन बोला, "अभी तो वे बात कर रहे थे।" कार्तिक की परेशान मुख-मुद्रा देख सर्जन उसके कन्धे पर हाथ रखते हुये बोला। "हम पूरी कोशिश कर रहे हैं। धीरज रखो। आपरेशन सफल रहा है।"

कार्तिक सुबह पाँच बजे अभय के पास पहुँचा था। उसकी बगल से वह तीन घण्टे तक नहीं हटा। इस बीच अभय से कार्तिक की कोई बात नहीं की। संवाद बस

एक तरफ़ा ही रहा। कार्तिक जब उसका नाम पुकारता तो वह उसका हाथ थाम लेता। यही उसकी प्रतिक्रिया थी।

पाँच से आठ बज गये। अब तक प्रागुन ने अस्पताल के पास ही एक होटल में अपने और कार्तिक के रहने के लिये एक कमरा बुक कर लिया था। नहा-धोकर, अस्पताल की केन्टीन में नाश्ता खाकर वह ऊपर आईसीयू में पहुँचा। कार्तिक से बोला, "भाईसाहब मैं अभय के पास रहता हूँ। आप भी नहा-धो लो। कुछ खा-पी लो।"

डेढ़ घण्टे उपरान्त कार्तिक जब तक नहा-धोकर, नाश्ता करके वापस आईसीयू में आया तो देखा कि डॉक्टरों का एक दल अभय को घेरे हुये है। अभय के बॉस पंकज सिन्हा, अन्य दो सहकर्ता-लोचन करिन्दकर और गोपाल शर्मा चिन्तित खड़े हैं। प्रागुन परेशान मुखमुद्रा में। दृश्य बदल चुका था। दो घण्टे पूर्व जो कहा जा रहा था कि आपरेशन कामयाब रहा। अभय खतरे से बाहर है अब कहा जा रहा था कि उसकी हालत गिर रही है। ब्लड यूरिया बहुत बढ़ गया है। तेज़ बुखार चढ़ आया है–107 डिगरी फारेन्हाइट। बर्फ़ की सिल्लियाँ अभय पर रखी जाने लगी।

अभय ऊलजलूल कुछ बड़बड़ा रहा था–अर्थहीन बातें।

"मुझे कटोरा भर कर दाल-भात खाना है।"

कभी कहता, "मुझे चवन्नी दो। चवन्नी दो। चवन्नी, चवन्नी...।"

कभी पुकारता,"काक्कू!"

कभी पुकारता, "गौरी दीदी!"

फिर उसने गौरी दीदी की रट लगाली

"यह गौरी कौन है?" डॉक्टर ने पूछा।

"इसकी बड़ी बहन है," कार्तिक बोला।

"बुला लो उन्हें।"

प्रागुन ने तत्काल टेलीग्राम ऑफ़िस जाकर गौरी के लिये टेलीग्राम किया–कम सून। अभय रिमेमबरिन्ग यू।'

इन्दौर मेडिकल कॉलेज के डॉक्टर अभय पर परीक्षण एवं उपचार करते रहे। शाम के चार बजे वे बोले रक्त में यूरिया की मात्रा बढ़ती ही जा रही है। अब तो डायलीसिस की आवश्यकता है। अभय को चौरसिया अस्पताल ले जाना पड़ेगा, डायलीसिस के लिए।

महात्मा गाँधी मैमोरियल मेडिकल कॉलेज से अभय को चौरसिया अस्पताल

ले जाया गया। जैसे ही स्ट्रेचर पर उसे लेटा कर एम्बुलेन्स की तरफ़ बढ़े अकस्मात् मूसलाधार बारिश शुरू हो गयी। कितनी ही छतरियाँ खुल कर अभय के ऊपर तन गयीं। किन-किन के छाते थे, मालूम नहीं। अस्पताल में भर्ती अन्य मरीज़ों और उनके तीमारदारों की नज़रे अभय पर थीं। उसकी जवान उम्र। अपना मर्ज भुला कर कईं मरीज़ उसकी ज़िन्दगी की दुआ माँग रहे थे।

कुछ ही देर में वे सड़क पर थे। एम्बुलेन्स सायरन बजाते हुए इन्दौर की सड़कों पर बेतहाशा दौड़ रही थी। एक-एक क्षण महत्त्वपूर्ण एवं जोखिम भरा। आईसीयू से अभय को खुली सड़क पर लाना जहाँ धूल, कीटाणु इत्यादि का भय मगर चारा कुछ नहीं था। उसे डायलीसिस की ज़रूरत थी और वह सुविधा चौरसिया अस्पताल में ही उपलब्ध थी।

शाम पाँच बजे तक आरम्भिक औपचारिकताओं के निपटने के उपरान्त अभय को चौरसिया अस्पताल में सफलतापूर्वक भर्ती करा दिया गया। सभी को इत्मीनान मिला। वह अब ऑक्सीजन पर था। बड़बड़ा रहा था, “इमरजेन्सी मुझे बचाओ! इमरजेन्सी मुझे बचाओ!”

अपनी नाक से आक्सीजन की ट्यूब बार-बार हटा रहा था। वह बेचैन था। उसकी प्रतिक्रिया कार्तिक के लिये बस इतनी थी कि वह रह-रह कर उसका हाथ पकड़ रहा था। उसके हाथ की उँगलियाँ मोड़ कुछ अस्पष्ट आकृतियाँ बना रहा था। एक आकृति में कार्तिक को पिस्तौल की आकृति नज़र आई।

सुकन्या को विचलित देख उसके पिता भी उसे लेकर इन्दौर पहुँच गये। अभय के भावी ससुराल यादव जी के घर से लगभग सभी सदस्य अभय के पास मौजूद थे, उसकी मंगेतर, मंगेतर के पिता व भाई। हमारी तरफ़ से केवल कार्तिक।

बेचारी सुकन्या देहरादून से आ तो गयी थी। उसने सोचा था कि वह अभय की सेवा-सुश्रूषा करेगी मगर उससे अभय की हालत देखी नहीं जा रही थी। सेलाइन ट्यूब, यूरिन ट्यूब, आक्सीजन मास्क से घिरा उसका भावी पति मौत से जूझ रहा था। अनाप-शनाप बड़बड़ा रहा था। वह यह भी नहीं दावा कर सकती कि अभय को उसकी उपस्थिति का भान हुआ। वह उसके पास आती और घबरा कर वार्ड से बाहर निकल जाती।

चौरसिया हॉस्पिटल के रीनल फिजिशन ने ब्लड यूरिया की मात्रा देखते हुये कहा कि ख़ून साफ़ करने के लिये अभय को छह डायलीसिस की ज़रूरत पड़ेगी। एक डायलीसिस सीटिंग चार घण्टे की और क़ीमत डेढ़ हज़ार रुपये। मरीज़ की हालत गम्भीर है। मगर मरीज़ जवान है, शरीर भी हृष्टपुष्ट है, जूझ सकता है रोग से।

चौरसिया हॉस्पिटल के रीनल फिजिशन ने आश्वासन दिया। यह भी कहा कि रुपयों का इन्तज़ाम कर लो।

पहली सिटिंग के लिये अभय को ले जाया गया। कार्तिक, प्रागुन, सुकन्या, तथा सुकन्या के पिता बाहर कॉरिडोर में बैठे अपने-अपने देवी-देवताओं से विनती कर रहे थे। कोई माँ अम्बे को याद कर रहा तो कोई भवानी को तो कोई शिव की आराधना में लगा था। पहला डायलिसिस सफलतापूर्वक हो गया। सभी की उम्मीदे बढ़ गयी। रिपोर्ट देखकर डॉक्टर ने कहा ब्लड यूरिया घट गया।

दूसरे दिन रात्रि दस बजे अभय को दूसरे डायलीसिस के लिये ले जाया गया। कार्तिक बाहर कॉरिडोर में बैठा था। रह-रह कर वह डायलिसिस थियेटर की तरफ़ देखता, अपनी घड़ी पर नज़र डालता। भगवान से प्रार्थना करता–हे भगवान! बस एक अवसर और दे दे! अभय को बचा लो! वे इस दुनिया के लिये कुछ भी करने को तैयार हैं।

अभय को डायलिसिस रूम से स्ट्रेचर पर बाहर लाते देख कार्तिक ने अपनी घड़ी में समय देखा। हैरान...अभी तो डेढ़ ही घण्टा हुआ है। जबकि डॉक्टर ने कहा था कि एक सीटिंग चार घण्टे की होती है...। उसने प्रश्न भरी दृष्टि से डॉक्टर को देखा। डॉक्टर उसकी तरफ़ बढ़ा...।

अभय की बननी-बिगड़ती तबियत की ख़बर हमारे पास इन्दौर से टुकड़ों में आ रही थी।

पहली ख़बर-अभय के रक्तचाप में काफ़ी गिरावट। केस जटिल। रतलाम हॉस्पिटल ने कहा कि उनकी बस की सर्जरी नहीं है। अभय को इन्दौर मेडिकल कॉलेज ले जाओ।

अभय इन्दौर मेडिकल कॉलेज, अपेंडिक्स के ऑपरेशन के लिए।

दूसरी ख़बर-आपरेशन कामयाब। अभय होश में। कार्तिक और प्रागुन इन्दौर पहुँच गये हैं। कार्तिक को अस्पताल में अभय के साथ रहने की अनुमति मिल गयी। प्रागुन पास ही एक होटल में रहा रहा है।

हम सभी ने चैन की साँस ली। हमारी व्यग्रता कम हो गयी। एक भारी बोझ सिर से हट गया।

तीसरी ख़बर पिताजी के लिये–तुरन्त दस हज़ार रुपये भेजो। अभय को डायलिसिस की ज़रूरत।

डायलिसिस की ज़रूरत! क्या उसके गुर्दे काम नहीं कर रहे? क्यों नहीं कर रहे ?

अब तक यह तय हो गया कि अब वह ही व्यक्ति इन्दौर जाये जो वहाँ कैसी भी परिस्थिति में रह ले और एक सहायक का काम कर सके। अमरूनी मौसी का लड़का मुकुल जाने को तैयार हो गया। पिताजी ने दस हज़ार रुपये उसे दिये कार्तिक को पकड़ाने के लिए।

चौथी ख़बर–अभय इज नो मोर।

बहुत सारी बातें...बहुत सारी शंकाएँ...आपरेशन के बाद जटिलताएँ पैदा हो गयी। रीनल फेल्योर हो गया। रतलाम के डॉक्टरों ने ही केस ख़राब कर दिया। आपरेशन में देरी कर दी। ट्विस्टड इन्टस्टाइन-आँत का मुड़ना एक गम्भीर समस्या है। मुड़ी आँतें बड़ी आँत–कोलन-को रक्त की आपूर्ति बन्द कर देती हैं और आँतों में आगे का संचलन रुक जाता है। कोलन में ब्लड सप्लाई यदि थोड़ी देर के लिये बन्द हो जाए तो रक्त में विषाक्तता पैदा हो जाती है। इसमें आपात शल्य चिकित्सा की आवश्यकता थी। अभय दो दिन तक रतलाम के जिला सिविल अस्पताल में बिना किसी उपचार के पड़ा रहा। जब उसका ब्लडप्रेशर बहुत गिर गया तब जाकर डॉक्टरों को सुध आई और उसके पेट का एक्सरे लिया।

तब तक शरीर में जहर फैल गया था। यह भी कहा जा रहा था एक बलिष्ठ शरीर के होने के बावजूद वह एक कमज़ोर आदमी निकला, आघात से मर गया। वह अपने घर वालों को बहुत याद कर रहा था। हमने उसके ऑफ़िस के लोगों से सुना कि जब उसे आपरेशन थियेटर में ले जा रहे थे वह एक बालक की तरह चिल्ला रहा था–"पिताजी मुझे बचा लो। पिताजी मुझे बचा लो...।"

बाहर शान्त क्षितिज में चाँद धीरे-धीरे अपनी चमक खो रहा था। तारे एक-एक करके डूब रहे थे। सवेरा शुरू हो रहा था। इन्दौर के चौरसिया हॉस्पिटल के 225 वार्ड में उनतीस वर्ष की आयु में प्रात: पाँच बज कर दस मिनट में अभय ने दम तोड़ दिया। बहुत पीड़ादायक स्थिति में उसने इस संसार को अलविदा कहा। जवान इठलाती उम्र, सामने भावी पत्नी जिसके साथ बुने हुये रंगीन सपने। जब वह स्वयं को सबसे अधिक स्वस्थ समझ रहा था, देह उसे धोखा दे रही थी। हालाँकि जीवन और मृत्यु एक ऐसा प्रश्न है जिसका कोई जवाब नहीं है, फिर भी जो तथ्य हैं, हम उन्हें नकार नहीं सकते। एक अनचाहे बच्चे को पैदा होने से रोका जा सकता है; किसी को मरने से बचाया जा सकता है। चिकित्सकों ने अभय के साथ खिलवाड़ किया। उसने बता दिया कि क्या होती है डॉक्टरों की लापरवाही। कितना खोखला होता है एक लम्बा-चौड़ा परिवार–सिर्फ़ एक भाई क़रीब...। गौरी भी नहीं पहुँच पाई।

"...कोई फायदा नहीं..." डॉक्टर बुदबुदाया कार्तिक के कन्धे पर सहानुभूति का हाथ रखते हुए। आपमें से कोई भी इनके साथ समय बिता लो। इनके पास बहुत कम समय है...।"

कार्तिक अपना संतुलन खो बैठा। अभय के साथ बैठा रहा। उसने बहुत कोशिश की कि वह उसे कुछ कहे। मगर वह एकदम ख़ामोश हो चुका था। उसने बड़बड़ाना भी छोड़ दिया था। शारीरिक अंग एक-एक करके अपना काम करना छोड़ रहे थे। ऑक्सीजन लेवल गिरता जा रहा था।

वार्ड से बाहर निकल कार्तिक ने कुछ सोच कर सुकन्या को अभय के पास भेज दिया। अभय और सुकन्या दोनों अकेले वार्ड में। उसके जन्मदाता, उसके भाईबहन, उसके बचपन के साथी सब उससे कोसो दूर। वह लड़की उसके क़रीब थी जिससे चन्द माह पूर्व ही उसकी सगाई हुई थी। पता नहीं कैसा रिश्ता था उसका सुकन्या से। सुकन्या जो भविष्य में अवश्य ही किसी अन्य आदमी से शादी करके अपना परिवार व संसार बसायेगी, वह ही अभय के क़रीब थी जब उसने दम तोड़ा। जिसे हम सर्वप्रथम जानते हैं अन्त तक उसे नहीं जानते। जिसे हम अन्त तक जानते हैं उसे हम सबसे पहले नहीं मिलते। सुकन्या ने बाद में हमें बताया वह अन्त तक होश में था।

अत्यधिक दुखद स्मृति है हमारे लिये अभय की मौत। अभय हमारे घर का स्तम्भ, रीढ़, हमारे परिवार का रक्षा कवच इतनी जल्दी इस दुनिया से जा सकता है! किला जो हम दृढ़ समझ रहे थे वह मोम का निकला। हमें दुख है कि हमने अपने एक भाई को इतनी जल्दी खो दिया। उसे बचाने के लिए हम कुछ कर भी न पाये। तीन दिन में सब कुछ समाप्त हो गया। हमारे लिए सब कुछ बदल गया।

उसका शव भी देहरादून नहीं लाया गया। हम अन्तिम झलक भी न देख सके। कार्तिक और यादव कुटुम्ब वहाँ मौजूद था। जो उन्होंने उचित समझा, किया। वहीं इन्दौर में ऑफ़िस वालों की मदद से दो गज कफन के टुकड़े से उसे ढक, कांधे पर धर, इन्दौर के मरघट ले गये। भाई कार्तिक ने दे दी उसे आग। सोने सी उसकी काया जलकर हो गयी राख।

हम सभी को मालूम था कि अभय को उज्जैन से बहुत लगाव था। जब भी वह घर आता उज्जैन का जिक्र ज़रूर करता, वहाँ बहती शिप्रा नदी की तारीफ करता। हमसे कहता, "कभी मेरे पास आओ मैं तुम्हें उज्जैन की सैर करवाऊँगा।" उज्जैन से उसके इस मोह को ध्यान में रखते हुये ही कार्तिक ने उसके अवशेष पावन नगरी उज्जैन में बह रही पवित्र शिप्रा नदी में बहा दिए।

अभय मर गया। ज़िन्दगी उसके बगैर...अकल्पित है। बहुत अकेलापन महसूस होने लगा है। हम सब फूट-फूट कर रो रहे थे, विलाप कर रहे थे। जिस घर में उसकी शादी के नगाड़े बजने वाले थे वहाँ उसकी मौत का मातम छा गया था। जिस घर में अभय जन्मा था, जहाँ उसकी परवरिश हुई थी उसी घर में उसकी मौत का सन्नाटा था। कितने ही हमारे सगे-सम्बन्धी, इष्टमित्र हमारे साथ रोये। अभय के भावी ससुराल के लोग भी हमारे घर मातमपुरसी के लिये आए, सुकन्या भी आयी। उसने भी हमारे साथ करुण क्रन्दन किया। मगर उसकी माँ यह कहने से बाज नहीं आयी कि क्या कोई दुःख-बीमारी थी उसे। कोई ऐसे ही अचानक थोड़ी मर जाता है। वह हम पर शक करने लगी थी कि उसे कोई रोग था जो हम उनसे छुपा गये। उन्होंने इत्मीनान की साँस भी ली होगी कि वह शादी होने से पहले ही मर गया अगर शादी के बाद यह हुआ होता तो उनकी लड़की...।

एक व्यक्ति बहुत हिम्मत दिखा रहा था। वह हमारे पिता थे। पिताजी बिल्कुल शान्त। हमें धीरज बँधाते, बार-बार एक ही बात कहते, "एक दिन हर किसी को इस दुनिया से जाना है। वह थोड़ा जल्दी चला गया। वह हमारे पास इतने ही दिनों के लिए आया था।"

मगर दो दिन बाद, जब ताऊजी आँखों में आँसू लिए हमारे घर पहुँचे, तो पिताजी का सारा संयम टूट गया। जैसे ही उन्होंने ताऊजी को देखा, वे लपक कर उनसे लिपट गये। उनके कंधों पर सिर रखकर बिलखने लगे।

"भाई...मैं लुट गया। मेरा सबसे प्यारा बच्चा चला गया। मुझसे पहले ही चला गया। वह मर गया। मैं बचा हूँ..." दोनों हाथों से चेहरा ढकते हुए पिताजी फूट-फूटकर रोने लगे।

पिताजी को सहलाते हुए ताऊजी भी विलाप करने लगे, "ओह शिवा...हम सभी को तेरे लड़कों पर बड़ा नाज था। अभय बहुत शालीन लड़का था। मेरा भी वह सबसे प्रिय था। मगर यह क्या हो गया...। कौन सा अभिशाप हमारे कुल पर छा गया है? इतिहास फिर ख़ुद को दोहरा रहा है!"

पलभर के लिए कमरे में केवल सिसकियाँ रह गयीं। फिर पिताजी की आवाज़ काँपी, "हमारे दादाजी ने कम से कम अपने बेटे का क्रियाकर्म किया था। लेकिन मैं... मैं तो उससे भी वंचित रहा।"

"ओह शिवा..." पिताजी को पुचकारते हुए ताऊजी ने उन्हें अपनी बाँहों में भर लिया। दोनों भाई, जैसे वर्षों के दर्द में एक-दूसरे का सहारा ढूँढते, सुबकते रहे। हम सब ख़ामोश खड़े, नम आँखों से उन्हें निहारते रहे।

कुछ देर बाद ताऊजी ने सान्त्वना देने के अपने शब्द एवं स्वर बदले। मेरी और दिव्या की तरफ़ देखते हुए पिताजी से कड़े शब्दों में बोले, "शिवा तुझे मजबूत बनना है। तेरी जिम्मेदारियाँ अभी पूरी नहीं हुईं। तुझे हौसला रखना है, इन बच्चियों की खातिर। इन्हें तेरी ज़रूरत है। हम सभी को तेरी ज़रूरत है। हमारा पूरा परिवार तुझ पर टिका है। भूल गया तू...? तू ही कहता था, ईश्वर ने तुझे एक लम्बी दौड़ के लिए बनाया है। तेरी छलांगें अभी पूरी नहीं हुई हैं।"

पिताजी को तसल्ली देकर ताऊजी अपनी सोच की अंधी दुनिया में खो गये। उनका चेहरा अब जर्द था। पिताजी अपनी फेवरेट कुर्सी पर ढह गये। एक टूटे हुए शख्स की तरह। उनकी आँखें शून्य में खो गयीं, और धीमे से बोले, "भाई, मैंने जहाँ से अपनी ज़िन्दगी शुरू की थी, वहीं पहुँच गया हूँ। मैं फिर उसी दलदल में धँस गया हूँ..."

ताऊजी ने गहरी साँस ली, उनकी आवाज़ में एक धीमी दृढ़ता उभरी। "दिल की धड़कनें इसके विस्तार और संकुचन के कारण उत्पन्न होती हैं। ज़िन्दगी में केवल विस्तार ही विस्तार नहीं होगा, कुछ संकुचन भी होंगा। फिर से दौड़ लगा, शिवा..."

इसके बाद, वे हमसे बोले, "दिव्या और इति, तुम दोनों को अपने पिता को उठाना है। फिर से उनमें अलकनन्दा का वेग और बहाव भरना है।"

उपसंहार

उपलब्धियाँ और त्रासदियाँ। जन्म और मृत्यु। आरम्भ और अन्त। अभय भैया ने मेरे जन्मदिन को इस कृति का प्राक्कथन बनाया, और उनकी मृत्यु इसका उपसंहार बन गयी। यह उनके जीवन का आख़िरी अध्याय है, जिसे मैं अपनी श्रद्धांजलि स्वरूप समर्पित करती हूँ।

जीवन एक निरन्तर प्रवाह है–गर्भ में पलने से लेकर जन्म लेने तक, शिशु से वयस्क बनने तक। हर चरण धीरे-धीरे अपने अगले चरण में समाहित होता चला जाता है। समय के साथ जीवन के अध्याय बदलते रहते हैं, और मृत्यु भी एक ऐसा ही अध्याय है–अन्तिम।

जिस पल अभय भैया की मृत्यु का समाचार आया, उसी पल से हमारी दुनिया बदल गयी। हमारे घर में लोग इकट्ठा होने लगे। सबसे पहले हमारे किरायेदार बहुगुणा जी की बेटी ने हमें रोते हुए देखा। उसकी आँखें फटी की फटी रह गयीं, और वह तुरन्त सड़क पर दौड़ पड़ी। कुछ ही पलों में वह अमरूनी मौसी को लेकर लौट आयी।

हमारे पड़ोसी शर्मा परिवार ने अपनी दीवार से झाँककर हमारे घर की ओर देखा, और उन्हें दंश मार गया। उनकी बेटी निशी दीवार लाँघकर हमारे घर भागती हुई आई।

धीरे-धीरे और लोग जुटने लगे। पड़ोसियों और रिश्तेदारों ने एक-एक करके ख़बर फैलानी शुरू की। हर ओर से हमारे क़रीबी और अजनबी लोग घर आने लगे। कई चेहरे ऐसे थे जिन्हें हम पहचान भी नहीं पाये। हर कोई हमारे परिवार के सदस्यों को सँभालने में लगा था। सभी की आँखों में दुख और विस्मय का मिश्रण था–एक गहरी पीड़ा, एक अन्तहीन अफसोस। हवा में प्रश्न उछल रहे थे–

"मृत्यु कब हुई?"

"ख़बर कैसे मिली?"

"किसने बताया?"

"अन्तिम संस्कार कहाँ होगा?"

"क्या शरीर यहाँ लाया जाएगा?"

माँ ख़बर सुनते ही बेहोश हो चुकी थी। महिलाओं का एक समूह उन्हें संभालने में जुटा था। डॉक्टर महावीर को तुरन्त घर बुलाया गया।

सन्नाटा भरी इस भीड़ में सब कुछ थम-सा गया था। लोग हमें दिलासा देने आए थे, लेकिन उनके चेहरे पर भी एक ही सवाल था– "अब आगे क्या?"

मुझे नहीं पता मेरी सहेलियों–संगीता और मंजू को किसने ख़बर दी। लेकिन वे भी मेरे पास अफसोस प्रकट करने आ पहुँचीं। उनके चेहरे पर दुख की परछाईं थी, मगर वे ख़ामोश थीं। उनकी निगाहें मुझसे मिलने का साहस नहीं कर पा रही थीं। वे चुपचाप मेरे पास बैठी रहीं, एक शब्द भी कहे बिना। मैं बेचैनी महसूस कर रही थी। मन कर रहा था कि सब यहाँ से चले जाएँ और घर में फिर वही पुरानी शान्ति लौट आए, जैसे कुछ हुआ ही न हो।

घर में हर कोई रो रहा था। दिव्या की सिसकियाँ पूरे घर में गूँज रही थीं। लेकिन मेरे भीतर जैसे कोई भावना जाग ही नहीं रही थी।

आख़िरकार, मैं अपनी सहेलियों के बीच से चुपचाप उठ खड़ी हुई और उस कमरे की ओर चली गयी जहाँ अभय भैया का अधूरा उपन्यास रखा था। बिना किसी को बताए, मैंने पाण्डुलिपि उठाई और तहख़ाने में चली आई। तहख़ाने में ख़ामोशी महसूस हुई। यहाँ राशन के ड्रम, तेल के कनस्तर, शक्कर के बोरों के बीच एक अजीब सी स्थिरता थी। यहाँ कई चीज़ें रखी थीं–क्रॉकरी, रजाइयाँ, पुराने गद्दे। यह तहख़ाना अपने भीतर जाने कितने अनुभव छिपाए हुए था। ये सब निर्भर करता था कि हम किस मन:स्थिति में यहाँ आते हैं। कभी भय लगता था तो कभी यही तहख़ाना अपार शान्ति का अनुभव कराता था।

तहख़ाने के एक कमरे में पुराना पलंग बिछा था, मेज-कुर्सी भी रखी थी। कुछ पल मैं पलंग पर यूँ ही बैठी रही, मेज की दराज को घूरते हुए। मुझे पता था कि इस दराज में अभय भैया के वे सात पत्र रखे हैं जो वे चुपचाप लिखते थे–किसी को बताए बिना। हर पत्र के साथ उन्होंने एक स्केच भी बनाया था। उन्होंने इन पत्रों को उपन्यास का हिस्सा नहीं बनाया, शायद इसलिए कि ये पत्र उनके बहुत निजी थे।

मैंने भी उनके सम्मान में इन पत्रों को पाण्डुलिपि से अलग रखा था, कभी किसी से इनका जिक्र तक नहीं किया–अभय भैया से भी नहीं।

मृत्यु अपने साथ सब कुछ समेट ले जाती है, शरीर को भी। उनकी क्षणभंगुर काया चिता में भस्म हो चुकी थी, लेकिन उनके कपड़े, किताबें, तस्वीरें और ये

पत्र...सब जस के तस रह गये थे। जीवन की सभी बातें कह चुकने के बाद भी एक अन्तिम बात हमेशा बाकी रह जाती है। मृत्यु के बाद भी कुछ शेष रह जाता है। ये गुप्त पत्र, अभय भैया का मेरे पिता के लिए लिखा गया अन्तिम संवाद, उनके जीवन के संघर्षों का एक मौन साक्ष्य थे।

"अभय भैया, मुझे माफ करना!"

मैंने पत्रों का पुलिन्दा उठाया और एक-एक करके पढ़ने लगी। हर शब्द में उनकी भावनाएँ, उनकी व्यथा, और उनके अधूरे सपने जैसे जीवन्त हो उठे थे।

दिनांक : 4 मई, 1971

प्रिय पिताजी,

आज आपने मुझे सिगरेट पीते देख लिया। सिगरेट मुँह से खींचते हुए आपने पूछा, "कब से पी रहे हो?"

"पीता नहीं हूँ," मैंने जवाब दिया, "बस कभी-कभी शौकिया लुत्फ ले लेता हूँ।" लोगों को सिगरेट पीते देखता था तो एक अजीब आकर्षण महसूस होता था। कैसे वे धुएँ का कश लेते हैं, उसे फेफड़ों में कैद करके धीरे-धीरे बाहर छोड़ते हैं–सब कुछ बड़ा 'कूल' सा लगता है। फिर गौरी दीदी की शादी में आपने मेहमानों के लिए जो सिगरेट के पैकेट ख़रीदे थे, वही एक मौक़ा बना। तब मैं चौदह साल का था। शादी के बाद जब सारे मेहमान चले गये, तो मेरी नज़र कोने की मेज पर रखे सिगरेट के पैकेट पर पड़ी। मैं चुपके से एक सिगरेट निकाल लाया, सुलगाई, और पहला कश लिया। लेकिन अनाड़ी था–खाँसी से गला भर आया और मुँह कसैला हो गया। कार्तिक ने मुझे खाँसते देखा, कमरे में आया और मेरे हाथ से सिगरेट छीनते हुए बोला, "मत पी, लत पड़ जायेगी।" मैंने उस दिन सिगरेट छोड़ दी थी।

फिर एक दिन काक्कू ने सिखाया कि सिगरेट के सुट्टे कैसे भरे जाते हैं, और धीरे-धीरे मुझे चस्का लगा गया।

"क्या अपनी जान गँवाना चाहता है?" आपने तीखे स्वर में पूछा।

"आप भी तो शराब पीते हो," मैं कह बैठा। आप क्रोधित नहीं हुए, बल्कि मुस्करा दिए। मुझे समझाने लगे, "शराब की तुलना में सिगरेट अधिक हानिकारक है। शराब केवल पीने वाले को नुकसान पहुँचाती है, जबकि धूम्रपान दूसरों को भी प्रभावित करता है। सिगरेट का धुआँ न केवल पीने वाले के फेफड़ों में जाता है, बल्कि आसपास के वातावरण को भी दूषित करता है।"

आपके तर्क से मैं सहमत नहीं हूँ। मेरी समझ में शराब सिगरेट से कहीं अधिक खतरनाक है। सिगरेट मुख्यत: उपयोगकर्ता को प्रभावित करती है। हाँ, सेकंड-हैंड स्मोकिंग भी एक समस्या है, लेकिन अगर घर के बाहर धूम्रपान किया जाए और सार्वज़निक स्थानों पर प्रतिबंध हो, तो इससे दूसरों को ज़्यादा नुकसान नहीं पहुँचता। दूसरी ओर, शराब के दुष्प्रभाव समाज पर कहीं अधिक गहरे होते हैं। धूम्रपान करने वाले ड्राइवर से कोई दुर्घटना नहीं होती, मगर हर साल हज़ारों लोग शराबी ड्राइवरों के कारण जान गँवा बैठते हैं। मैंने कई परिवारों को शराब के कारण बर्बाद होते देखा है; शराबियों के परिवारों को परेशान, टूटते और दिवालिया होते देखा है।

आप चाहे पियक्कड़ न हों, मगर माँ को आपका शराब पीना कभी अच्छा नहीं लगता। पीकर आप थोड़ा बहक जाते हो।

सादर,
आपका बिगड़ा बेटा,
अभय

***

दिनांक : 14 जून, 1974
माय डियर फादर,

आज आप मुझे हवालात से छुड़ाकर लाये हो। मैंने बस यूँ ही, मज़ाक़ में उन लड़कियों से थोड़ी छेड़छाड़ कर दी थी, लेकिन आप इतना भड़क उठे। और यह वही आप हैं, जो बनारस में मिश्रा आंटी के साथ... । आप और मिश्रा आंटी...आप सोचते थे कि मैं और गौरी छोटे हैं और कुछ नहीं समझते। हम सब कुछ समझते थे, बस कभी कुछ कहा नहीं।

मुझे याद है, आपने एक बार मेले में मेरे लिए एक प्लास्टिक की टॉय बस ख़रीदने से मना कर दिया था, लेकिन मिश्रा आंटी की बेटी को सोने की बालियाँ गिफ्ट कर दीं। हम ख़ामोश रहे, मगर भानु मामा ख़ामोश नहीं रहे। उन्होंने मिश्रा आंटी को धमकाया, आपको फटकार लगायी और माँ को सब बताया। माँ ने बिना कुछ कहे देहरादून से बनारस आकर आपसे घर बदलवाया, मगर इस बात का जिक्र कभी भी किसी से नहीं किया–आपसे भी नहीं। माँ वास्तव में महान हैं। वह भले ही ज़्यादा पढ़ी-लिखी न हों, मगर समझ से अशिक्षित बिल्कुल नहीं हैं।

मैं भी उतना नालायक नहीं हूँ जितना आप मुझे समझते हैं। सच तो यह है कि आपके व्यक्तित्व का प्रभामण्डल इतना चटकीला है कि उसमें हम सब, ख़ासकर

आपके तीनों बेटे झुलस रहे हैं। आपने घर में जो अपनी तानाशाही चला रखी है, उससे हमारा दम घुटता है। कभी-कभी मन होता है कि पुलिस में जाकर आपके ख़िलाफ़ शिकायत कर दूँ। आपकी इस स्वेच्छाचारिता का खामियाजा पूरा परिवार भुगत रहा है। अदालत में आपको खींच लाने का भी खयाल आता है। लेकिन देखिए, मैं यह सब आपसे कह भी नहीं सकता, इसीलिए काग़ज़ पर लिखकर अपने ग़ुस्से को शान्त कर रहा हूँ। ताईजी ठीक कहती हैं–आप एक नायक भी हो और खलनायक भी।

***

दिनांक: 15 जुलाई, 1977

पिताश्री,

आज मेरे बी.एससी. का रिजल्ट आपके हाथों में था, जो मैंने तहख़ाने में छुपा रखा था। असल में, कार्तिक ने इसे वहाँ देखा और आपको दे दिया। उसने मुझसे साफ़ कह दिया कि वह इस मामले में मेरी मदद नहीं कर सकता। उसने कहा कि मेरा रिजल्ट जानना आपका हक है, क्योंकि आप ही मेरी फीस और बाकी ख़र्च उठाते हैं।

मैं फेल हो गया हूँ। पूरा एक साल बर्बाद हो गया। आपने मुझे लातों और घूसों से पीटा, बुरी तरह धुनाई की। आपके वार अभी भी मेरे शरीर में दर्द कर रहे हैं।

आपने कहा कि मेरा फेल होना इतना दुखद नहीं था, जितना इस बात का कि मैंने आपसे अपना रिपोर्ट कार्ड छुपाया और झूठ बोला कि मैं पास हो गया। इससे आप अधिक आहत हुए। मैं भी आपकी मार से उतना नहीं, जितना आपकी फटकार से आहत हुआ हूँ। मुझे नीचा दिखाते हुए आपने मेरे सामने अपने दो दो बड़े बेटों की तारीफों के पुल बाँधे। गणेश और कार्तिक को गले लगाकर भावुक स्वर में कहा, "तुम दोनों हर परीक्षा अच्छे अंकों से पास होते गये, समय से नौकरी पा गये, और ख़ुद के पैरों पर खड़े हो गये। तुम दोनों ने मुझे कभी तकलीफ नहीं दी। आज इस नालायक के कारण मैं समझ पा रहा हूँ कि तुम दोनों ने कितनी राहत दी है मुझे। शाबाश!"

हाँ, मैं एक फेलियर हूँ। आपका विश्वास मुझसे उठ चुका है। और शायद मुझे इसे दोबारा पाने की कोई ख़ास परवाह भी नहीं है, क्योंकि सच कहूँ तो आप मेरे आदर्श नहीं हैं। मेरी आदर्श तो माँ हैं। वे मुझे समझती हैं, मेरी भावनाओं को महसूस करती हैं। आपने माँ का कई बार अपमान किया। आपके कुछ व्यवहार यह

जता देते हैं कि आप उन्हें कुछ नहीं समझते। लेकिन मेरी दृष्टि में माँ कहीं अधिक शिक्षित और समझदार हैं।

आपका नालायक पुत्र,

अभय

***

दिनांक : 5 अप्रैल 1978

माय डियर फादर,

आज आपने मुझे बुलाया। आप पूजा वाले कमरे में बैठे थे, जहाँ आपकी कई अहम चीज़ें रखी रहती हैं। मुझे आते देख, आपने धीरे से दरवाज़ा बन्द किया ताकि हम दोनों की बातचीत में कोई खलल न पड़े। मैं समझ गया कि आज आप मुझसे कुछ ख़ास बात करने वाले हैं। आपने बहुत धीरे-धीरे से, जैसे किसी अनकहे बोझ से दबे हों, गोदरेज की अलमारी खोली, फिर अन्दर की तिजोरी। मुझे पहली बार महसूस हुआ कि आप बूढ़े हो रहे हैं। आपके कन्धे झुक गये हैं, हल्की-सी कूबड़ दिखने लगी है, सिर के बाल उड़ गये हैं, आपकी हरकतें धीमी हो चुकी हैं, और काम करते हुए आपके हाथों में अब हल्का-सा कम्पन दिखता है। आपके सामने खड़ा होकर आज पहली बार मुझे अपना कद बहुत ऊँचा लगा।

फिर, आपने तिजोरी से कुछ काग़ज़ात निकाले और बताया कि आप बगल वाला घर, जहाँ बहुगुणा जी किराये पर रहते हैं, मेरे नाम कर देना चाहते हैं। राजपुर का आम का बाग, वहाँ की कोठी, और अजबपुर की चार बीघा ज़मीन भी मेरे नाम करने का आपका इरादा है। बीमा की कुछ पॉलिसी भी आपने मेरे लिए पहले से ले रखी हैं।

"आप इतना कुछ मेरे नाम क्यों कर रहे हो? आपके तो आठ बच्चे हैं," मैंने कहा। आप एक गहरी साँस लेते हुए बोले, "लड़कियाँ शादी के बाद अपने-अपने घर जा रही हैं, सब स्वावलम्बी भी हैं। गणेश और कार्तिक अच्छी नौकरियों पर हैं। लेकिन मुझे तेरी चिन्ता है। यह जमाना बड़ा स्पर्धा भरा है! तेरा जीवन सुरक्षित करना चाहता हूँ।"

आपकी यह बात सुनकर मेरा दिल थोड़ा पिघला, लेकिन अपने ही मन में मैं छोटा हो गया। यह महसूस हुआ कि आप मुझे फेलियर मान चुके हैं। आपको मुझ पर भरोसा नहीं रहा कि मैं अपनी मेहनत से जीवन की राह बना सकूँगा। मेरी उम्र तो अभी ख़ुद को तलाश रही है, पिताजी, और आपने पहले ही मुझ पर 'असफल' की मुहर लगा दी!

मेरा आत्मसम्मान जाग उठा। अगर आपके बाकी बच्चे ख़ुद सक्षम हैं, तो उन्हें आपके इस फैसले का दण्ड क्यों मिले? "मुझे कुछ नहीं चाहिए," मैंने दृढ़ स्वर में कहा और झटके से दरवाज़े की ओर बढ़ा। चिटकनी खोली और बाहर निकलते हुए पीछे मुड़कर देखा। आप पलंग पर चुपचाप बैठे, एक थके हुए व्यक्ति की तरह दिख रहे थे।

आपका अनग्रेटफुल सन,

अभय

***

दिनांक : 5 मार्च 1980

प्यारे पिताजी,

आज आपका प्रोस्टेट ग्लैंड का ऑपरेशन हुआ। आप सोच रहे हैं कि सब ठीक हो गया, मगर डॉक्टर का कहना है कि ऑपरेशन पूरी तरह सफल नहीं रहा है। मामला काफ़ी जटिल है। आपको दिल्ली के आर्मी मेडिकल कॉलेज ले जाना होगा, जहाँ अधिक विशेष देखभाल सम्भव है। गणेश भैया आपको दिल्ली ले जाने की तैयारी में लगे हैं।

आप पिछले दस दिनों से अस्पताल में भर्ती हैं, और इस दौरान हमने महसूस किया कि आपके बिना यह घर कितना अधूरा है। पूरे घर की रौनक जैसे आपके साथ ही अस्पताल में है। आपकी तकलीफों को देखना हमारे लिए बहुत मुश्किल है। काश कि आपकी इस पीड़ा को किसी तरह मैं अपने से बाँट पाता।

आपका अभय

***

दिनांक 13 नवम्बर 1981

प्यारे पापा,

बहुत-सी बातें हैं जो मैं आपसे कहना चाहता हूँ। लेकिन शायद या तो मेरे पास उन बातों को कहने के शब्द नहीं हैं, या मैं वह क्षण नहीं खोज पाया, जिसमें ये बातें कायदे से आप तक पहुँचाई जा सकें। आज इस विशेष पत्र में, मैं अपने दिल की कुछ भावनाएँ साझा कर रहा हूँ–वे भावनाएँ जो सालों में मेरे दिल में एक अमिट छाप छोड़ गयी हैं...बचपन की यादें और वे सब चीज़ें जो आपने हमारे घर को एक ख़ुशनुमा, आरामदायक और सुखद जगह बनाने के लिए की हैं।

मुझे वे सारे पल याद हैं–वो सैर जो हमने साथ की, खेल जो आपने मेरे साथ खेले, पेड़ की छाया में बैठकर सुस्ताना, पहाड़ों में लम्बी पैदल यात्राएँ, और वे गोपनीय बातें जो आपने मुझे पेड़ की छाया में बताईं। यह पत्र आपको धन्यवाद देने के लिए भी है–उन सलाहों और मार्गदर्शन के लिए जिन्होंने मेरे जीवन को आकार दिया है। आपकी कई बातें–सलाहें, नसीहतें, आदेश और चेतावनियाँ–उस समय मुझे शायद समझ नहीं आईं या पसन्द नहीं आईं। मगर समय के साथ महसूस हुआ कि किसी भी मुश्किल घड़ी में आपका सहारा हमेशा हमारे साथ रहा। इस मतलबी दुनिया में आप पर मेरा अटूट विश्वास है।

शब्द मेरी भावनाओं को पूरी तरह व्यक्त करने में असमर्थ हैं। बस इतना ही कह सकता हूँ कि मेरा प्यार आपके लिए सदा के लिए स्थायी और सच्चा है। आपने मेरी दुनिया को बेहतर बनाया है। आपने मुझे एक असफल व्यक्ति से एक सफल इन्सान बना दिया। आने वाले वर्षों में ये सारी बातें मेरे लिए मधुर स्मृतियाँ बनकर रहेंगी। थैंक यू सो मच!

आपका लायक बेटा,
अभय

***

दिनांक : 25 जून 1983
प्यारे पापा,

आज मेरी सगाई हो गयी। आपने एक बेहतरीन इन्तज़ाम किया–एक ग्रैंड पार्टी, जो सबको बहुत पसन्द आयी। सभी मेहमान आपकी तारीफ कर रहे हैं। आपने नॉनवेज से लेंकर अल्कोहल तक, सब कुछ रखा, जिससे हर कोई ख़ुश था।

जैसे ही आपको पता चला कि मैं सुकन्या को पसन्द करता हूँ, आपने जाति या स्तर की परवाह किये बिना उसके घर जाकर बिना किसी संकोच के सुकन्या के माता-पिता से मेरा रिश्ता माँगा। सच कहूँ, तो इस बात पर मुझे आप पर बेहद गर्व है। आई एम रियली प्राउड ऑफ़ यू, डैड! यू आर ग्रेट!

आपने मुझसे कहा कि वैवाहिक जीवन में यह मायने नहीं रखता कि शुरुआत में कितना प्यार है, बल्कि इस बात का महत्त्व है कि पति-पत्नी अपने रिश्ते में प्यार और समझ का वातावरण कैसे विकसित करते हैं। मैं आपको भरोसा दिलाता हूँ कि मैं सुकन्या के साथ एक प्यार भरा, सुखद और समझ से भरा जीवन बिताने की पूरी

कोशिश करूँगा। उसके साथ एक ऐसा प्रेम का महल बनाऊँगा जिसमें हमारे रिश्ते की बुनियाद मजबूत हो।

आपका आभारी बेटा,
अभय

***

इतिश्री के बाद पुनः शुभारम्भ होता है। गुडबाय, अभय भैया!

आपकी स्मृतियाँ, आपकी कही-अनकही बातें और आपके ये पत्र हमारे जीवन का अहम हिस्सा बने रहेंगे। आपके संघर्षों और विचारों ने एक नई राह दिखाई, एक सीख दी। आपकी यादें हमारे जीवन के नए अध्यायों में एक आधार स्तंभ की तरह होंगी, और आपके सन्देश हमारे जीवन का संबल बनेंगे।

धन्यवाद, अभय भैया।

***

ठहरिए, अभी यह कथा समाप्त नहीं हुई। इति ने लिखा है कि जहाँ इति होती है, वहीं एक नए आरम्भ का बीज अंकुरित होता है। गुज़रे लम्हों और अधूरी कहानियों के बीच एक विराम का आभास होता है, लेकिन अन्त के बाद फिर एक नया पन्ना खुलता है। शायद यही जीवन का चक्र है, जहाँ विदाई के साथ-साथ नवजीवन का आगाज़ भी होता है।

मैं, शिवानन्द का दूसरा बेटा, कार्तिक कुछ कहना चाहता हूँ...।

अभय को मरते हुए देखना मेरे लिए कितना मर्मांतक था, इसे किसी भी भाषा में व्यक्त करना मेरे लिए असम्भव है। छोटे भाई की चिता को अग्नि देना कोई आसान काम नहीं था। उज्जैन जाकर पावन शिप्रा नदी में उसके अवशेषों को प्रवाहित करना...उफ़, मुझे भीतर तक झकझोर दिया। शून्यता, निस्सारता, वैराग्य...क्या कहूँ? उसकी राख मानो मुझ पर लिपट गयी थी।

"फूँक आए अपने भाई को!" पिताजी ने आँखों में आँसू और चेहरे पर अथाह पीड़ा लिए मुझसे पूछा, जब मैं रतलाम से देहरादून पहुँचा ही था। मैं उनसे नज़रें नहीं मिला सका। मेरी विवशता थी कि मैं खुलकर रो भी नहीं सकता था। मेरे सामने क्रन्दन करते मेरे घायल माता-पिता और बिलखतीं छोटी बहनें थीं, जिन्हें मुझे सँभालना था, ढाँढ़स बँधाना था। मैं जानता हूँ कि अभय सभी बहनों का दुलारा भाई था...और मेरा भी।

कितनी ही यादें जुड़ी हैं अभय के साथ–हमारा ताश खेलना, कैरम खेलना, साइकिल चलाना, तैराकी करना, क्रिकेट खेलना...। अभय थोड़ा भटक गया था, मगर फिर संभल भी गया था। मैंने ही उससे कहा था, "अभय, देख, संभल जा, हमारा घर बहनों का है...कोई आँच नहीं आनी चाहिए उन्हें..." मैंने बहनों का वास्ता दिया, और वह सहसा बहुत गम्भीर हो गया।

उसके रतलाम जाने से पहले, जो आख़िरी बार साबित हुआ, हमने साथ बैठकर बियर पी थी। वह पहली और आख़िरी बार था, जब हम दोस्तों की तरह बैठे और बियर पी। कहने को बहुत कुछ है, कई बातें अभी भी अनकही हैं। जो बातें कही जा चुकी हैं, वे वास्तव में बाद में घटित हुई थीं। मैं अनकही बातों को अनकहा ही रहने देना चाहता हूँ और जो कुछ हुआ, उसके क्रम में भी नहीं उलझना चाहता। अब सीधे उस प्रसंग पर आता हूँ, जो इस कहानी में एक अहम मोड़ लाती है। स्टाइल अभय का ही रखूँगा। पिताजी को मैं भी शिवानन्द ही कहूँगा।

तो....

अभय के अचानक गुज़र जाने पर शिवानन्द पूरी तरह टूट चुका था। उसे लगा, जीवनभर की सारी कमाई, सारी उपलब्धियाँ राख हो गयीं। उसने वैराग्य-सा अपना लिया और खाट पकड़ ली। अड़सठ की उम्र में वह अस्सी का बूढ़ा लगने लगा। घर के सभी लोग किंकर्तव्यविमूढ़ और लाचार थे।

इति, अभय से माफ़ी माँगकर और उसे गुडबाय कह, धीरे-धीरे अपनी दिनचर्या में लौटने लगी थी। वह एक आधुनिक और व्यावहारिक युवती थी। एक दिन वह अपनी दो सखियों के साथ कॉलेज से घर लौटी और शिवानन्द को बिस्तर पर लेटा पाया। सखियों की जीवन्त बातचीत शिवानन्द के कानों तक पहुँच रही थी, उनकी खिलखिलाहट और चहचहाहट घर में गूँज रही थी।

रह-रहकर शिवानन्द आँखें खोलकर उन्हें देख लेता।

"पिताजी, देखिए, संगीता और मंजू आई हैं आपसे मिलने।"

"ताऊ जी, नमस्ते," संगीता बोली।

"मौसा जी, नमस्ते," मंजू ने कहा।

शिवानन्द ने बस सिर हिलाकर उनका अभिवादन स्वीकार किया। इति को देखकर उसके मन में खयाल कौंधा, "मैं क्या कर रहा हूँ? अभी मेरी ज़िम्मेदारियाँ बाकी हैं।" मगर फिर भी वह उठ नहीं पाया, बस बेजान-सा पड़ा रहा।

तीनों लड़कियों ने बाड़े से फल और सब्जियाँ इकट्ठा कीं–पपीता, मूली, हरा धनिया, और हरी मिर्च से चाट बनाई। उसमें नींबू और मसालेदार नमक मिलाया।

चाट लेकर वे शिवानन्द के पास आयीं। पहले तो वह ना-नुकुर करता रहा, फिर लड़कियों के बार-बार आग्रह करने पर चुपचाप उठकर खाने लगा।

यह दिनचर्या अगले दिन भी जारी रही। लड़कियाँ एक बार फिर घर में एकत्रित हुईं, सबकी सब रसोई में गयीं, आलू उबालकर नमक-मिर्च और अमचूर के साथ फटाफट चाट तैयार कर दी। फिर, शिवानन्द को बिस्तर से उठाकर जबरदस्ती चाट खिलाई गयी। उसके अगले दिन उन्होंने भुने हुए तिल पीसकर चकोतरे की चाट बनाई। जब शिवानन्द को पुकारा गया तो केवल एक ही आवाज़ में उठ खड़ा हुआ। बिना किसी दबाव के खटाई कहा ली।

इसके बाद तो, जब भी उसे खाना खिलाना होता, परिवार को इति का सहारा लेना पड़ता। जो बात उसके दो परिपक्व और कामकाजी बेटे न कर सके, वह अट्ठारह वर्षीय चुलबुली इति ने सहजता से कर दिखाया। वह अपने दरक गये पिता की अवलंब बन गयी थी। शिवानन्द, जो इति के जन्म के समय पचास वर्ष का था, ने शुरुआती दिनों में उसे बचाने के लिए अथक संघर्ष किया था। और अब, वर्षों बाद, इति प्रतिदान स्वरूप उसके संबल के रूप में खड़ी थी। वह अपने पिता को विशेषणों से नवाजती–"सुपर डैड!" "बेस्ट पापा!" "प्यारे पापा!" कभी उसके गालों पर प्यार से चुंबन जड़ती, तो कभी उसे दुलारती।

घर में अक्सर संगीत बज उठता। जब इति की प्रिय सखियाँ अपनी खिलखिलाहट और चहक के साथ घर में आतीं तो घर के हर कोने में उनकी उपस्थिति का स्पंदन महसूस होता। वे घर में मस्ती करतीं, इधर-उधर अठखेलियाँ करतीं। कई तरह की बातें होतीं–कॉलेज की बातें, नए फैशन और फ़िल्मों की बातें, ब्यूटी पार्लर से लेकर परीक्षा की तैयारी तक के क़िस्से।

डॉक्टर बनने का ख़्वाब भी लड़कियों के बीच मंडरा रहा था। सीपीएमटी परीक्षा के फॉर्म भरने की तैयारियाँ जोरों पर थीं। "पिताजी, फॉर्म भरने के पैसे दे दो। पिताजी, परीक्षा के लिए कौन सा सेंटर चुनूँ?" इति के पास सवालों की एक लम्बी सूची रहती।

मृत व्यक्ति के साथ ज़िन्दगी रुक नहीं जाती। ज़िन्दगी अपनी गति और ताक़त के साथ आगे बढ़ती है। मौत उसे झटका दे सकती है, लेकिन रोक नहीं सकती। जीवितों को हर हाल में आगे बढ़ना होता है। शिवानन्द ने बिस्तर छोड़ दिया, इति की गतिविधियों में रुचि लेने लगा, और उसका मार्गदर्शन भी किया।

एक बार इति सीपीएमटी प्रतियोगिता परीक्षा में बैठ चुकी थी। यह दूसरी बार बैठ रही थी। दूसरे प्रयास में उसका सेलेक्शन एम.बी.बी.एस. में हो गया। मोतीलाल

नेहरू मेडिकल कॉलेज शब्द-समूह हमारे घर में गूँजने लगा। मेडिकल कोर्स के लिए वह दूसरे शहर, इलाहाबाद जा रही थी। उसकी टू-डू लिस्ट में बहुत कुछ था। शिवानन्द ने भी कोई कंजूसी नहीं दिखाई। बेटी को वे सारे आइटम ख़रीदवाए जो वह चाहती थी। उसकी पाँच साल की पढ़ाई के ख़र्चे का भी जोड़-तोड़ करने लगा। उसके बाद वह ख़ुद बेटी को मेडिकल कॉलेज छोड़ने के लिए इलाहाबाद के लिए चल पड़ा।

जैसे ही स्टेशन पर उतरा, डॉक्टर गौतम घोष की हवेली का ध्यान आ गया। कुछ सोच कर वह रिक्शा पकड़ कर स्टेशन से डॉक्टर घोष के घर गया। वहाँ गेट पर अब अभिजीत सरकार नाम की नेमप्लेट लगी थी। शिवानन्द जानता था कि डॉक्टर घोष की सबसे बड़ी बेटी माधवी के पति का नाम अभिजीत सरकार है। अब वह हवेली की मालकिन थी और अपने परिवार के साथ अपने पिता की हवेली में रहती थी। काफ़ी लम्बा समय गुज़र गया था। माधवी अब पचास साल की महिला थी। नानी-दादी बन चुकी थी। अभय की मौत पर माधवी का भी शोक-सन्देश शिवानन्द के पास पहुँचा था।

आगुन्तक को पहचानने में माधवी को कुछ क्षण लगे। "शिवा काका!" विस्मय से बुदबुदाई।

बड़ी आत्मीयता से वह शिवानन्द के गले जा लगी।

"यह मेरी बेटी, इति है। इसको यहाँ मेडिकल कॉलेज छोड़ने आया हूँ।"

"ओह, तो बेटी डॉक्टर बनने जा रही है! बहुत ख़ूब! हार्दिक बधाई!"

माधवी और उसके पति ने शिवानन्द और इति की बहुत आवभगत की। चाय-पानी का दौर चला।

"हमें बहुत ही दुःख है कि आपने अपने जवान बेटे को खो दिया। हमारे विश्वा काका भी बहुत दुखी हैं।"

माधवी के साथ शिवानन्द के भी आँसू छलके। दोनों का स्वर रुँधा। बिछोह की पीड़ा से शिवानन्द एक बार फिर गुज़रा। दुख के साथ-साथ यह उसको अपनी पराजय भी लगती है। वह कर्मयोगी है। सब कुछ भाग्य पर नहीं छोड़ सकता। उसे लगता है, वह अपने लाडले को बचा नहीं पाया! दुख के साथ मलाल का यह गठजोड़ उसको बहुत परेशान करता है। पर, अब क्या ही किया जा सकता है! ख़ुद से एक युद्ध है जो शिवानन्द लड़ने की कोशिश कर रहा है। मातम पुर्सी के बाद बातों का रुख दूसरी तरफ़ हुआ। कुछ देर बाद जब माहौल सामान्य-सहज हो गया, अभिजीत सरकार ने वाइन की बोतल निकाली।

"आप तो आबकारी विभाग में थे। आपको इस पेय से कोई एतराज नहीं होगा?"

"मर्यादित मात्रा में पी लेता हूँ," शिवानन्द ने कहा।

अभिजीत सरकार ने दो गिलासों में वाइन उड़ेली। एक गिलास शिवा को पकड़ाया और एक ख़ुद लेकर पीने लगे। कई पुरानी बातों की चर्चा हुई। दिवंगत डॉक्टर गौतम घोष और विश्वानन्द का जिक्र हुआ। विश्वानन्द अब डॉक्टर साहब की तीसरी बेटी के साथ चण्डीगढ़ रहने लगा था। शिवानन्द ने माधवी से उसकी छोटी बहनों के बारे में पूछा और माधवी ने शिवानन्द के पूरे परिवार के बारे में।

वाक्पटु इति ने शीघ्र ही सरकार परिवार से मित्रता कर ली। माधवी के बहू-बेटे भी घर पर थे। सभी उसे मंत्रमुग्ध निहारते जा रहे थे। "आपकी बेटी बहुत प्यारी है," माधवी शिवानन्द से बोली।

जाम के सुरूर में शिवानन्द हल्का हो गया। वातावरण और सहज हुआ। अन्ताक्षरी का दौर शुरू हुआ। वे सभी अच्छे गायक थे। माधवी के आग्रह पर शिवानन्द ने अपना गढ़वाली गीत भी सुनाया। तत्पश्चात स्वादिष्ट भोजन उनके सम्मुख पेश हुआ।

जिस कमरे में उसका भाई सोया करता था, वह कमरा उसे सोने को मिला। हवेली में विश्वानन्द का कमरा ज्यों का त्यों बरकरार था। उस कमरे में बकायदा उसकी एक तस्वीर भी लगी थी। अपने भाई की तस्वीर देख कर उसके हाथ जुड़ गये। वह विश्वा को वहाँ महसूस कर रहा था। उस रात बहुत दिनों बाद शिवानन्द को गहरी नींद आयीं।

हवेली में एक रात बिता कर शिवानन्द ने अगली सुबह उनसे विदा ली। माधवी ने इति से प्रेमपूर्वक कहा, "हमारे घर को अपना लोकल घर समझना। जब मन करे हमारे घर आते रहना। अगर कोई ज़रूरत पड़े तो हम हैं यहाँ।" कहते हुए उसने उसे अपना कार्ड पकड़ा दिया जिस पर उनके घर का पूरा पता, टेलीफोन नम्बर के साथ, अंकित था। इति मचलते हुए बोली, "थैंक-यू, थैंक-यू...। मैं तो बहुत चिपकू हूँ। आपके घर हर संडे पहुँच जाऊँगी।"

माधवी ने उसे गले लगा लिया। शिवानन्द गदगद हो गया। हाथ जोड़ लिए। माधवी ने अपनी एक कार ड्राइवर के साथ उनके हवाले कर दी कि जब तक वे इलाहाबाद में हैं, इधर-उधर जाने के लिए इसका इस्तेमाल करें।

जॉर्ज टाउन के अल्फा गर्ल्स हॉस्टल में दाखिल होते ही एक सुकून भरी ताज़गी महसूस हुई। पूरा कैंपस आरामदायक, सुरक्षित और स्टूडेंट फ्रेंडली लगा। चारों

तरफ़ का नज़ारा जैसे अपनी कहानी कहने को आतुर था। शिवानन्द और इति ने कैंपस का हर कोना छान मारा। ऊँची-नीची इमारतें, हरे-भरे बाग, खेल के मैदान, और पैदल रास्ते...।

हॉस्टल का स्थान भी आदर्श था, ठीक मेडिकल कॉलेज के पास, जिससे इति को आने-जाने में कोई दिक्कत नहीं। उसकी रूममेट, प्रिया चौहान से मुलाकात हुई। शिवानन्द को प्रिया का व्यक्तित्व सहज और प्रभावशाली लगा। एक राहत महसूस हुई कि इति के साथ एक अच्छी और समझदार लड़की है। इति का सामान व्यवस्थित कर, वे बाज़ार चले गये।

दिनभर शहर की सैर के बाद, शाम को उनका रुख त्रिवेणी संगम की ओर हुआ। संगम के पास खड़े प्राचीन किले ने उन्हें जैसे इतिहास के गलियारों में खींच लिया। फिर नाव पर बैठकर संगम स्थल की ओर बढ़े। गंगा-यमुना का सजीव संगम और सरस्वती की अदृश्य धारा–यह सब किसी दिव्य कथा का हिस्सा लगता था।

शिवानन्द भावुक होकर बोला, "ये गंगा! मेरे गढ़वाल की अलकनन्दा, जो न जाने कितने मोड़ों से गुज़रकर, कितनी ही धाराओं को समेटकर यहाँ तक पहुँचती है। और फिर यमुना और सरस्वती को अपने साथ लेकर आगे बनारस की ओर बढ़ जाती है...।"

इति मुस्कुराई, "ताईजी आपको अलकनन्दा सुत कहती हैं ना?"

शिवानन्द के चेहरे पर हल्की मुस्कान तैर गयी। "मेरी माँ का नाम अलकनन्दा था।"

इति चहककर बोली, "हमारी दादी भी अलकनन्दा थी! हमने कभी महसूस नहीं किया, बस 'दादी' कहते रहे। कितना प्यारा नाम था!"

शिवानन्द अतीत में खो गया। "तुझे देख कर दादी याद आ जाती है।"

वह हँसते हुए बोली, "लोग कहते हैं कि मैं आपकी तरह दिखती हूँ, और आप अपनी माँ की तरह। यानी मैं अपनी दादी जैसी हूँ!"

शिवानन्द के मन में यादों का सैलाब उमड़ आया। "गाँव के लोग माँ को कहा करते थे–'हे अलकनन्दा, तू अलकनन्दा है।'"

"वाह, हमारी दादी...अडिग और प्रवाहमयी!"

शिवानन्द ने गंगा में हाथ डालकर पानी के छींटे उछाले और भावुक होकर बुदबुदाया, "मुझे अलकनन्दा की सन्तान होने पर गर्व है!"

बड़ी देर तक वे संगम के किनारे बैठे, नदियों की विशालता और सौंदर्य को मन में समेटते रहे। जैसे ही रात गहराने लगी, वे उठे और पार्किंग की ओर बढ़े। ड्राइवर पहले ही कार लेकर तैयार खड़ा था।

इति को छात्रावास में छोड़ कर शिवानन्द ने रेलवे स्टेशन की तरफ़ रुख किया। आँखों में हल्की नमी थी। गेट पर खड़ी इति और प्रिया हाथ हिला रही थीं। इति मस्ती में हवा में चुम्बन उछालती रही, और शिवानन्द दूर जाते हुए हाथ हिलाता रहा। कार की रफ्तार तेज हुई और वह आँखों से ओझल होने लगा।

अचानक इति जोर से चिल्लाई, "पापा, मेरे प्यारे पापा!"

शिवानन्द का चेहरा उन शब्दों की गूँज में खिल उठा।

- समाप्त -